MW01688388

LES

ENFANTS DU CAPITAINE GRANT

PAR JULES VERNE

LES ENFANTS
DU
CAPITAINE GRANT
VOYAGE AUTOUR DU MONDE
PAR
JULES VERNE
DESSIN DE RIOU
GRAVURES DE PANNEMAKER
VOYAGES EXTRAORDINAIRES

VOYAGES EXTRAORDINAIRES
couronnés par l'Académie française.

LES ENFANTS
DU
CAPITAINE GRANT

VOYAGE
AUTOUR DU MONDE
Tome II

PAR

JULES VERNE

Illustrés de 172 Vignettes par Riou
Gravées par Pannemaker

BIBLIOTHÈQUE
D'ÉDUCATION ET DE RÉCRÉATION
J. HETZEL ET Cie, 18, RUE JACOB

PARIS

XII

LE RAILWAY DE MELBOURNE A SANDHURST

Le major n'avait pas vu sans une certaine appréhension Ayrton quitter le campement de Wimerra pour aller chercher un maréchal-ferrant à cette station de Black-Point. Mais il ne souffla mot de ses défiances personnelles, et il se contenta de surveiller les environs de la rivière. La tranquillité de ces paisibles campagnes ne fut aucunement troublée, et, après quelques heures de nuit, le soleil reparut au-dessus de l'horizon.

Pour son compte, Glenarvan n'avait d'autre crainte que de voir Ayrton revenir seul. Faute d'ouvriers, le chariot ne pouvait se remettre en route. Le voyage était arrêté pendant plusieurs jours peut-être, et Glenarvan, impatient de réussir, avide d'atteindre son but, n'admettait aucun retard.

Ayrton, fort heureusement, n'avait perdu ni son temps ni ses démarches. Le lendemain, il reparut au lever du jour. Un homme l'accompagnait, qui se disait maréchal-ferrant de la station de Black-Point. C'était un gaillard vigoureux, de haute stature, mais d'une physionomie basse et bestiale qui ne prévenait pas en sa faveur. Peu importait, en somme, s'il savait son métier. En tout cas, il ne parlait guère, et sa bouche ne s'usait pas en paroles inutiles.

« Est-ce un ouvrier capable ? demanda John Mangles au quartier-maître.

— Je ne le connais pas plus que vous, capitaine, répondit Ayrton. Nous verrons. »

Le maréchal-ferrant se mit à l'ouvrage. C'était un homme du métier, on le vit bien à la façon dont il répara l'avant-train du chariot. Il travaillait adroitement, avec une vigueur peu commune. Le major observa que la chair de ses poignets, fortement érodée, présentait un collier noirâtre de sang extravasé. C'était l'indice d'une blessure récente que les manches d'une mauvaise chemise de laine dissimulaient assez mal. Mac Nabbs interrogea le maréchal-ferrant au sujet de ces érosions qui devaient être très douloureuses. Mais celui-ci ne répondit pas et continua son travail. Deux heures après, les avaries du chariot étaient réparées.

Quant au cheval de Glenarvan, ce fut vite fait. Le maréchal-ferrant avait eu soin d'apporter des fers tout préparés. Ces fers offraient une particularité qui n'échappa point au major. C'était un trèfle grossièrement découpé à leur partie antérieure. Mac Nabbs le fit voir à Ayrton.

« C'est la marque de Black-Point, répondit le quartier-maître. Cela permet de suivre la trace des chevaux qui s'écartent de la station, et de ne point la confondre avec d'autres. »

Bientôt les fers furent ajustés au sabot du cheval. Puis le maréchal-ferrant réclama son salaire, et s'en alla sans avoir prononcé quatre paroles.

Une demi-heure plus tard, les voyageurs étaient en marche. Au-delà des rideaux de mimosas s'étendait un espace largement découvert qui méritait bien son nom « d'open plain ». Quelques débris de quartz et de roches ferrugineuses gisaient entre les buissons, les hautes herbes et les palissades où parquaient de nombreux troupeaux. Quelques milles plus loin, les roues du chariot sillonnèrent assez profondément des terrains lacustres, où murmuraient des creeks irréguliers, à demi cachés sous un rideau de roseaux gigantesques. Puis on côtoya de vastes lagunes salées, en pleine évaporation. Le voyage se faisait sans peine, et, il faut ajouter, sans ennui.

Lady Helena invitait les cavaliers à lui rendre visite tour à tour, car son salon était fort exigu. Mais chacun se délassait ainsi des fatigues du cheval et se récréait à la conversation de cette aimable femme. Lady Helena, secondée par Miss Mary, faisait avec une grâce parfaite les honneurs de sa maison ambulante. John Mangles n'était pas oublié dans ces invitations quotidiennes, et sa conversation un peu sérieuse ne déplaisait point. Au contraire.

Ce fut ainsi que l'on coupa diagonalement le mail-road de Crowland à Horsham, une route très poussiéreuse que les piétons n'usaient guère. Quelques croupes de collines peu élevées furent effleurées en passant à l'extrémité du comté de Talbot, et le soir la troupe arriva à trois milles au-dessus de Maryborough. Il tombait une pluie fine, qui en tout autre pays eût détrempé le sol; mais ici l'air absorbait l'humidité si merveilleusement, que le campement n'en souffrit pas.

Le lendemain, 29 décembre, la marche fut un peu

retardée par une suite de monticules qui formaient une petite Suisse en miniature. C'étaient de perpétuelles montées ou descentes, et force cahots peu agréables. Les voyageurs firent une partie de la route à pied, et ne s'en plaignirent pas.

A onze heures, on arriva à Carlsbrook, municipalité assez importante. Ayrton était d'avis de tourner la ville sans y pénétrer, afin, disait-il, de gagner du temps. Glenarvan partagea son opinion, mais Paganel, toujours friand de curiosités, désirait visiter Carlsbrook. On le laissa faire, et le chariot continua lentement son voyage.

Paganel, suivant son habitude, emmena Robert avec lui. Sa visite à la municipalité fut rapide, mais elle suffit à lui donner un aperçu exact des villes australiennes. Il y avait là une banque, un palais de justice, un marché, une école, une église, et une centaine de maisons de brique parfaitement uniformes. Le tout disposé dans un quadrilatère régulier coupé de rues parallèles, d'après la méthode anglaise. Rien de plus simple, mais de moins récréatif. Quand la ville augmente, on allonge ses rues comme les culottes d'un enfant qui grandit, et la symétrie primitive n'est aucunement dérangée.

Une grande activité régnait à Carlsbrook, symptôme remarquable dans ces cités nées d'hier. Il semble qu'en Australie les villes poussent comme des arbres, à la chaleur du soleil. Des gens affairés couraient les rues; des expéditeurs d'or se pressaient aux bureaux d'arrivage; le précieux métal, escorté par la police indigène, venait des usines de Bendigo et du mont Alexandre. Tout ce monde éperonné par l'intérêt ne songeait qu'à ses affaires, et les étrangers passèrent inaperçus au milieu de cette population laborieuse.

Après une heure employée à parcourir Carlsbrook, les deux visiteurs rejoignirent leurs compagnons à tra-

Un effroyable accident avait eu lieu. (Page 456.)

vers une campagne soigneusement cultivée. De longues prairies, connues sous le nom de « Low Level plains », lui succédèrent avec d'innombrables troupeaux de moutons et des huttes de bergers. Puis le désert se montra, sans transition, avec cette brusquerie particulière à la nature australienne. Les collines de Simpson et le mont Tarrangower marquaient la pointe que fait au sud le district de Loddo sur le 144ᵉ degré de longitude.

Cependant, on n'avait rencontré jusqu'ici aucune de ces tribus d'aborigènes qui vivent à l'état sauvage. Glenarvan se demandait si les Australiens manqueraient à l'Australie comme avaient manqué les Indiens dans la Pampasie argentine. Mais Paganel lui apprit que, sous cette latitude, les sauvages fréquentaient principalement les plaines du Murray, situées à cent milles dans l'est.

« Nous approchons du pays de l'or, dit-il. Avant deux jours nous traverserons cette opulente région du mont Alexandre. C'est là que s'est abattue en 1852 la nuée des mineurs. Les naturels ont dû s'enfuir vers les déserts de l'intérieur. Nous sommes en pays civilisé sans qu'il y paraisse, et notre route, avant la fin de cette journée, aura coupé le railway qui met en communication le Murray et la mer. Eh bien, faut-il le dire, mes amis, un chemin de fer en Australie, voilà qui me paraît une chose surprenante !

— Et pourquoi donc, Paganel ? demanda Glenarvan.

— Pourquoi ! parce que cela jure ! Oh ! je sais bien que vous autres, habitués à coloniser des possessions lointaines, vous qui avez des télégraphes électriques et des expositions universelles dans la Nouvelle-Zélande, vous trouverez cela tout simple ! Mais cela confond l'esprit d'un Français comme moi, et brouille toutes ses idées sur l'Australie.

— Parce que vous regardez le passé et non le présent, répondit John Mangles.

— D'accord, reprit Paganel; mais des locomotives hennissant à travers les déserts, des volutes de vapeur s'enroulant aux branches des mimosas et des eucalyptus, des échidnés, des ornythorynques et des casoars fuyant devant les trains de vitesse, des sauvages prenant l'express de trois heures trente pour aller de Melbourne à Kyneton, à Castlemaine, à Sandhurst ou à Echuca, voilà ce qui étonnera tout autre qu'un Anglais ou un Américain. Avec vos railways s'en va la poésie du désert.

— Qu'importe, si le progrès y pénètre ! » répondit le major.

Un vigoureux coup de sifflet interrompit la discussion. Les voyageurs n'étaient pas à un mille du chemin de fer. Une locomotive, venant du sud et marchant à petite vitesse, s'arrêta précisément au point d'intersection de la voie ferrée et de la route suivie par le chariot.

Ce chemin de fer, ainsi que l'avait dit Paganel, reliait la capitale de Victoria au Murray, le plus grand fleuve de l'Australie. Cet immense cours d'eau, découvert par Stuart en 1828, sorti des Alpes australiennes, grossi du Lachlan et du Darling, couvre toute la frontière septentrionale de la province Victoria, et va se jeter dans la baie Encounter, auprès d'Adélaïde. Il traverse des pays riches, fertiles, et les stations des squatters se multiplient sur son parcours, grâce aux communications faciles que le railway établit avec Melbourne.

Ce chemin de fer était alors exploité sur une longueur de cent cinq milles entre Melbourne et Sandhurst, desservant Kyneton et Castlemaine. La voie, en construction, se poursuivait pendant soixante-dix milles jusqu'à Echuca, capitale de la colonie la Riverine, fondée cette année même sur le Murray.

Le 37e parallèle coupait la voie ferrée à quelques milles au-dessus de Castlemaine, et précisément à Camden-Bridge, pont jeté sur la Lutton, un des nombreux affluents du Murray.

C'est vers ce point qu'Ayrton dirigea son chariot, précédé des cavaliers, qui se permirent un temps de galop jusqu'à Camden-Bridge. Ils y étaient attirés, d'ailleurs, par un vif sentiment de curiosité.

En effet, une foule considérable se portait vers le pont du chemin de fer. Les habitants des stations voisines abandonnant leurs maisons, les bergers, laissant leurs troupeaux, encombraient les abords de la voie. On pouvait entendre ces cris souvent répétés :

« Au railway ! au railway ! »

Quelque événement grave devait s'être produit, qui causait toute cette agitation. Une grande catastrophe peut-être.

Glenarvan, suivi de ses compagnons, pressa le pas de son cheval. En quelques minutes, il arriva à Camden-Bridge. Là, il comprit la cause du rassemblement. Un effroyable accident avait eu lieu, non une rencontre de trains, mais un déraillement et une chute qui comblée de débris de wagons et de locomotive. Soit que le pont eût cédé sous la charge du train, soit que le comblée de débris de wagons et de locomotives. Soit que le pont eût cédé sous la charge du train, soit que le convoi se fût jeté hors des rails, cinq voitures sur six avaient été précipitées dans le lit de la Lutton à la suite de la locomotive. Seul, le dernier wagon, miraculeusement préservé par la rupture de sa chaîne, restait sur la voie à une demi-toise de l'abîme. Au-dessous, ce n'était qu'un sinistre amoncellement d'essieux noircis et faussés, de caissons défoncés, de rails tordus, de traverses calcinées. La chaudière, éclatant au choc, avait projeté ses débris de plaques à d'énormes distances. De toute cette agglomération d'objets informes sortaient encore quelques flammes et des spirales de vapeur mêlées à une fumée noire. Après l'horrible chute, l'incendie plus horrible encore ! De larges traces de sang, des membres épars, des tronçons de cadavres

C'était le cadavre du garde. (Page 460.)

carbonisés apparaissaient çà et là, et personne n'osait calculer le nombre de victimes entassées sous ces débris.

Glenarvan, Paganel, le major, Mangles, mêlés à la foule, écoutaient les propos qui couraient de l'un à l'autre. Chacun cherchait à expliquer la catastrophe, tandis que l'on travaillait au sauvetage.

« Le pont s'est rompu, disait celui-ci.

— Rompu ! répondaient ceux-là. Il s'est si peu rompu qu'il est encore intact. On a oublié de le fermer au passage du train. Voilà tout. »

C'était, en effet, un pont tournant qui s'ouvrait pour le service de la batellerie. Le garde, par une impardonnable négligence, avait-il donc oublié de le fermer, et le convoi lancé à toute vitesse, auquel la voie venait à manquer subitement, s'était-il ainsi précipité dans le lit de la Lutton ? Cette hypothèse semblait très admissible, car si une moitié du pont gisait sous les débris de wagons, l'autre moitié, ramenée sur la rive opposée, pendait encore à ses chaînes intactes. Plus de doute possible ! une incurie du garde venait de causer cette catastrophe.

L'accident était arrivé dans la nuit, à l'express n° 37, parti de Melbourne à onze heures quarante-cinq du soir. Il devait être trois heures quinze du matin, quand le train, vingt-cinq minutes après avoir quitté la station de Castlemaine, arriva au passage de Camden-Bridge et y demeura en détresse. Aussitôt les voyageurs et les employés du dernier wagon s'occupèrent de demander des secours ; mais le télégraphe, dont les poteaux gisaient à terre, ne fonctionnait plus. Il fallut trois heures aux autorités de Castlemaine pour arriver sur le lieu du sinistre. Il était donc six heures du matin quand le sauvetage fut organisé sous la direction de M. Mitchell, surveyor général de la colonie, et d'une escouade de policemen commandés par un officier de police. Les squatters et leurs gens leur étaient venus en aide, et travaillèrent d'abord à éteindre l'incendie qui dévorait cet amoncellement de débris avec une insurmontable activité. Quelques cadavres méconnaissables étaient couchés sur les talus du remblai. Mais il fallait renoncer à retirer un être vivant de cette fournaise. Le feu avait rapidement achevé l'œuvre de destruction. Des voyageurs du train, dont on ignorait le nombre, dix survivaient seulement, ceux du dernier wagon. L'administration du chemin de fer venait d'envoyer une locomotive de secours pour les ramener à Castlemaine.

Cependant, Lord Glenarvan, s'étant fait connaître du surveyor général, causait avec lui et l'officier de police. Ce dernier était un homme grand et maigre, d'un imperturbable sang-froid, et qui, s'il avait quelque sensibilité dans le cœur, n'en laissait rien voir sur ses traits impassibles. Il était, devant tout ce désastre, comme un mathématicien devant un problème; il cherchait à le résoudre et à en dégager l'inconnue. Aussi, à ces paroles de Glenarvan : « Voilà un grand malheur ! » répondit-il tranquillement :

« Mieux que cela, mylord.

— Mieux que cela ! s'écria Glenarvan, choqué de la phrase, et qu'y a-t-il de mieux qu'un malheur ?

— Un crime ! » répondit tranquillement l'officier de police.

Glenarvan sans s'arrêter à l'impropriété de l'expression, se retourna vers M. Mitchell, l'interrogeant du regard.

« Oui, mylord, répondit le surveyor général, notre enquête nous a conduits à cette certitude, que la catastrophe est le résultat d'un crime. Le dernier wagon des bagages a été pillé. Les voyageurs survivants ont été attaqués par une troupe de cinq ou six malfaiteurs. C'est intentionnellement que le pont a été ouvert, non par négligence, et si l'on rapproche ce fait de la disparition du garde, on en doit conclure que ce misérable s'est fait le complice des criminels. »

L'officier de police, à cette déduction du surveyor général, secoua la tête.

« Vous ne partagez pas mon avis ? lui demanda M. Mitchell.

— Non, en ce qui regarde la complicité du garde.

— Cependant, cette complicité, reprit le surveyor général, permet d'attribuer le crime aux sauvages qui errent dans les campagnes du Murray. Sans le garde, ces indigènes n'ont pu ouvrir ce pont tournant dont le mécanisme leur est inconnu.

— Juste, répondit l'officier de police.

— Or, ajouta M. Mitchell, il est constant, par la déposition d'un batelier dont le bateau a franchi Camden-Bridge à dix heures quarante du soir, que le pont a été réglementairement refermé après son passage.

— Parfait.

— Ainsi donc, la complicité du garde me paraît établie d'une façon péremptoire. »

L'officier de police secouait toujours la tête par un mouvement continu.

« Mais alors, monsieur, lui demanda Glenarvan, vous n'attribuez point le crime aux sauvages ?

— Aucunement.

— A qui, alors ? »

En ce moment, une assez grande rumeur s'éleva à un demi-mille en amont de la rivière. Un rassemblement s'était formé, qui se grossit rapidement. Il arriva bientôt à la station. Au centre du rassemblement, deux hommes portaient un cadavre. C'était le cadavre du garde, déjà froid. Un coup de poignard l'avait frappé au cœur. Les assassins, en traînant son corps loin de Camden-Bridge, avaient voulu sans doute égarer les soupçons de la police pendant ses premières recherches. Or, cette découverte justifiait pleinement les doutes de

Un enfant indigène dormait. (Page 464.)

l'officier. Les sauvages n'étaient pour rien dans le crime.

« Ceux qui ont fait le coup, dit-il, sont des gens familiarisés avec l'usage de ce petit instrument. »

Et parlant ainsi, il montra une paire de « darbies », espèce de menottes faites d'un double anneau de fer muni d'une serrure.

« Avant peu, ajouta-t-il, j'aurai le plaisir de leur offrir ce bracelet comme cadeau du Nouvel An.

— Mais alors vous soupçonnez ?...

— Des gens qui ont « voyagés gratis sur les bâtiments de Sa Majesté. »

— Quoi ! des convicts ! s'écria Paganel, qui connaissait cette métaphore employée dans les colonies australiennes.

— Je croyais, fit observer Glenarvan, que les transportés n'avaient pas droit de séjour dans la province de Victoria ?

— Peuh ! répliqua l'officier de police, s'ils n'ont pas ce droit, ils le prennent ! Ça s'échappe quelquefois, les convicts, et je me trompe fort ou ceux-ci viennent en droite ligne de Perth. Eh bien, ils y retourneront, vous pouvez m'en croire. »

M. Mitchell approuva d'un geste les paroles de l'officier de police. En ce moment, le chariot arrivait au passage à niveau de la voie ferrée. Glenarvan voulut épargner aux voyageuses l'horrible spectacle de Camden-Bridge. Il salua le surveyor général, prit congé de lui, et fit signe à ses amis de le suivre.

« Ce n'est pas une raison, dit-il, pour interrompre notre voyage. »

Arrivé au chariot, Glenarvan parla simplement à Lady Helena d'un accident de chemin de fer, sans dire la part que le crime avait prise à cette catastrophe ; il ne mentionna pas non plus la présence dans le pays d'une bande de convicts, se réservant d'en instruire

Ayrton en particulier. Puis, la petite troupe traversa le railway quelques centaines de toises au-dessus du pont, et reprit vers l'est sa route accoutumée.

XIII

UN PREMIER PRIX DE GÉOGRAPHIE

QUELQUES collines découpaient à l'horizon leur profil allongé et terminaient la plaine à deux milles du railway. Le chariot ne tarda pas à s'engager au milieu de gorges étroites et capricieusement contournées. Elles aboutissaient à une contrée charmante, où de beaux arbres, non réunis en forêts, mais groupés par bouquets isolés, poussaient avec une exubérance toute tropicale. Entre les plus admirables se distinguaient les « casuarinas », qui semblent avoir emprunté au chêne la structure robuste de son tronc, à l'acacia ses gousses odorantes, et au pin la rudesse de ses feuilles un peu glauques. A leurs rameaux se mêlaient les cônes si curieux du « banksia latifolia », dont la maigreur est d'une suprême élégance. De grands arbustes à brindilles retombantes faisaient dans les massifs l'effet d'une eau verte débordant de vasques trop pleines. Le regard hésitait entre toutes ces merveilles naturelles, et ne savait où fixer son admiration.

La petite troupe s'était arrêtée un instant. Ayrton, sur l'ordre de Lady Helena, avait retenu son attelage. Les gros disques du chariot cessaient de crier sur le sable quartzeux. De longs tapis verts s'étendaient sous les groupes d'arbres ; seulement, quelques extumescences du sol, des renflements réguliers, les divisaient en cases encore assez apparentes, comme un vaste échiquier.

Paganel ne se trompa pas à la vue de ces verdoyantes solitudes, si poétiquement disposées pour l'éternel repos. Il reconnut ces carrés funéraires, dont l'herbe efface maintenant les dernières traces, et que le voyageur rencontre si rarement sur la terre australienne.

« Les bocages de la mort », dit-il.

En effet, un cimetière indigène était là, devant ses yeux, mais si frais, si ombragé, si égayé par de joyeuses volées d'oiseaux, si engageant, qu'il n'éveillait aucune idée triste. On l'eût pris volontiers pour un des jardins de l'Eden, alors que la mort était bannie de la terre. Il semblait fait pour les vivants. Mais ces tombes, que le sauvage entretenait avec un soin pieux, disparaissaient déjà sous une marée montante de verdure. La conquête avait chassé l'Australien loin de la terre où reposaient ses ancêtres, et la colonisation allait bientôt livrer ces champs de la mort à la dent des troupeaux. Aussi ces bocages sont-ils devenus rares, et combien déjà sont foulés aux pieds du voyageur indifférent, qui recouvrent toute une génération récente!

Cependant Paganel et Robert, devançant leurs compagnons, suivaient entre les tumuli de petites allées ombreuses. Ils causaient et s'instruisaient l'un l'autre, car le géographe prétendait qu'il gagnait beaucoup à la conversation du jeune Grant. Mais ils n'avaient pas fait un quart de mille, que Lord Glenarvan les vit s'arrêter, puis descendre de cheval, et enfin se pencher vers la terre. Ils paraissaient examiner un objet très curieux, à en croire leurs gestes expressifs.

Ayrton piqua son attelage, et le chariot ne tarda pas à rejoindre les deux amis. La cause de leur halte et de leur étonnement fut aussitôt reconnue. Un enfant indigène, un petit garçon de huit ans, vêtu d'habits européens, dormait d'un paisible sommeil à l'ombre d'un magnifique banksia. Il était difficile de se méprendre aux traits caractéristiques de sa race : ses cheveux crépus, son teint presque noir, son nez épaté, ses lèvres épaisses, une longueur peu ordinaire des bras, le classaient immédiatement parmi les naturels de l'intérieur. Mais une intelligente physionomie le distinguait, et certainement l'éducation avait déjà relevé ce jeune sauvage de sa basse origine.

Lady Helena, très intéressée à sa vue, mit pied à terre, et bientôt toute la troupe entoura le petit indigène, qui dormait profondément.

« Pauvre enfant, dit Mary Grant, est-il donc perdu dans ce désert ?

— Je suppose, répondit Lady Helena, qu'il est venu de loin pour visiter ces bocages de la mort ! Ici reposent sans doute ceux qu'il aime !

— Mais il ne faut pas l'abandonner ! dit Robert. Il est seul, et... »

La charitable phrase de Robert fut interrompue par un mouvement du jeune indigène, qui se retourna sans se réveiller ; mais alors la surprise de chacun fut extrême de lui voir sur les épaules un écriteau et d'y lire l'inscription suivante :

TOLINÉ,
TO BE CONDUCTED TO ECHUCA,
CARE OF JEFFRIES SMITH, RAILWAY
PORTER PREPAID [1]

« Voilà bien les Anglais ! s'écria Paganel. Ils expédient un enfant comme un colis ! Ils l'enregistrent comme un paquet ! On me l'avait bien dit, mais je ne voulais pas le croire.

— Pauvre petit ! fit Lady Helena. Était-il dans ce train qui a déraillé à Camden-Bridge ? Peut-être ses parents ont-ils péri, et le voilà seul au monde !

1. Toliné, pour être conduit à Echuca, aux soins de Jeffries Smith, facteur du chemin de fer. Port payé.

— Je ne crois pas, madame, répondit John Mangles. Cet écriteau indique, au contraire, qu'il voyageait seul.

— Il s'éveille », dit Mary Grant.

En effet, l'enfant se réveillait. Peu à peu ses yeux s'ouvrirent et se refermèrent aussitôt, blessés par l'éclat du jour. Mais Lady Helena lui prit la main ; il se leva et jeta un regard étonné au groupe des voyageurs. Un sentiment de crainte altéra d'abord ses traits, mais la présence de Lady Glenarvan le rassura.

« Comprends-tu l'anglais, mon ami ? lui demanda la jeune femme.

— Je le comprends et je le parle », répondit l'enfant dans la langue des voyageurs, mais avec un accent très marqué.

Sa prononciation rappelait celle des Français qui s'expriment dans la langue du Royaume-Uni.

« Quel est ton nom ? demanda Lady Helena.

— Toliné, répondit le petit indigène.

— Ah ! Toliné ! s'écria Paganel. Si je ne me trompe, ce mot signifie « écorce d'arbre » en australien ? »

Toliné fit un signe affirmatif et reporta ses regards sur les voyageuses.

« D'où viens-tu, mon ami ? reprit Lady Helena.

— De Melbourne, par le railway de Sandhurst.

— Tu étais dans ce train qui a déraillé au pont de Camden ? demanda Glenarvan.

— Oui, monsieur, répondit Toliné, mais le Dieu de la Bible m'a protégé.

— Tu voyageais seul ?

— Seul. Le révérend Paxton m'avait confié aux soins de Jeffries Smith. Malheureusement, le pauvre facteur a été tué !

— Et dans ce train, tu ne connaissais personne ?

— Personne, monsieur, mais Dieu veille sur les enfants et ne les abandonne jamais ! »

Toliné disait ces choses d'une voix douce, qui allait

au cœur. Quand il parlait de Dieu, sa parole devenait plus grave, ses yeux s'allumaient, et l'on sentait toute la ferveur contenue dans cette jeune âme.

Cet enthousiasme religieux dans un âge si tendre s'expliquera facilement. Cet enfant était un de ces jeunes indigènes baptisés par les missionnaires anglais, et élevés par eux dans les pratiques austères de la religion méthodiste. Ses réponses calmes, sa tenue propre, son costume sombre lui donnaient déjà l'air d'un petit révérend.

Mais où allait-il ainsi à travers ces régions désertes, et pourquoi avait-il quitté Camden-Bridge ? Lady Helena l'interrogea à ce sujet.

« Je retournais à ma tribu, dans le Lachlan, répondit-il. Je veux revoir ma famille.

— Des Australiens ? demanda John Mangles.

— Des Australiens du Lachlan, répondit Toliné.

— Et tu as un père, une mère ? dit Robert Grant.

— Oui, mon frère », répondit Toliné, en offrant sa main au jeune Grant, que ce nom de frère touchait sensiblement. Il embrassa le petit indigène, et il n'en fallait pas plus pour faire d'eux une paire d'amis.

Cependant les voyageurs, vivement intéressés par les réponses de ce jeune sauvage, s'étaient peu à peu assis autour de lui, et l'écoutaient parler. Déjà le soleil s'abaissait derrière les grands arbres. Puisque l'endroit paraissait propice à une halte, et qu'il importait peu de faire quelques milles de plus avant la nuit close, Glenarvan donna l'ordre de tout préparer pour le campement. Ayrton détela les bœufs ; avec l'aide de Mulrady et de Wilson, il leur mit les entraves, et les laissa paître à leur fantaisie. La tente fut dressée. Olbinett prépara le repas. Toliné accepta d'en prendre sa part, non sans faire quelque cérémonie, quoiqu'il eût faim. On se mit donc à table, les deux enfants l'un près de l'autre. Robert choisissait les meilleurs morceaux pour son nouveau camarade, et Toliné les acceptait avec une grâce craintive et pleine de charme.

La conversation, cependant, ne languissait pas. Chacun s'intéressait à l'enfant et l'interrogeait. On voulait connaître son histoire. Elle était bien simple. Son passé, ce fut celui de ces pauvres indigènes confiés dès leur bas âge aux soins des sociétés charitables par les tribus voisines de la colonie. Les Australiens ont des mœurs douces. Ils ne professent pas envers leurs envahisseurs cette haine farouche qui caractérise les Nouveaux-Zélandais, et peut-être quelques peuplades de l'Australie septentrionale. On les voit fréquenter les grandes villes, Adélaïde, Sydney, Melbourne, et s'y promener même dans un costume assez primitif. Ils y trafiquent des menus objets de leur industrie, d'instruments de chasse ou de pêche, d'armes, et quelques chefs de tribu, par économie sans doute, laissent volontiers leurs enfants profiter du bénéfice de l'éducation anglaise.

Ainsi firent les parents de Toliné, véritables sauvages du Lachlan, vaste région située au-delà du Murray. Depuis cinq ans qu'il demeurait à Melbourne, l'enfant n'avait revu aucun des siens. Et pourtant, l'impérissable sentiment de la famille vivait toujours dans son cœur, et c'était pour revoir sa tribu, dispersée peut-être, sa famille, décimée sans doute, qu'il avait repris le pénible chemin du désert.

« Et après avoir embrassé tes parents tu reviendras à Melbourne, mon enfant ? lui demanda Lady Glenarvan.

— Oui, madame, répondit Toliné en regardant la jeune femme avec une sincère expression de tendresse.

— Et que veux-tu faire un jour ?

— Je veux arracher mes frères à la misère et à l'ignorance ! Je veux les instruire, les amener à connaître et à aimer Dieu ! Je veux être missionnaire ! »

Ces paroles, prononcées avec animation par un enfant

« Élève Toliné, levez-vous ! » (Page 471.)

de huit ans, pouvaient prêter à rire à des esprits légers et railleurs; mais elles furent comprises et respectées de ces braves Écossais; ils admirèrent la religieuse vaillance de ce jeune disciple, déjà prêt au combat. Paganel se sentit remué jusqu'au fond du cœur, et il éprouva une véritable sympathie pour le petit indigène.

Faut-il le dire? jusqu'ici, ce sauvage en habit européen ne lui plaisait guère. Il ne venait pas en Australie pour voir des Australiens en redingote! Il les voulait habillés d'un simple tatouage. Cette mise « convenable » déroutait ses idées. Mais du moment que Toliné eut parlé si ardemment, il revint sur son compte et se déclara son admirateur. La fin de cette conversation, d'ailleurs, devait faire du brave géographe le meilleur ami du petit Australien.

En effet, à une question de Lady Helena, Toliné répondit qu'il faisait ses études « à l'École normale » de Melbourne, dirigée par le révérend M. Paxton.

« Et que t'apprend-on à cette école? demanda Lady Glenarvan.

— On m'apprend la Bible, les mathématiques, la géographie...

— Ah! la géographie! s'écria Paganel, touché dans son endroit sensible.

— Oui, monsieur, répondit Toliné. J'ai même eu un premier prix de géographie avant les vacances de janvier.

— Tu as eu un prix de géographie, mon garçon?

— Le voilà, monsieur », dit Toliné, tirant un livre de sa poche.

C'était une Bible in-32, bien reliée. Au verso de la première page, on lisait cette mention : *École normale de Melbourne, 1er prix de géographie, Toliné du Lachlan.*

Paganel n'y tint plus! Un Australien fort en géographie, cela l'émerveillait, et il embrassa Toliné sur les deux joues, ni plus ni moins que s'il eût été le révérend

Paxton lui-même, un jour de distribution de prix. Paganel, cependant, aurait dû savoir que ce fait n'est pas rare dans les écoles australiennes. Les jeunes sauvages sont très aptes à saisir les sciences géographiques ; ils y mordent volontiers, et montrent, au contraire, un esprit assez rebelle aux calculs.

Toliné, lui, n'avait rien compris aux caresses subites du savant. Lady Helena dut lui expliquer que Paganel était un célèbre géographe, et, au besoin, un professeur distingué.

« Un professeur de géographie ! répondit Toliné. Oh ! monsieur, interrogez-moi !

— T'interroger, mon garçon ! dit Paganel, mais je ne demande pas mieux ! J'allais même le faire sans ta permission. Je ne suis pas fâché de voir comment on enseigne la géographie à l'École normale de Melbourne !

— Et si Toliné allait vous en remontrer, Paganel ! dit Mac Nabbs.

— Par exemple ! s'écria le géographe, en remontrer au secrétaire de la Société de Géographie de France ! »

Puis, assurant ses lunettes sur son nez, redressant sa haute taille, et prenant un ton grave, comme il convient à un professeur, il commença son interrogation.

« Élève Toliné, dit-il, levez-vous. »

Toliné, qui était debout, ne pouvait se lever davantage. Il attendit donc dans une posture modeste les questions du géographe.

« Élève Toliné, reprit Paganel, quelles sont les cinq parties du monde ?

— L'Océanie, l'Asie, l'Afrique, l'Amérique et l'Europe, répondit Toliné.

— Parfait. Parlons d'abord de l'Océanie, puisque nous y sommes en ce moment. Quelles sont ses principales divisions ?

— Elle se divise en Polynésie, en Malaisie, en Micronésie et en Mégalésie. Ses principales îles sont l'Australie, qui appartient aux Anglais, la Nouvelle-Zélande, qui appartient aux Anglais, la Tasmanie, qui appartient aux Anglais, les îles Chatham, Auckland, Macquarie, Kermadec, Makin, Maraki, etc., qui appartiennent aux Anglais.

— Bon, répondit Paganel, mais la Nouvelle-Calédonie, les Sandwich, les Mendana, les Pomotou ?

— Ce sont des îles placées sous le protectorat de la Grande-Bretagne.

— Comment ! sous le protectorat de la Grande-Bretagne ! s'écria Paganel. Mais il me semble que la France, au contraire...

— La France ! fit le petit garçon d'un air étonné.

— Tiens ! tiens ! dit Paganel, voilà ce que l'on vous apprend à l'École normale de Melbourne ?

— Oui, monsieur le professeur ; est-ce que ce n'est pas bien ?

— Si ! si ! parfaitement, répondit Paganel. Toute l'Océanie est aux Anglais ! C'est une affaire entendue ! Continuons. »

Paganel avait un air demi-vexé, demi-surpris, qui faisait la joie du major.

L'interrogation continua.

« Passons à l'Asie, dit le géographe.

— L'Asie, répondit Toliné, est un pays immense. Capitale : Calcutta. Villes principales : Bombay, Madras, Calicut, Aden, Malacca, Singapoor, Pegou, Colombo ; îles Laquedives, îles Maldives, îles Chagos, etc., etc. Appartient aux Anglais.

— Bon ! bon ! élève Toliné. Et l'Afrique ?

— L'Afrique renferme deux colonies principales : au sud, celle du Cap, avec Cape-town pour capitale, et à l'ouest, les établissements anglais, ville principale : Sierra-Leone.

— Bien répondu ! dit Paganel, qui commençait à prendre son parti de cette géographie anglo-fantaisiste, parfaitement enseigné! Quant à l'Algérie, au Maroc, à l'Égypte... rayés des atlas britanniques! Je serais bien aise, maintenant, de parler un peu de l'Amérique!

— Elle se divise, reprit Toliné, en Amérique septentrionale et en Amérique méridionale. La première appartient aux Anglais par le Canada, le Nouveau-Brunswick, la Nouvelle-Écosse, et les États-Unis sous l'administration du gouverneur Johnson!

— Le gouverneur Johnson! s'écria Paganel, ce successeur du grand et bon Lincoln assassiné par un fou fanatique de l'esclavage! Parfait! On ne peut mieux! Et quant à l'Amérique du Sud, avec sa Guyane, ses Malouines, son archipel des Shetland, sa Georgie, sa Jamaïque, sa Trinitad, etc., etc., elle appartient encore aux Anglais! Ce n'est pas moi qui disputerai à ce sujet. Mais, par exemple, Toliné, je voudrais bien connaître ton opinion sur l'Europe, ou plutôt celle de tes professeurs?

— L'Europe? répondit Toliné, qui ne comprenait rien à l'animation du géographe.

— Oui! l'Europe! A qui appartient l'Europe?

— Mais l'Europe appartient aux Anglais, répondit l'enfant d'un ton convaincu.

— Je m'en doute bien, reprit Paganel. Mais comment? Voilà ce que je désire savoir.

— Par l'Angleterre, l'Écosse, l'Irlande, Malte, les îles Jersey et Guernesey, les îles Ioniennes, les Hébrides, les Shetland, les Orcades...

— Bien! bien, Toliné, mais il y a d'autres États que tu oublies de mentionner, mon garçon!

— Lesquels? monsieur, répondit l'enfant, qui ne se déconcertait pas.

— L'Espagne, la Russie, l'Autriche, la Prusse, la France?

— Ce sont des provinces et non des États, dit Toliné.

— Par exemple! s'écria Paganel, en arrachant ses lunettes de ses yeux.

— Sans doute, l'Espagne, capitale Gibraltar.

— Admirable ! parfait ! sublime ! Et la France, car je suis Français, et je ne serais pas fâché d'apprendre à qui j'appartiens!

— La France, répondit tranquillement Toliné, c'est une province anglaise, chef-lieu Calais.

— Calais ! s'écria Paganel. Comment ! tu crois que Calais appartient encore à l'Angleterre ?

— Sans doute.

— Est-ce que c'est le chef-lieu de la France ?

— Oui, monsieur, et c'est là que réside le gouverneur, Lord Napoléon... »

A ces derniers mots, Paganel éclata. Toliné ne savait que penser. On l'avait interrogé, il avait répondu de son mieux. Mais la singularité de ses réponses ne pouvait lui être imputée ; il ne la soupçonnait même pas. Cependant, il ne paraissait point déconcerté, et il attendait gravement la fin de ces incompréhensibles ébats.

« Vous le voyez, dit en riant le major à Paganel. N'avais-je pas raison de prétendre que l'élève Toliné vous en remontrerait ?

— Certes! ami major, répliqua le géographe. Ah ! voilà comme on enseigne la géographie à Melbourne ! Ils vont bien, les professeurs de l'École normale ! L'Europe, l'Asie, l'Afrique, l'Amérique, l'Océanie, le monde entier, tout aux Anglais ! Parbleu, avec cette éducation ingénieuse, je comprends que les indigènes se soumettent ! Ah çà ! Toliné, et la lune, mon garçon, est-ce qu'elle est anglaise aussi ?

— Elle le sera », répondit gravement le jeune sauvage.

Là-dessus, Paganel se leva. Il ne pouvait plus tenir en place. Il lui fallait rire tout à son aise, et il alla passer son accès à un quart de mille du campement.

Cependant, Glenarvan avait été chercher un livre dans la petite bibliothèque de voyage. C'était le *Précis de géographie* de Samuel Richardson, un ouvrage estimé en Angleterre, et plus au courant de la science que les professeurs de Melbourne.

« Tiens, mon enfant, dit-il à Toliné, prends et garde ce livre. Tu as quelques idées fausses en géographie qu'il est bon de réformer. Je te le donne en souvenir de notre rencontre. »

Toliné prit le livre sans répondre ; il le regarda attentivement, remuant la tête d'un air d'incrédulité, sans se décider à le mettre dans sa poche.

Cependant, la nuit était tout à fait venue. Il était dix heures du soir. Il fallait songer au repos afin de se lever de grand matin. Robert offrit à son ami Toliné la moitié de sa couchette. Le petit indigène accepta.

Quelques instants après, Lady Helena et Mary Grant regagnèrent le chariot et les voyageurs s'étendirent sous la tente, pendant que les éclats de rire de Paganel se mêlaient encore au chant doux et bas des pies sauvages.

Mais le lendemain, quand, à six heures, un rayon de soleil réveilla les dormeurs, ils cherchèrent en vain l'enfant australien. Toliné avait disparu. Voulait-il gagner sans retard les contrées du Lachlan ? s'était-il blessé des rires de Paganel ? On ne savait.

Mais, lorsque Lady Helena s'éveilla, elle trouva sur sa poitrine un frais bouquet de sensitives à feuilles simples, et Paganel, dans la poche de sa veste, *La Géographie* de Samuel Richardson.

XIV

LES MINES DU MONT ALEXANDRE

En 1814, Sir Roderick Impey Murchison, actuellement président de la Société royale géographique de Londres, trouva, par l'étude de leur conformation, des rapports d'identité remarquables entre la chaîne de l'Oural et la chaîne qui s'étend du nord au sud, non loin de la côte méridionale de l'Australie.

Or, l'Oural étant une chaîne aurifère, le savant géologue se demanda si le précieux métal ne se rencontrerait pas dans la cordillère australienne. Il ne se trompait pas.

En effet, deux ans plus tard, quelques échantillons d'or lui furent envoyés de la Nouvelle-Galles du Sud, et il décida l'émigration d'un grand nombre d'ouvriers du Cornouailles vers les régions aurifères de la Nouvelle-Hollande.

C'était M. Francis Dutton qui avait trouvé les premières pépites de l'Australie du Sud. C'étaient MM. Forbes et Smyth qui avaient découvert les premiers placers de la Nouvelle-Galles.

Le premier élan donné, les mineurs affluèrent de tous les points du globe, Anglais, Américains, Italiens, Français, Allemands, Chinois. Cependant, ce ne fut que le 3 avril 1851 que M. Hargraves reconnut des gîtes d'or très riches, et proposa au gouverneur de la colonie de Sydney, Sir Ch. Fitz-Roy, de lui en révéler l'emplacement pour la modique somme de cinq cents livres sterling.

Son offre ne fut pas acceptée, mais le bruit de la découverte s'était répandu. Les chercheurs se dirigèrent vers le Summerhill et le Leni's Pond. La ville d'Ophir fut fondée, et, par la richesse des exploitations, elle se montra bientôt digne de son nom biblique.

Jusqu'alors il n'était pas question de la province de Victoria, qui devait cependant l'emporter par l'opulence de ses gîtes.

En effet, quelques mois plus tard, au mois d'août 1851, les premières pépites de la province furent déterrées, et bientôt quatre districts se virent largement exploités. Ces quatre districts étaient ceux de Ballarat, de l'Ovens,

Là, s'élevait une véritable ville. (Page 480.)

de Bendigo et du mont Alexandre, tous très riches ; mais sur la rivière d'Ovens, l'abondance des eaux rendait le travail pénible ; à Ballarat, une répartition inégale de l'or déjouait souvent les calculs des exploitants ; à Bendigo, le sol ne se prêtait pas aux exigences du travailleur. Au mont Alexandre, toutes les conditions de succès se trouvèrent réunies sur un sol régulier, et ce précieux métal, valant jusqu'à quatorze cent quarante et un francs la livre, atteignit le taux le plus élevé de tous les marchés du monde.

C'était précisément à ce lieu si fécond en ruines funestes et en fortunes inespérées que la route du 37ᵉ parallèle conduisait les chercheurs du capitaine Harry Grant.

Après avoir marché pendant toute la journée du 31 décembre sur un terrain très accidenté qui fatigua les chevaux et les bœufs, ils aperçurent les cimes arrondies du mont Alexandre. Le campement fut établi dans une gorge étroite de cette petite chaîne, et les animaux allèrent, les entraves aux pieds, chercher leur nourriture entre les blocs de quartz qui parsemaient le sol. Ce n'était pas encore la région des placers exploités. Le lendemain seulement, premier jour de l'année 1866, le chariot creusa son ornière dans les routes de cette opulente contrée.

Jacques Paganel et ses compagnons furent ravis de voir en passant ce mont célèbre, appelé Geboor dans la langue australienne. Là, se précipita toute la horde des aventuriers, les voleurs et les honnêtes gens, ceux qui font pendre et ceux qui se font pendre. Aux premiers bruits de la grande découverte, en cette année dorée de 1851, les villes, les champs, les navires, furent abandonnés des habitants, des squatters et des marins. La fièvre de l'or devint épidémique, contagieuse comme la peste, et combien en moururent, qui croyaient déjà tenir la fortune ! La prodigue nature avait disait-on, semé des millions sur plus de 25° de latitude dans cette merveilleuse Australie. C'était l'heure de la récolte, et ces nouveaux moissonneurs couraient à la moisson. Le métier du « digger », du bêcheur, primait tous les autres, et, s'il est vrai que beaucoup succombèrent à la tâche, brisés par les fatigues, quelques-uns, cependant, s'enrichirent d'un seul coup de pioche. On taisait les ruines, on ébruitait les fortunes. Ces coups du sort trouvaient un écho dans les cinq parties du monde. Bientôt des flots d'ambitieux de toutes castes refluèrent sur les rivages de l'Australie, et, pendant les quatre derniers mois de l'année 1852, Melbourne, seule, reçut cinquante-quatre mille émigrants, une armée, mais une armée sans chef, sans discipline, une armée au lendemain d'une victoire qui n'était pas encore remportée, en un mot, cinquante-quatre mille pillards de la plus malfaisante espèce.

Pendant ces premières années d'ivresse folle, ce fut un inexprimable désordre. Cependant, les Anglais, avec leur énergie accoutumée, se rendirent maîtres de la situation. Les policemen et les gendarmes indigènes abandonnèrent le parti des voleurs pour celui des honnêtes gens. Il y eut revirement. Aussi Glenarvan ne devait-il rien retrouver des scènes violentes de 1852. Treize ans s'étaient écoulés depuis cette époque, et maintenant l'exploitation des terrains aurifères se faisait avec méthode, suivant les règles d'une sévère organisation.

D'ailleurs, les placers s'épuisaient déjà. A force de les fouiller, on en trouvait le fond. Et comment n'eût-on pas tari ces trésors accumulés par la nature, puisque, de 1852 à 1858, les mineurs ont arraché au sol de Victoria soixante-trois millions cent sept mille quatre cent soixante-dix-huit livres sterling [1]? Les émigrants ont

1. 1 577 686 950 francs. Un milliard et demi.

donc diminué dans une proportion notable, et ils se sont jetés sur des contrées vierges encore. Aussi, les « gold fields », les champs d'or, nouvellement découverts à Otago et à Marlborough dans la Nouvelle-Zélande, sont-ils actuellement percés à jour par des milliers de termites à deux pieds sans plumes [1].

Vers onze heures, on arriva au centre des exploitations. Là, s'élevait une véritable ville avec usines, maison de banque, église, caserne, cottages et bureaux de journal. Les hôtels, les fermes, les villas, n'y manquaient point. Il y avait même un théâtre à dix shillings la place, et très suivi. On y jouait avec un grand succès une pièce du cru intitulée *Francis Obadiag, ou l'heureux digger*. Le héros, au dénouement, donnait le dernier coup de pioche du désespoir, et trouvait un « nugget » d'un poids invraisemblable.

Glenarvan, curieux de visiter cette vaste exploitation du mont Alexandre, laissa le chariot marcher en avant sous la conduite d'Ayrton et de Mulrady. Il devait le rejoindre quelques heures plus tard. Paganel fut enchanté de cette détermination, et, suivant son habitude, il se fit le guide et le cicerone de la petite troupe.

D'après son conseil, on se dirigea vers la Banque. Les rues étaient larges, macadamisées et arrosées soigneusement. De gigantesques affiches des *Golden Company (limited)*, des *Digger's General Office*, des *Nugget's Union*, sollicitaient le regard. L'association des bras et des capitaux s'était substituée à l'action isolée du mineur. Par-

1. Cependant, il est possible que les émigrants se soient trompés. En effet, les gîtes aurifères ne sont pas épuisés, à beaucoup près. D'après les dernières nouvelles de l'Australie, on estime que les placers de Victoria et de la Nouvelle-Galles occupent cinq millions d'hectares; le poids approximatif du quartz qui renferme des veines d'or serait de 20 650 *milliards* de kilogrammes, et, avec les moyens actuels d'exploitation, il faudrait, pour épuiser ces placers, le travail de cent mille ouvriers pendant trois siècles. En somme, on évalue la richesse aurifère de l'Australie à 664 milliards 250 millions de francs.

tout on entendait fonctionner les machines qui lavaient les sables et pulvérisaient le quartz précieux.

Au-delà des habitations s'étendaient les placers, c'est-à-dire de vastes étendues de terrains livrés à l'exploitation. Là piochaient les mineurs engagés pour le compte des compagnies et fortement rétribués par elles. L'œil n'aurait pu compter ces trous qui criblaient le sol. Le fer des bêches étincelait au soleil et jetait une incessante irradiation d'éclairs. Il y avait parmi ces travailleurs des types de toutes nations. Ils ne se querellaient point, et ils accomplissaient silencieusement leur tâche, en gens salariés.

« Il ne faudrait pas croire cependant, dit Paganel, qu'il n'y a plus sur le sol australien un de ces fiévreux chercheurs qui viennent tenter la fortune au jeu des mines. Je sais bien que la plupart louent leurs bras aux compagnies, et il le faut, puisque les terrains aurifères sont tous vendus ou affermés par le gouvernement. Mais à celui qui n'a rien, qui ne peut ni louer ni acheter, il reste encore une chance de s'enrichir.

— Laquelle ? demanda Lady Helena.

— La chance d'exercer le « jumping », répondit Paganel. Ainsi, nous autres, qui n'avons aucun droit sur ces placers, nous pourrions cependant — avec beaucoup de bonheur, s'entend — faire fortune.

— Mais comment ? demanda le major.

— Par le jumping, ainsi que j'ai eu l'honneur de vous le dire.

— Qu'est-ce que le jumping ? redemanda le major.

— C'est une convention admise entre les mineurs, qui amène souvent des violences et des désordres, mais que les autorités n'ont jamais pu abolir.

— Allez donc, Paganel, dit Mac Nabbs, vous nous mettez l'eau à la bouche.

— Eh bien, il est admis que toute terre du centre d'exploitation à laquelle on n'a pas travaillé pendant

Le musée minéralogique de la Banque. (Page 485.)

vingt-quatre heures, les grandes fêtes exceptées, tombe dans le domaine public. Quiconque s'en empare peut la creuser et s'enrichir, si le Ciel lui vient en aide. Ainsi, Robert, mon garçon, tâche de découvrir un de ces trous délaissés, et il est à toi!

— Monsieur Paganel, dit Mary Grant, ne donnez pas à mon frère de semblables idées.

— Je plaisante, ma chère miss, répondit Paganel, et Robert le sait bien. Lui, mineur! Jamais! Creuser la terre, la retourner, la cultiver, puis l'ensemencer et lui demander toute une moisson pour ses peines, bon. Mais la fouiller à la façon des taupes, en aveugle comme elles, pour lui arracher un peu d'or, c'est un triste métier, et il faut être abandonné de Dieu et des hommes pour le faire! »

Après avoir visité le principal emplacement des mines et foulé un terrain de transport, composé en grande partie de quartz, de schiste argileux et de sables provenant de la désagrégation des roches, les voyageurs arrivèrent à la Banque.

C'était un vaste édifice, portant à son faîte le pavillon national. Lord Glenarvan fut reçu par l'inspecteur général, qui lui fit les honneurs de son établissement.

C'est là que les compagnies déposent contre un reçu l'or arraché aux entrailles du sol. Il y avait loin du temps où le mineur des premiers jours était exploité par les marchands de la colonie. Ceux-ci lui payaient aux placers cinquante-trois shillings l'once qu'ils revendaient soixante-cinq à Melbourne! Le marchand, il est vrai, courait les risques du transport, et comme les spéculateurs de grande route pullulaient, l'escorte n'arrivait pas toujours à destination.

De curieux échantillons d'or furent montrés aux visiteurs, et l'inspecteur leur donna d'intéressants détails sur les divers modes d'exploitation de ce métal.

On le rencontre généralement sous deux formes,

Paganel ramassait un caillou. (Page 486.)

l'or roulé et l'or désagrégé. Il se trouve à l'état de minerai, mélangé avec les terres d'alluvion, ou renfermé dans sa gangue de quartz. Aussi, pour l'extraire, procède-t-on, suivant la nature du terrain, par les fouilles de surface ou les fouilles de profondeur.

Quand c'est de l'or roulé, il gît au fond des torrents, des vallées et des ravins, étagé suivant sa grosseur, les grains d'abord, puis les lamelles, et enfin les paillettes.

Si c'est au contraire de l'or désagrégé, dont la gangue a été décomposée par l'action de l'air, il est concentré sur place, réuni en tas, et forme ce que les mineurs appellent des « pochettes ». Il y a de ces pochettes qui renferment une fortune.

Au mont Alexandre, l'or se recueille plus spécialement dans les couches argileuses et dans l'interstice des roches ardoisiennes. Là, sont les nids à pépites; là, le mineur heureux a souvent mis la main sur le gros lot des placers.

Les visiteurs, après avoir examiné les divers spécimens d'or, parcoururent le musée minéralogique de la Banque. Ils virent, étiquetés et classés, tous les produits dont est formé le sol australien. L'or ne fait pas sa seule richesse, et il peut passer à juste titre pour un vaste écrin où la nature renferme ses bijoux précieux. Sous les vitrines étincelaient la topaze blanche, rivale des topazes brésiliennes, le grenat almadin, l'épidote, sorte de silicate d'un beau vert, le rubis balais, représenté par des spinelles écarlates et par une variété rose de la plus grande beauté, des saphirs bleu clair et bleu foncé, tels que le corindon, et aussi recherchés que celui du Malabar ou du Tibet, des rutiles brillants, et enfin un petit cristal de diamant qui fut trouvé sur les bords du Turon. Rien ne manquait à cette resplendissante collection de pierres fines, et il ne fallait pas aller chercher loin l'or nécessaire à les enchâsser. A moins de les vouloir toutes montées, on ne pouvait en demander davantage.

Glenarvan prit congé de l'inspecteur de la Banque, après l'avoir remercié de sa complaisance, dont il avait largement usé. Puis, la visite des placers fut reprise.

Paganel, si détaché qu'il fût des biens de ce monde, ne faisait pas un pas sans fouiller du regard ce sol. C'était plus fort que lui, et les plaisanteries de ses compagnons n'y pouvaient rien. A chaque instant, il se baissait, ramassait un caillou, un morceau de gangue, des débris de quartz ; il les examinait avec attention et les rejetait bientôt avec mépris. Ce manège dura pendant toute la promenade.

« Ah çà ! Paganel, lui demanda le major, est-ce que vous avez perdu quelque chose ?

— Sans doute, répondit Paganel, on a toujours perdu ce qu'on n'a pas trouvé, dans ce pays d'or et de pierres précieuses. Je ne sais pas pourquoi j'aimerais à emporter une pépite pesant quelques onces, ou même un vingtaine de livres, pas davantage.

— Et qu'en feriez-vous, mon digne ami ? dit Glenarvan.

— Oh ! je ne serais pas embarrassé, répondit Paganel. J'en ferais hommage à mon pays ! Je la déposerais à la Banque de France...

— Qui l'accepterait ?

— Sans doute, sous la forme d'obligations de chemins de fer ! »

On félicita Paganel sur la façon dont il entendait offrir sa pépite « à son pays », et Lady Helena lui souhaita de trouver le plus gros nugget du monde.

Tout en plaisantant, les voyageurs parcoururent la plus grande partie des terrains exploités. Partout le travail se faisait régulièrement, mécaniquement, mais sans animation.

Après deux heures de promenade, Paganel avisa une auberge fort décente, où il proposa de s'asseoir en attendant l'heure de rejoindre le chariot. Lady Helena y consentit, et comme l'auberge ne va pas sans rafraîchissements, Paganel demanda à l'aubergiste de servir quelque boisson du pays.

On apporta un « nobler » pour chaque personne. Or, le nobler, c'est tout bonnement le grog, mais le grog retourné. Au lieu de mettre un petit verre d'eau-de-vie dans un grand verre d'eau, on met un petit verre d'eau dans un grand verre d'eau-de-vie, on sucre et l'on boit. C'était un peu trop australien, et, au grand étonnement de l'aubergiste, le nobler, rafraîchi d'une grande carafe d'eau, redevint le grog britannique.

Puis, on causa mine et mineurs. C'était le cas ou jamais. Paganel, très satisfait de ce qu'il venait de voir, avoua cependant que ce devait être plus curieux autrefois, pendant les premières années d'exploitation du mont Alexandre.

« La terre, dit-il, était alors criblée de trous et envahie par des légions de fourmis travailleuses, et quelles fourmis ! Tous les émigrants en avaient l'ardeur, mais non la prévoyance ! L'or s'en allait en folies. On le buvait, on le jouait, et cette auberge où nous sommes était un « enfer », comme on disait alors. Les coups de dés amenaient les coups de couteau. La police n'y pouvait rien, et maintes fois le gouverneur de la colonie fut obligé de marcher avec des troupes régulières contre les mineurs révoltés. Cependant, il parvint à les mettre à la raison, il imposa un droit de patente à chaque exploitant, il le fit percevoir non sans peine, et, en somme, les désordres furent ici moins grands qu'en Californie.

— Ce métier de mineur, demanda Lady Helena, tout individu peut donc l'exercer ?

— Oui, madame. Il n'est pas nécessaire d'être bachelier pour cela. De bons bras suffisent. Les aventuriers, chassés par la misère, arrivaient aux mines sans argent pour la plupart, les riches avec une pioche, les pauvres avec un couteau, et tous apportaient dans ce travail une rage qu'ils n'eussent pas mise à un métier d'honnête homme. C'était un singulier aspect que celui de ces terrains aurifères ! Le sol était couvert de tentes, de prélarts, de cahutes, de baraques en terre, en planche, en feuillage. Au milieu, dominait la marquise du gouvernement, ornée du pavillon britannique, les tentes en coutil bleu de ses agents, et les établissements des changeurs, des marchands d'or, des trafiquants, qui spéculaient sur cet ensemble de richesse et de pauvreté. Ceux-là se sont enrichis à coup sûr. Il fallait voir ces diggers à longue barbe et en chemise de laine rouge, vivant dans l'eau et la boue. L'air était rempli du bruit continu des pioches, et d'émanations fétides provenant des carcasses d'animaux qui pourrissaient sur le sol. Une poussière étouffante enveloppait comme un nuage ces malheureux qui fournissaient à la mortalité une moyenne excessive, et certainement, dans un pays moins salubre, cette population eût été décimée par le typhus. Et encore, si tous ces aventuriers avaient réussi ! Mais tant de misère n'était pas compensée, et, à bien compter, on verrait que, pour un mineur qui s'est enrichi, cent, deux cents, mille peut-être, sont morts pauvres et désespérés.

— Pourriez-vous nous dire, Paganel, demanda Glenarvan, comment on procédait à l'extraction de l'or ?

— Rien n'était plus simple, répondit Paganel. Les premiers mineurs faisaient le métier d'orpailleurs, tel qu'il est encore pratiqué dans quelques parties des Cévennes, en France. Aujourd'hui les compagnies procèdent autrement ; elles remontent à la source même, au filon qui produit les lamelles, les paillettes et les pépites. Mais les orpailleurs se contentaient de laver les sables aurifères, voilà tout. Ils creusaient le sol, ils recueillaient les couches de terre qui leur semblaient productives, et ils les traitaient par l'eau pour en séparer le minerai précieux. Ce lavage s'opérait au moyen d'un instrument d'origine américaine, appelé « craddle » ou berceau. C'était une boîte longue de cinq à six pieds, une sorte de bière ouverte et divisée en deux compartiments. Le premier était muni d'un crible grossier, superposé à d'autres cribles à mailles plus serrées ; le second était rétréci à sa partie inférieure. On mettait le sable sur le crible à une extrémité, on y versait de l'eau, et de la main on agitait, ou plutôt on berçait l'instrument. Les pierres restaient dans le premier crible, le minerai et le sable fin dans les autres, suivant leur grosseur, et la terre délayée s'en allait avec l'eau par l'extrémité inférieure. Voilà quelle était la machine généralement usitée.

— Mais encore fallait-il l'avoir, dit John Mangles.

— On l'achetait aux mineurs enrichis ou ruinés, suivant le cas, répondit Paganel, ou l'on s'en passait.

— Et comment la remplaçait-on ? demanda Mary Grant.

— Par un plat, ma chère Mary, un simple plat de fer ; on vannait la terre comme on vanne le blé ; seulement, au lieu de grains de froment, on recueillait quelquefois des grains d'or. Pendant la première année, plus d'un mineur a fait fortune sans autres frais. Voyez-vous, mes amis, c'était le bon temps, bien que les bottes valussent cent cinquante francs la paire, et qu'on payât dix shillings un verre de limonade ! Les premiers arrivés ont toujours raison. L'or était partout, en abondance, à la surface du sol ; les ruisseaux coulaient sur un lit de métal ; on en trouvait jusque dans les rues de Melbourne ; on macadamisait avec de la poudre d'or. Aussi, du 26 janvier au 24 février 1852, le précieux métal transporté du mont Alexandre à Melbourne sous l'escorte du gouvernement s'est élevé à huit millions deux cent trente-huit mille sept cent cinquante francs. Cela fait une moyenne de cent soixante-quatre mille sept cent vingt-cinq francs par jour.

— A peu près la liste civile de l'empereur de Russie, dit Glenarvan.

— Pauvre homme ! répliqua le major.

— Cite-t-on des coups de fortune subits ? demanda Lady Helena.

— Quelques-uns, madame.

— Et vous les connaissez ? dit Glenarvan.

— Parbleu ! répondit Paganel. En 1852, dans le district de Ballarat, on trouva un nugget qui pesait cinq cent soixante-treize onces, un autre dans le Gippsland de sept cent quatre-vingt-deux onces, et, en 1861, un lingot de huit cent trente-quatre onces. Enfin, toujours à Ballarat, un mineur découvrit un nugget pesant soixante-cinq kilogrammes, ce qui, à dix-sept cent vingt-deux francs la livre, fait deux cent vingt-trois mille huit cent soixante francs ! Un coup de pioche qui rapporte onze mille francs de rente, c'est un beau coup de pioche !

— Dans quelle proportion s'est accrue la production de l'or depuis la découverte de ces mines ? demanda John Mangles.

— Dans une proportion énorme, mon cher John. Cette production n'était que de quarante-sept millions par an au commencement du siècle, et actuellement, en y comprenant le produit des mines d'Europe, d'Asie et d'Amérique, on l'évalue à neuf cents millions, autant dire un milliard.

— Ainsi, monsieur Paganel, dit le jeune Robert, à l'endroit même où nous sommes, sous nos pieds, il y a peut-être beaucoup d'or ?

— Oui, mon garçon, des millions ! Nous marchons dessus ! Mais si nous marchons dessus, c'est que nous le méprisons !

— C'est donc un pays privilégié que l'Australie ?

— Non, Robert, répondit le géographe. Les pays aurifères ne sont point privilégiés. Ils n'enfantent que des populations fainéantes, et jamais les races fortes et laborieuses. Vois le Brésil, le Mexique, la

Californie, l'Australie! Où en sont-ils au dix-neuvième siècle? Le pays par excellence, mon garçon, ce n'est pas le pays de l'or, c'est le pays du fer! »

XV

AUSTRALIAN AND NEW-ZEALAND GAZETTE

Le 2 janvier, au soleil levant, les voyageurs franchirent la limite des régions aurifères et les frontières du comté de Talbot. Le pied de leurs chevaux frappait alors les poudreux sentiers du comté de Dalhousie. Quelques heures après, ils passaient à gué la Colban et la Campaspe-rivers, par 144° 35′ et 144° 45′ de longitude. La moitié du voyage était accomplie. Encore quinze jours d'une traversée aussi heureuse, et la petite troupe atteindrait les rivages de la baie Twofold.

Du reste, tout le monde était bien portant. Les promesses de Paganel, relativement à cet hygiénique climat, se réalisaient. Peu ou point d'humidité, et une chaleur très supportable. Les chevaux et les bœufs ne s'en plaignaient point. Les hommes, pas davantage.

Une seule modification avait été apportée à l'ordre de marche depuis Camden-Bridge. La criminelle catastrophe du railway, lorsqu'elle fut connue d'Ayrton, l'engagea à prendre quelques précautions, jusque-là fort inutiles. Les chasseurs durent ne point perdre le chariot de vue. Pendant les heures de campement, l'un d'eux fut toujours de garde. Matin et soir, les amorces des armes furent renouvelées. Il était certain qu'une bande de malfaiteurs battait la campagne, et, quoique rien ne fît naître des craintes immédiates, il fallait être prêt à tout événement.

La forêt d'eucalyptus. (Page 494.)

Inutile d'ajouter que ces précautions furent prises à l'insu de Lady Helena et de Mary Grant, que Glenarvan ne voulait pas effrayer.

Au fond, on avait raison d'agir ainsi. Une imprudence, une négligence même pouvait coûter cher. Glenarvan, d'ailleurs, n'était pas seul à se préoccuper de cet état de choses. Dans les bourgs isolés, dans les stations, les habitants et les squatters se précautionnaient contre toute attaque ou surprise. Les maisons se fermaient à la nuit tombante. Les chiens, lâchés dans les palissades, aboyaient à la moindre approche. Pas de berger rassemblant à cheval ses nombreux troupeaux pour la rentrée du soir, qui ne portât une carabine suspendue à l'arçon de sa selle. La nouvelle du crime commis au pont de Camden motivait cet excès de précaution, et maint colon se verrouillait avec soin au crépuscule, qui jusqu'alors dormait fenêtres et portes ouvertes.

L'administration de la province elle-même fit preuve de zèle et de prudence. Des détachements de gendarmes indigènes furent envoyés dans les campagnes. On assura plus spécialement le service des dépêches. Jusqu'à ce moment, le mail-coach courait les grands chemins sans escorte. Or, ce jour-là, précisément à l'instant où la troupe de Glenarvan traversait la route de Kilmore à Heathcote, la malle passa de toute la vitesse de ses chevaux en soulevant un tourbillon de poussière. Mais, si vite qu'elle eût disparu, Glenarvan avait vu reluire les carabines des policemen qui galopaient à ses portières. On se serait cru reporté à cette époque funeste où la découverte des premiers placers jetait sur le continent australien l'écume des populations européennes.

Un mille après avoir traversé la route de Kilmore, le chariot s'enfonça sous un massif d'arbres géants, et, pour la première fois depuis le cap Bernouilli, les voyageurs pénétrèrent dans une de ces forêts qui couvrent une superficie de plusieurs degrés.

Le soir venu, on campa au pied d'eucalyptus. (Page 497.)

Ce fut un cri d'admiration à la vue des eucalyptus hauts de deux cents pieds, dont l'écorce fongueuse mesurait jusqu'à cinq pouces d'épaisseur. Les troncs, de vingt pieds de tour, sillonnés par les baves d'une résine odorante, s'élevaient à cent cinquante pieds au-dessus du sol. Pas une branche, pas un rameau, pas une pousse capricieuse, pas un nœud même n'altérait leur profil. Ils ne seraient pas sortis plus lisses de la main du tourneur. C'étaient autant de colonnes exactement calibrées qui se comptaient par centaines. Elles s'épanouissaient à une excessive hauteur en chapiteaux de branches contournées et garnies à leur extrémité de feuilles alternes ; à l'aisselle de ces feuilles pendaient des fleurs solitaires dont le calice figurait une urne renversée.

Sous ce plafond toujours vert, l'air circulait librement ; une incessante ventilation buvait l'humidité du sol ; les chevaux, les troupeaux de bœufs, les chariots pouvaient passer à l'aise entre ces arbres largement espacés et aménagés comme les jalons d'un taillis en coupe. Ce n'était là ni le bois à bouquets pressés et obstrués de ronces, ni la forêt vierge barricadée de troncs abattus et tendue de lianes inextricables, où, seuls, le fer et le feu peuvent frayer la route aux pionniers. Un tapis d'herbe au pied des arbres, une nappe de verdure à leur sommet, de longues perspectives de piliers hardis, peu d'ombre, peu de fraîcheur en somme, une clarté spéciale et semblable aux lueurs qui filtrent à travers un mince tissu, des reflets réguliers, des miroitements nets sur le sol, tout cet ensemble constituait un spectacle bizarre et riche en effets neufs. La forêt du continent océanien ne rappelle en aucune façon les forêts du Nouveau Monde, et l'eucalyptus, le « Tara » des aborigènes, rangé dans cette famille des myrtes dont les différentes espèces peuvent à peine s'énumérer, est l'arbre par excellence de la flore australienne.

Si l'ombre n'est pas épaisse ni l'obscurité profonde

sous ces dômes de verdure, cela tient à ce que les arbres présentent une anomalie curieuse dans la disposition de leurs feuilles. Aucune n'offre sa face au soleil, mais bien sa tranche acérée. L'œil n'aperçoit que des profils dans ce singulier feuillage. Aussi, les rayons du soleil glissent-ils jusqu'à terre, comme s'ils passaient entre les lames relevées d'une persienne.

Chacun fit cette remarque et parut surpris. Pourquoi cette disposition particulière ? Cette question s'adressait naturellement à Paganel. Il répondit en homme que rien n'embarrasse.

« Ce qui m'étonne ici, dit-il, ce n'est pas la bizarrerie de la nature ; la nature sait ce qu'elle fait, mais les botanistes ne savent pas toujours ce qu'ils disent. La nature ne s'est pas trompée en donnant à ces arbres ce feuillage spécial, mais les hommes se sont fourvoyés en les appelant des « eucalyptus. »

— Que veut dire ce mot ? demanda Mary Grant.

— Il vient de *εῦ χαλύπτω*, et signifie *je couvre bien*. On a eu soin de commettre l'erreur en grec afin qu'elle fût moins sensible, mais il est évident que l'eucalyptus couvre mal.

— Accordé, mon cher Paganel, répondit Glenarvan, et maintenant, apprenez-nous pourquoi les feuilles poussent ainsi.

— Par une raison purement physique, mes amis, répondit Paganel, et que vous comprendrez sans peine. Dans cette contrée où l'air est sec, où les pluies sont rares, où le sol est desséché, les arbres n'ont besoin ni de vent ni de soleil. L'humidité manquant, la sève manque aussi. De là ces feuilles étroites qui cherchent à se défendre elles-mêmes contre le jour et à se préserver d'une trop grande évaporation. Voilà pourquoi elles se présentent de profil et non de face à l'action des rayons solaires. Il n'y a rien de plus intelligent qu'une feuille.

— Et rien de plus égoïste ! répliqua le major. Celles-ci

n'ont songé qu'à elles, et pas du tout aux voyageurs. »

Chacun fut un peu de l'avis de Mac Nabbs, moins Paganel, qui, tout en s'essuyant le front, se félicitait de marcher sous des arbres sans ombre. Cependant, cette disposition du feuillage était regrettable ; la traversée de ces forêts est souvent très longue, et pénible par conséquent, puisque rien ne protège le voyageur contre les ardeurs du jour.

Pendant toute la journée, le chariot roula sous ces interminables travées d'eucalyptus. On ne rencontra ni un quadrupède, ni un indigène. Quelques kakatoès habitaient les cimes de la forêt ; mais, à cette hauteur, on les distinguait à peine, et leur babillage se changeait en imperceptible murmure. Parfois, un essaim de perruches traversait une allée lointaine et l'animait d'un rapide rayon multicolore. Mais, en somme, un profond silence régnait dans ce vaste temple de verdure, et le pas des chevaux, quelques mots échangés dans une conversation décousue, les roues du chariot qui grinçaient, et, de temps en temps, un cri d'Ayrton excitant son indolent attelage, troublaient seuls ces immenses solitudes.

Le soir venu, on campa au pied d'eucalyptus qui portaient la marque d'un feu assez récent. Ils formaient comme de hautes cheminées d'usines, car la flamme les avait creusés intérieurement dans toute leur longueur. Avec le seul revêtement d'écorce qui leur restait, ils ne s'en portaient pas plus mal. Cependant, cette fâcheuse habitude des squatters ou des indigènes finira par détruire ces magnifiques arbres, et ils disparaîtront comme ces cèdres du Liban, vieux de quatre siècles, que brûle la flamme maladroite des campements.

Olbinett, suivant le conseil de Paganel, alluma le feu du souper dans un de ces troncs tubulaires ; il obtint aussitôt un tirage considérable, et la fumée alla se perdre dans le massif assombri du feuillage. On prit les précautions voulues pour la nuit, et Ayrton, Mulrady,

Wilson, John Mangles, se relayant tour à tour, veillèrent jusqu'au lever du soleil.

Pendant toute la journée du 3 janvier, l'interminable forêt multiplia ses longues avenues symétriques. C'était à croire qu'elle ne finirait pas. Cependant, vers le soir, les rangs des arbres s'éclaircirent, et à quelques milles, dans une petite plaine, apparut une agglomération de maisons régulières.

« Seymour ! s'écria Paganel. Voilà la dernière ville que nous devons rencontrer avant de quitter la province de Victoria.

— Est-elle importante ? demanda Lady Helena.

— Madame, répondit Paganel, c'est une simple paroisse qui est en train de devenir une municipalité.

— Y trouverons-nous un hôtel convenable ? dit Glenarvan.

— Je l'espère, répondit le géographe.

— Eh bien, entrons dans la ville, car nos vaillantes voyageuses ne seront pas fâchées, j'imagine, de s'y reposer une nuit.

— Mon cher Edward, répondit Lady Helena, Mary et moi nous acceptons, mais à la condition que cela ne causera ni un dérangement, ni un retard.

— Aucunement, répondit Lord Glenarvan ; notre attelage est fatigué, d'ailleurs demain, nous repartirons à la pointe du jour. »

Il était alors neuf heures. La lune s'approchait de l'horizon et ne jetait plus que des rayons obliques, noyés dans la brume. L'obscurité se faisait peu à peu. Toute la troupe pénétra dans les larges rues de Seymour sous la direction de Paganel, qui semblait toujours parfaitement connaître ce qu'il n'avait jamais vu. Mais son instinct le guidait, et il arriva droit à Campbell's North British hôtel.

Chevaux et bœufs furent menés à l'écurie, le chariot remisé, et les voyageurs conduits à des chambres assez confortables. A dix heures, les convives prenaient place à une table, sur laquelle Olbinett avait jeté le coup d'œil du maître. Paganel venait de courir la ville en compagnie de Robert, et il raconta son impression nocturne d'une très laconique façon. Il n'avait absolument rien vu.

Cependant, un homme moins distrait eût remarqué certaine agitation dans les rues de Seymour : des groupes étaient formés çà et là, qui se grossissaient peu à peu; on causait à la porte des maisons; on s'interrogeait avec une inquiétude réelle; quelques journaux du jour étaient lus à haute voix, commentés, discutés. Ces symptômes ne pouvaient échapper à l'observateur le moins attentif. Cependant Paganel n'avait rien soupçonné.

Le major, lui, sans aller si loin, sans même sortir de l'hôtel, se rendit compte des craintes qui préoccupaient justement la petite ville. Dix minutes de conversation avec le loquace Dickson, le maître de l'hôtel, et il sut à quoi s'en tenir.

Mais il n'en souffla mot. Seulement, quand le souper fut terminé, lorsque Lady Glenarvan, Mary et Robert Grant eurent regagné leurs chambres, le major retint ses compagnons et leur dit :

« On connaît les auteurs du crime commis sur le chemin de fer de Sandhurst.

— Et ils sont arrêtés? demanda vivement Ayrton.

— Non, répondit Mac Nabbs, sans paraître remarquer l'empressement du quartier-maître, empressement très justifié, d'ailleurs, dans cette circonstance.

— Tant pis, ajouta Ayrton.

— Eh bien, demanda Glenarvan, à qui attribue-t-on ce crime?

— Lisez, répondit le major, qui présenta à Glenarvan un numéro de l'*Australian and New-Zealand Gazette,* et vous verrez que l'inspecteur de police ne se trompait pas. »

Glenarvan lut à haute voix le passage suivant :

« Sydney, 2 janvier 1866. — On se rappelle que, « dans la nuit du 29 au 30 décembre dernier, un acci- « dent eut lieu à Camden-Bridge, à cinq milles au-delà « de la station de Castlemaine, railway de Melbourne à « Sandhurst. L'express de nuit de 11 h 45, lancé à toute « vitesse, est venu se précipiter dans la Lutton-river.

« Le pont de Camden était resté ouvert au passage « du train.

« Des vols nombreux commis après l'accident, le ca- « davre du garde retrouvé à un demi-mille de Camden- « Bridge, prouvèrent que cette catastrophe était le « résultat d'un crime.

« En effet, d'après l'enquête du coroner, il résulte que « ce crime doit être attribué à la bande de convicts « échappés depuis six mois du pénitentiaire de Perth, « Australie occidentale, au moment où ils allaient être « transférés à l'île Norfolk[1].

« Ces convicts sont au nombre de vingt-neuf; ils sont « commandés par un certain Ben Joyce, malfaiteur de « la plus dangereuse espèce, arrivé depuis quelques « mois en Australie, on ne sait par quel navire, et sur « lequel la justice n'a jamais pu mettre la main.

« Les habitants des villes, les colons et squatters des « stations sont invités à se tenir sur leurs gardes, et à « faire parvenir au surveyor général tous les rensei- « gnements de nature à favoriser ses recherches.

« J. P. MITCHELL, S.-G. »

Lorsque Glenarvan eut terminé la lecture de cet article, Mac Nabbs se tourna vers le géographe et lui dit :

1. L'île Norfolk est une île située à l'est de l'Australie, où le gouvernement détient les convicts récidivistes et incorrigibles. Ils y sont soumis à une surveillance spéciale.

« Vous voyez, Paganel, qu'il peut y avoir des convicts en Australie.

— Des évadés, c'est évident ! répondit Paganel, mais des transportés régulièrement admis, non. Ces gens-là n'ont pas le droit d'être ici.

— Enfin, ils y sont, reprit Glenarvan ; mais je ne suppose pas que leur présence puisse modifier nos projets et arrêter notre voyage. Qu'en penses-tu, John ? »

John Mangles ne répondit pas immédiatement ; il hésitait entre la douleur que causerait aux deux enfants l'abandon des recherches commencées et la crainte de compromettre l'expédition.

« Si Lady Glenarvan et Miss Grant n'étaient pas avec nous, dit-il, je me préoccuperais fort peu de cette bande de misérables. »

Glenarvan le comprit et ajouta :

« Il va sans dire qu'il ne s'agit pas de renoncer à accomplir notre tâche ; mais peut-être serait-il prudent, à cause de nos compagnes, de rejoindre le *Duncan* à Melbourne, et d'aller reprendre à l'est les traces d'Harry Grant. Qu'en pensez-vous, Mac Nabbs ?

— Avant de me prononcer, répondit le major, je désirerais connaître l'opinion d'Ayrton. »

Le quartier-maître, directement interpellé, regarda Glenarvan.

« Je pense, dit-il, que nous sommes à deux cents milles de Melbourne, et que le danger, s'il existe, est aussi grand sur la route du sud que sur la route de l'est. Toutes deux sont peu fréquentées, toutes deux se valent. D'ailleurs, je ne crois pas qu'une trentaine de malfaiteurs puissent effrayer huit hommes bien armés et résolus. Donc, sauf meilleur avis, j'irais en avant.

— Bien parlé, Ayrton, répondit Paganel. En continuant, nous pouvons couper les traces du capitaine Grant. En revenant au sud, nous les fuyons au contraire.

Je pense donc comme vous, et je fais bon marché de ces échappés de Perth, dont un homme de cœur ne saurait tenir compte ! »

Sur ce, la proposition de ne rien changer au programme du voyage fut mise aux voix et passa à l'unanimité.

« Une seule observation, mylord, dit Ayrton au moment où on allait se séparer.

— Parlez, Ayrton.

— Ne serait-il pas opportun d'envoyer au *Duncan* l'ordre de rallier la côte ?

— A quoi bon ? répondit John Mangles. Lorsque nous serons arrivés à la baie Twofold, il sera temps d'expédier cet ordre. Si quelque événement imprévu nous obligeait à gagner Melbourne, nous pourrions regretter de ne plus y trouver le *Duncan*. D'ailleurs, ses avaries ne doivent pas encore être réparées. Je crois donc, par ces divers motifs, qu'il vaut mieux attendre.

— Bien ! » répondit Ayrton, qui n'insista pas.

Le lendemain, la petite troupe, armée et prête à tout événement, quitta Seymour. Une demi-heure après, elle rentrait dans la forêt d'eucalyptus, qui reparaissait de nouveau vers l'est. Glenarvan eût préféré voyager en rase campagne. Une plaine est moins propice aux embûches et guets-apens qu'un bois épais. Mais on n'avait pas le choix, et le chariot se faufila pendant toute la journée entre les grands arbres monotones. Le soir, après avoir longé la frontière septentrionale du comté d'Anglesey, il franchit le 146e méridien, et l'on campa sur la limite du district de Murray.

XVI

OÙ LE MAJOR SOUTIENT QUE CE SONT DES SINGES

Le lendemain matin, 5 janvier, les voyageurs mettaient le pied sur le vaste territoire de Murray. Ce district vague et inhabité s'étend jusqu'à la haute barrière des Alpes australiennes. La civilisation ne l'a pas encore découpé en comtés distincts. C'est la portion peu connue et peu fréquentée de la province. Ses forêts tomberont un jour sous la hache du bushman; ses prairies seront livrées au troupeau du squatter; mais jusqu'ici c'est le sol vierge, tel qu'il émergea de l'océan Indien, c'est le désert.

L'ensemble de ces terrains porte un nom significatif sur les cartes anglaises : « Reserve for the blacks », la réserve pour les Noirs. C'est là que les indigènes ont été brutalement repoussés par les colons. On leur a laissé, dans les plaines éloignées, sous les bois inaccessibles, quelques places déterminées, où la race aborigène achèvera peu à peu de s'éteindre. Tout homme blanc, colon, émigrant, squatter, bushman, peut franchir les limites de ces réserves. Le Noir seul n'en doit jamais sortir.

Paganel, tout en chevauchant, traitait cette grave question des races indigènes. Il n'y eut qu'un avis à cet égard, c'est que le système britannique poussait à l'anéantissement des peuplades conquises, à leur effacement des régions où vivaient leurs ancêtres. Cette funeste tendance fut partout marquée, et en Australie plus qu'ailleurs.

Aux premiers temps de la colonie, les déportés, les colons eux-mêmes, considéraient les Noirs comme des animaux sauvages. Ils les chassaient et les tuaient à coups de fusil. On les massacrait, on invoquait l'autorité des jurisconsultes pour prouver que l'Australien étant hors la loi naturelle, le meurtre de ces misérables ne constituait pas un crime. Les journaux de Sydney proposèrent même un moyen efficace de se débarrasser des tribus du lac Hunter : c'était de les empoisonner en masse.

Les Anglais, on le voit, au début de leur conquête, appelèrent le meurtre en aide à la colonisation. Leurs cruautés furent atroces. Ils se conduisirent en Australie comme aux Indes, où cinq millions d'Indiens ont disparu ; comme au Cap, où une population d'un million de Hottentots est tombée à cent mille. Aussi la population aborigène, décimée par les mauvais traitements et l'ivrognerie, tend-elle à disparaître du continent devant une civilisation homicide. Certains gouverneurs, il est vrai, ont lancé des décrets contre les sanguinaires bushmen ! Ils punissaient de quelques coups de fouet le Blanc qui coupait le nez ou les oreilles à un Noir, ou lui enlevait le petit doigt, « pour s'en faire un bourre-pipe. » Vaines menaces ! Les meurtres s'organisèrent sur une vaste échelle, et des tribus entières disparurent. Pour ne citer que l'île de Van-Diémen, qui comptait cinq mille indigènes au commencement du siècle, ses habitants, en 1863, étaient réduits à sept ! Et dernièrement, le *Mercure* a pu signaler l'arrivée à Hobart-Town du dernier des Tasmaniens.

Ni Glenarvan, ni le major, ni John Mangles, ne contredirent Paganel. Eussent-ils été Anglais, ils n'auraient pas défendu leurs compatriotes. Les faits étaient patents, incontestables.

« Il y a cinquante ans, ajouta Paganel, nous aurions déjà rencontré sur notre route mainte tribu de naturels, et jusqu'ici pas un indigène n'est encore apparu. Dans un siècle, ce continent sera entièrement dépeuplé de sa race noire. »

Il y avait là une trentaine d'hommes. (Page 507.)

En effet, la réserve paraissait être absolument abandonnée. Nulle trace de campements ni de huttes. Les plaines et les grands taillis se succédaient, et peu à peu la contrée prit un aspect sauvage. Il semblait même qu'aucun être vivant, homme ou bête, ne fréquentait ces régions éloignées, quand Robert, s'arrêtant devant un bouquet d'eucalyptus, s'écria :

« Un singe! voilà un singe! »

Et il montrait un grand corps noir qui, se glissant de branche en branche avec une surprenante agilité, passait d'une cime à l'autre, comme si quelque appareil membraneux l'eût soutenu dans l'air. En cet étrange pays, les singes volaient-ils donc comme certains renards auxquels la nature a donné des ailes de chauve-souris?

Cependant, le chariot s'était arrêté, et chacun suivait des yeux l'animal qui se perdit peu à peu dans les hauteurs de l'eucalyptus. Bientôt, on le vit redescendre avec la rapidité de l'éclair, courir sur le sol avec mille contorsions et gambades, puis saisir de ses longs bras le tronc lisse d'un énorme gommier. On se demandait comment il s'élèverait sur cet arbre droit et glissant qu'il ne pouvait embrasser. Mais le singe, frappant alternativement le tronc d'une sorte de hache, creusa de petites entailles, et par ces points d'appui régulièrement espacés, il atteignit la fourche du gommier. En quelques secondes, il disparut dans l'épaisseur du feuillage.

« Ah çà! qu'est-ce que c'est que ce singe-là? demanda le major.

— Ce singe-là, répondit Paganel, c'est un Australien pur sang! »

Les compagnons du géographe n'avaient pas encore eu le temps de hausser les épaules, que des cris qu'on pourrait orthographier ainsi : « coo-eeh! coo-eeh! » retentirent à peu de distance. Ayrton piqua ses bœufs, et, cent pas plus loin, les voyageurs arrivaient inopinément à un campement d'indigènes.

Quel triste spectacle ! Une dizaine de tentes se dressaient sur le sol nu. Ces « gunyos », faits avec des bandes d'écorce étagées comme des tuiles, ne protégeaient que d'un côté leurs misérables habitants. Ces êtres, dégradés par la misère, étaient repoussants. Il y en avait là une trentaine, hommes, femmes et enfants, vêtus de peaux de kanguroos déchiquetées comme des haillons. Leur premier mouvement, à l'approche du chariot, fut de s'enfuir. Mais quelques mots d'Ayrton prononcés dans un inintelligible patois parurent les rassurer. Ils revinrent alors, moitié confiants, moitié craintifs, comme des animaux auxquels on tend quelque morceau friand.

Ces indigènes, hauts de cinq pieds quatre pouces à cinq pieds sept pouces, avaient un teint fuligineux, non pas noir, mais couleur de vieille suie, les cheveux floconneux, les bras longs, l'abdomen proéminent, le corps velu et couturé par les cicatrices du tatouage ou par les incisions pratiquées dans les cérémonies funèbres. Rien d'horrible comme leur figure monstrueuse, leur bouche énorme, leur nez épaté et écrasé sur les joues, leur mâchoire inférieure proéminente, armée de dents blanches, mais proclives. Jamais créatures humaines n'avaient présenté à ce point le type d'animalité.

« Robert ne se trompait pas, dit le major, ce sont des singes — pur sang, si l'on veut —, mais ce sont des singes !

— Mac Nabbs, répondit Lady Helena, donneriez-vous donc raison à ceux qui les chassent comme des bêtes sauvages ? Ces pauvres êtres sont des hommes.

— Des hommes ! s'écria Mac Nabbs ! Tout au plus des êtres intermédiaires entre l'homme et l'orang-outang ! Et encore, si je mesurais leur angle facial, je le trouverais aussi fermé que celui du singe ! »

Mac Nabbs avait raison sous ce rapport ; l'angle facial de l'indigène australien est très aigu et sensiblement égal à celui de l'orang-outang, soit soixante à soixante-deux degrés. Aussi n'est-ce pas sans raison que M. de Rienzi proposa de classer ces malheureux dans une race à part qu'il nommait les « pithécomorphes », c'est-à-dire hommes à formes de singes.

Mais Lady Helena avait encore plus raison que Mac Nabbs, en tenant pour des êtres doués d'une âme ces indigènes placés au dernier degré de l'échelle humaine. Entre la brute et l'Australien existe l'infranchissable abîme qui sépare les genres. Pascal a justement dit que l'homme n'est brute nulle part. Il est vrai qu'il ajoute avec non moins de sagesse, « ni ange non plus. »

Or, précisément, Lady Helena et Mary Grant donnaient tort à cette dernière partie de la proposition du grand penseur. Ces deux charitables femmes avaient quitté le chariot; elles tendaient une main caressante à ces misérables créatures; elles leur offraient des aliments que ces sauvages avalaient avec une répugnante gloutonnerie. Les indigènes devaient d'autant mieux prendre Lady Helena pour une divinité, que, suivant leur religion, les Blancs sont d'anciens Noirs, blanchis après leur mort.

Mais ce furent les femmes, surtout, qui excitèrent la pitié des voyageuses. Rien n'est comparable à la condition de l'Australienne; une nature marâtre lui a même refusé le moindre charme; c'est une esclave, enlevée par la force brutale, qui n'a eu d'autre présent de noce que des coups de « waddie », sorte de bâton rivé à la main de son maître. Depuis ce moment, frappée d'une vieillesse précoce et foudroyante, elle a été accablée de tous les pénibles travaux de la vie errante, portant avec ses enfants enroulés dans un paquet de joncs les instruments de pêche et de chasse, les provisions de « phormium tenax », dont elle fabrique des filets. Elle doit procurer des vivres à sa famille; elle chasse les lézards, les opossums et les serpents jusqu'à la cime des arbres; elle coupe le bois du foyer; elle arrache les écorces de la tente; pauvre bête de somme, elle ignore le repos, et ne mange qu'après son maître les restes dégoûtants dont il ne veut plus.

En ce moment, quelques-unes de ces malheureuses, privées de nourriture depuis longtemps peut-être, essayaient d'attirer les oiseaux en leur présentant des graines.

On les voyait étendues sur le sol brûlant, immobiles, comme mortes, attendre pendant des heures entières qu'un naïf oiseau vînt à portée de leur main! Leur industrie en fait de pièges n'allait pas plus loin, et il fallait être un volatile australien pour s'y laisser prendre.

Cependant les indigènes, apprivoisés par les avances des voyageurs, les entouraient, et l'on dut se garder alors contre leurs instincts éminemment pillards. Ils parlaient un idiome sifflant, fait de battements de langue. Cela ressemblait à des cris d'animaux. Cependant, leur voix avait souvent des inflexions câlines d'une grande douceur; le mot « noki, noki », se répétait souvent, et les gestes le faisaient suffisamment comprendre. C'était le « donnez-moi! donnez-moi! » qui s'appliquait aux plus menus objets des voyageurs. Mr. Olbinett eut fort à faire pour défendre le compartiment aux bagages et surtout les vivres de l'expédition. Ces pauvres affamés jetaient sur le chariot un regard effrayant et montraient des dents aiguës qui s'étaient peut-être exercées sur des lambeaux de chair humaine. La plupart des tribus australiennes ne sont pas anthropophages, sans doute, en temps de paix, mais il est peu de sauvages qui se refusent à dévorer la chair d'un ennemi vaincu.

Cependant, à la demande d'Helena, Glenarvan donna ordre de distribuer quelques aliments. Les naturels comprirent son intention et se livrèrent à des démonstrations qui eussent ému le cœur le plus insensible.

Ils poussèrent aussi des rugissements semblables à ceux des bêtes fauves, quand le gardien leur apporte la pitance quotidienne. Sans donner raison au major, on ne pouvait nier pourtant que cette race ne touchât de près à l'animal.

Mr. Olbinett, en homme galant, avait cru devoir servir d'abord les femmes. Mais ces malheureuses créatures n'osèrent manger avant leurs redoutables maîtres. Ceux-ci se jetèrent sur le biscuit et la viande sèche comme sur une proie.

Mary Grant, songeant que son père était prisonnier d'indigènes aussi grossiers, sentit les larmes lui venir aux yeux. Elle se représentait tout ce que devait souffrir un homme tel qu'Harry Grant, esclave de ces tribus errantes, en proie à la misère, à la faim, aux mauvais traitements. John Mangles, qui l'observait avec la plus inquiète attention, devina les pensées dont son cœur était plein, et il alla au-devant de ses désirs en interrogeant le quartier-maître du *Britannia*.

« Ayrton, lui dit-il, est-ce des mains de pareils sauvages que vous vous êtes échappé ?

— Oui, capitaine, répondit Ayrton. Toutes ces peuplades de l'intérieur se ressemblent. Seulement, vous ne voyez ici qu'une poignée de ces pauvres diables, tandis qu'il existe sur les bords du Darling des tribus nombreuses et commandées par des chefs dont l'autorité est redoutable.

— Mais, demanda John Mangles, que peut faire un Européen au milieu de ces naturels ?

— Ce que je faisais moi-même, répondit Ayrton ; il chasse, il pêche avec eux, il prend part à leurs combats ; comme je vous l'ai déjà dit, il est traité en raison des services qu'il rend, et pour peu que ce soit un homme intelligent et brave, il prend dans la tribu une situation considérable.

— Mais il est prisonnier ? dit Mary Grant.

Toutes ces armes s'agitaient dans des mains frénétiques.
(Page 513).

— Et surveillé, ajouta Ayrton, de façon à ne pouvoir faire un pas, ni jour ni nuit !

— Cependant, vous êtes parvenu à vous échapper, Ayrton, dit le major, qui vint se mêler à la conversation.

— Oui, monsieur Mac Nabbs, à la faveur d'un combat entre ma tribu et une peuplade voisine. J'ai réussi. Bien. Je ne le regrette pas. Mais si c'était à refaire, je préférerais, je crois, un éternel esclavage aux tortures que j'ai éprouvées en traversant les déserts de l'intérieur. Dieu garde le capitaine Grant de tenter une pareille chance de salut !

— Oui, certes, répondit John Mangles, nous devons désirer, Miss Mary, que votre père soit retenu dans une tribu indigène. Nous trouverons ses traces plus aisément que s'il errait dans les forêts du continent.

— Vous espérez toujours ? demanda la jeune fille.

— J'espère toujours, Miss Mary, vous voir heureuse un jour, avec l'aide de Dieu ! »

Les yeux humides de Mary Grant purent seuls remercier le jeune capitaine.

Pendant cette conversation, un mouvement inaccoutumé s'était produit parmi les sauvages ; ils poussaient des cris retentissants ; ils couraient dans diverses directions; ils saisissaient leurs armes et semblaient pris d'une fureur farouche.

Glenarvan ne savait où ils voulaient en venir, quand le major, interpellant Ayrton, lui dit :

« Puisque vous avez vécu pendant longtemps chez les Australiens, vous comprenez sans doute le langage de ceux-ci ?

— A peu près, répondit le quartier-maître, car, autant de tribus, autant d'idiomes. Cependant, je crois deviner que, par reconnaissance, ces sauvages veulent montrer à Son Honneur le simulacre d'un combat. »

C'était en effet la cause de cette agitation. Les indigènes, sans autre préambule, s'attaquèrent avec une fureur parfaitement simulée, et si bien même, qu'à moins d'être prévenu on eût pris au sérieux cette petite guerre. Mais les Australiens sont des mimes excellents, au dire des voyageurs, et, en cette occasion, ils déployèrent un remarquable talent.

Leurs instruments d'attaque et de défense consistaient en un casse-tête, sorte de massue de bois qui a raison des crânes les plus épais, et une espèce de « tomahawk », pierre aiguisée très dure, fixée entre deux bâtons par une gomme adhérente. Cette hache a une poignée longue de dix pieds. C'est un redoutable instrument de guerre et un utile instrument de paix, qui sert à abattre les branches ou les têtes, à entailler les corps ou les arbres, suivant le cas.

Toutes ces armes s'agitaient dans des mains frénétiques, au bruit des vociférations; les combattants se jetaient les uns sur les autres; ceux-ci tombaient comme morts, ceux-là poussaient le cri du vainqueur. Les femmes, les vieilles principalement, possédées du démon de la guerre, les excitaient au combat, se précipitaient sur les faux cadavres, et les mutilaient en apparence avec une férocité qui, réelle, n'eût pas été plus horrible. A chaque instant, Lady Helena craignait que le jeu ne dégénérât en bataille sérieuse. D'ailleurs, les enfants, qui avaient pris part au combat, y allaient franchement. Les petits garçons et les petites filles, plus rageuses surtout, s'administraient des taloches superbes avec un entrain féroce.

Ce combat simulé durait déjà depuis dix minutes, quand soudain les combattants s'arrêtèrent. Les armes tombèrent de leurs mains. Un profond silence succéda au bruyant tumulte. Les indigènes demeurèrent fixes dans leur dernière attitude, comme des personnages de tableaux vivants. On les eût dit pétrifiés.

Quelle était la cause de ce changement, et pourquoi

tout d'un coup cette immobilité marmoréenne ? On ne tarda pas à le savoir.

Une bande de kakatoès se déployait en ce moment à la hauteur des gommiers. Ils remplissaient l'air de leurs babillements, et ressemblaient, avec les nuances vigoureuses de leur plumage, à un arc-en-ciel volant. C'était l'apparition de cette éclatante nuée d'oiseaux qui avait interrompu le combat. La chasse, plus utile que la guerre, lui succédait.

Un des indigènes, saisissant un instrument peint en rouge, d'une structure particulière, quitta ses compagnons toujours immobiles, et se dirigea entre les arbres et les buissons vers la bande de kakatoès. Il ne faisait aucun bruit en rampant, il ne frôlait pas une feuille, il ne déplaçait pas un caillou. C'était une ombre qui glissait.

Le sauvage, arrivé à une distance convenable, lança son instrument suivant une ligne horizontale à deux pieds du sol. Cette arme parcourut ainsi un espace de quarante pieds environ ; puis, soudain, sans toucher la terre, elle se releva subitement par un angle droit, monta à cent pieds dans l'air, frappa mortellement une douzaine d'oiseaux, et, décrivant une parabole, revint tomber aux pieds du chasseur. Glenarvan et ses compagnons étaient stupéfaits ; ils ne pouvaient en croire leurs yeux.

« C'est le « boomerang ! » dit Ayrton.

— Le boomerang ! s'écria Paganel, le boomerang australien. »

Et, comme un enfant, il alla ramasser l'instrument merveilleux, « pour voir ce qu'il y avait dedans. »

On aurait pu penser, en effet, qu'un mécanisme intérieur, un ressort subitement détendu, en modifiait la course. Il n'en était rien.

Ce boomerang consistait tout uniment en une pièce de bois dur et recourbé, longue de trente à quarante pouces. Son épaisseur au milieu était de trois pouces environ, et ses deux extrémités se terminaient en pointes aiguës. Sa partie concave rentrait de six lignes et sa partie convexe présentait deux rebords très affilés. C'était aussi simple qu'incompréhensible.

« Voilà donc ce fameux boomerang! dit Paganel, après avoir attentivement examiné le bizarre instrument. Un morceau de bois, et rien de plus. Pourquoi, à un certain moment de sa course horizontale, remonte-t-il dans les airs pour revenir à la main qui l'a jeté ? Les savants et les voyageurs n'ont jamais pu donner l'explication de ce phénomène.

— Ne serait-ce pas un effet semblable à celui du cerceau qui, lancé d'une certaine façon, revient à son point de départ ? dit John Mangles.

— Ou plutôt, ajouta Glenarvan, un effet rétrograde, pareil à celui d'une bille de billard frappée en un point déterminé ?

— Aucunement, répondit Paganel; dans ces deux cas, il y a un point d'appui qui détermine la réaction : c'est le sol pour le cerceau, et le tapis pour la bille. Mais, ici, le point d'appui manque, l'instrument ne touche pas la terre, et cependant il remonte à une hauteur considérable !

— Alors comment expliquez-vous ce fait, monsieur Paganel ? demanda Lady Helena.

— Je ne l'explique pas, madame, je le constate une fois de plus; l'effet tient évidemment à la manière dont le boomerang est lancé et à sa conformation particulière. Mais, quant à ce lancement, c'est encore le secret des Australiens.

— En tout cas, c'est bien ingénieux... pour des singes », ajouta Lady Helena, en regardant le major, qui secoua la tête d'un air peu convaincu.

Cependant, le temps s'écoulait, et Glenarvan pensa qu'il ne devait pas retarder davantage sa marche vers l'est; il allait donc prier les voyageurs de remonter dans leur chariot, quand un sauvage arriva tout courant, et prononça quelques mots avec une grande animation.

« Ah ! fit Ayrton, ils ont aperçu des casoars !

— Quoi ! il s'agit d'une chasse ? dit Glenarvan.

— Il faut voir cela, s'écria Paganel. Ce doit être curieux ! Peut-être le boomerang va-t-il fonctionner encore.

— Qu'en pensez-vous, Ayrton ?

— Ce ne sera pas long, mylord », répondit le quartier-maître.

Les indigènes n'avaient pas perdu un instant. C'est pour eux un coup de fortune de tuer des casoars. La tribu a ses vivres assurés pour quelques jours. Aussi les chasseurs emploient-ils toute leur adresse à s'emparer d'une pareille proie. Mais comment, sans fusils, parviennent-ils à abattre, et, sans chiens, à atteindre un animal si agile ? C'était le côté très intéressant du spectacle réclamé par Paganel.

L'ému ou casoar sans casque, nommé « Moureuk » par les naturels, est un animal qui commence à se faire rare dans les plaines de l'Australie. Ce gros oiseau, haut de deux pieds et demi, a une chair blanche qui rappelle beaucoup celle du dindon; il porte sur la tête une plaque cornée; ses yeux sont brun clair, son bec noir et courbé de haut en bas; ses doigts armés d'ongles puissants; ses ailes, de véritables moignons, ne peuvent lui servir à voler; son plumage, pour ne pas dire son pelage, est plus foncé au cou et à la poitrine. Mais, s'il ne vole pas, il court et défierait sur le turf le cheval le plus rapide. On ne peut donc le prendre que par la ruse, et encore faut-il être singulièrement rusé.

C'est pourquoi, à l'appel de l'indigène, une dizaine d'Australiens se déployèrent comme un détachement de tirailleurs. C'était dans une admirable plaine, où l'indigo croissait naturellement et bleuissait le sol de

Paganel ne se coucha pas. (Page 520.)

ses fleurs. Les voyageurs s'arrêtèrent sur la lisière d'un bois de mimosas.

A l'approche des naturels, une demi-douzaine d'émus se levèrent, prirent la fuite, et allèrent se remiser à un mille. Quand le chasseur de la tribu eut reconnu leur position, il fit signe à ses camarades de s'arrêter. Ceux-ci s'étendirent sur le sol, tandis que lui, tirant de son filet deux peaux de casoar fort adroitement cousues, s'en affubla sur-le-champ. Son bras droit passait au-dessus de sa tête, et il imitait en remuant la démarche d'un ému qui cherche sa nourriture.

L'indigène se dirigea vers le troupeau; tantôt il s'arrêtait, feignant de picorer quelques graines; tantôt il faisait voler la poussière avec ses pieds et s'entourait d'un nuage poudreux. Tout ce manège était parfait. Rien de plus fidèle que cette reproduction des allures de l'ému. Le chasseur poussait des grognements sourds auxquels l'oiseau lui-même se fût laissé prendre. Ce qui arriva. Le sauvage se trouva bientôt au milieu de la bande insoucieuse. Soudain, son bras brandit la massue, et cinq émus sur six tombèrent à ses côtés.

Le chasseur avait réussi; la chasse était terminée.

Alors Glenarvan, les voyageuses, toute la petite troupe prit congé des indigènes. Ceux-ci montrèrent peu de regrets de cette séparation. Peut-être le succès de la chasse aux casoars leur faisait-il oublier leur fringale satisfaite. Ils n'avaient même pas la reconnaissance de l'estomac, plus vivace que celle du cœur, chez les natures incultes et chez les brutes.

Quoi qu'il en soit, on ne pouvait, en de certaines occasions, ne point admirer leur intelligence et leur adresse.

« Maintenant, mon cher Mac Nabbs, dit Lady Helena, vous conviendrez volontiers que les Australiens ne sont pas des singes !

— Parce qu'ils imitent fidèlement l'allure d'un animal ? répliqua le major. Mais, au contraire, cela justifierait ma doctrine !

— Plaisanter n'est pas répondre, dit Lady Helena. Je veux, major, que vous reveniez sur votre opinion.

— Eh bien, oui, ma cousine, ou plutôt, non. Les Australiens ne sont pas des singes; ce sont les singes qui sont des Australiens.

— Par exemple !

— Eh ! rappelez-vous ce que prétendent les Nègres à propos de cette intéressante race des orangs-outangs.

— Que prétendent-ils ? demanda Lady Helena.

— Ils prétendent, répliqua le major, que les singes sont des Noirs comme eux, mais plus malins : « Li pas parler pour li pas travailler », disait un Nègre jaloux d'un orang-outang apprivoisé que son maître nourrissait à ne rien faire.

XVII

LES ÉLEVEURS MILLIONNAIRES

Après une nuit tranquillement passée par 146° 15′ de longitude, les voyageurs, le 6 janvier, à sept heures du matin, continuèrent à traverser le vaste district. Ils marchaient toujours vers le soleil levant, et les empreintes de leurs pas traçaient sur la plaine une ligne rigoureusement droite. Deux fois, ils coupèrent des traces de squatters qui se dirigeaient vers le nord, et alors ces diverses empreintes se seraient confondues, si le cheval de Glenarvan n'eût laissé sur la poussière la marque de Black-Point, reconnaissable à ses deux trèfles.

La plaine était parfois sillonnée de creeks capricieux,

entourés de buis, aux eaux plutôt temporaires que permanentes. Ils prenaient naissance sur les versants des « Buffalos-Ranges », chaîne de médiocres montagnes dont la ligne pittoresque ondulait à l'horizon.

On résolut d'y camper le soir même. Ayrton pressa son attelage, et, après une journée de trente-cinq milles, les bœufs arrivèrent, un peu fatigués. La tente fut dressée sous de grands arbres; la nuit était venue, le souper fut rapidement expédié. On songeait moins à manger qu'à dormir, après une marche pareille.

Paganel, à qui revenait le premier quart, ne se coucha pas, et, sa carabine à l'épaule, il veilla sur le campement, se promenant de long en large pour mieux résister au sommeil.

Malgré l'absence de la lune, la nuit était presque lumineuse sous l'éclat des constellations australes. Le savant s'amusait à lire dans ce grand livre du firmament toujours ouvert et si intéressant pour qui sait le comprendre. Le profond silence de la nature endormie n'était interrompu que par le bruit des entraves qui retentissaient aux pieds des chevaux.

Paganel se laissait donc entraîner à ses méditations astronomiques, et il s'occupait plus des choses du ciel que des choses de la terre, quand un son lointain le tira de sa rêverie.

Il prêta une oreille attentive, et, à sa grande stupéfaction, il crut reconnaître les sons d'un piano; quelques accords, largement arpégés, envoyaient jusqu'à lui leur sonorité frémissante. Il ne pouvait s'y tromper.

« Un piano dans le désert! se dit Paganel. Voilà ce que je n'admettrai jamais. »

C'était très surprenant, en effet, et Paganel aima mieux croire que quelque étrange oiseau d'Australie imitait les sons d'un Pleyel ou d'un Erard, comme d'autres imitent des bruits d'horloge et de rémouleur.

Mais, en ce moment, une voix purement timbrée

Le « menure » ou oiseau-lyre. (Page 524.)

s'éleva dans les airs. Le pianiste était doublé d'un chanteur. Paganel écouta sans vouloir se rendre. Cependant, après quelques instants, il fut forcé de reconnaître l'air sublime qui frappait son oreille. C'était *Il mio tesoro tanto,* du *Don Juan.*

« Parbleu ! pensa le géographe, si bizarres que soient les oiseaux australiens, et quand ce seraient les perroquets les plus musiciens du monde, ils ne peuvent pas chanter du Mozart ! »

Puis il écouta jusqu'au bout cette sublime inspiration du maître. L'effet de cette suave mélodie, portée à travers une nuit limpide, était indescriptible. Paganel demeura longtemps sous ce charme inexprimable; puis la voix se tut, et tout rentra dans le silence.

Quand Wilson vint relever Paganel, il le trouva plongé dans une rêverie profonde. Paganel ne dit rien au matelot; il se réserva d'instruire Glenarvan, le lendemain, de cette particularité, et il alla se blottir sous la tente.

Le lendemain, toute la troupe était réveillée par des aboiements inattendus. Glenarvan se leva aussitôt. Deux magnifiques « pointers », hauts sur pied, admirables spécimens du chien d'arrêt de race anglaise, gambadaient sur la lisière d'un petit bois. A l'approche des voyageurs, ils rentrèrent sous les arbres en redoublant leurs cris.

« Il y a donc une station dans ce désert, dit Glenarvan, et des chasseurs, puisque voilà des chiens de chasse ? »

Paganel ouvrait déjà la bouche pour raconter ses impressions de la nuit passée, quand deux jeunes gens apparurent, montant deux chevaux de sang de toute beauté, de véritables « hunters ».

Les deux gentlemen, vêtus d'un élégant costume de chasse, s'arrêtèrent à la vue de la petite troupe campée à la façon bohémienne. Ils semblaient se demander ce que signifiait la présence de gens armés en cet endroit, quand ils aperçurent les voyageuses qui descendaient du chariot.

Aussitôt, ils mirent pied à terre, et ils s'avancèrent vers elles, le chapeau à la main.

Lord Glenarvan vint à leur rencontre, et, en sa qualité d'étranger, il déclina ses nom et qualités. Les jeunes gens s'inclinèrent, et l'un d'eux, le plus âgé, dit :

« Mylord, ces dames, vos compagnons et vous, voulez-vous nous faire l'honneur de vous reposer dans notre habitation ?

— Messieurs ?... dit Glenarvan.

— Michel et Sandy Patterson, propriétaires de Hottam-station. Vous êtes déjà sur les terres de l'établissement, et vous n'avez pas un quart de mille à faire.

— Messieurs, répondit Glenarvan, je ne voudrais pas abuser d'une hospitalité si gracieusement offerte...

— Mylord, reprit Michel Patterson, en acceptant, vous obligez de pauvres exilés qui seront trop heureux de vous faire les honneurs du désert. »

Glenarvan s'inclina en signe d'acquiescement.

« Monsieur, dit alors Paganel, s'adressant à Michel Patterson, serais-je indiscret en vous demandant si c'est vous qui chantiez hier cet air du divin Mozart ?

— C'est moi, monsieur, répondit le gentleman, et mon cousin Sandy m'accompagnait.

— Eh bien, monsieur, reprit Paganel, recevez les sincères compliments d'un Français, admirateur passionné de cette musique. »

Paganel tendit la main au jeune gentleman, qui la prit d'un air fort aimable. Puis, Michel Patterson indiqua vers la droite la route à suivre. Les chevaux avaient été laissés aux soins d'Ayrton et des matelots. Ce fut donc à pied, causant et admirant, que les voyageurs, guidés par les deux jeunes gens, se rendirent à l'habitation d'Hottam-station.

C'était vraiment un établissement magnifique, tenu avec la sévérité rigoureuse des parcs anglais. D'immenses prairies, encloses de barrières grises, s'étendaient à perte de vue. Là, paisaient les bœufs par milliers, et les moutons par millions. De nombreux bergers et des chiens plus nombreux encore gardaient cette tumultueuse armée. Aux beuglements et aux bêlements se mêlaient l'aboiement des dogues et le claquement strident des stockwhips.

Vers l'est, le regard s'arrêtait sur une lisière de myalls et de gommiers, que dominait à sept mille cinq cents pieds dans les airs la cime imposante du mont Hottam. De longues avenues d'arbres verts à feuilles persistantes rayonnaient dans toutes les directions. Çà et là se massaient d'épais taillis de « grass-trees », arbustes hauts de dix pieds, semblables au palmier nain, et perdus dans leur chevelure de feuilles étroites et longues. L'air était embaumé du parfum des lauriers-menthes, dont les bouquets de fleurs blanches, alors en pleine floraison, dégageaient les plus fines senteurs aromatiques.

Aux groupes charmants de ces arbres indigènes se mariaient les productions transplantées des climats européens. Le pêcher, le poirier, le pommier, le figuier, l'oranger, le chêne lui-même, furent salués par les hurrahs des voyageurs, et ceux-ci, s'ils ne s'étonnèrent pas trop de marcher à l'ombre des arbres de leur pays, s'émerveillèrent, du moins, à la vue des oiseaux qui voltigeaient entre les branches, les « satin-birds » au plumage soyeux, et les séricules, vêtus mi-partie d'or et de velours noir.

Entre autres, et pour la première fois, il leur fut donné d'admirer le « menure ». C'est l'oiseau-lyre, dont l'appendice caudal figure le gracieux instrument d'Orphée. Il fuyait entre les fougères arborescentes, et lorsque sa queue frappait les branches, on s'étonnait

C'était une charmante maison de bois et de briques.
(Page 527.)

presque de ne pas entendre ces harmonieux accords dont s'inspirait Amphion pour rebâtir les murs de Thèbes. Paganel avait envie d'en jouer.

Cependant, Lord Glenarvan ne se contentait pas d'admirer les féeriques merveilles de cette oasis improvisée dans le désert australien. Il écoutait le récit des jeunes gentlemen. En Angleterre, au milieu de ses campagnes civilisées, le nouvel arrivant eût tout d'abord appris à son hôte d'où il venait, où il allait. Mais ici, et par une nuance de délicatesse finement observée, Michel et Sandy Patterson crurent devoir se faire connaître des voyageurs auxquels ils offraient l'hospitalité. Ils racontèrent donc leur histoire.

C'était celle de tous ces jeunes Anglais, intelligents et industrieux, qui ne croient pas que la richesse dispense du travail. Michel et Sandy Patterson étaient fils d'un banquier de Londres. A vingt ans, le chef de leur famille avait dit : « Voici des millions, jeunes gens. « Allez dans quelque colonie lointaine; fondez-y un « établissement utile; puisez dans le travail la connais- « sance de la vie. Si vous réussissez, tant mieux. Si « vous échouez, peu importe. Nous ne regretterons « pas les millions qui vous auront servi à devenir « des hommes. » Les deux jeunes gens obéirent. Ils choisirent en Australie la colonie de Victoria pour y semer les banknotes paternelles, et ils n'eurent pas lieu de s'en repentir. Au bout de trois ans, l'établissement prospérait.

On compte dans les provinces de Victoria, de la Nouvelle-Galles du Sud et de l'Australie méridionale plus de trois mille stations, les unes dirigées par les squatters qui élèvent le bétail, les autres par les settlers dont la principale industrie est la culture du sol. Jusqu'à l'arrivée des deux jeunes Anglais, l'établissement le plus considérable de ce genre était celui de M. Jamieson, qui couvrait cent kilomètres de superficie, avec une bordure de vingt-cinq kilomètres sur le Paroo, l'un des affluents du Darling.

Maintenant, la station d'Hottam l'emportait en étendue et en affaires. Les deux jeunes gens étaient squatters et settlers tout à la fois. Ils administraient avec une rare habileté, et, ce qui est plus difficile, avec une énergie peu commune, leur immense propriété.

On le voit, cette station se trouvait reportée à une grande distance des principales villes, au milieu des déserts peu fréquentés du Murray. Elle occupait l'espace compris entre 146° 48′ et 147°, c'est-à-dire un terrain long et large de cinq lieues, situé entre les Buffalos-Ranges et le mont Hottam. Aux deux angles nord de ce vaste quadrilatère se dressaient à gauche le mont Aberdeen, à droite les sommets du High-Barven. Les eaux, belles et sinueuses, n'y manquaient pas, grâce aux creeks et affluents de l'Oven's river, qui se jette au nord dans le lit du Murray. Aussi, l'élève du bétail et la culture du sol y réussissaient également. Dix mille acres de terre, admirablement assolés et aménagés, mêlaient les récoltes indigènes aux productions exotiques, tandis que plusieurs millions d'animaux s'engraissaient dans les verdoyants pâturages. Aussi, les produits de Hottam-station étaient-ils cotés à de hauts cours sur les marchés de Castlemaine et de Melbourne.

Michel et Sandy Patterson achevaient de donner ces détails de leur industrieuse existence quand, à l'extrémité d'une avenue de casuarinas, apparut l'habitation.

C'était une charmante maison de bois et de briques, enfouie sous des bouquets d'émérophilis. Elle avait la forme élégante du chalet, et une véranda à laquelle pendaient des lampes chinoises contournait le long des murs comme un impluvium antique. Devant les fenêtres se déployaient des bannes multicolores qui semblaient être en fleurs. Rien de plus coquet, rien de plus délicieux au regard, mais aussi rien de plus confortable.

Sur les pelouses et dans les massifs groupés aux alentours poussaient des candélabres de bronze, qui supportaient d'élégantes lanternes; à la nuit tombante, tout ce parc s'illuminait des blanches lumières du gaz, venu d'un petit gazomètre, caché sous des berceaux de myalls et de fougères arborescentes.

D'ailleurs, on ne voyait ni communs, ni écuries, ni hangars, rien de ce qui indique une exploitation rurale. Toutes ces dépendances — un véritable village composé de plus de vingt huttes et maisons — étaient situées à un quart de mille, au fond d'une petite vallée. Des fils électriques mettaient en communication instantanée le village et la maison des maîtres. Celle-ci, loin de tout bruit, semblait perdue dans une forêt d'arbres exotiques.

Bientôt, l'avenue des casuarinas fut dépassée; un petit pont de fer d'une élégance extrême, jeté sur un creek murmurant, donnait accès dans le parc réservé. Il fut franchi. Un intendant de haute mine vint au-devant des voyageurs; les portes de l'habitation s'ouvrirent, et les hôtes de Hottam-station pénétrèrent dans les somptueux appartements contenus sous cette enveloppe de briques et de fleurs.

Tout le luxe de la vie artiste et fashionable s'offrit à leurs yeux. Sur l'antichambre, ornée de sujets décoratifs empruntés à l'outillage du turf et de la chasse, s'ouvrait un vaste salon à cinq fenêtres. Là, un piano couvert de partitions anciennes et nouvelles, des chevalets portant des toiles ébauchées, des socles ornés de statues de marbre, quelques tableaux de maîtres flamands accrochés aux murs, de riches tapis doux au pied comme une herbe épaisse, pans de tapisseries égayés de gracieux épisodes mythologiques, un lustre antique suspendu au plafond, des faïences précieuses, des bibelots de prix et d'un goût parfait, mille riens chers et délicats qu'on s'étonnait de voir dans une habitation australienne, prouvaient une suprême entente des arts et du confort. Tout ce qui pouvait charmer les ennuis d'un exil volontaire, tout ce qui pouvait ramener l'esprit au souvenir des habitudes européennes, meublait ce féerique salon. On se serait cru dans quelque château princier de France ou d'Angleterre.

Les cinq fenêtres laissaient passer à travers le fin tissu des bannes un jour tamisé et déjà adouci par les pénombres de la véranda. Lady Helena, en s'approchant, fut émerveillée. L'habitation, de ce côté, dominait une large vallée qui s'étendait jusqu'au pied des montagnes de l'est. La succession des prairies et des bois, çà et là de vastes clairières, l'ensemble des collines gracieusement arrondies, le relief de ce sol accidenté, formaient un spectacle supérieur à toute description. Nulle autre contrée au monde ne pouvait lui être comparée, pas même cette Vallée du Paradis, si renommée, des frontières norvégiennes du Telemarck. Ce vaste panorama, découpé par de grandes plaques d'ombre et de lumière, changeait à chaque heure suivant les caprices du soleil. L'imagination ne pouvait rien rêver au-delà, et cet aspect enchanteur satisfaisait tous les appétits du regard.

Cependant, sur un ordre de Sandy Patterson, un déjeuner venait d'être improvisé par le maître d'hôtel de la station, et, moins d'un quart d'heure après leur arrivée, les voyageurs s'asseyaient devant une table somptueusement servie. La qualité des mets et des vins était indiscutable; mais ce qui plaisait surtout, au milieu de ces raffinements de l'opulence, c'était la joie des deux jeunes squatters, heureux d'offrir sous leur toit cette splendide hospitalité.

D'ailleurs, ils ne tardèrent pas à connaître le but de l'expédition, et ils prirent un vif intérêt aux recherches de Glenarvan. Ils donnèrent aussi bon espoir aux enfants du capitaine.

« Harry Grant, dit Michel, est évidemment tombé

entre les mains des indigènes, puisqu'il n'a pas reparu dans les établissements de la côte. Il connaissait exactement sa position, le document le prouve, et pour n'avoir pas gagné quelque colonie anglaise, il faut qu'à l'instant où il prenait terre il ait été fait prisonnier par les sauvages.

— C'est précisément ce qui est arrivé à son quartier-maître Ayrton, répondit John Mangles.

— Mais vous, messieurs, demanda Lady Helena, vous n'avez jamais entendu parler de la catastrophe du *Britannia* ?

— Jamais, madame, répondit Michel.

— Et quel traitement, suivant vous, a subi le capitaine Grant, prisonnier des Australiens ?

— Les Australiens ne sont pas cruels, madame, répondit le jeune squatter, et Miss Grant peut être rassurée à cet égard. Il y a des exemples fréquents de la douceur de leur caractère, et quelques Européens ont vécu longtemps parmi eux, sans avoir jamais eu à se plaindre de leur brutalité.

— King entre autres, dit Paganel, le seul survivant de l'expédition de Burke.

— Non seulement ce hardi explorateur, reprit Sandy, mais aussi un soldat anglais, nommé Buckley, qui, s'étant échappé en 1803 sur la côte de Port-Philippe, fut recueilli par les indigènes et vécut trente-trois ans avec eux.

— Et depuis cette époque, ajouta Michel Patterson, un des derniers numéros de l'*Australasian* nous apprend qu'un certain Morrill vient d'être rendu à ses compatriotes, après seize ans d'esclavage. L'histoire du capitaine doit être la sienne, car c'est précisément à la suite du naufrage de la *Péruvienne*, en 1846, qu'il a été fait prisonnier par les naturels et emmené dans l'intérieur du continent. Ainsi, je crois que vous devez conserver tout espoir. »

La chasse au Kanguroo. (Page 533.)

Ces paroles causèrent une joie extrême aux auditeurs du jeune squatter. Elles corroboraient les renseignements déjà donnés par Paganel et Ayrton.

Puis, on parla des convicts, lorsque les voyageuses eurent quitté la table. Les squatters connaissaient la catastrophe de Camden-Bridge, mais la présence d'une bande d'évadés ne leur inspirait aucune inquiétude. Ce n'est pas à une station dont le personnel s'élevait à plus de cent hommes, que ces malfaiteurs oseraient s'attaquer. On devait penser, d'ailleurs, qu'ils ne s'aventureraient pas dans ces déserts du Murray, où ils n'avaient que faire, ni du côté des colonies de la Nouvelle-Galles, dont les routes sont très surveillées. Tel était aussi l'avis d'Ayrton.

Lord Glenarvan ne put refuser à ses aimables amphitryons de passer cette journée entière à la station de Hottam. C'étaient douze heures de retard qui devenaient douze heures de repos ; les chevaux et les bœufs ne pouvaient que se refaire avantageusement dans les confortables écuries de la station.

Ce fut donc chose convenue, et les deux jeunes gens soumirent à leurs hôtes un programme de la journée qui fut adopté avec empressement.

A midi, sept vigoureux hunters piaffaient aux portes de l'habitation. Un élégant break destiné aux dames, et conduit à grandes guides, permettait à son cocher de montrer son adresse dans les savantes manœuvres du « four in hand[1] ». Les cavaliers, précédés de piqueurs et armés d'excellents fusils de chasse à système, se mirent en selle et galopèrent aux portières, pendant que la meute des pointers aboyait joyeusement à travers les taillis.

Pendant quatre heures, la cavalcade parcourut les allées et avenues de ce parc grand comme un petit

1. Expression anglaise pour indiquer un attelage à quatre chevaux.

État d'Allemagne. Le Reuss-Schleitz ou la Saxe-Cobourg Gotha y auraient tenu tout entiers. Si l'on y rencontrait moins d'habitants, les moutons, en revanche, foisonnaient. Quant au gibier, une armée de rabatteurs n'en eût pas jeté davantage sous le fusil des chasseurs. Aussi, ce fut bientôt une série de détonations inquiétantes pour les hôtes paisibles des bois et des plaines. Le jeune Robert fit des merveilles à côté du major Mac Nabbs. Ce hardi garçon, malgré les recommandations de sa sœur, était toujours en tête, et le premier au feu. Mais John Mangles se chargea de veiller sur lui, et Mary Grant se rassura.

Pendant cette battue, on tua certains animaux particuliers au pays, et dont jusqu'alors Paganel ne connaissait que le nom : entre autres, le « wombat » et le « bandicoot ».

Le wombat est un herbivore qui creuse des terriers à la manière des blaireaux ; il est gros comme un mouton, et sa chair est excellente.

Le bandicoot est une espèce de marsupiaux, qui en remontrerait au renard d'Europe et lui donnerait des leçons de pillage dans les basses-cours. Cet animal, d'un aspect assez repoussant, long d'un pied et demi, tomba sous les coups de Paganel, qui, par amour-propre de chasseur, le trouva charmant. « Une adorable bête », disait-il.

Robert, entre autres pièces importantes, tua fort adroitement un « dasyure viverrin », sorte de petit renard, dont le pelage noir et moucheté de blanc vaut celui de la martre, et un couple d'opossums qui se cachaient dans le feuillage épais des grands arbres.

Mais de tous ces hauts faits, le plus intéressant fut, sans contredit, une chasse au kanguroo. Les chiens, vers quatre heures, firent lever une bande de ces curieux marsupiaux. Les petits rentrèrent précipitamment dans la poche maternelle, et toute la troupe s'échappa en file. Rien de plus étonnant que ces énormes bonds du kanguroo, dont les jambes de derrière, deux fois plus longues que celles de devant, se détendent comme un ressort.

En tête de la troupe fuyante décampait un mâle haut de cinq pieds, magnifique spécimen du « macropus giganteus », un « vieil homme », comme disent les bushmen.

Pendant quatre à cinq milles, la chasse fut activement conduite. Les kanguroos ne se lassaient pas, et les chiens, qui redoutent, non sans raison, leur vigoureuse patte armée d'un ongle aigu, ne se souciaient pas de les approcher. Mais enfin, épuisée par sa course, la bande s'arrêta et le « vieil homme » s'appuya contre un tronc d'arbre, prêt à se défendre. Un des pointers, emporté par son élan, alla rouler près de lui. Un instant après, le malheureux chien sautait en l'air, et retombait éventré. Certes, la meute tout entière n'aurait pas eu raison de ces puissants marsupiaux. Il fallait donc en finir à coups de fusil, et les balles seules pouvaient abattre le gigantesque animal.

En ce moment, Robert faillit être victime de son imprudence. Dans le but d'assurer son coup, il s'approcha si près du kanguroo, que celui-ci s'élança d'un bond. Robert tomba, un cri retentit. Mary Grant, du haut du break, terrifiée, sans voix, presque sans regards, tendait les mains vers son frère. Aucun chasseur n'osait tirer sur l'animal, car il pouvait aussi frapper l'enfant.

Mais soudain John Mangles, son couteau de chasse ouvert, se précipita sur le kanguroo au risque d'être éventré, et il frappa l'animal au cœur. La bête abattue, Robert se releva sans blessure. Un instant après, il était dans les bras de sa sœur.

« Merci, monsieur John! merci! dit Mary Grant, qui tendit la main au jeune capitaine.

— Je répondais de lui », dit John Mangles, en prenant la main tremblante de la jeune fille.

Cet incident termina la chasse. La bande de marsupiaux s'était dispersée après la mort de son chef, dont les dépouilles furent rapportées à l'habitation. Il était alors six heures du soir. Un dîner magnifique attendait les chasseurs. Entre autres mets, un bouillon de queue de kanguroo, préparé à la mode indigène, fut le grand succès du repas.

Après les glaces et sorbets du dessert, les convives passèrent au salon. La soirée fut consacrée à la musique. Lady Helena, très bonne pianiste, mit ses talents à la disposition des squatters. Michel et Sandy Patterson chantèrent avec un goût parfait des passages empruntés aux dernières partitions de Gounod, de Victor Massé, de Félicien David, et même de ce génie incompris, Richard Wagner.

A onze heures, le thé fut servi ; il était fait avec cette perfection anglaise qu'aucun autre peuple ne peut égaler. Mais Paganel ayant demandé à goûter le thé australien, on lui apporta une liqueur noire comme de l'encre, un litre d'eau dans lequel une demi-livre de thé avait bouilli pendant quatre heures. Paganel, malgré ses grimaces, déclara ce breuvage excellent.

A minuit, les hôtes de la station, conduits à des chambres fraîches et confortables, prolongèrent dans leurs rêves les plaisirs de cette journée.

Le lendemain, dès l'aube, ils prirent congé des deux jeunes squatters. Il y eut force remerciements et promesses de se revoir en Europe, au château de Malcolm. Puis le chariot se mit en marche, tourna la base du mont Hottam, et bientôt l'habitation disparut, comme une vision rapide, aux yeux des voyageurs. Pendant cinq milles encore, ils foulèrent du pied de leurs chevaux le sol de la station.

A neuf heures seulement, la dernière palissade fut franchie, et la petite troupe s'enfonça à travers les contrées presque inconnues de la province victorienne.

XVIII

LES ALPES AUSTRALIENNES

UNE immense barrière coupait la route dans le sud-est. C'était la chaîne des Alpes australiennes, vaste fortification dont les capricieuses courtines s'étendent sur une longueur de quinze cents milles, et arrêtent les nuages à quatre mille pieds dans les airs.

Le ciel couvert ne laissait arriver au sol qu'une chaleur tamisée par le tissu serré des vapeurs. La température était donc supportable, mais la marche difficile sur un terrain déjà fort accidenté. Les extumescences de la plaine se prononçaient de plus en plus. Quelques mamelons, plantés de jeunes gommiers verts, se gonflaient çà et là. Plus loin, ces gibbosités, accusées vivement, formaient les premiers échelons des grandes Alpes. Il fallait monter d'une manière continue, et l'on s'en apercevait bien à l'effort des bœufs dont le joug craquait sous la traction du lourd chariot; ils soufflaient bruyamment, et les muscles de leurs jarrets se tendaient, près de se rompre. Les ais du véhicule gémissaient aux heurts inattendus qu'Ayrton, si habile qu'il fût, ne parvenait pas à éviter. Les voyageuses en prenaient gaiement leur parti.

John Mangles et ses deux matelots battaient la route à quelques centaines de pas en avant; ils choisissaient les passages praticables, pour ne pas dire les passes, car tous ces ressauts du sol figuraient autant d'écueils entre lesquels le chariot choisissait le meilleur chenal. C'était une véritable navigation à travers ces terrains houleux.

Tâche difficile, périlleuse souvent. Maintes fois, la hache de Wilson dut frayer un passage au milieu d'épais fourrés d'arbustes. Le sol argileux et humide fuyait sous le pied. La route s'allongea des mille détours que d'inabordables obstacles, hauts blocs de granit, ravins profonds, lagunes suspectes, obligeaient à faire. Aussi, vers le soir, c'est à peine si un demi-degré avait été franchi. On campa au pied des Alpes, au bord du creek de Cobongra, sur la lisière d'une petite plaine couverte d'arbrisseaux hauts de quatre pieds, dont les feuilles d'un rouge clair égayaient le regard.

« Nous aurons du mal à passer, dit Glenarvan en regardant la chaîne des montagnes dont la silhouette se fondait déjà dans l'obscurité du soir. Des Alpes ! voilà une dénomination qui donne à réfléchir.

— Il faut en rabattre, mon cher Glenarvan, lui répondit Paganel. Ne croyez pas que vous avez toute une Suisse à traverser. Il y a dans l'Australie des Grampians, des Pyrénées, des Alpes, des montagnes Bleues, comme en Europe et en Amérique, mais en miniature. Cela prouve tout simplement que l'imagination des géographes n'est pas infinie, ou que la langue des noms propres est bien pauvre.

— Ainsi, ces Alpes australiennes ?... demanda Lady Helena.

— Sont des montagnes de poche, répondit Paganel. Nous les franchirons sans nous en apercevoir.

— Parlez pour vous ! dit le major. Il n'y a qu'un homme distrait qui puisse traverser une chaîne de montagnes sans s'en douter.

— Distrait ! s'écria Paganel. Mais je ne suis plus distrait. Je m'en rapporte à ces dames. Depuis que j'ai mis le pied sur le continent, n'ai-je pas tenu ma promesse? Ai-je commis une seule distraction? A-t-on une erreur à me reprocher?

— Aucune, monsieur Paganel, dit Mary Grant. Vous êtes maintenant le plus parfait des hommes.

— Trop parfait! ajouta en riant Lady Helena. Vos distractions vous allaient bien.

— N'est-il pas vrai, madame? répondit Paganel. Si je n'ai plus un défaut, je vais devenir un homme comme tout le monde. J'espère donc qu'avant peu je commettrai quelque bonne bévue dont vous rirez bien. Voyez-vous, quand je ne me trompe pas, il me semble que je manque à ma vocation. »

Le lendemain, 9 janvier, malgré les assurances du confiant géographe, ce ne fut pas sans grandes difficultés que la petite troupe s'engagea dans le passage des Alpes. Il fallut aller à l'aventure, s'enfoncer par des gorges étroites et profondes qui pouvaient finir en impasses.

Ayrton eût été très embarrassé sans doute, si, après une heure de marche, une auberge, un misérable « tap » ne se fût inopinément présenté sur un des sentiers de la montagne.

« Parbleu! s'écria Paganel, le maître de cette taverne ne doit pas faire fortune en un pareil endroit! A quoi peut-il servir?

— A nous donner sur notre route les renseignements dont nous avons besoin, répondit Glenarvan. Entrons. »

Glenarvan, suivi d'Ayrton, franchit le seuil de l'auberge. Le maître de *Bush-Inn* — ainsi le portait son enseigne — était un homme grossier, à face rébarbative, et qui devait se considérer comme son principal client à l'endroit du gin, du brandy et du whisky de sa taverne. D'habitude, il ne voyait guère que des squatters en voyage, ou quelques conducteurs de troupeaux.

Il répondit avec un air de mauvaise humeur aux questions qui lui furent adressées. Mais ses réponses suffirent à fixer Ayrton sur sa route. Glenarvan reconnut

Une grêle d'une violence extrême. (Page 542.)

par quelques couronnes la peine que l'aubergiste s'était donnée, et il allait quitter la taverne, quand une pancarte collée au mur attira ses regards.

C'était une notice de la police coloniale. Elle signalait l'évasion des convicts de Perth et mettait à prix la tête de Ben Joyce. Cent livres sterling à qui le livrerait.

« Décidément, dit Glenarvan au quartier-maître, c'est un misérable bon à pendre.

— Et surtout à prendre ! répondit Ayrton. Cent livres ! mais c'est une somme ! Il ne les vaut pas.

— Quant au tavernier, ajouta Glenarvan, il ne me rassure guère, malgré sa pancarte.

— Ni moi », répondit Ayrton.

Glenarvan et le quatier-maître rejoignirent le chariot. On se dirigea vers le point où s'arrête la route de Lucknow. Là serpentait une étroite passe qui prenait la chaîne de biais. On commença à monter.

Ce fut une pénible ascension. Plus d'une fois, les voyageuses et leurs compagnons mirent pied à terre. Il fallait venir en aide au lourd véhicule et pousser à la roue, le retenir souvent sur de périlleuses déclivités, dételer les bœufs dont l'attelage ne pouvait se développer utilement à des tournants brusques, caler le chariot qui menaçait de revenir en arrière, et, plus d'une fois, Ayrton dut appeler à son aide le renfort des chevaux déjà fatigués de se hisser eux-mêmes.

Fut-ce cette fatigue prolongée, ou toute autre cause, mais l'un des chevaux succomba pendant cette journée. Il s'abattit subitement sans qu'aucun symptôme fît pressentir cet accident. C'était le cheval de Mulrady, et quand celui-ci voulut le relever, il le trouva mort.

Ayrton vint examiner l'animal étendu à terre, et parut ne rien comprendre à cette mort instantanée.

« Il faut que cette bête, dit Glenarvan, se soit rompu quelque vaisseau.

— Évidemment, répondit Ayrton.

— Prends mon cheval, Mulrady, ajouta Glenarvan, je vais rejoindre Lady Helena dans le chariot. »

Mulrady obéit, et la petite troupe continua sa fatigante ascension, après avoir abandonné aux corbeaux le cadavre de l'animal.

La chaîne des Alpes australiennes est peu épaisse, et sa base ne s'étend pas sur une largeur de huit milles. Donc, si le passage choisi par Ayrton aboutissait au revers oriental, on pouvait, quarante-huit heures plus tard, avoir franchi cette haute barrière. Alors, d'obstacles insurmontables, de route difficile, il ne serait plus question jusqu'à la mer.

Pendant la journée du 18, les voyageurs atteignirent le plus haut point du passage, deux mille pieds environ. Ils se trouvaient sur un plateau dégagé qui laissait la vue s'étendre au loin. Vers le nord miroitaient les eaux tranquilles du lac Oméo, tout pointillé d'oiseaux aquatiques, et au-delà, les vastes plaines du Murray. Au sud, se déroulaient les nappes verdoyantes du Gippsland, ses terrains riches en or, ses hautes forêts, avec l'apparence d'un pays primitif. Là, la nature était encore maîtresse de ses produits, du cours de ses eaux, de ses grands arbres vierges de la hache, et les squatters, rares jusqu'alors, n'osaient lutter contre elle. Il semblait que cette chaîne des Alpes séparât deux contrées diverses, dont l'une avait conservé sa sauvagerie. Le soleil se couchait alors, et quelques rayons, perçant les nuages rougis, ravivaient les teintes du district de Murray. Au contraire, le Gippsland, abrité derrière l'écran des montagnes, se perdait dans une vague obscurité, et l'on eût dit que l'ombre plongeait dans une nuit précoce toute cette région transalpine. Ce contraste fut vivement senti de spectateurs placés entre ces deux pays si tranchés, et une certaine émotion les prit à voir cette contrée presque inconnue qu'ils allaient traverser jusqu'aux frontières victoriennes.

On campa sur le plateau même, et le lendemain la descente commença. Elle fut assez rapide. Une grêle d'une violence extrême assaillit les voyageurs, et les força de chercher un abri sous des roches. Ce n'étaient pas des grêlons, mais de véritables plaques de glace, larges comme la main, qui se précipitaient des nuages orageux. Une fronde ne les eût pas lancées avec plus de force, et quelques bonnes contusions apprirent à Paganel et à Robert qu'il fallait se dérober à leurs coups. Le chariot fut criblé en maint endroit, et peu de toitures eussent résisté à la chute de ces glaçons aigus dont quelques-uns s'incrustaient dans le tronc des arbres. Il fallut attendre la fin de cette averse prodigieuse, sous peine d'être lapidé. Ce fut l'affaire d'une heure environ, et la troupe s'engagea de nouveau sur les roches déclives, toutes glissantes encore des ruissellements de la grêle.

Vers le soir, le chariot, fort cahoté, fort disjoint en différentes parties de sa carcasse, mais encore solide sur ses disques de bois, descendait les derniers échelons des Alpes, entre de grands sapins isolés. La passe aboutissait aux plaines de Gippsland. La chaîne des Alpes venait d'être heureusement franchie, et les dispositions accoutumées furent faites pour le campement du soir.

Le 12, dès l'aube, reprise du voyage avec une ardeur qui ne se démentait pas. Chacun avait hâte d'arriver au but, c'est-à-dire à l'océan Pacifique, au point même où se brisa le *Britannia*. Là seulement pouvaient être utilement rejointes les traces des naufragés, et non dans ces contrées désertes du Gippsland. Aussi Ayrton pressait-il Lord Glenarvan d'expédier au *Duncan* l'ordre de se rendre à la côte, afin d'avoir à sa disposition tous les moyens de recherche. Il fallait, selon lui, profiter de la route de Lucknow qui se rend à Melbourne. Plus tard, ce serait difficile, car les communications directes avec la capitale manqueraient absolument.

Une forêt de fougères arborescentes. (Page 546.)

Ces recommandations du quartier-maître paraissaient bonnes à suivre. Paganel conseillait d'en tenir compte. Il pensait aussi que la présence du yacht serait fort utile en pareille circonstance, et il ajoutait que l'on ne pourrait plus communiquer avec Melbourne, la route de Lucknow une fois dépassée.

Glenarvan était indécis, et peut-être eût-il expédié ces ordres que réclamait tout particulièrement Ayrton, si le major n'eût combattu cette décision avec une grande vigueur. Il démontra que la présence d'Ayrton était nécessaire à l'expédition, qu'aux approches de la côte le pays lui serait connu, que si le hasard mettait la caravane sur les traces d'Harry Grant, le quartier-maître serait plus qu'un autre capable de les suivre, enfin que seul il pouvait indiquer l'endroit où s'était perdu le *Britannia*.

Mac Nabbs opina donc pour la continuation du voyage sans rien changer à son programme. Il trouva un auxiliaire dans John Mangles, qui se rangea à son avis. Le jeune capitaine fit même observer que les ordres de Son Honneur parviendraient plus facilement au *Duncan* s'ils étaient expédiés de Twofold-Bay, que par l'entremise d'un messager forcé de parcourir deux cents milles d'un pays sauvage. Ce parti prévalut. Il fut décidé qu'on attendrait pour agir l'arrivée à Twofold-Bay. Le major observait Ayrton, qui lui parut assez désappointé. Mais il n'en dit rien, et, suivant sa coutume, il garda ses observations pour son compte.

Les plaines qui s'étendent au pied des Alpes australiennes étaient unies, avec une légère inclinaison vers l'est. De grands bouquets de mimosas et d'eucalyptus, des gommiers d'essences diverses, en rompaient çà et là la monotone uniformité. Le « gastrolobium grandiflorum » hérissait le sol de ses arbustes aux fleurs éclatantes. Quelques creeks sans importance, de simples ruisseaux encombrés de petits joncs et envahis par les

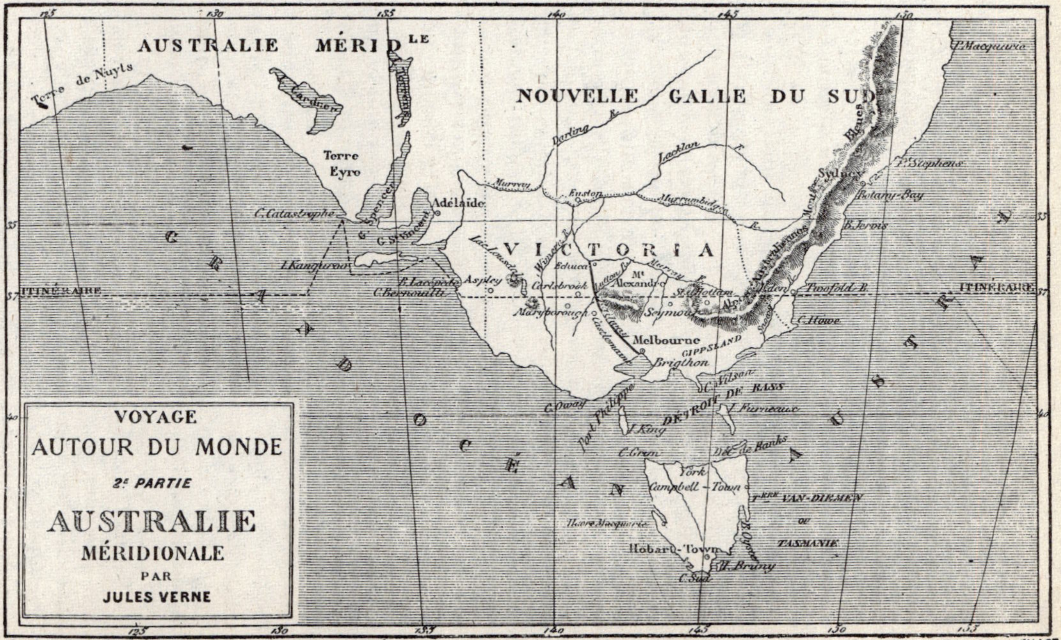

Gravé par Jules Sédille

GILLOT.

orchidées, coupèrent souvent la route. On les passa à gué. Au loin s'enfuyaient à l'approche des voyageurs des bandes d'outardes et de casoars. Au-dessus des arbrisseaux sautaient et ressautaient des kanguroos comme une troupe de pantins élastiques. Mais les chasseurs de l'expédition ne songeaient guère à chasser, et leurs chevaux n'avaient pas besoin de ce surcroît de fatigue.

D'ailleurs, une lourde chaleur pesait sur la contrée. Une électricité violente saturait l'atmosphère. Bêtes et gens subissaient son influence. Ils allaient devant eux sans en chercher davantage. Le silence n'était interrompu que par les cris d'Ayrton excitant son attelage accablé.

De midi à deux heures, on traversa une curieuse forêt de fougères qui eût excité l'admiration de gens moins harassés. Ces plantes arborescentes, en pleine floraison, mesuraient jusqu'à trente pieds de hauteur. Chevaux et cavaliers passaient à l'aise sous leurs ramilles retombantes, et parfois la mollette d'un éperon résonnait en heurtant leur tige ligneuse. Sous ces parasols immobiles régnait une fraîcheur dont personne ne songea à se plaindre. Jacques Paganel, toujours démonstratif, poussa quelques soupirs de satisfaction qui firent lever des troupes de perruches et de kakatoès. Ce fut un concert de jacasseries assourdissantes.

Le géographe continuait de plus belle ses cris et ses jubilations, quand ses compagnons le virent tout d'un coup chanceler sur son cheval et s'abattre comme une masse. Était-ce quelque étourdissement, pis même, une suffocation causée par la haute température ? On courut à lui.

« Paganel ! Paganel ! qu'avez-vous ? s'écria Glenarvan.

— J'ai, cher ami, que je n'ai plus de cheval, répondit Paganel en se dégageant de ses étriers.

— Quoi ! votre cheval ?

— Mort, foudroyé, comme celui de Mulrady ! »

Quelques éclairs enflammaient l'horizon. (Page 550.)

Glenarvan, John Mangles, Wilson, examinèrent l'animal. Paganel ne se trompait pas. Son cheval venait d'être frappé subitement.

« Voilà qui est singulier, dit John Mangles.

— Très singulier, en effet », murmura le major.

Glenarvan ne laissa pas d'être préoccupé de ce nouvel accident. Il ne pouvait se remonter dans ce désert. Or, si une épidémie frappait les chevaux de l'expédition, il serait très embarrassé pour continuer sa route.

Or, avant la fin du jour, le mot « épidémie » sembla devoir se justifier. Un troisième cheval, celui de Wilson, tomba mort, et, circonstance plus grave peut-être, un des bœufs fut également frappé. Les moyens de transport et de traction étaient réduits à trois bœufs et quatre chevaux.

La situation devint grave. Les cavaliers démontés pouvaient, en somme, prendre leur parti d'aller à pied. Bien des squatters l'avaient fait déjà, à travers ces régions désertes. Mais s'il fallait abandonner le chariot, que deviendraient les voyageuses ? Pourraient-elles franchir les cent vingt milles qui les séparaient encore de la baie Twofold ?

John Mangles et Glenarvan, très inquiets, examinèrent les chevaux survivants. Peut-être pouvait-on prévenir de nouveaux accidents. Examen fait, aucun symptôme de maladie, de défaillance même, ne fut remarqué. Ces animaux étaient en parfaite santé et supportaient vaillamment les fatigues du voyage. Glenarvan espéra donc que cette singulière épidémie ne ferait pas d'autres victimes.

Ce fut aussi l'avis d'Ayrton, qui avouait ne rien comprendre à ces morts foudroyantes.

On se remit en marche. Le chariot servait de véhicule aux piétons qui s'y délassaient tour à tour. Le soir, après une marche de dix milles seulement, le signal de halte fut donné, le campement fut organisé, et la nuit se passa sans encombre, sous un vaste bouquet de fougères arborescentes, entre lesquelles passaient d'énormes chauves-souris, justement nommées des renards volants.

La journée du lendemain, 13 janvier, fut bonne. Les accidents de la veille ne se renouvelèrent pas. L'état sanitaire de l'expédition demeura satisfaisant. Chevaux et bœufs firent gaillardement leur office. Le salon de Lady Helena fut très animé, grâce au nombre de visiteurs qui affluèrent. Mr. Olbinett s'occupa très activement à faire circuler les rafraîchissements que trente degrés de chaleur rendaient nécessaires. Un demi-baril de scotch-ale y passa tout entier. On déclara Barclay et Co. le plus grand homme de la Grande-Bretagne, même avant Wellington, qui n'eût jamais fabriqué d'aussi bonne bière. Amour-propre d'Écossais. Jacques Paganel but beaucoup et discourut encore plus *de omni re scibili.*

Une journée si bien commencée semblait devoir bien finir. On avait franchi quinze bons milles, et adroitement passé un pays assez montueux et d'un sol rougeâtre. Tout laissait espérer que l'on camperait le soir même sur les bords de la Snowy, importante rivière qui va se jeter au sud de Victoria dans le Pacifique. Bientôt la roue du chariot creusa ses ornières sur de larges plaines faites d'une alluvion noirâtre, entre des touffes d'herbe exubérantes et de nouveaux champs de gastrolobium. Le soir arriva, et un brouillard nettement tranché à l'horizon marqua le cours de la Snowy. Quelques milles furent encore enlevés à la vigueur du collier. Une forêt de hauts arbres se dressa à un coude de la route, derrière une modeste éminence du terrain. Ayrton dirigea son attelage un peu surmené à travers les grands troncs perdus dans l'ombre, et il dépassait déjà la lisière du bois, à un demi-mille de la rivière, quand le chariot s'enfonça brusquement jusqu'au moyeu des roues.

« Attention ! cria-t-il aux cavaliers qui le suivaient.

— Qu'est-ce donc ? demanda Glenarvan.

— Nous sommes embourbés », répondit Ayrton.

De la voix et de l'aiguillon, il excita ses bœufs, qui, enlisés jusqu'à mi-jambes, ne purent bouger.

« Campons ici, dit John Mangles.

— C'est ce qu'il y a de mieux à faire, répondit Ayrton. Demain, au jour, nous verrons à nous en tirer.

— Halte ! » cria Glenarvan.

La nuit s'était faite rapidement après un court crépuscule, mais la chaleur n'avait pas fui avec la lumière. L'atmosphère recélait d'étouffantes vapeurs. Quelques éclairs, éblouissantes réverbérations d'un orage lointain, enflammaient l'horizon. La couchée fut organisée. On s'arrangea tant bien que mal du chariot embourbé. Le sombre dôme des grands arbres abrita la tente des voyageurs. Si la pluie ne s'en mêlait pas, ils étaient décidés à ne pas se plaindre.

Ayrton parvint, non sans peine, à retirer ses trois bœufs du terrain mouvant. Ces courageuses bêtes en avaient jusqu'aux flancs. Le quartier-maître les parqua avec les quatre chevaux, et ne laissa à personne le soin de choisir leur fourrage. Ce service, il le faisait, d'ailleurs, avec intelligence, et, ce soir-là, Glenarvan remarqua que ses soins redoublèrent ; ce dont il le remercia, car la conservation de l'attelage était d'un intérêt majeur.

Pendant ce temps, les voyageurs prirent leur part d'un souper assez sommaire. La fatigue et la chaleur tuant la faim, ils avaient besoin, non de nourriture, mais de repos. Lady Helena et Miss Grant, après avoir souhaité le bonsoir à leurs compagnons, regagnèrent la couchette accoutumée. Quant aux hommes, les uns se glissèrent sous la tente ; les autres, par goût, s'étendirent sur une herbe épaisse au pied des arbres, ce qui est sans inconvénient dans ces pays salubres.

Le major disparut sous les hautes herbes. (Page 553.)

Peu à peu, chacun s'endormit d'un lourd sommeil. L'obscurité redoublait sous un rideau de gros nuages qui envahissaient le ciel. Il n'y avait pas un souffle de vent dans l'atmosphère. Le silence de la nuit n'était interrompu que par les hululements du « morepork », qui donnait la tierce mineure avec une surprenante justesse comme les tristes coucous d'Europe.

Vers onze heures, après un mauvais sommeil, lourd et fatigant, le major se réveilla. Ses yeux à demi fermés furent frappés d'une vague lumière qui courait sous les grands arbres. On eût dit une nappe blanchâtre, miroitante comme l'eau d'un lac, et Mac Nabbs crut d'abord que les premières lueurs d'un incendie se propageaient sur le sol.

Il se leva, et marcha vers le bois. Sa surprise fut grande, quand il se vit en présence d'un phénomène purement naturel. Sous ses yeux s'étendait un immense plan de champignons qui émettaient des phosphorescences. Les spores lumineux de ces cryptogames rayonnaient dans l'ombre avec une certaine intensité [1].

Le major, qui n'était point égoïste, allait réveiller Paganel, afin que le savant constatât ce phénomène de ses propres yeux, quand un incident l'arrêta.

La lueur phosphorescente illuminait le bois pendant l'espace d'un demi-mille, et Mac Nabbs crut voir passer rapidement des ombres sur la lisière éclairée. Ses regards le trompaient-ils ? Était-il le jouet d'une hallucination ?

Mac Nabbs se coucha à terre, et, après une rigoureuse observation, il aperçut distinctement plusieurs hommes, qui, se baissant, se relevant tour à tour, semblaient chercher sur le sol des traces encore fraîches.

Ce que voulaient ces hommes, il fallait le savoir.

1. Ce fait avait déjà été observé par Drummond, en Australie, et à propos de champignons qui semblent appartenir à la famille de l'*Agaricus olearicus*.

Le major n'hésita pas, et sans donner l'éveil à ses compagnons, rampant sur le sol comme un sauvage des prairies, il disparut sous les hautes herbes.

XIX

UN COUP DE THÉÂTRE

Ce fut une affreuse nuit. A deux heures du matin, la pluie commença à tomber, une pluie torrentielle que les nuages orageux versèrent jusqu'au jour. La tente devint un insuffisant abri. Glenarvan et ses compagnons se réfugièrent dans le chariot. On ne dormit pas. On causa de choses et d'autres. Seul, le major, dont personne n'avait remarqué la courte absence, se contenta d'écouter sans mot dire. La terrible averse ne discontinuait pas. On pouvait craindre qu'elle ne provoquât un débordement de la Snowy, dont le chariot, enlisé dans un sol mou, se fût très mal trouvé. Aussi, plus d'une fois, Mulrady, Ayrton, John Mangles allèrent examiner le niveau des eaux courantes, et revinrent mouillés de la tête aux pieds.

Enfin, le jour parut. La pluie cessa, mais les rayons du soleil ne purent traverser l'épaisse nappe de nuages. De larges flaques d'eau jaunâtre, de vrais étangs troubles et bourbeux, salissaient le sol. Une buée chaude transpirait à travers ces terrains détrempés et saturait l'atmosphère d'une humidité malsaine.

Glenarvan s'occupa du chariot tout d'abord. C'était l'essentiel à ses yeux. On examina le lourd véhicule. Il se trouvait embourbé au milieu d'une vaste dépression du sol dans une glaise tenace. Le train de devant disparaissait presque en entier, et celui de derrière jusqu'au heurtequin de l'essieu. On aurait de la peine à retirer cette lourde machine, et ce ne serait pas trop de toutes les forces réunies des hommes, des bœufs et des chevaux.

« En tout cas, il faut se hâter, dit John Mangles. Cette glaise en séchant rendra l'opération plus difficile.

— Hâtons-nous », répondit Ayrton.

Glenarvan, ses deux matelots, John Mangles et Ayrton pénétrèrent sous le bois où les animaux avaient passé la nuit.

C'était une haute forêt de gommiers d'un aspect sinistre. Rien que des arbres morts, largement espacés, écorcés depuis des siècles, ou plutôt écorchés comme les chênes-lièges au moment de la récolte. Ils portaient à deux cents pieds dans les airs le maigre réseau de leurs branches dépouillées. Pas un oiseau ne nichait sur ces squelettes aériens ; pas une feuille ne tremblait à cette ramure sèche et cliquetante comme un fouillis d'ossements. A quel cataclysme attribuer ce phénomène, assez fréquent en Australie, de forêts entières frappées d'une mort épidémique ? On ne sait. Ni les plus vieux indigènes, ni leurs ancêtres, ensevelis depuis longtemps dans les bocages de la mort, ne les ont vus verdoyants.

Glenarvan, tout en marchant, regardait le ciel gris sur lequel se profilaient nettement les moindres ramilles des gommiers comme de fines découpures. Ayrton s'étonnait de ne plus rencontrer les chevaux et les bœufs à l'endroit où il les avait conduits. Ces bêtes entravées ne pouvaient aller loin cependant.

On les chercha dans le bois, mais sans les trouver. Ayrton, surpris, revint alors du côté de la Snowy-river, bordée de magnifiques mimosas. Il faisait entendre un cri bien connu de son attelage, qui ne répondait pas. Le quartier-maître semblait très inquiet, et ses compagnons se regardaient d'un air désappointé.

Une heure se passa dans de vaines recherches, et Glenarvan allait retourner au chariot, distant d'un bon

Le lourd véhicule ne bougeait pas. (Page 558.)

mille, quand un hennissement frappa son oreille. Un beuglement se fit entendre presque aussitôt.

« Ils sont là ! » s'écria John Mangles, en se glissant entre les hautes touffes de gastrolobium, qui étaient assez hautes pour cacher un troupeau.

Glenarvan, Mulrady et Ayrton se lancèrent sur ses traces et partagèrent bientôt sa stupéfaction.

Deux bœufs et trois chevaux gisaient sur le sol, foudroyés comme les autres. Leurs cadavres étaient déjà froids, et une bande de maigres corbeaux, croassant dans les mimosas, guettait cette proie inattendue. Glenarvan et les siens s'entre-regardèrent, et Wilson ne put retenir un juron qui lui monta au gosier.

« Que veux-tu, Wilson ! dit Lord Glenarvan, se contenant à peine, nous n'y pouvons rien. Ayrton, emmenez le bœuf et le cheval qui restent. Il faudra bien qu'ils nous tirent d'affaire.

— Si le chariot n'était pas embourbé, répondit John Mangles, ces deux bêtes, marchant à petites journées, suffiraient à le conduire à la côte. Il faut donc à tout prix dégager ce maudit véhicule.

— Nous essaierons, John, répondit Glenarvan. Retournons au campement, où l'on doit être inquiet de notre absence prolongée. »

Ayrton enleva les entraves du bœuf, Mulrady celles du cheval, et l'on revint en suivant les bords sinueux de la rivière.

Une demi-heure après, Paganel et Mac Nabbs, Lady Helena et Miss Grant savaient à quoi s'en tenir.

« Par ma foi ! ne put s'empêcher de dire le major, il est fâcheux, Ayrton, que vous n'ayez pas eu à ferrer toutes nos bêtes au passage de la Wimerra.

— Pourquoi cela, monsieur ? demanda Ayrton.

— Parce que de tous nos chevaux, celui que vous avez mis entre les mains de votre maréchal-ferrant, celui-là seul a échappé au sort commun !

— C'est vrai, dit John Mangles, et voilà un singulier hasard !

— Un hasard, et rien de plus », répondit le quartier-maître, regardant fixement le major.

Mac Nabbs serra les lèvres, comme s'il eût voulu retenir des paroles prêtes à lui échapper. Glenarvan, Mangles, Lady Helena semblaient attendre qu'il complétât sa pensée, mais le major se tut, et se dirigea vers le chariot qu'Ayrton examinait.

« Qu'a-t-il voulu dire ? demanda Glenarvan à John Mangles.

— Je ne sais, répondit le jeune capitaine. Cependant le major n'est point homme à parler sans raison.

— Non, John, dit Lady Helena. Mac Nabbs doit avoir des soupçons à l'égard d'Ayrton.

— Des soupçons ? fit Paganel en haussant les épaules.

— Lesquels ? répondit Glenarvan. Le suppose-t-il capable d'avoir tué nos chevaux et nos bœufs ? Mais dans quel but ? L'intérêt d'Ayrton n'est-il pas identique au nôtre ?

— Vous avez raison, mon cher Edward, dit Lady Helena, et j'ajouterai que le quartier-maître nous a donné depuis le commencement du voyage d'incontestables preuves de dévouement.

— Sans doute, répondit John Mangles. Mais alors, que signifie l'observation du major ? Il faudra que j'en aie le cœur net.

— Le croit-il donc d'accord avec ces convicts ? s'écria imprudemment Paganel.

— Quels convicts ? demanda Miss Grant.

— Monsieur Paganel se trompe, répondit vivement John Mangles. Il sait bien qu'il n'y a pas de convicts dans la province de Victoria.

— Eh ! c'est parbleu vrai ! répliqua Paganel, qui aurait voulu retirer ses paroles. Où diable avais-je la tête ? Des convicts ? Qui a jamais entendu parler de convicts en Australie ? D'ailleurs, à peine débarqués, ils font de très honnêtes gens ! Le climat ! vous savez, Miss Mary, le climat moralisateur... »

Le pauvre savant, voulant réparer sa bévue, faisait comme le chariot, il s'embourbait. Lady Helena le regardait, ce qui lui ôtait tout son sang-froid. Mais ne voulant pas l'embarrasser davantage, elle emmena Miss Mary du côté de la tente, où Mr. Olbinett s'occupait de dresser le déjeuner suivant toutes les règles de l'art.

« C'est moi qui mériterais d'être transporté, dit piteusement Paganel.

— Je le pense », répondit Glenarvan.

Et sur cette réponse faite avec un sérieux qui accabla le digne géographe, Glenarvan et John Mangles allèrent vers le chariot.

En ce moment, Ayrton et les deux matelots travaillaient à l'arracher de sa vaste ornière. Le bœuf et le cheval, attelés côte à côte, tiraient de toute la force de leurs muscles ; les traits étaient tendus à se rompre, les colliers menaçaient de céder à l'effort. Wilson et Mulrady poussaient aux roues, tandis que, de la voix et de l'aiguillon, le quartier-maître excitait l'attelage dépareillé. Le lourd véhicule ne bougeait pas. La glaise, déjà sèche, le retenait comme s'il eût été scellé dans du ciment hydraulique.

John Mangles fit arroser la glaise pour la rendre moins tenace. Ce fut en vain. Le chariot conserva son immobilité. Après de nouveaux coups de vigueur, hommes et bêtes s'arrêtèrent. A moins de démonter la machine pièce à pièce, il fallait renoncer à la tirer de la fondrière. Or, l'outillage manquait, et l'on ne pouvait entreprendre un pareil travail.

Cependant, Ayrton, qui voulait vaincre à tout prix cet obstacle, allait tenter de nouveaux efforts, quand Lord Glenarvan l'arrêta.

« Assez, Ayrton, assez, dit-il. Il faut ménager le bœuf et le cheval qui nous restent. Si nous devons continuer à pied notre route, l'un portera les deux voyageuses, l'autre nos provisions. Ils peuvent donc rendre encore d'utiles services.

— Bien, mylord, répondit le quartier-maître en dételant ses bêtes épuisées.

— Maintenant, mes amis, ajouta Glenarvan, retournons au campement, délibérons, examinons la situation, voyons de quel côté sont les bonnes et les mauvaises chances, et prenons un parti. »

Quelques instants après, les voyageurs se refaisaient de leur mauvaise nuit par un déjeuner passable, et la discussion était ouverte. Tous furent appelés à donner leur avis.

D'abord, il s'agit de relever la position du campement d'une manière extrêmement précise. Paganel, chargé de ce soin, le fit avec la rigueur voulue. Selon lui, l'expédition se trouvait arrêtée sur le 37ᵉ parallèle, par 147° 53′ de longitude, au bord de la Snowy-river.

« Quel est le relèvement exact de la côte à Twofold-Bay ? demanda Glenarvan.

— Cent cinquante degrés, répondit Paganel.

— Et ces deux degrés sept minutes valent ?...

— Soixante-quinze milles [1].

— Et Melbourne est ?...

— A deux cents milles au moins.

— Bon. Notre position étant ainsi déterminée, dit Glenarvan, que convient-il de faire ? »

La réponse fut unanime : aller à la côte sans tarder. Lady Helena et Mary Grant s'engageaient à faire cinq milles par jour. Les courageuses femmes ne s'effrayaient pas de franchir à pied, s'il le fallait, la distance qui séparait Snowy-River de Twofold-Bay.

1. 37 lieues.

« Vous êtes la vaillante compagne du voyageur, ma chère Helena, dit Lord Glenarvan. Mais sommes-nous certains de trouver à la baie les ressources dont nous aurons besoin en y arrivant ?

— Sans aucun doute, répondit Paganel. Eden est une municipalité qui a déjà bien des années d'existence. Son port doit avoir des relations fréquentes avec Melbourne. Je suppose même qu'à trente-cinq milles d'ici, à la paroisse de Delegète, sur la frontière victorienne, nous pourrons ravitailler l'expédition et trouver des moyens de transport.

— Et le *Duncan ?* demanda Ayrton, ne jugez-vous pas opportun, mylord, de le mander à la baie ?

— Qu'en pensez-vous, John ? demanda Glenarvan.

— Je ne crois pas que Votre Honneur doive se presser à ce sujet, répondit le jeune capitaine, après avoir réfléchi. Il sera toujours temps de donner vos ordres à Tom Austin et de l'appeler à la côte.

— C'est de toute évidence, ajouta Paganel.

— Remarquez, reprit John Mangles, que dans quatre ou cinq jours nous serons à Eden.

— Quatre ou cinq jours ! reprit Ayrton en hochant la tête, mettez-en quinze ou vingt, capitaine, si vous ne voulez pas plus tard regretter votre erreur !

— Quinze ou vingt jours pour faire soixante-quinze milles ! s'écria Glenarvan.

— Au moins, mylord. Vous allez traverser la portion la plus difficile de Victoria, un désert où tout manque, disent les squatters, des plaines de broussailles sans chemin frayé, dans lesquelles les stations n'ont pu s'établir. Il y faudra marcher la hache ou la torche à la main, et, croyez-moi, vous n'irez pas vite. »

Ayrton avait parlé d'un ton ferme. Paganel, sur qui se portèrent des regards interrogateurs, approuva d'un signe de tête les paroles du quatier-maître.

« J'admets ces difficultés, reprit alors John Mangles.

Eh bien, dans quinze jours, Votre Honneur expédiera ses ordres au *Duncan*.

— J'ajouterai, reprit alors Ayrton, que les principaux obstacles ne viendront pas des embarras de la route. Mais il faudra traverser la Snowy, et très probablement attendre la baisse des eaux.

— Attendre ! s'écria le jeune capitaine. Ne peut-on trouver un gué ?

— Je ne le pense pas, répondit Ayrton. Ce matin, j'ai cherché un passage praticable, mais en vain. Il est rare de rencontrer une rivière aussi torrentueuse à cette époque, et c'est une fatalité contre laquelle je ne puis rien.

— Elle est donc large, cette Snowy ? demanda Lady Glenarvan.

— Large et profonde, madame, répondit Ayrton, large d'un mille avec un courant impétueux. Un bon nageur ne la traverserait pas sans danger.

— Eh bien, construisons un canot, s'écria Robert, qui ne doutait de rien. On abat un arbre, on le creuse, on s'y embarque, et tout est dit.

— Il va bien, le fils du capitaine Grant ! répondit Paganel.

— Et il a raison, reprit John Mangles. Nous serons forcés d'en venir là. Je trouve donc inutile de perdre notre temps en vaines discussions.

— Qu'en pensez-vous, Ayrton ? demanda Glenarvan.

— Je pense, mylord, que, dans un mois, s'il n'arrive quelque secours, nous serons encore retenus sur les bords de la Snowy !

— Enfin, avez-vous un plan meilleur ? demanda John Mangles avec une certaine impatience.

— Oui, si le *Duncan* quitte Melbourne et rallie la côte est !

— Ah ! toujours le *Duncan* ! Et en quoi sa présence à la baie nous facilitera-t-elle les moyens d'y arriver ? »

Ayrton réfléchit pendant quelques instants avant de répondre, et il dit d'une façon assez évasive :

« Je ne veux point imposer mes opinions. Ce que j'en fais est dans l'intérêt de tous, et je suis disposé à partir dès que son Honneur donnera le signal du départ. »

Puis, il croisa les bras.

« Ceci n'est pas répondre, Ayrton, reprit Glenarvan. Faites-nous connaître votre plan, et nous le discuterons. Que proposez-vous ? »

Ayrton, d'une voix calme et assurée, s'exprima en ces termes :

« Je propose de ne pas nous aventurer au-delà de la Snowy dans l'état de dénuement où nous sommes. C'est ici même qu'il faut attendre des secours, et ces secours ne peuvent venir que du *Duncan*. Campons en cet endroit, où les vivres ne manquent pas, et que l'un de nous porte à Tom Austin l'ordre de rallier la baie Twofold. »

Un certain étonnement accueillit cette proposition inattendue, et contre laquelle John Mangles ne dissimula pas son antipathie.

« Pendant ce temps, reprit Ayrton, ou les eaux de la Snowy baisseront, ce qui permettra de trouver un gué praticable, ou il faudra recourir au canot, et nous aurons le temps de le construire. Voilà, mylord, le plan que je soumets à votre approbation.

— Bien, Ayrton, répondit Glenarvan. Votre idée mérite d'être prise en sérieuse considération. Son plus grand tort est de causer un retard, mais elle épargne de sérieuses fatigues et peut-être des dangers réels. Qu'en pensez-vous, mes amis ?

— Parlez, mon cher Mac Nabbs, dit alors Lady Helena. Depuis le commencement de la discussion, vous vous contentez d'écouter, et vous êtes très avare de vos paroles.

« C'est moi qui partirai », dit Ayrton. (Page 566.)

— Puisque vous me demandez mon avis, répondit le major, je vous le donnerai très franchement. Ayrton me paraît avoir parlé en homme sage, prudent, et je me range à sa proposition. »

On ne s'attendait guère à cette réponse, car jusqu'alors Mac Nabbs avait toujours combattu les idées d'Ayrton à ce sujet. Aussi Ayrton, surpris, jeta un regard rapide sur le major. Cependant, Paganel, Lady Helena, les matelots étaient très disposés à appuyer le projet du quartier-maître. Ils n'hésitèrent plus après les paroles de Mac Nabbs.

Glenarvan déclara donc le plan d'Ayrton adopté en principe.

« Et maintenant, John, ajouta-t-il, ne pensez-vous pas que la prudence commande d'agir ainsi, et de camper sur les bords de la rivière, en attendant les moyens de transport ?

— Oui, répondit John Mangles, si toutefois notre messager parvient à passer la Snowy, que nous ne pouvons passer nous-mêmes ! »

On regarda le quartier-maître, qui sourit en homme sûr de lui.

« Le messager ne franchira pas la rivière, dit-il.

— Ah ! fit John Mangles.

— Il ira tout simplement rejoindre la route de Luknow, qui le mènera droit à Melbourne.

— Deux cent cinquante milles à faire à pied ! s'écria le jeune capitaine.

— A cheval, répliqua Ayrton. Il reste un cheval bien portant. Ce sera l'affaire de quatre jours. Ajoutez deux jours pour la traversée du *Duncan* à la baie, vingt-quatre heures pour revenir au campement, et, dans une semaine, le messager sera de retour avec les hommes de l'équipage. »

Le major approuvait d'un signe de tête les paroles d'Ayrton, ce qui ne laissait pas d'exciter l'étonnement

Une détonation éclata. (Page 567.)

de John Mangles. Mais la proposition du quartier-maître avait réuni tous les suffrages, et il ne s'agissait plus que d'exécuter ce plan véritablement bien conçu.

« Maintenant, mes amis, dit Glenarvan, il reste à choisir notre messager. Il aura une mission pénible et périlleuse, je ne veux pas le dissimuler. Qui se dévouera pour ses compagnons et ira porter nos instructions à Melbourne ? »

Wilson, Mulrady, John Mangles, Paganel, Robert lui-même, s'offrirent immédiatement. John insistait d'une façon toute particulière pour que cette mission lui fût confiée. Mais Ayrton, qui ne s'était pas encore prononcé, prit la parole, et dit :

« S'il plaît à Votre Honneur, ce sera moi qui partirai, mylord. J'ai l'habitude de ces contrées. Maintes fois, j'ai parcouru des régions plus difficiles. Je puis me tirer d'affaire là où un autre resterait. Je réclame donc dans l'intérêt commun ce droit de me rendre à Melbourne. Un mot m'accréditera auprès de votre second, et dans six jours, je me fais fort d'amener le *Duncan* à la baie Twofold.

— Bien parlé, répondit Glenarvan. Vous êtes un homme intelligent et courageux, Ayrton, et vous réussirez. »

Le quartier-maître était évidemment plus apte que tout autre à remplir cette difficile mission. Chacun le comprit et se retira. John Mangles fit une dernière objection, disant que la présence d'Ayrton était nécessaire pour retrouver les traces du *Britannia* ou d'Harry Grant. Mais le major fit observer que l'expédition resterait campée sur les bords de la Snowy jusqu'au retour d'Ayrton, qu'il n'était pas question de reprendre sans lui ces importantes recherches, conséquemment que son absence ne préjudicierait en aucune façon aux intérêts du capitaine.

« Eh bien, partez, Ayrton, dit Glenarvan. Faites diligence, et revenez par Eden à notre campement de la Snowy. »

Un éclair de satisfaction brilla dans les yeux du quartier-maître. Il détourna la tête, mais, si vite qu'il se fût détourné, John Mangles avait surpris cet éclair, John, par instinct, non autrement, sentait s'accroître ses défiances contre Ayrton.

Le quartier-maître fit donc ses préparatifs de départ, aidé des deux matelots, dont l'un s'occupa de son cheval, et l'autre de ses provisions. Pendant ce temps, Glenarvan écrivait la lettre destinée à Tom Austin.

Il ordonnait au second du *Duncan* de se rendre sans retard à la baie Twofold. Il lui recommandait le quartier-maître comme un homme en qui il pouvait avoir toute confiance. Tom Austin, arrivé à la côte, devait mettre un détachement des matelots du yacht sous les ordres d'Ayrton...

Glenarvan en était à ce passage de sa lettre, quand Mac Nabbs, qui le suivait des yeux, lui demanda d'un ton singulier comment il écrivait le nom d'Ayrton.

« Mais comme il se prononce, répondit Glenarvan.

— C'est une erreur, reprit tranquillement le major. Il se prononce Ayrton, mais il s'écrit Ben Joyce ! »

XX

ALAND ZEALAND

La révélation de ce nom de Ben Joyce produisit l'effet d'un coup de foudre. Ayrton s'était brusquement redressé. Sa main tenait un revolver. Une détonation éclata. Glenarvan tomba frappé d'une balle. Des coups de fusil retentirent au-dehors.

John Mangles et les matelots, d'abord surpris, voulurent se jeter sur Ben Joyce ; mais l'audacieux convict avait déjà disparu et rejoint sa bande disséminée sur la lisière du bois de gommiers.

La tente n'offrait pas un suffisant abri contre les balles. Il fallait battre en retraite. Glenarvan, légèrement atteint, s'était relevé.

« Au chariot ! au chariot ! » cria John Mangles, et il entraîna Lady Helena et Mary Grant, qui furent bientôt en sûreté derrière les épaisses ridelles.

Là, John, le major, Paganel, les matelots saisirent leurs carabines et se tinrent prêts à riposter aux convicts. Glenarvan et Robert avaient rejoint les voyageuses, tandis qu'Olbinett accourait à la défense commune.

Ces événements s'étaient accomplis avec la rapidité de l'éclair. John Mangles observait attentivement la lisière du bois. Les détonations s'étaient tues subitement à l'arrivée de Ben Joyce. Un profond silence succédait à la bruyante fusillade. Quelques volutes de vapeur blanche se contournaient encore entre les branches des gommiers. Les hautes touffes de gastrolobium demeuraient immobiles. Tout indice d'attaque avait disparu.

Le major et John Mangles poussèrent une reconnaissance jusqu'aux grands arbres. La place était abandonnée. De nombreuses traces de pas s'y voyaient, et quelques amorces à demi consumées fumaient sur le sol. Le major, en homme prudent, les éteignit, car il suffisait d'une étincelle pour allumer un incendie redoutable dans cette forêt d'arbres secs.

« Les convicts ont disparu, dit John Mangles.

— Oui, répondit le major, et cette disparition m'inquiète. Je préférerais les voir face à face. Mieux vaut un tigre en plaine qu'un serpent sous les herbes. Battons ces buissons autour du chariot. »

Le major et John fouillèrent la campagne environnante. De la lisière du bois aux bords de la Snowy, ils ne rencontrèrent pas un seul convict. La bande de Ben Joyce semblait s'être envolée comme une troupe d'oiseaux malfaisants. Cette disparition était trop singulière pour laisser une sécurité parfaite. C'est pourquoi on résolut de se tenir sur le qui-vive. Le chariot, véritable forteresse embourbée, devint le centre du campement, et deux hommes, se relevant d'heure en heure, firent bonne garde.

Le premier soin de Lady Helena et de Mary Grant avait été de panser la blessure de Glenarvan. Au moment où son mari tomba sous la balle de Ben Joyce, Lady Helena, épouvantée, s'était précipitée vers lui. Puis, maîtrisant son angoisse, cette femme courageuse avait conduit Glenarvan au chariot. Là, l'épaule du blessé fut mise à nu, et le major reconnut que la balle, déchirant les chairs, n'avait produit aucune lésion interne. Ni l'os ni les muscles ne lui parurent attaqués. La blessure saignait beaucoup, mais Glenarvan, remuant les doigts de l'avant-bras, rassura lui-même ses amis sur les résultats du coup. Son pansement fait, il ne voulut plus que l'on s'occupât de lui, et on en vint aux explications.

Les voyageurs, moins Mulrady et Wilson qui veillaient au-dehors, s'étaient alors casés tant bien que mal dans le chariot. Le major fut invité à parler.

Avant de commencer son récit, il mit Lady Helena au courant des choses qu'elle ignorait, c'est-à-dire l'évasion d'une bande de condamnés de Perth, leur apparition dans les contrées de la Victoria, leur complicité dans la catastrophe du chemin de fer. Il lui remit le numéro de l'*Australian and New-Zealand Gazette* acheté à Seymour, et il ajouta que la police avait mis à prix la tête de ce Ben Joyce, redoutable bandit, auquel dix-huit mois de crimes avaient fait une funeste célébrité.

Mais comment Mac Nabbs avait-il reconnu ce Ben

Joyce dans le quartier-maître Ayrton ? Là était le mystère que tous voulaient éclaircir, et le major s'expliqua.

Depuis le jour de sa rencontre, Mac Nabbs, par instinct, se défiait d'Ayrton. Deux ou trois faits presque insignifiants, un coup d'œil échangé entre le quartier-maître et le forgeron à la Wimerra river, l'hésitation d'Ayrton à traverser les villes et les bourgs, son insistance à mander le *Duncan* à la côte, la mort étrange des animaux confiés à ses soins, enfin un manque de franchise dans ses allures, tous ces détails peu à peu groupés avaient éveillé les soupçons du major.

Cependant, il n'aurait pu formuler une accusation directe, sans les événements qui s'étaient passés la nuit précédente.

Mac Nabbs, se glissant entre les hautes touffes d'arbrisseaux, arriva près des ombres suspectes qui venaient d'éveiller son attention à un demi-mille du campement. Les plantes phosphorescentes jetaient de pâles lueurs dans l'obscurité.

Trois hommes examinaient des traces sur le sol, des empreintes de pas fraîchement faites, et, parmi eux, Mac Nabbs reconnut le maréchal-ferrant de Black-Point. « Ce sont eux, disait l'un. — Oui, répondait l'autre, voilà le trèfle des fers. — C'est comme cela depuis la Wimerra. — Tous les chevaux sont morts. — Le poison n'est pas loin. — En voilà de quoi démonter une cavalerie tout entière. Une plante utile que ce gastrolobium ! »

« Puis ils se turent, ajouta Mac Nabbs, et s'éloignèrent. Je n'en savais pas assez. Je les suivis. Bientôt la conversation recommença : « Un habile homme, Ben Joyce, « dit le forgeron, un fameux quartier-maître avec son « invention de naufrage ! Si son projet réussit, c'est un « coup de fortune ! Satané Ayrton ! — Appelle-le Ben « Joyce, car il a bien gagné son nom ! » En ce moment, ces coquins quittèrent le bois de gommiers. Je savais

Un couple d'eurus dont la tête confiante. (Page 575.)

ce que je voulais savoir, et je revins au campement, avec la certitude que tous les convicts ne se moralisent pas en Australie, n'en déplaise à Paganel! »

Le major se tut. Ses compagnons, silencieux, réfléchissaient.

« Ainsi, dit Glenarvan dont la colère faisait pâlir la figure, Ayrton nous a entraînés jusqu'ici pour nous piller et nous assassiner!

— Oui, répondit le major.

— Et depuis la Wimerra, sa bande suit nos traces et nous épie, guettant une occasion favorable?

— Oui.

— Mais ce misérable n'est donc pas un matelot du *Britannia?* Il a donc volé son nom d'Ayrton, volé son engagement à bord? »

Les regards se dirigèrent vers Mac Nabbs, qui avait dû se poser ces questions à lui-même.

« Voici, répondit-il de sa voix toujours calme, les certitudes que l'on peut dégager de cette obscure situation. A mon avis, cet homme s'appelle réellement Ayrton. Ben Joyce est son nom de guerre. Il est incontestable qu'il connaît Harry Grant et qu'il a été quartier-maître à bord du *Britannia*. Ces faits, prouvés déjà par les détails précis que nous a donnés Ayrton, sont de plus corroborés par les paroles des convicts que je vous ai rapportées. Ne nous égarons donc pas dans de vaines hypothèses, et tenons pour certain que Ben Joyce est Ayrton, comme Ayrton est Ben Joyce, c'est-à-dire un matelot du *Britannia* devenu chef d'une bande de convicts. »

Les explications de Mac Nabbs furent acceptées sans discussion.

« Maintenant, répondit Glenarvan, me direz-vous comment et pourquoi le quartier-maître d'Harry Grant se trouve en Australie?

— Comment? je l'ignore, répondit Mac Nabbs, et

la police déclare ne pas en savoir plus long que moi à ce sujet. Pourquoi ? il m'est impossible de le dire. Il y a là un mystère que l'avenir expliquera.

— La police ne connaît pas même cette identité d'Ayrton et de Ben Joyce, dit John Mangles.

— Vous avez raison, John, répondit le major, et une semblable particularité serait de nature à éclairer ses recherches.

— Ainsi, dit Lady Helena, ce malheureux s'était introduit à la ferme de Paddy O'Moore dans une intention criminelle ?

— Ce n'est pas douteux, répondit Mac Nabbs. Il préparait quelque mauvais coup contre l'Irlandais, quand une occasion meilleure s'est offerte à lui. Le hasard nous a mis en présence. Il a entendu le récit de Glenarvan, l'histoire du naufrage, et, en homme audacieux, il s'est promptement décidé à en tirer parti. L'expédition a été décidée. A la Wimerra, il a communiqué avec l'un des siens, le forgeron de Black-Point, et a laissé des traces reconnaissables de notre passage. Sa bande nous a suivis. Une plante vénéneuse lui a permis de tuer peu à peu nos bœufs et nos chevaux. Puis, le moment venu, il nous a embourbés dans les marais de la Snowy et livrés aux convicts qu'il commande. »

Tout était dit sur Ben Joyce. Son passé venait d'être reconstitué par le major, et le misérable apparaissait tel qu'il était, un audacieux et redoutable criminel. Ses intentions, clairement démontrées, exigeaient de la part de Glenarvan une vigilance extrême. Heureusement, il y avait moins à craindre du bandit démasqué que du traître.

Mais de cette situation nettement élucidée ressortait une conséquence grave. Personne n'y avait encore songé. Seule, Mary Grant, laissant discuter tout ce passé, regardait l'avenir. John Mangles, d'abord, la vit ainsi pâle et désespérée. Il comprit ce qui se passait dans son esprit.

« Miss Mary ! Miss Mary ! s'écria-t-il. Vous pleurez !

— Tu pleures, mon enfant ? dit Lady Helena.

— Mon père ! madame, mon père ! » répondit la jeune fille.

Elle ne put continuer. Mais une révélation subite se fit dans l'esprit de chacun. On comprit la douleur de Miss Mary, pourquoi les larmes tombaient de ses yeux, pourquoi le nom de son père montait de son cœur à ses lèvres.

La découverte de la trahison d'Ayrton détruisait tout espoir. Le convict, pour entraîner Glenarvan, avait supposé un naufrage. Dans leur conversation surprise par Mac Nabbs, les convicts l'avaient clairement dit. Jamais le *Britannia* n'était venu se briser sur les écueils de Twofold-Bay ! Jamais Harry Grant n'avait mis le pied sur le continent australien !

Pour la seconde fois, l'interprétation erronée du document venait de jeter sur une fausse piste les chercheurs du *Britannia !*

Tous, devant cette situation, devant la douleur des deux enfants, gardèrent un morne silence. Qui donc eût encore trouvé quelques paroles d'espoir ? Robert pleurait dans les bras de sa sœur. Paganel murmurait d'une voix dépitée :

« Ah ! malencontreux document ! Tu peux te vanter d'avoir mis le cerveau d'une douzaine de braves gens à une rude épreuve ! »

Et le digne géographe, véritablement furieux contre lui-même, se frappait le front à le démolir.

Cependant Glenarvan rejoignit Mulrady et Wilson, préposés à la garde extérieure. Un profond silence régnait sur cette plaine comprise entre la lisière du bois et la rivière. Les gros nuages immobiles s'écrasaient sur la voûte du ciel. Au milieu de cette atmosphère engourdie dans une torpeur profonde, le moindre bruit se fût transmis avec netteté, et rien ne se faisait entendre. Ben Joyce et sa bande devaient s'être repliés à une distance assez considérable, car des volées d'oiseaux qui s'ébattaient sur les basses branches des arbres, quelques kanguroos occupés à brouter paisiblement les jeunes pousses, un couple d'eurus dont la tête confiante passait entre les grandes touffes d'arbrisseaux, prouvaient que la présence de l'homme ne troublait pas ces paisibles solitudes.

« Depuis une heure, demandait Glenarvan à ses deux matelots, vous n'avez rien vu, rien entendu ?

— Rien, Votre Honneur, répondit Wilson. Les convicts doivent être à plusieurs milles d'ici.

— Il faut qu'ils n'aient pas été en force suffisante pour nous attaquer, ajouta Mulrady. Ce Ben Joyce aura voulu recruter quelques bandits de son espèce parmi les bushrangers qui errent au pied des Alpes.

— C'est probable, Mulrady, répondit Glenarvan. Ces coquins sont des lâches. Ils nous savent armés et bien armés. Peut-être attendent-ils la nuit pour commencer leur attaque. Il faudra redoubler de surveillance à la chute du jour. Ah ! si nous pouvions quitter cette plaine marécageuse et poursuivre notre route vers la côte ! Mais les eaux grossies de la rivière nous barrent le passage. Je paierais son pesant d'or un radeau qui nous transporterait sur l'autre rive !

— Pourquoi Votre Honneur, dit Wilson, ne nous donne-t-il pas l'ordre de construire ce radeau ? Le bois ne manque pas.

— Non, Wilson, répondit Glenarvan, cette Snowy, ce n'est pas une rivière, c'est un infranchissable torrent. »

En ce moment, John Mangles, le major et Paganel rejoignirent Glenarvan. Ils venaient précisément d'examiner la Snowy. Les eaux accrues par les dernières pluies s'étaient encore élevées d'un pied au-dessus de l'étiage. Elles formaient un courant torrentueux, comparable aux rapides de l'Amérique. Impossible de s'aventurer sur ces nappes mugissantes et ces impétueuses avalasses, brisées en mille remous où se creusaient des gouffres.

John Mangles déclara le passage impraticable.

« Mais, ajouta-t-il, il ne faut pas rester ici sans rien tenter. Ce qu'on voulait faire avant la trahison d'Ayrton est encore plus nécessaire après.

— Que dis-tu, John ? demanda Glenarvan.

— Je dis que des secours sont urgents, et puisqu'on ne peut aller à Twofold-Bay, il faut aller à Melbourne. Un cheval nous reste. Que Votre Honneur me le donne, mylord, et j'irai à Melbourne.

— Mais c'est là une dangereuse tentative, John, dit Glenarvan. Sans parler des périls de ce voyage de deux cents milles à travers un pays inconnu, les sentiers et la route doivent être gardés par les complices de Ben Joyce.

— Je le sais, mylord, mais je sais aussi que la situation ne peut se prolonger. Ayrton ne demandait que huit jours d'absence pour ramener les hommes du *Duncan*. Moi, je veux en six jours être revenu sur les bords de la Snowy. Eh bien, qu'ordonne Votre Honneur ?

— Avant que Glenarvan se prononce, dit Paganel, je dois faire une observation. Qu'on aille à Melbourne, oui, mais que ces dangers soient réservés à John Mangles, non. C'est le capitaine du *Duncan*, et comme tel il ne peut s'exposer. J'irai à sa place.

— Bien parlé, répondit le major. Et pourquoi serait-ce vous, Paganel ?

— Ne sommes-nous pas là ? s'écrièrent Mulrady et Wilson.

— Et croyez-vous, reprit Mac Nabbs, que je m'effraie d'une traite de deux cents milles à cheval ?

— Mes amis, dit Glenarvan, si l'un de nous doit

aller à Melbourne, que le sort le désigne. Paganel, écrivez nos noms...

— Pas le vôtre, du moins, mylord, dit John Mangles.

— Et pourquoi ? demanda Glenarvan.

— Vous séparer de Lady Helena, vous, dont la blessure n'est pas même fermée !

— Glenarvan, dit Paganel, vous ne pouvez quitter l'expédition.

— Non, reprit le major. Votre place est ici, Edward, vous ne devez pas partir.

— Il y a des dangers à courir, répondit Glenarvan, et je n'en laisserai pas ma part à d'autres. Écrivez, Paganel. Que mon nom soit mêlé aux noms de mes camarades, et fasse le Ciel qu'il soit le premier à sortir ! »

On s'inclina devant cette volonté. Le nom de Glenarvan fut joint aux autres noms. On procéda au tirage, et le sort se prononça pour Mulrady. Le brave matelot poussa un hurrah de satisfaction.

« Mylord, je suis prêt à partir », dit-il.

Glenarvan serra la main de Mulrady. Puis il retourna vers le chariot, laissant au major et à John Mangles la garde du campement.

Lady Helena fut aussitôt instruite du parti pris d'envoyer un messager à Melbourne et de la décision du sort. Elle trouva pour Mulrady des paroles qui allèrent au cœur de ce vaillant marin. On le savait brave, intelligent, robuste, supérieur à toute fatigue, et, véritablement, le sort ne pouvait mieux choisir.

Le départ de Mulrady fut fixé à huit heures, après le court crépuscule du soir. Wilson se chargea de préparer le cheval. Il eut l'idée de changer le fer révélateur qu'il portait au pied gauche, et de le remplacer par le fer de l'un des chevaux morts dans la nuit. Les convicts ne pourraient pas reconnaître les traces de Mulrady, ni le suivre, n'étant pas montés.

Pendant que Wilson s'occupait de ces détails, Glenarvan prépara la lettre destinée à Tom Austin ; mais son bras blessé le gênait, et il chargea Paganel d'écrire pour lui. Le savant, absorbé dans une idée fixe, semblait étranger à ce qui se passait autour de lui. Il faut le dire, Paganel, dans toute cette succession d'aventures fâcheuses, ne pensait qu'à son document faussement interprété. Il en retournait les mots pour leur arracher un nouveau sens, et demeurait plongé dans les abîmes de l'interprétation.

Aussi n'entendit-il pas la demande de Glenarvan, et celui-ci fut forcé de la renouveler.

« Ah ! très bien, répondit Paganel, je suis prêt ! »

Et tout en parlant, Paganel préparait machinalement son carnet. Il en déchira une page blanche, puis, le crayon à la main, il se mit en devoir d'écrire. Glenarvan commença à dicter les instructions suivantes :

« Ordre à Tom Austin de prendre la mer sans retard et de conduire le *Duncan...* »

Paganel achevait ce dernier mot, quand ses yeux se portèrent, par hasard, sur le numéro de l'*Australian and New-Zealand,* qui gisait à terre. Le journal replié ne laissait voir que les deux dernières syllabes de son titre. Le crayon de Paganel s'arrêta, et Paganel parut oublier complètement Glenarvan, sa lettre, sa dictée.

« Eh bien ? Paganel, dit Glenarvan.

— Ah ! fit le géographe, en poussant un cri.

— Qu'avez-vous ? demanda le major.

— Rien ! rien ! » répondit Paganel.

Puis, plus bas, il répétait : « *Aland ! Aland ! Aland !* »

Il s'était levé. Il avait saisi le journal. Il le secouait, cherchant à retenir des paroles prêtes à s'échapper de ses lèvres.

Lady Helena, Mary, Robert, Glenarvan, le regardaient sans rien comprendre à cette inexplicable agitation. Paganel ressemblait à un homme qu'une folie subite vient de frapper. Mais cet état de surexcitation nerveuse

En ce moment la rafale redoublait sa violence. (Page 582.)

ne dura pas. Il se calma peu à peu ; la joie qui brillait dans ses regards s'éteignit ; il reprit sa place et dit d'un ton calme :

« Quand vous voudrez, mylord, je suis à vos ordres. »

Glenarvan reprit la dictée de sa lettre, qui fut définitivement libellée en ces termes :

« Ordre à Tom Austin de prendre la mer sans retard « et de conduire le *Duncan* par 37° de latitude à la « côte orientale de l'Australie... »

— De l'Australie ? dit Paganel. Ah ! oui ! de l'Australie ! »

Puis il acheva sa lettre et la présenta à la signature de Glenarvan. Celui-ci, gêné par sa récente blessure, se tira tant bien que mal de cette formalité. La lettre fut close et cachetée. Paganel, d'une main que l'émotion faisait trembler encore, mit l'adresse suivante :

Tom Austin,

Second à bord du yacht le *Duncan*,

Melbourne.

Puis, il quitta le chariot, gesticulant et répétant ces mots incompréhensibles :

« *Aland ! Aland ! Zealand !* »

XXI

QUATRE JOURS D'ANGOISSES

Le reste de la journée s'écoula sans autre incident. On acheva de tout préparer pour le départ de Mulrady. Le brave matelot était heureux de donner à Son Honneur cette marque de dévouement.

Paganel avait repris son sang-froid et ses manières accoutumées. Son regard indiquait bien encore une vive préoccupation, mais il paraissait décidé à la tenir secrète. Il avait sans doute de fortes raisons pour en agir ainsi, car le major l'entendit répéter ces paroles, comme un homme qui lutte avec lui-même :

« Non ! non ! ils ne me croiraient pas ! Et, d'ailleurs, à quoi bon ? Il est trop tard ! »

Cette résolution prise, il s'occupa de donner à Mulrady les indications nécessaires pour atteindre Melbourne, et, la carte sous les yeux, il lui traça son itinéraire. Tous les « tracks », c'est-à-dire les sentiers de la prairie, aboutissaient à la route de Lucknow. Cette route, après avoir descendu droit au sud jusqu'à la côte, prenait par un coude brusque la direction de Melbourne. Il fallait toujours la suivre et ne point tenter de couper court à travers un pays peu connu. Ainsi rien de plus simple. Mulrady ne pouvait s'égarer.

Quant aux dangers, ils n'existaient plus à quelques milles au-delà du campement, où Ben Joyce et sa troupe devaient s'être embusqués. Une fois passé, Mulrady se faisait fort de distancer rapidement les convicts et de mener à bien son importante mission.

A six heures, le repas fut pris en commun. Une pluie torrentielle tombait. La tente n'offrait plus un abri suffisant, et chacun avait cherché refuge dans le chariot. C'était, du reste, une retraite sûre. La glaise le tenait encastré au sol, et il y adhérait comme un fort sur ses fondations. L'arsenal se composait de sept carabines et de sept revolvers, et permettait de soutenir un siège assez long, car ni les munitions ni les vivres ne manquaient. Or, avant six jours, le *Duncan* mouillerait dans la baie Twofold. Vingt-quatre heures après, son équipage atteindrait l'autre rive de la Snowy, et si le passage n'était pas encore praticable, les convicts, du moins, seraient forcés de se retirer devant des forces supérieures. Mais, avant tout, il fallait que Mulrady réussît dans sa périlleuse entreprise.

A huit heures, la nuit devint très sombre. C'était l'instant de partir. Le cheval destiné à Mulrady fut amené. Ses pieds, entourés de linges, par surcroît de précaution, ne faisaient aucun bruit sur le sol. L'animal paraissait fatigué, et, cependant, de la sûreté et de la vigueur de ses jambes dépendait le salut de tous. Le major conseilla à Mulrady de le ménager, du moment qu'il serait hors de l'atteinte des convicts. Mieux valait un retard d'une demi-journée et arriver sûrement. John Mangles remit à son matelot un revolver qu'il venait de charger avec le plus grand soin. Arme redoutable dans la main d'un homme qui ne tremble pas, car six coups de feu, éclatant en quelques secondes, balayaient aisément un chemin obstrué de malfaiteurs.

Mulrady se mit en selle.

« Voici la lettre que tu remettras à Tom Austin, lui dit Glenarvan. Qu'il ne perde pas une heure! Qu'il parte pour la baie Twofold, et s'il ne nous y trouve pas, si nous n'avons pu franchir la Snowy, qu'il vienne à nous sans retard! Maintenant, va, mon brave matelot, et que Dieu te conduise. »

Glenarvan, Lady Helena, Mary Grant, tous serrèrent la main de Mulrady. Ce départ, par une nuit noire et pluvieuse, sur une route semée de dangers, à travers les immensités inconnues d'un désert, eût impressionné un cœur moins ferme que celui du matelot.

« Adieu, mylord », dit-il d'une voix calme, et il disparut bientôt par un sentier qui longeait la lisière du bois.

En ce moment, la rafale redoublait de violence. Les hautes branches des eucalyptus cliquetaient dans l'ombre avec une sonorité mate. On pouvait entendre la chute de cette ramure sèche sur le sol détrempé. Plus d'un arbre géant, auquel manquait la sève, mais

Ils transportèrent le corps de Mulrady. (Page 584.)

debout jusqu'alors, tomba pendant cette tempétueuse bourrasque. Le vent hurlait à travers les craquements du bois et mêlait ses gémissements sinistres au grondement de la Snowy. Les gros nuages, qu'il chassait dans l'est, traînaient jusqu'à terre comme des haillons de vapeur. Une lugubre obscurité accroissait encore l'horreur de la nuit.

Les voyageurs, après le départ de Mulrady, se blottirent dans le chariot. Lady Helena et Mary Grant, Glenarvan et Paganel occupaient le premier compartiment, qui avait été hermétiquement clos. Dans le second, Olbinett, Wilson et Robert avaient trouvé un gîte suffisant. Le major et John Mangles veillaient au-dehors. Acte de prudence nécessaire, car une attaque des convicts était facile, possible par conséquent.

Les deux fidèles gardiens faisaient donc leur quart, et recevaient philosophiquement ces rafales que la nuit leur crachait au visage. Ils essayaient de percer du regard ces ténèbres propices aux embûches, car l'oreille ne pouvait rien percevoir au milieu des bruits de la tempête, hennissements du vent, cliquetis des branches, chutes des troncs d'arbres, et grondement des eaux déchaînées.

Cependant, quelques courtes accalmies suspendaient parfois la bourrasque. Le vent se taisait comme pour reprendre haleine. La Snowy gémissait seule à travers les roseaux immobiles et le rideau noir des gommiers. Le silence semblait plus profond dans ces apaisements momentanés. Le major et John Mangles écoutaient alors avec attention.

Ce fut pendant un de ces répits qu'un sifflement aigu parvint jusqu'à eux.

John Mangles alla rapidement au major.

« Vous avez entendu ? lui dit-il.

— Oui, fit Mac Nabbs. Est-ce un homme ou un animal ?

— Un homme », répondit John Mangles.

Puis tous deux écoutèrent. L'inexplicable sifflement

se reproduisit soudain, et quelque chose comme une détonation lui répondit, mais presque insaisissable, car la tempête rugissait alors avec une nouvelle violence. Mac Nabbs et John Mangles ne pouvaient s'entendre. Ils vinrent se placer sous le vent du chariot.

En ce moment, les rideaux de cuir se soulevèrent, et Glenarvan rejoignit ses deux compagnons. Il avait entendu, comme eux, ce sifflement sinistre, et la détonation qui avait fait écho sous la bâche.

« Dans quelle direction ? demanda-t-il.

— Là, fit John, indiquant le sombre track, dans la direction prise par Mulrady.

— A quelle distance ?

— Le vent portait, répondit John Mangles. Ce doit être à trois milles au moins.

— Allons ! dit Glenarvan en jetant sa carabine sur son épaule.

— N'allons pas ! répondit le major. C'est un piège pour nous éloigner du chariot.

— Et si Mulrady est tombé sous les coups de ces misérables ! reprit Glenarvan, qui saisit la main de Mac Nabbs.

— Nous le saurons demain, répondit froidement le major, fermement résolu à empêcher Glenarvan de commettre une inutile imprudence.

— Vous ne pouvez quitter le campement, mylord, dit John, j'irai seul.

— Pas davantage ! reprit Mac Nabbs avec énergie. Voulez-vous donc qu'on nous tue en détail, diminuer nos forces, nous mettre à la merci de ces malfaiteurs ? Si Mulrady a été leur victime, c'est un malheur qu'il ne faut pas doubler d'un second. Mulrady est parti, désigné par le sort. Si le sort m'eût choisi à sa place, je serais parti comme lui, mais je n'aurais demandé ni attendu aucun secours. »

En retenant Glenarvan et John Mangles, le major

avait raison à tous les points de vue. Tenter d'arriver jusqu'au matelot, courir par cette nuit sombre au-devant des convicts embusqués dans quelques taillis, c'était insensé, et, d'ailleurs, inutile. La petite troupe de Glenarvan ne comptait pas un tel nombre d'hommes qu'elle pût en sacrifier encore.

Cependant, Glenarvan semblait ne vouloir pas se rendre à ces raisons. Sa main tourmentait sa carabine. Il allait et venait autour du chariot. Il prêtait l'oreille au moindre bruit. Il essayait de percer du regard cette obscurité sinistre. La pensée de savoir un des siens frappé d'un coup mortel, abandonné sans secours, appelant en vain ceux pour lesquels il s'était dévoué, cette pensée le torturait. Mac Nabbs ne savait pas s'il parviendrait à le retenir, si Glenarvan, emporté par son cœur, n'irait pas se jeter sous les coups de Ben Joyce.

« Edward, lui dit-il, calmez-vous. Écoutez un ami. Pensez à Lady Helena, à Mary Grant, à tous ceux qui restent ! D'ailleurs, où voulez-vous aller ? Où retrouver Mulrady ? C'est à deux milles d'ici qu'il a été attaqué ! Sur quelle route ? Quel sentier prendre ?... »

En ce moment, et comme une réponse au major, un cri de détresse se fit entendre.

« Écoutez ! » dit Glenarvan.

Ce cri venait du côté même où la détonation avait éclaté, à moins d'un quart de mille. Glenarvan, repoussant Mac Nabbs, s'avançait déjà sur le sentier, quand, à trois cents pas du chariot, ces mots se firent entendre :

« A moi ! à moi ! »

C'était une voix plaintive et désespérée. John Mangles et le major s'élancèrent dans sa direction.

Quelques instants après, ils aperçurent le long du taillis une forme humaine qui se traînait et poussait de lugubres gémissements.

Mulrady était là, blessé, mourant, et quand ses compagnons le soulevèrent, ils sentirent leurs mains se mouiller de sang.

La pluie redoublait alors, et le vent se déchaînait dans la ramure des « dead trees ». Ce fut au milieu des coups de la rafale que Glenarvan, le major et John Mangles transportèrent le corps de Mulrady.

A leur arrivée, chacun se leva. Paganel, Robert, Wilson, Olbinett, quittèrent le chariot, et Lady Helena céda son compartiment au pauvre Mulrady. Le major ôta la veste du matelot qui ruisselait de sang et de pluie. Il découvrit sa blessure. C'était un coup de poignard que le malheureux avait au flanc droit.

Mac Nabbs le pansa adroitement. L'arme avait-elle atteint des organes essentiels, il ne pouvait le dire. Un jet de sang écarlate et saccadé en sortait; la pâleur, la défaillance du blessé, prouvaient qu'il avait été sérieusement atteint. Le major plaça sur l'orifice de la blessure, qu'il lava préalablement à l'eau fraîche, un épais tampon d'amadou, puis des gâteaux de charpie maintenus avec un bandage. Il parvint à suspendre l'hémorragie. Mulrady fut placé sur le côté correspondant à la blessure, la tête et la poitrine élevées, et Lady Helena lui fit boire quelques gorgées d'eau.

Au bout d'un quart d'heure, le blessé, immobile jusqu'alors, fit un mouvement. Ses yeux s'entrouvrirent. Ses lèvres murmurèrent des mots sans suite, et le major, approchant son oreille, l'entendit répéter :

« Mylord... la lettre... Ben Joyce... »

Le major répéta ces paroles et regarda ses compagnons. Que voulait dire Mulrady ? Ben Joyce avait attaqué le matelot, mais pourquoi ? N'était-ce pas seulement dans le but de l'arrêter, de l'empêcher d'arriver au *Duncan* ? Cette lettre...

Glenarvan visita les poches de Mulrady. La lettre adressée à Tom Austin ne s'y trouvait plus !

La nuit se passa dans les inquiétudes et les angoisses.

On craignait à chaque instant que le blessé ne vînt à mourir. Une fièvre ardente le dévorait. Lady Helena, Mary Grant, deux sœurs de charité, ne le quittèrent pas. Jamais malade ne fut si bien soigné, et par des mains plus compatissantes.

Le jour parut. La pluie avait cessé. De gros nuages roulaient encore dans les profondeurs du ciel. Le sol était jonché des débris de branches. La glaise, détrempée par des torrents d'eau, avait encore cédé. Les abords du chariot devenaient difficiles, mais il ne pouvait s'enliser plus profondément.

John Mangles, Paganel et Glenarvan allèrent dès le point du jour faire une reconnaissance autour du campement. Ils remontèrent le sentier encore taché de sang. Ils ne virent aucun vestige de Ben Joyce ni de sa bande. Ils poussèrent jusqu'à l'endroit où l'attaque avait eu lieu. Là, deux cadavres gisaient à terre, frappés des balles de Mulrady. L'un était le cadavre du maréchal-ferrant de Black-Point. Sa figure, décomposée par la mort, faisait horreur.

Glenarvan ne porta pas plus loin ses investigations. La prudence lui défendait de s'éloigner. Il revint donc au chariot, très absorbé par la gravité de la situation.

« On ne peut songer à envoyer un autre messager à Melbourne, dit-il.

— Cependant, il le faut, mylord, répondit John Mangles, et je tenterai de passer là où mon matelot n'a pu réussir.

— Non, John. Tu n'as même pas un cheval pour te porter pendant ces deux cents milles ! »

En effet, le cheval de Mulrady, le seul qui restât, n'avait pas reparu. Était-il tombé sous les coups des meurtriers ? Courait-il égaré à travers ce désert ? Les convicts ne s'en étaient-ils pas emparés ?

« Quoi qu'il arrive, reprit Glenarvan, nous ne nous séparerons plus. Attendons huit jours, quinze jours,

Cinq hommes se jetèrent à la tête de son cheval.
(Page 591.)

que les eaux de la Snowy reprennent leur niveau normal. Nous gagnerons alors la baie de Twofold à petites journées, et de là nous expédierons au *Duncan* par une voie plus sûre l'ordre de rallier la côte.

— C'est le seul parti à prendre, répondit Paganel.

— Donc, mes amis, reprit Glenarvan, plus de séparation. Un homme risque trop à s'aventurer seul dans ce désert infesté de bandits. Et maintenant, que Dieu sauve notre pauvre matelot, et nous protège nous-mêmes ! »

Glenarvan avait deux fois raison : d'abord d'interdire toute tentative isolée, ensuite d'attendre patiemment sur les bords de la Snowy un passage praticable. Trente-cinq milles à peine le séparaient de Delegete, la première ville-frontière de la Nouvelle-Galles du Sud, où il trouverait des moyens de transport pour gagner la baie Twofold. De là, il télégraphierait à Melbourne les ordres relatifs au *Duncan*.

Ces mesures étaient sages, mais on les prenait tardivement. Si Glenarvan n'eût pas envoyé Mulrady sur la route de Lucknow, que de malheurs auraient été évités, sans parler de l'assassinat du matelot !

En revenant au campement, il trouva ses compagnons moins affectés. Ils semblaient avoir repris espoir.

« Il va mieux ! il va mieux ! s'écria Robert en courant au-devant de Lord Glenarvan.

— Mulrady ?...

— Oui ! Edward, répondit Lady Helena. Une réaction s'est opérée. Le major est plus rassuré. Notre matelot vivra.

— Où est Mac Nabbs ? demanda Glenarvan.

— Près de lui. Mulrady a voulu l'entretenir. Il ne faut pas les troubler. »

Effectivement, depuis une heure, le blessé était sorti de son assoupissement, et la fièvre avait diminué. Mais le premier soin de Mulrady, en reprenant le souvenir et la parole, fut de demander Lord Glenarvan, ou, à son défaut, le major. Mac Nabbs, le voyant si faible, voulait lui interdire toute conversation; mais Mulrady insista avec une telle énergie que le major dut se rendre.

Or, l'entretien durait déjà depuis quelques minutes, quand Glenarvan revint. Il n'y avait plus qu'à attendre le rapport de Mac Nabbs.

Bientôt, les rideaux du chariot s'agitèrent et le major parut. Il rejoignit ses amis au pied d'un gommier, où la tente avait été dressée. Son visage, si froid d'ordinaire, accusait une grave préoccupation. Lorsque ses regards s'arrêtèrent sur Lady Helena, sur la jeune fille, ils exprimèrent une douloureuse tristesse.

Glenarvan l'interrogea, et voici en substance ce que le major venait d'apprendre.

En quittant le campement, Mulrady suivit un des sentiers indiqués par Paganel. Il se hâtait, autant du moins que le permettait l'obscurité de la nuit. D'après son estime, il avait franchi une distance de deux milles environ, quand plusieurs hommes — cinq, croit-il — se jetèrent à la tête de son cheval. L'animal se cabra. Mulrady saisit son revolver et fit feu. Il lui parut que deux des assaillants tombaient. A la lueur de la détonation, il reconnut Ben Joyce. Mais ce fut tout. Il n'eut pas le temps de décharger entièrement son arme. Un coup violent lui fut porté au côté droit, et le renversa.

Cependant, il n'avait pas encore perdu connaissance. Les meurtriers le croyaient mort. Il sentit qu'on le fouillait. Puis, ces paroles furent prononcées : « J'ai la lettre, dit un des convicts. — Donne, répondit Ben Joyce, et maintenant le *Duncan* est à nous ! »

A cet endroit du récit de Mac Nabbs, Glenarvan ne put retenir un cri.

Mac Nabbs continua :

« A présent, vous autres, reprit Ben Joyce, attrapez « le cheval. Dans deux jours, je serai à bord du *Duncan*;

« dans six, à la baie Twofold. C'est là le rendez-vous. « La troupe du mylord sera encore embourbée dans les « marais de la Snowy. Passez la rivière au pont de Kem- « plepier, gagnez la côte, et attendez-moi. Je trouverai « bien le moyen de vous introduire à bord. Une fois « l'équipage à la mer, avec un navire comme le *Duncan*, « nous serons les maîtres de l'océan Indien. — Hurrah « pour Ben Joyce ! » s'écrièrent les convicts. Le cheval de Mulrady fut amené, et Ben Joyce disparut au galop par la route de Luknow, pendant que la bande gagnait au sud-est la Snowy-river. Mulrady, quoique grièvement blessé, eut la force de se traîner jusqu'à trois cents pas du campement où nous l'avons recueilli presque mort. Voilà, dit Mac Nabbs, l'histoire de Mulrady. Vous comprenez maintenant pourquoi le courageux matelot tenait à tant parler. »

Cette révélation terrifia Glenarvan et les siens.

« Pirates ! pirates ! s'écria Glenarvan. Mon équipage massacré ! Mon *Duncan* aux mains de ces bandits !

— Oui ! car Ben Joyce surprendra le navire, répondit le major, et alors...

— Eh bien, il faut que nous arrivions à la côte avant ces misérables ! dit Paganel.

— Mais comment franchir la Snowy ? dit Wilson.

— Comme eux, répondit Glenarvan. Ils vont passer au pont de Kemple-pier, nous y passerons aussi.

— Mais Mulrady, que deviendra-t-il ? demanda Lady Helena.

— On le portera ! On se relaiera ! Puis-je livrer mon équipage sans défense à la troupe de Ben Joyce ? »

L'idée de passer la Snowy au pont de Kemple-pier était praticable, mais hasardeuse. Les convicts pouvaient s'établir sur ce point et le défendre. Ils seraient au moins trente contre sept ! Mais il est des moments où l'on ne se compte pas, où il faut marcher quand même.

« Mylord, dit alors John Mangles, avant de risquer

notre dernière chance, avant de s'aventurer vers ce pont, il est prudent d'aller le reconnaître. Je m'en charge.

— Je vous accompagnerai, John », répondit Paganel.

Cette proposition acceptée, John Mangles et Paganel se préparèrent à partir à l'instant. Ils devaient descendre la Snowy, suivre ses bords jusqu'à l'endroit où ils rencontreraient ce point signalé par Ben Joyce, et se dérober surtout à la vue des convicts qui devaient battre les rives.

Donc, munis de vivres et bien armés, les deux courageux compagnons partirent, et disparurent bientôt en se faufilant au milieu des grands roseaux de la rivière.

Pendant toute la journée, on les attendit. Le soir venu, ils n'étaient pas encore revenus. Les craintes furent très vives.

Enfin, vers onze heures, Wilson signala leur retour. Paganel et John Mangles étaient harassés par les fatigues d'une marche de dix milles.

« Ce pont ! Ce pont existe-t-il ? demanda Glenarvan, qui s'élança au-devant d'eux.

— Oui ! un pont de lianes, dit John Mangles. Les convicts l'on passé, en effet. Mais...

— Mais..., fit Glenarvan qui pressentait un nouveau malheur.

— Ils l'ont brûlé après leur passage ! » répondit Paganel.

XXII

EDEN

Ce n'était pas le moment de se désespérer, mais d'agir. Le pont de Kemple-pier détruit, il fallait passer la Snowy, coûte que coûte, et devancer la troupe de Ben Joyce sur les rivages de Twofold-Bay. Aussi ne perdit-on pas de temps en vaines paroles, et le lendemain, le 16 janvier, John Mangles et Glenarvan vinrent observer la rivière, afin d'organiser le passage.

Les eaux tumultueuses et grossies par les pluies ne baissaient pas. Elles tourbillonnaient avec une indescriptible fureur. C'était se vouer à la mort que de les affronter. Glenarvan, les bras croisés, la tête basse, demeurait immobile.

« Voulez-vous que j'essaie de gagner l'autre rive à la nage ? dit John Mangles.

— Non ! John, répondit Glenarvan, retenant de la main le hardi jeune homme, attendons ! »

Et tous deux retournèrent au campement. La journée se passa dans les plus vives angoisses. Dix fois, Glenarvan revint à la Snowy. Il cherchait à combiner quelque hardi moyen pour la traverser. Mais en vain. Un torrent de laves eût coulé entre ses rives qu'elle n'eût pas été plus infranchissable.

Pendant ces longues heures perdues, Lady Helena, conseillée par le major, entourait Mulrady des soins les plus intelligents. Le matelot se sentait revenir à la vie. Mac Nabbs osait affirmer qu'aucun organe essentiel n'avait été lésé. La perte de son sang suffisait à expliquer la faiblesse du malade. Aussi, sa blessure fermée, l'hémorragie suspendue, il n'attendait plus que du temps et du repos sa complète guérison. Lady Helena avait exigé qu'il occupât le premier compartiment du chariot. Mulrady se sentait tout honteux. Son plus grand souci, c'était de penser que son état pouvait retarder Glenarvan, et il fallut lui promettre qu'on le laisserait au campement, sous la garde de Wilson, si le passage de la Snowy devenait possible.

Malheureusement, ce passage ne fut praticable ni ce jour-là, ni le lendemain, 17 janvier. Se voir ainsi arrêté désespérait Glenarvan. Lady Helena et le major essayaient en vain de le calmer, de l'exhorter à la patience. Patienter, quand, en ce moment peut-être, Ben Joyce arrivait à bord du yacht! quand le *Duncan*, larguant ses amarres, forçait de vapeur pour atteindre cette côte funeste, et lorsque chaque heure l'en rapprochait!

John Mangles ressentait dans son cœur toutes les angoisses de Glenarvan. Aussi, voulant vaincre à tout prix l'obstacle, il construisit un canot à la manière australienne, avec de larges morceaux d'écorce de gommiers. Ces plaques, fort légères, étaient retenues par des barreaux de bois et formaient une embarcation bien fragile.

Le capitaine et le matelot essayèrent ce frêle canot pendant la journée du 18. Tout ce que pouvaient l'habileté, la force, l'adresse, le courage, ils le firent. Mais, à peine dans le courant, ils chavirèrent et faillirent payer de leur vie cette téméraire expérience. L'embarcation, entraînée dans les remous, disparut. John Mangles et Wilson n'avaient même pas gagné dix brasses sur cette rivière, grossie par les pluies et la fonte des neiges, et qui mesurait alors un mille de largeur.

Les journées du 19 et du 20 janvier se perdirent dans cette situation. Le major et Glenarvan remontèrent la Snowy pendant cinq milles sans trouver un passage guéable. Partout même impétuosité des eaux, même rapidité torrentueuse. Tout le versant méridional des Alpes australiennes versait dans cet unique lit ses masses liquides.

Il fallut renoncer à l'espoir de sauver le *Duncan*. Cinq jours s'étaient écoulés depuis le départ de Ben Joyce. Le yacht devait être en ce moment à la côte et aux mains des convicts!

Cependant, il était impossible que cet état de choses se prolongeât. Les crues temporaires s'épuisent vite, et en raison même de leur violence. En effet, Paganel,

Cependant le radeau s'engagea au milieu de la Snowy.
(Page 598.)

dans la matinée du 21, constata que l'élévation des eaux, au-dessus de l'étiage, commençait à diminuer. Il rapporta à Glenarvan le résultat de ses observations.

« Eh ! qu'importe, maintenant ? répondit Glenarvan, il est trop tard !

— Ce n'est pas une raison pour prolonger notre séjour au campement, répliqua le major.

— En effet, répondit John Mangles. Demain, peut-être, le passage sera praticable.

— Et cela sauvera-t-il mon malheureux équipage ? s'écria Glenarvan.

— Que Votre Honneur m'écoute, reprit John Mangles. Je connais Tom Austin. Il a dû exécuter vos ordres et partir dès que son départ a été possible. Mais qui nous dit que le *Duncan* fût prêt, que ses avaries fussent réparées à l'arrivée de Ben Joyce à Melbourne ? Et si le yacht n'a pu prendre la mer, s'il a subi un jour, deux jours de retard !

— Tu as raison, John ! répondit Glenarvan. Il faut gagner la baie Twofold. Nous ne sommes qu'à trente-cinq milles de Delegete !

— Oui, dit Paganel, et dans cette ville nous trouverons de rapides moyens de transport. Qui sait si nous n'arriverons pas à temps pour prévenir un malheur ?

— Partons ! » s'écria Glenarvan.

Aussitôt, John Mangles et Wilson s'occupèrent de construire une embarcation de grande dimension. L'expérience avait prouvé que des morceaux d'écorce ne pourraient résister à la violence du torrent. John abattit des troncs de gommiers dont il fit un radeau grossier, mais solide. Ce travail fut long, et la journée s'écoula sans que l'appareil fût terminé. Il ne fut achevé que le lendemain.

Alors, les eaux de la Snowy avaient sensiblement baissé. Le torrent redevenait rivière, à courant rapide, il est vrai. Cependant, en biaisant, en le maîtrisant dans une certaine limite, John espérait atteindre la rive opposée.

A midi et demi, on embarqua ce que chacun pouvait emporter de vivres pour un trajet de deux jours. Le reste fut abandonné avec le chariot et la tente. Mulrady allait assez bien pour être transporté; sa convalescence marchait rapidement.

A une heure, chacun prit place sur le radeau, que son amarre retenait à la rive. John Mangles avait installé sur le tribord et confié à Wilson une sorte d'aviron pour soutenir l'appareil contre le courant et diminuer sa dérive. Quant à lui, debout à l'arrière, il comptait se diriger au moyen d'une grossière godille. Lady Helena et Mary Grant occupaient le centre du radeau, près de Mulrady; Glenarvan, le major, Paganel et Robert les entouraient, prêts à leur porter secours.

« Sommes-nous parés, Wilson ? demanda John Mangles à son matelot.

— Oui, capitaine, répondit Wilson, en saisissant son aviron d'une main robuste.

— Attention, et soutiens-nous contre le courant. »

John Mangles démarra le radeau, et d'une poussée il le lança à travers les eaux de la Snowy. Tout alla bien pendant une quinzaine de toises. Wilson résistait à la dérive. Mais bientôt l'appareil fut pris dans des remous, et tourna sur lui-même sans que ni l'aviron ni la godille ne pussent le maintenir en droite ligne. Malgré leurs efforts, Wilson et John Mangles se trouvèrent bientôt placés dans une position inverse, qui rendit impossible l'action des rames.

Il fallut se résigner. Aucun moyen n'existait d'enrayer ce mouvement giratoire du radeau. Il tournait avec une vertigineuse rapidité, et il dérivait. John Mangles, debout, la figure pâle, les dents serrées, regardait l'eau qui tourbillonnait.

Cependant, le radeau s'engagea au milieu de la Snowy.

Il se trouvait alors à un demi-mille en aval de son point de départ. Là, le courant avait une force extrême, et, comme il rompait les remous, il rendit à l'appareil un peu de stabilité.

John et Wilson reprirent leurs avirons et parvinrent à se pousser dans une direction oblique. Leur manœuvre eut pour résultat de les rapprocher de la rive gauche. Ils n'en étaient plus qu'à cinquante toises, quand l'aviron de Wilson cassa net. Le radeau, non soutenu, fut entraîné. John voulut résister, au risque de rompre sa godille. Wilson, les mains ensanglantées, joignit ses efforts aux siens.

Enfin, ils réussirent, et le radeau, après une traversée qui dura plus d'une demi-heure, vint heurter le talus à pic de la rive. Le choc fut violent; les troncs se disjoignirent, les cordes se cassèrent, l'eau pénétra en bouillonnant. Les voyageurs n'eurent que le temps de s'accrocher aux buissons qui surplombaient. Ils tirèrent à eux Mulrady et les deux femmes à demi trempés. Bref, tout le monde fut sauvé, mais la plus grande partie des provisions embarquées et les armes, excepté la carabine du major, s'en allèrent à la dérive avec les débris du radeau.

La rivière était franchie. La petite troupe se trouvait à peu près sans ressources, à trente-cinq milles de Delegete, au milieu de ces déserts inconnus de la frontière victorienne. Là ne se rencontrent ni colon ni squatter, car la région est inhabitée, si ce n'est par des bushrangers féroces et pillards.

On résolut de partir sans délai. Mulrady vit bien qu'il serait un sujet d'embarras; il demanda à rester, et même à rester seul, pour attendre des secours de Delegete.

Glenarvan refusa. Il ne pouvait atteindre Delegete avant trois jours, la côte avant cinq, c'est-à-dire le 27 janvier. Or, depuis le 16, le *Duncan* avait quitté

Melbourne. Que lui faisaient maintenant quelques heures de retard ?

« Non, mon ami, dit-il, je ne veux abandonner personne. Faisons une civière, et nous te porterons tour à tour. »

La civière fut installée au moyen de branches d'eucalyptus couvertes de ramures, et, bon gré mal gré, Mulrady dut y prendre place. Glenarvan voulut être le premier à porter son matelot. Il prit la civière d'un bout, Wilson de l'autre, et l'on se mit en marche.

Quel triste spectacle, et qu'il finissait mal, ce voyage si bien commencé ! On n'allait plus à la recherche d'Harry Grant. Ce continent, où il n'était pas, où il ne fut jamais, menaçait d'être fatal à ceux qui cherchaient ses traces. Et quand ses hardis compatriotes atteindraient la côte australienne, ils n'y trouveraient pas même le *Duncan* pour les rapatrier !

Ce fut silencieusement et péniblement que se passa cette première journée. De dix minutes en dix minutes, on se relayait au portage de la civière. Tous les compagnons du matelot s'imposaient sans se plaindre cette fatigue, accrue encore par une forte chaleur.

Le soir, après cinq milles seulement, on campa sous un bouquet de gommiers. Le reste des provisions, échappé au naufrage, fournit le repas du soir. Mais il ne fallait plus compter sur la carabine du major.

La nuit fut mauvaise. La pluie s'en mêla. Le jour sembla long à reparaître. On se remit en marche. Le major ne trouva pas l'occasion de tirer un seul coup de fusil. Cette funeste région, c'était plus que le désert, puisque les animaux mêmes ne la fréquentaient pas.

Heureusement, Robert découvrit un nid d'outardes, et, dans ce nid, une douzaine de gros œufs qu'Olbinett fit cuire sous la cendre chaude. Cela fit, avec quelques plants de pourpier qui croissaient au fond d'un ravin, tout le déjeuner du 23.

Les deux jeunes femmes se traînaient. (Page 604.)

La route devint alors extrêmement difficile. Les plaines sablonneuses étaient hérissées de « spinifex », une herbe épineuse qui porte à Melbourne le nom de « porc-épic ». Elle mettait les vêtements en lambeaux et les jambes en sang. Les courageuses femmes ne se plaignaient pas, cependant; elles allaient vaillamment, donnant l'exemple, encourageant l'un et l'autre d'un mot ou d'un regard.

On s'arrêta, le soir, au pied du mont Bulla-Bulla, sur les bords du creek de Jungalla. Le souper eût été maigre, si Mac Nabbs n'eût enfin tué un gros rat, le « mus conditor », qui jouit d'une excellente réputation au point de vue alimentaire. Olbinett le fit rôtir, et il eût paru au-dessus de sa renommée, si sa taille avait égalé celle d'un mouton. Il fallut s'en contenter, cependant. On le rongea jusqu'aux os.

Le 24, les voyageurs fatigués, mais toujours énergiques, se remirent en route. Après avoir contourné la base de la montagne, ils traversèrent de longues prairies dont l'herbe semblait faite de fanons de baleine. C'était un enchevêtrement de dards, un fouillis de baïonnettes aiguës, où le chemin dut être frayé tantôt par la hache, tantôt par le feu.

Ce matin-là, il ne fut pas question de déjeuner. Rien d'aride comme cette région semée de débris de quartz. Non seulement la faim, mais aussi la soif se fit cruellement sentir. Une atmosphère brûlante en redoublait les cruelles atteintes. Glenarvan et les siens ne faisaient pas un demi-mille par heure. Si cette privation d'eau et d'aliments se prolongeait jusqu'au soir, ils tomberaient sur cette route pour ne plus se relever.

Mais quand tout manque à l'homme, lorsqu'il se voit sans ressources, à l'instant où il pense que l'heure est venue de succomber à la peine, alors se manifeste l'intervention de la Providence.

L'eau, elle l'offrit dans des « céphalotes », espèces

de godets remplis d'un bienfaisant liquide, qui pendaient aux branches d'arbustes coralliformes. Tous s'y désaltérèrent et sentirent la vie se ranimer en eux.

La nourriture, ce fut celle qui soutient les indigènes, quand le gibier, les insectes, les serpents viennent à manquer. Paganel découvrit, dans le lit desséché d'un creek, une plante dont les excellentes propriétés lui avaient été souvent décrites par un de ses collègues de la Société de Géographie.

C'était le « nardou », un cryptogame de la famille des marsiléacées, celui-là même qui prolongea la vie de Burke et de King dans les déserts de l'intérieur. Sous ses feuilles, semblables à celles du trèfle, poussaient des sporules desséchées. Ces sporules, grosses comme une lentille, furent écrasées entre deux pierres, et donnèrent une sorte de farine. On en fit un pain grossier, qui calma les tortures de la faim. Cette plante se trouvait abondamment à cette place. Olbinett put donc en ramasser une grande quantité, et la nourriture fut assurée pour plusieurs jours.

Le lendemain, 25, Mulrady fit une partie de la route à pied. Sa blessure était entièrement cicatrisée. La ville de Delegete n'était plus qu'à dix milles, et le soir, on campa par 149° de longitude sur la frontière même de la Nouvelle-Galles du Sud.

Une pluie fine et pénétrante tombait depuis quelques heures. Tout abri eût manqué, si, par hasard, John Mangles n'eût découvert une hutte de scieurs, abandonnée et délabrée. Il fallut se contenter de cette misérable cahute de branchages et de chaumes. Wilson voulut allumer du feu afin de préparer le pain de nardou, et il alla ramasser du bois mort qui jonchait le sol. Mais quand il s'agit d'enflammer ce bois, il ne put y parvenir. La grande quantité de matière alumineuse qu'il renfermait empêchait toute combustion. C'était le bois incombustible que Paganel avait cité dans son étrange nomenclature des produits australiens.

Il fallut donc se passer de feu, de pain par conséquent, et dormir dans les vêtements humides, tandis que les oiseaux rieurs, cachés dans les hautes branches, semblaient bafouer ces infortunés voyageurs.

Cependant, Glenarvan touchait au terme de ses souffrances. Il était temps. Les deux jeunes femmes faisaient d'héroïques efforts, mais leurs forces s'en allaient d'heure en heure. Elles se traînaient, elles ne marchaient plus.

Le lendemain, on partit dès l'aube. A onze heures, apparut Delegete, dans le comté de Wellesley, à cinquante milles de la baie Twofold.

Là, des moyens de transport furent rapidement organisés. En se sentant si près de la côte, l'espoir revint au cœur de Glenarvan. Peut-être, s'il y avait eu le moindre retard, devancerait-il l'arrivée du *Duncan!* En vingt-quatre heures, il serait parvenu à la baie!

A midi, après un repas réconfortant, tous les voyageurs, installés dans un mail-coach, quittèrent Delegete au galop de cinq chevaux vigoureux.

Les postillons, stimulés par la promesse d'une bonne-main princière, enlevaient la rapide voiture sur une route bien entretenue. Ils ne perdaient pas deux minutes aux relais, qui se succédaient de dix milles en dix milles. Il semblait que Glenarvan leur eût communiqué l'ardeur qui le dévorait.

Toute la journée, on courut ainsi à raison de six milles à l'heure, toute la nuit aussi.

Le lendemain, au soleil levant, un sourd murmure annonça l'approche de l'océan Indien. Il fallut contourner la baie pour atteindre le rivage au 37ᵉ parallèle, précisément à ce point où Tom Austin devait attendre l'arrivée des voyageurs.

Quand la mer apparut, tous les regards se portèrent

au large, interrogeant l'espace. Le *Duncan*, par un miracle de la Providence, était-il là, courant bord sur bord, comme un mois auparavant, par le travers du cap Corrientes, sur les côtes argentines ?

On ne vit rien. Le ciel et l'eau se confondaient dans un même horizon. Pas une voile n'animait la vaste étendue de l'Océan.

Un espoir restait encore. Peut-être Tom Austin avait-il cru devoir jeter l'ancre dans la baie Twofold, car la mer était mauvaise, et un navire ne pouvait se tenir en sûreté sur de pareils atterrages.

« A Eden ! » dit Glenarvan.

Aussitôt, le mail-coach reprit à droite la route circulaire qui prolongeait les rivages de la baie, et se dirigea vers la petite ville d'Eden, distante de cinq milles.

Les postillons s'arrêtèrent non loin du feu fixe qui signale l'entrée du port. Quelques navires étaient mouillés dans la rade, mais aucun ne déployait à sa corne le pavillon de Malcolm.

Glenarvan, John Mangles, Paganel, descendirent de voiture, coururent à la douane, interrogèrent les employés et consultèrent les arrivages des derniers jours. Aucun navire n'avait rallié la baie depuis une semaine.

« Ne serait-il pas parti ! s'écria Glenarvan, qui, par un revirement facile au cœur de l'homme, ne voulait plus désespérer. Peut-être sommes-nous arrivés avant lui ! »

John Mangles secoua la tête. Il connaissait Tom Austin. Son second n'aurait jamais retardé de dix jours l'exécution d'un ordre.

« Je veux savoir à quoi m'en tenir, dit Glenarvan. Mieux vaut la certitude que le doute ! »

Un quart d'heure après, un télégramme était lancé au syndic des shipbrokers de Melbourne. Puis, les voyageurs se firent conduire à l'hôtel *Victoria*.

A deux heures, une dépêche télégraphique fut remise à Lord Glenarvan. Elle était libellée en ces termes :

« Lord Glenarvan, Eden,
« Twofold-Bay.

« *Duncan* parti depuis 18 courant pour destination inconnue.

« J. Andrew. S. B. »

La dépêche tomba des mains de Glenarvan.

Plus de doute! L'honnête yacht écossais, aux mains de Ben Joyce, était devenu un navire de pirates!

Ainsi finissait cette traversée de l'Australie, commencée sous de si favorables auspices. Les traces du capitaine Grant et des naufragés semblaient être irrévocablement perdues; cet insuccès coûtait la vie de tout un équipage; Lord Glenarvan succombait à la lutte, et ce courageux chercheur, que les éléments conjurés n'avaient pu arrêter dans les Pampas, la perversité des hommes venait de le vaincre sur le continent australien.

FIN DE LA DEUXIÈME PARTIE

TROISIÈME PARTIE

I

LE MACQUARIE

Si jamais les chercheurs du capitaine Grant devaient désespérer de le revoir, n'était-ce pas en ce moment où tout leur manquait à la fois ? Sur quel point du monde tenter une nouvelle expédition ? Comment explorer de nouveaux pays ? Le *Duncan* n'existait plus, et un rapatriement immédiat n'était pas même possible. Ainsi donc l'entreprise de ces généreux Écossais avait échoué. L'insuccès ! Triste mot qui n'a pas d'écho dans une âme vaillante, et, cependant, sous les coups de la fatalité, il fallait bien que Glenarvan reconnût son impuissance à poursuivre cette œuvre de dévouement.

Mary Grant, dans cette situation, eut le courage de ne plus prononcer le nom de son père. Elle contint ses angoisses en songeant au malheureux équipage qui venait de périr. La fille s'effaça devant l'amie, et ce fut elle qui consola Lady Glenarvan, après en avoir reçu tant de consolations! La première, elle parla du retour en Écosse. A la voir si courageuse, si résignée, John Mangles l'admira.. Il voulut faire entendre un dernier mot en faveur du capitaine, mais Mary l'arrêta d'un regard, et, plus tard, elle lui dit :

« Non! monsieur John, songeons à ceux qui se sont dévoués. Il faut que Lord Glenarvan retourne en Europe!

— Vous avez raison, Miss Mary, répondit John Mangles, il le faut. Il faut aussi que les autorités anglaises soient informées du sort du *Duncan*. Mais ne renoncez pas à tout espoir. Les recherches que nous avons commencées, plutôt que de les abandonner, je les reprendrais seul! Je retrouverai le capitaine Grant, ou je succomberai à la tâche! »

C'était un engagement sérieux que prenait John Mangles. Mary l'accepta, et elle tendit sa main vers la main du jeune capitaine, comme pour ratifier ce traité. De la part de John Mangles, c'était un dévouement de toute sa vie; de la part de Mary, une inaltérable reconnaissance.

Pendant cette journée, le départ fut décidé définitivement. On résolut de gagner Melbourne sans retard. Le lendemain, John alla s'enquérir des navires en partance. Il comptait trouver des communications fréquentes entre Eden et la capitale de Victoria.

Son attente fut déçue. Les navires étaient rares. Trois ou quatre bâtiments, ancrés dans la baie de Twofold, composaient toute la flotte marchande de l'endroit. Aucun en destination de Melbourne ni de Sydney, ni de Pointe-de-Galles. Or, en ces trois ports

C'était un brick nommé *Macquarie*. (Page 611.)

de l'Australie seulement, Glenarvan eût trouvé des navires en charge pour l'Angleterre. En effet, la *Peninsular Oriental steam navigation Company* a une ligne régulière de paquebots entre ces points et la métropole.

Dans cette conjoncture, que faire? Attendre un navire? On pouvait s'attarder longtemps, car la baie de Twofold est peu fréquentée. Combien de bâtiments passent au large et ne viennent jamais atterrir!

Après réflexions et discussions, Glenarvan allait se décider à gagner Sydney par les routes de la côte, lorsque Paganel fit une proposition à laquelle personne ne s'attendait.

Le géographe avait été rendre de son côté une visite à la baie Twofold. Il savait que les moyens de transport manquaient pour Sydney et Melbourne. Mais de ces trois navires mouillés en rade, l'un se préparait à partir pour Auckland, la capitale d'Ika-na-Maoui, l'île nord de la Nouvelle-Zélande. Or, Paganel proposa de fréter le bâtiment en question, et de gagner Auckland, d'où il serait facile de retourner en Europe par les bateaux de la Compagnie péninsulaire.

Cette proposition fut prise en considération sérieuse. Paganel, d'ailleurs, ne se lança point dans ces séries d'arguments dont il était habituellement si prodigue. Il se borna à énoncer le fait, et il ajouta que la traversée ne durerait pas plus de cinq ou six jours. La distance qui sépare l'Australie de la Nouvelle-Zélande n'est, en effet, que d'un millier de milles [1].

Par une coïncidence singulière, Auckland se trouvait situé précisément sur cette ligne du 37e parallèle que les chercheurs suivaient obstinément depuis la côte de l'Araucanie. Certes, le géographe, sans être taxé de partialité, aurait pu tirer de ce fait un argument favorable à sa proposition. C'était, en effet, une occasion

1. Environ 400 lieues.

toute naturelle de visiter les accores de la Nouvelle-Zélande.

Cependant, Paganel ne fit pas valoir cet avantage. Après deux déconvenues successives, il ne voulait pas sans doute hasarder une troisième interprétation du document. D'ailleurs, qu'en eût-il tiré? Il y était dit d'une façon péremptoire qu'un « continent » avait servi de refuge au capitaine Grant, non pas une île. Or, ce n'était qu'une île, cette Nouvelle-Zélande. Ceci paraissait décisif. Quoi qu'il en soit, pour cette raison ou pour toute autre, Paganel ne rattacha aucune idée d'exploration nouvelle à cette proposition de gagner Auckland. Il fit seulement observer que des communications régulières existaient entre ce point et la Grande-Bretagne, et qu'il serait facile d'en profiter.

John Mangles appuya la proposition de Paganel. Il en conseilla l'adoption, puisqu'on ne pouvait attendre l'arrivée problématique d'un navire à la baie Twofold. Mais, avant de passer outre, il jugea convenable de visiter le bâtiment signalé par le géographe. Glenarvan, le major, Paganel, Robert et lui prirent une embarcation, et, en quelques coups d'avirons, ils accostèrent le navire mouillé à deux encablures du quai.

C'était un brick de deux cent cinquante tonneaux, nommé le *Macquarie*. Il faisait le cabotage entre les différents ports de l'Australie et de la Nouvelle-Zélande. Le capitaine, ou, pour mieux dire, le « master », reçut assez grossièrement ses visiteurs. Ils virent bien qu'ils avaient affaire à un homme sans éducation, que ses manières ne distinguaient pas essentiellement des cinq matelots de son bord. Une grosse figure rouge, des mains épaisses, un nez écrasé, un œil crevé, des lèvres encrassées par la pipe, avec cela l'air brutal, faisaient de Will Halley un triste personnage. Mais on n'avait pas le choix, et, pour une traversée de quelques jours, il ne fallait pas y regarder de si près.

« Que voulez-vous, vous autres ? demanda Will Halley à ces inconnus qui prenaient pied sur le pont de son navire.

— Le capitaine ? répondit John Mangles.

— C'est moi, dit Halley. Après ?

— Le *Macquarie* est en charge pour Auckland.

— Oui. Après ?

— Qu'est-ce qu'il porte ?

— Tout ce qui se vend et tout ce qui s'achète. Après ?

— Quand part-il ?

— Demain, à la marée de midi. Après ?

— Prendrait-il des passagers ?

— C'est selon les passagers, et s'ils se contentaient de la gamelle du bord.

— Ils apporteraient leurs provisions.

— Après ?

— Après ?

— Oui. Combien sont-ils ?

— Neuf, dont deux dames.

— Je n'ai pas de cabines.

— On s'arrangera du roufle qui sera laissé à leur disposition.

— Après ?

— Acceptez-vous ? dit John Mangles, que les façons du capitaine n'embarrassaient guère.

— Faut voir », répondit le patron du *Macquarie*.

Will Halley fit un tour ou deux, frappant le pont de ses grosses bottes ferrées, puis il revint brusquement sur John Mangles.

« Qu'est-ce qu'on paie ? dit-il.

— Qu'est-ce qu'on demande ? répondit John.

— Cinquante livres. »

Glenarvan fit un signe d'assentiment.

« Bon ! Cinquante livres, répondit John Mangles.

— Mais le passage tout sec, ajouta Will Halley.

— Tout sec.

— Nourriture à part.

— A part.

— Convenu. Après ? dit Will en tendant la main.

— Hein ?

— Les arrhes ?

— Voici la moitié du prix, vingt-cinq livres, dit John Mangles, en comptant la somme au master qui l'empocha sans dire merci.

— Demain à bord, fit-il. Avant midi. Qu'on y soit ou qu'on n'y soit pas, je dérape.

— On y sera. »

Ceci répondu, Glenarvan, le major, Robert, Paganel et John Mangles quittèrent le bord, sans que Will Halley eût seulement touché du doigt le surouet [1] collé à sa tignasse rouge.

« Quel butor ! dit John.

— Eh bien, il me va, répondit Paganel. C'est un vrai loup de mer.

— Un vrai ours ! répliqua le major.

— Et j'imagine, ajouta John Mangles, que cet ours-là doit avoir fait, dans le temps, trafic de chair humaine.

— Qu'importe ! répondit Glenarvan, du moment qu'il commande le *Macquarie*, et que le *Macquarie* va à la Nouvelle-Zélande. De Twofold-Bay à Auckland on le verra peu ; après Auckland, on ne le verra plus. »

Lady Helena et Mary Grant apprirent avec plaisir que le départ était fixé au lendemain. Glenarvan leur fit observer que le *Macquarie* ne valait pas le *Duncan* pour le confort. Mais, après tant d'épreuves, elles n'étaient pas femmes à s'embarrasser de si peu. Mr. Olbinett fut invité à se charger des approvisionnements. Le pauvre homme, depuis la perte du *Duncan*, avait souvent pleuré la malheureuse mistress Olbinett restée à bord, et, par conséquent, victime avec tout l'équipage

1. Sorte de chapeau de toile cirée.

de la férocité des convicts. Cependant, il remplit ses fonctions de steward avec son zèle accoutumé, et la « nourriture à part » consista en vivres choisis qui ne figurèrent jamais à l'ordinaire du brick. En quelques heures ses provisions furent faites.

Pendant ce temps, le major escomptait chez un changeur des traites que Glenarvan avait sur l'*Union-Bank* de Melbourne. Il ne voulait pas être dépourvu d'or, non plus que d'armes et de munitions; aussi renouvela-t-il son arsenal. Quant à Paganel, il se procura une excellente carte de la Nouvelle-Zélande, publiée à Édimbourg par Johnston.

Mulrady allait bien alors. Il se ressentait à peine de la blessure qui mit ses jours en danger. Quelques heures de mer devaient achever sa guérison. Il comptait se traiter par les brises du Pacifique.

Wilson fut chargé de disposer à bord du *Macquarie* le logement des passagers. Sous ses coups de brosse et de balai, le roufle changea d'aspect. Will Halley, haussant les épaules, laissa le matelot faire à sa guise. De Glenarvan, de ses compagnes et de ses compagnons, il ne se souciait guère. Il ne savait même pas leur nom et ne s'en inquiéta pas. Ce surcroît de chargement lui valait cinquante livres, voilà tout, et il le prisait moins que les deux cents tonneaux de cuirs tannés dont regorgeait sa cale. Les peaux d'abord, les hommes ensuite. C'était un négociant. Quant à ses qualités de marin, il passait pour un assez bon pratique de ces mers que les récifs de coraux rendent très dangereuses.

Pendant les dernières heures de cette journée, Glenarvan voulut retourner à ce point du rivage coupé par le 37e parallèle. Deux motifs l'y poussaient.

Il désirait visiter encore une fois cet endroit présumé du naufrage. En effet, Ayrton était certainement le quartier-maître du *Britannia*, et le *Britannia* pouvait s'être réellement perdu sur cette partie de la côte

Glenarvan reprit la route d'Eden. (Page 617.)

australienne ; sur la côte est à défaut de la côte ouest. Il ne fallait donc pas abandonner légèrement un point que l'on ne devait plus revoir.

Et puis, à défaut du *Britannia,* le *Duncan,* du moins, était tombé là entre les mains des convicts. Peut-être y avait-il eu combat ! Pourquoi ne trouverait-on pas sur les rivages les traces d'une lutte, d'une suprême résistance ? Si l'équipage avait péri dans les flots, les flots n'auraient-ils pas rejeté quelques cadavres à la côte ?

Glenarvan, accompagné de son fidèle John, opéra cette reconnaissance. Le maître de l'hôtel *Victoria* mit deux chevaux à leur disposition, et ils reprirent cette route du nord qui contourne la baie Twofold.

Ce fut une triste exploration. Glenarvan et le capitaine John chevauchaient sans parler. Mais ils se comprenaient. Mêmes pensées, et, partant, mêmes angoisses torturaient leur esprit. Ils regardaient les rocs rongés par la mer. Ils n'avaient besoin ni de s'interroger ni de se répondre.

On peut s'en rapporter au zèle et à l'intelligence de John pour affirmer que chaque point du rivage fut scrupuleusement exploré, les moindres criques examinées avec soin comme les plages déclives et les plateaux sableux où les marées du Pacifique, médiocres cependant, auraient pu jeter une épave. Mais aucun indice ne fut relevé, de nature à provoquer en ces parages de nouvelles recherches.

La trace du naufrage échappait encore.

Quant au *Duncan,* rien non plus. Toute cette portion de l'Australie, riveraine de l'Océan, était déserte.

Toutefois, John Mangles découvrit sur la lisière du rivage des traces évidentes de campement, des restes de feux récemment allumés sous des myalls isolés. Une tribu nomade de naturels avait-elle donc passé là depuis quelques jours ? Non, car un indice frappa les yeux de Glenarvan et lui démontra d'une incontestable façon que des convicts avaient fréquenté cette partie de la côte.

Cet indice, c'était une vareuse gris et jaune, usée, rapiécée, un haillon sinistre abandonné au pied d'un arbre. Elle portait le numéro matricule du pénitentiaire de Perth. Le forçat n'était plus là, mais sa défroque sordide répondait pour lui. Cette livrée du crime, après avoir vêtu quelque misérable, achevait de pourrir sur ce rivage désert.

« Tu vois, John ! dit Glenarvan, les convicts sont arrivés jusqu'ici ! Et nos pauvres camarades du *Duncan* ?...

— Oui ! répondit John d'une voix sourde, il est certain qu'ils n'ont pas été débarqués, qu'ils ont péri...

— Les misérables ! s'écria Glenarvan. S'ils tombent jamais entre mes mains, je vengerai mon équipage !... »

La douleur avait durci les traits de Glenarvan. Pendant quelques minutes, le lord regarda l'immensité des flots, cherchant peut-être d'un dernier regard quelque navire perdu dans l'espace. Puis ses yeux s'éteignirent, il redevint lui-même, et, sans ajouter un mot ni faire un geste, il reprit la route d'Eden au galop de son cheval.

Une seule formalité restait à remplir, la déclaration au constable des événements qui venaient de s'accomplir. Elle fut faite le soir même à Thomas Banks. Ce magistrat put à peine dissimuler sa satisfaction en libellant son procès-verbal. Il était tout simplement ravi du départ de Ben Joyce et de sa bande. La ville entière partagea son contentement. Les convicts venaient de quitter l'Australie, grâce à un nouveau crime, il est vrai, mais enfin ils étaient partis. Cette importante nouvelle fut immédiatement télégraphiée aux autorités de Melbourne et de Sydney.

Sa déclaration achevée, Glenarvan revint à l'hôtel *Victoria*. Les voyageurs passèrent tristement cette dernière soirée. Leurs pensées erraient sur cette terre féconde en malheurs. Ils se rappelaient tant d'espérances si légitimement conçues au cap Bernouilli, si cruellement brisées à la baie Twofold !

Paganel, lui, était en proie à une agitation fébrile. John Mangles, qui l'observait depuis l'incident de la Snowy-river, sentait que le géographe voulait et ne voulait pas parler. Maintes fois il l'avait pressé de questions auxquelles l'autre n'avait pas répondu.

Cependant, ce soir-là, John, le reconduisant à sa chambre, lui demanda pourquoi il était si nerveux.

« Mon ami John, répondit évasivement Paganel, je ne suis pas plus nerveux que d'habitude.

— Monsieur Paganel, reprit John, vous avez un secret qui vous étouffe !

— Eh bien, que voulez-vous, s'écria le géographe gesticulant, c'est plus fort que moi !

— Qu'est-ce qui est plus fort que vous ?

— Ma joie d'un côté, mon désespoir de l'autre.

— Vous êtes joyeux et désespéré à la fois ?

— Oui, joyeux et désespéré d'aller visiter la Nouvelle-Zélande.

— Est-ce que vous auriez quelque indice ? demanda vivement John Mangles. Est-ce que vous avez repris la piste perdue ?

— Non, ami John ! *On ne revient pas de la Nouvelle-Zélande !* Mais, cependant... enfin, vous connaissez la nature humaine ! Il suffit qu'on respire pour espérer ! Et ma devise, c'est « *spiro, spero* », qui vaut les plus belles devises du monde ! »

II

LE PASSÉ DU PAYS OÙ L'ON VA

Le lendemain, 29 janvier, les passagers du *Macquarie* étaient installés à bord dans l'étroit roufle du brick. Will Halley n'avait point offert sa cabine aux voyageuses.

Politesse peu regrettable, car la tanière était digne de l'ours.

A midi et demi, on appareilla avec le jusant. L'ancre vint à pic et fut péniblement arrachée du fond. Il ventait du sud-ouest une brise modérée. Les voiles furent larguées peu à peu. Les cinq hommes du bord manœuvraient lentement. Wilson voulut aider l'équipage. Mais Halley le pria de se tenir tranquille et de ne point se mêler de ce qui ne le regardait pas. Il avait l'habitude de se tirer tout seul d'affaire et ne demandait ni aide ni conseils.

Ceci était à l'adresse de John Mangles, que la gaucherie de certaines manœuvres faisait sourire. John le tint pour dit, se réservant d'intervenir de fait, sinon de droit, au cas où la maladresse de l'équipage compromettrait la sûreté du navire.

Cependant, avec le temps et les bras des cinq matelots stimulés par les jurons du master, la voilure fut établie. Le *Macquarie* courut grand largue, bâbord amure, sous ses basses voiles, ses huniers, ses perroquets, sa brigantine et ses focs. Plus tard, les bonnettes et les cacatois furent hissés. Mais, malgré ce renfort de toiles, le brick avançait à peine. Ses formes renflées de l'avant, l'évasement de ses fonds, la lourdeur de son arrière, en faisaient un mauvais marcheur, le type parfait du « sabot ».

Il fallut en prendre son parti. Heureusement, et si mal que naviguât le *Macquarie,* en cinq jours, six au plus, il devait avoir atteint la rade d'Auckland.

A sept heures du soir, on perdit de vue les côtes de l'Australie et le feu fixe du port d'Eden. La mer, assez houleuse, fatiguait le navire; il tombait lourdement dans le creux des vagues. Les passagers éprouvèrent de violentes secousses qui rendirent pénible leur séjour dans le roufle. Cependant, ils ne pouvaient rester sur le pont, car la pluie était violente.

Des pirogues l'assaillirent violemment. (Page 623.)

Ils se virent donc condamnés à un emprisonnement rigoureux.

Chacun alors se laissa aller au courant de ses pensées. On causa peu. C'est à peine si Lady Helena et Mary Grant échangeaient quelques paroles. Glenarvan ne tenait pas en place. Il allait et venait, tandis que le major demeurait immobile. John Mangles, suivi de Robert, montait de temps en temps sur le pont pour observer la mer. Quant à Paganel, il murmurait dans son coin des mots vagues et incohérents.

A quoi songeait le digne géographe? A cette Nouvelle-Zélande vers laquelle la fatalité le conduisait. Toute son histoire, il la refaisait dans son esprit, et le passé de ce pays sinistre réapparaissait à ses yeux.

Mais y avait-il dans cette histoire un fait, un incident qui eût jamais autorisé les découvreurs de ces îles à les considérer comme un continent? Un géographe moderne, un marin, pouvaient-ils leur attribuer cette dénomination? On le voit, Paganel revenait toujours à l'interprétation du document. C'était une obsession, une idée fixe. Après la Patagonie, après l'Australie, son imagination, sollicitée par un mot, s'acharnait sur la Nouvelle-Zélande. Mais un point, un seul, l'arrêtait dans cette voie.

« *Contin... contin...*, répétait-il,... cela veut pourtant dire « continent! »

Et il se reprit à suivre par le souvenir les navigateurs qui reconnurent ces deux grandes îles des mers australes.

Ce fut le 13 décembre 1642 que le Hollandais Tasman, après avoir découvert la terre de Van-Diemen, vint atterrir aux rivages inconnus de la Nouvelle-Zélande. Il prolongea la côte pendant quelques jours, et, le 17, ses navires pénétrèrent dans une large baie qui terminait une étroite passe creusée entre deux îles.

L'île du Nord, c'était Ika-na-Maoui, mots zélandais qui signifient « le poisson de Mauwi ». L'île du Sud,

Le 6 octobre 1769 parut l'illustre Cook. (Page 624.)

c'était Mahaï-Pouna-Mou, c'est-à-dire « la baleine qui produit le jade vert[1] ».

Abel Tasman envoya ses canots à terre, et ils revinrent accompagnés de deux pirogues qui portaient un bruyant équipage de naturels. Ces sauvages étaient de taille moyenne, bruns et jaunes de peau, avec les os saillants, la voix rude, les cheveux noirs, liés sur la tête à la mode japonaise et surmontés d'une grande plume blanche.

Cette première entrevue des Européens et des indigènes semblait promettre des relations amicales de longue durée. Mais le jour suivant, au moment où l'un des canots de Tasman allait reconnaître un mouillage plus rapproché de la terre, sept pirogues, montées par un grand nombre d'indigènes, l'assaillirent violemment. Le canot se retourna sur le côté et s'emplit d'eau. Le quartier-maître qui le commandait fut tout d'abord frappé à la gorge d'une pique grossièrement aiguisée. Il tomba à la mer. De ses six compagnons, quatre furent tués ; les deux autres et le quartier-maître, nageant vers les navires, purent être recueillis et sauvés.

Après ce funeste événement, Tasman appareilla, bornant sa vengeance à cingler les naturels de quelques coups de mousquet qui ne les atteignirent probablement pas. Il quitta cette baie à laquelle est resté le nom de baie du Massacre, remonta la côte occidentale, et, le 5 janvier, il mouilla près de la pointe du nord. En cet endroit, non seulement la violence du ressac, mais aussi les mauvaises dispositions des sauvages, l'empêchèrent de faire de l'eau, et il quitta définitivement ces terres auxquelles il donna le nom de Staten-Land, c'est-à-dire Terre des États, en l'honneur des États Généraux.

En effet, le navigateur hollandais s'imaginait qu'elles confinaient aux îles du même nom découvertes à l'est

1. Depuis on a reconnu que le nom indigène de toute la Nouvelle-Zélande est Teika-Maoui. Twaï-Pounamou ne désigne qu'une localité de l'île centrale.

de la Terre de Feu, à la pointe méridionale de l'Amérique. Il croyait avoir trouvé « le grand continent du Sud ».

« Mais, se disait Paganel, ce qu'un marin du XVIIe siècle a pu nommer « continent », un marin du XIXe n'a pu l'appeler ainsi ! Pareille erreur n'est pas admissible ! Non ! il y a quelque chose qui m'échappe ! »

Pendant plus d'un siècle, la découverte de Tasman fut oubliée, et la Nouvelle-Zélande ne semblait plus exister, quand un navigateur français, Surville, en prit connaissance par 35° 37′ de latitude. D'abord il n'eut pas à se plaindre des indigènes ; mais les vents l'assaillirent avec une violence extrême, et une tempête se déclara pendant laquelle la chaloupe qui portait les malades de l'expédition fut jetée sur le rivage de la baie du Refuge. Là, un chef nommé Nagui-Nouï reçut parfaitement les Français et les traita dans sa propre case. Tout alla bien jusqu'au moment où un canot de Surville fut volé. Surville réclama vainement, et crut devoir punir de ce vol un village qu'il incendia tout entier. Terrible et injuste vengeance, qui ne fut pas étrangère aux sanglantes représailles dont la Nouvelle-Zélande allait être le théâtre.

Le 6 octobre 1769, parut sur ces côtes l'illustre Cook. Il mouilla dans la baie de Taoué-Roa avec son navire l'*Endeavour*, et chercha à se rallier les naturels par de bons traitements. Mais, pour bien traiter les gens, il faut commencer par les prendre. Cook n'hésita pas à faire deux ou trois prisonniers et à leur imposer ses bienfaits par la force. Ceux-ci, comblés de présents et de caresses, furent ensuite renvoyés à terre. Bientôt, plusieurs naturels, séduits par leurs récits, vinrent à bord volontairement et firent des échanges avec les Européens. Quelques jours après, Cook se dirigea vers la baie Hawkes, vaste échancrure creusée dans la côte est de l'île septentrionale. Il se trouva là en présence d'indigènes belliqueux, criards, provocateurs. Leurs démonstrations allèrent même si loin qu'il devint nécessaire de les calmer par un coup de mitraille.

Le 20 octobre, l'*Endeavour* mouilla sur la baie de Toko-Malou, où vivait une population pacifique de deux cents âmes. Les botanistes du bord firent dans le pays de fructueuses explorations, et les naturels les transportèrent au rivage avec leurs propres pirogues. Cook visita deux villages défendus par des palissades, des parapets et de doubles fossés, qui annonçaient de sérieuses connaissances en castramétation. Le plus important de ces forts était situé sur un rocher dont les grandes marées faisaient une île véritable ; mieux qu'une île même, car non seulement les eaux l'entouraient, mais elles mugissaient à travers une arche naturelle, haute de soixante pieds, sur laquelle reposait ce « pâh » inaccessible. Le 31 mars, Cook, après avoir fait pendant cinq mois une ample moisson d'objets curieux, de plantes indigènes, de documents ethnographiques et ethnologiques, donna son nom au détroit qui sépare les deux îles, et quitta la Nouvelle-Zélande. Il devait la retrouver dans ses voyages ultérieurs.

En effet, en 1773, le grand marin reparut à la baie Hawkes, et fut témoin de scènes de cannibalisme. Ici, il faut reprocher à ses compagnons de les avoir provoquées. Des officiers, ayant trouvé à terre les membres mutilés d'un jeune sauvage, les rapportèrent à bord, « les firent cuire », et les offrirent aux naturels qui se jetèrent dessus avec voracité. Triste fantaisie de se faire ainsi les cuisiniers d'un repas d'anthropophages !

Cook, pendant son troisième voyage, visita encore ces terres qu'il affectionnait particulièrement et dont il tenait à compléter le levé hydrographique. Il les quitta pour la dernière fois le 25 février 1777.

En 1791, Vancouver fit une relâche de vingt jours à la baie Sombre, sans aucun profit pour les sciences naturelles ou géographiques. D'Entrecasteaux, en 1793, releva vingt-cinq milles de côtes dans la partie septentrionale d'Ika-na-Maoui. Les capitaines de la marine marchande Hausen et Dalrympe, puis Baden, Richardson, Moodi, y firent une courte apparition, et le docteur Savage, pendant un séjour de cinq semaines, recueillit d'intéressants détails sur les mœurs des Néo-Zélandais.

Ce fut cette même année, en 1805, que le neveu du chef de Rangui-Hou, l'intelligent Doua-Tara, s'embarqua sur le navire l'*Argo*, mouillé à la Baie des Iles et commandé par le capitaine Baden.

Peut-être les aventures de Doua-Tara fourniront-elles un sujet d'épopée à quelque Homère maori. Elles furent fécondes en désastres, en injustices, en mauvais traitements. Manque de foi, séquestration, coups et blessures, voilà ce que le pauvre sauvage reçut en échange de ses bons services. Quelle idée il dut se faire de gens qui se disent civilisés! On l'emmena à Londres. On en fit un matelot de la dernière classe, le souffre-douleur des équipages. Sans le révérend Marsden, il fût mort à la peine. Ce missionnaire s'intéressa au jeune sauvage, auquel il reconnut un jugement sûr, un caractère brave, des qualités merveilleuses de douceur, de grâce et d'affabilité. Marsden fit obtenir à son protégé quelques sacs de blé et des instruments de culture destinés à son pays. Cette petite pacotille lui fut volée. Les malheurs, les souffrances accablèrent de nouveau le pauvre Doua-Tara jusqu'en 1814, où on le retrouve enfin rétabli dans le pays de ses ancêtres. Il allait alors recueillir le fruit de tant de vicissitudes, quand la mort le frappa à l'âge de vingt-huit ans, au moment où il s'apprêtait à régénérer cette sanguinaire Zélande. La civilisation se trouva sans doute retardée de longues années par cet irréparable malheur. Rien ne remplace un homme intelligent et bon, qui réunit dans son cœur l'amour du bien à l'amour de la patrie!

Jusqu'en 1816, la Nouvelle-Zélande fut délaissée. A cette époque Thompson, en 1817 Lidiard Nicholas, en 1819 Marsden, parcoururent diverses portions des deux îles, et, en 1820, Richard Cruise, capitaine au quatre-vingt-quatrième régiment d'infanterie, y fit un séjour de dix mois qui valut à la science de sérieuses études sur les mœurs indigènes.

En 1824, Duperrey, commandant la *Coquille*, relâcha à la Baie des Iles pendant quinze jours, et n'eut qu'à se louer des naturels.

Après lui, en 1827, le baleinier anglais *Mercury* dut se défendre contre le pillage et le meurtre. La même année, le capitaine Dillon fut accueilli de la plus hospitalière façon pendant deux relâches.

En mars 1827, le commandant de l'*Astrolabe*, l'illustre Dumont-d'Urville, put impunément et sans armes passer quelques nuits à terre au milieu des indigènes, échanger des présents et des chansons, dormir dans les huttes, et poursuivre, sans être troublé, ses intéressants travaux de relèvements, qui ont valu de si belles cartes au dépôt de la marine.

Au contraire, l'année suivante, le brick anglais, *Hawes*, commandé par John James, après avoir touché à la Baie des Iles, se dirigea vers le cap de l'Est, et eut beaucoup à souffrir de la part d'un chef perfide nommé Enararo. Plusieurs de ses compagnons subirent une mort affreuse.

De ces événements contradictoires, de ces alternatives de douceur et de barbarie, il faut conclure que trop souvent les cruautés des Néo-Zélandais ne furent que des représailles. Bons ou mauvais traitements tenaient aux mauvais ou aux bons capitaines. Il y eut certainement quelques attaques non justifiées de la part des naturels, mais surtout des vengeances provoquées par les Européens ; malheureusement, le châtiment retomba sur ceux qui ne le méritaient pas. Après d'Urville, l'ethnographie de la Nouvelle-Zélande fut complétée par un audacieux explorateur qui, vingt fois, parcourut le monde entier, un nomade, un bohémien de la science, un Anglais, Earle. Il visita les portions inconnues des deux îles, sans avoir à se plaindre personnellement des indigènes, mais il fut souvent témoin de scènes d'anthropophagie. Les Néo-Zélandais se dévoraient entre eux avec une sensualité répugnante.

C'est aussi ce que le capitaine Laplace reconnut en 1831, pendant sa relâche à la Baie des Iles. Déjà les combats étaient bien autrement redoutables, car les sauvages maniaient les armes à feu avec une remarquable précision. Aussi, les contrées autrefois florissantes et peuplées d'Ika-na-Maoui se changèrent-elles en solitudes profondes. Des peuplades entières avaient disparu, comme disparaissaient des troupeaux de moutons, rôties ou mangées.

Les missionnaires ont en vain lutté pour vaincre ces instincts sanguinaires. Dès 1808, *Church Missionary Society* avait envoyé ses plus habiles agents — c'est le nom qui leur convient — dans les principales stations de l'île septentrionale. Mais la barbarie des Néo-Zélandais l'obligea à suspendre l'établissement des missions. En 1814, seulement, MM. Marsden, le protecteur de Doua-Tara, Hall et King débarquèrent à la Baie des Iles, et achetèrent des chefs un terrain de deux cents acres au prix de douze haches de fer. Là s'établit le siège de la Société anglicane.

Les débuts furent difficiles. Mais enfin les naturels respectèrent la vie des missionnaires. Ils acceptèrent leurs soins et leurs doctrines. Quelques naturels farouches s'adoucirent. Le sentiment de la reconnaissance s'éveilla dans ces cœurs inhumains. Il arriva même, en 1824, que les Zélandais protégèrent leurs « arikis », c'est-à-dire les révérends, contre de sauvages matelots qui les insultaient et les menaçaient de mauvais traitements.

Ainsi donc, avec le temps, les missions prospérèrent,

Mulrady et Wilson redressèrent plus d'une fois la barre.
(Page 631.)

malgré la présence des convicts évadés de Port Jackson, qui démoralisaient la population indigène. En 1831, le *Journal des Missions évangéliques* signalait deux établissements considérables, situés l'un à Kidi-Kidi, sur les rives d'un canal qui court à la mer dans la Baie des Iles, l'autre à Paï-Hia, au bord de la rivière de Kawa-Kawa. Les indigènes convertis au christianisme avaient tracé des routes sous la direction des arikis, percé des communications à travers les forêts immenses, jeté des ponts sur les torrents. Chaque missionnaire allait à son tour prêcher la religion civilisatrice dans les tribus reculées, élevant des chapelles de joncs ou d'écorce, des écoles pour les jeunes indigènes, et sur le toit de ces modestes constructions se déployait le pavillon de la mission, portant la croix du Christ et ces mots : « Rongo-Pai », c'est-à-dire « l'Évangile », en langue néo-zélandaise.

Malheureusement, l'influence des missionnaires ne s'est pas étendue au-delà de leurs établissements. Toute la partie nomade des populations échappe à leur action. Le cannibalisme n'est détruit que chez les chrétiens, et encore, il ne faudrait pas soumettre ces nouveaux convertis à de trop grandes tentations. L'instinct du sang frémit en eux.

D'ailleurs, la guerre existe toujours à l'état chronique dans ces sauvages contrées. Les Zélandais ne sont pas des Australiens abrutis, qui fuient devant l'invasion européenne ; ils résistent, ils se défendent, ils haïssent leurs envahisseurs, et une incurable haine les pousse en ce moment contre les émigrants anglais. L'avenir de ces grandes îles est joué sur un coup de dé. C'est une civilisation immédiate qui l'attend, ou une barbarie profonde pour de longs siècles, suivant le hasard des armes.

Ainsi Paganel, le cerveau bouillant d'impatience, avait refait dans son esprit l'histoire de la Nouvelle-Zélande. Mais rien, dans cette histoire, ne permettait de qualifier de « continent » cette contrée composée de deux îles, et si quelques mots du document avaient éveillé son imagination, ces deux syllabes *contin* l'arrêtaient obstinément dans la voie d'une interprétation nouvelle.

III

LES MASSACRES DE LA NOUVELLE-ZÉLANDE.

A LA date du 31 janvier, quatre jours après son départ, le *Macquarie* n'avait pas encore franchi les deux tiers de cet océan resserré entre l'Australie et la Nouvelle-Zélande. Will Halley s'occupait peu des manœuvres de son bâtiment : il laissait faire. On le voyait rarement, ce dont personne ne songeait à se plaindre. Qu'il passât tout son temps dans sa cabine, nul n'y eût trouvé à redire, si le grossier master ne se fût pas grisé chaque jour de gin ou de brandy. Ses matelots l'imitaient volontiers, et jamais navire ne navigua plus à la grâce de Dieu que le *Macquarie* de Twofold-Bay.

Cette impardonnable incurie obligeait John Mangles à une surveillance incessante. Mulrady et Wilson redressèrent plus d'une fois la barre au moment où quelque embardée allait coucher le brick sur le flanc. Souvent Will Halley intervenait et malmenait les deux marins avec force jurons. Ceux-ci, peu endurants, ne demandaient qu'à souquer cet ivrogne et à l'affaler à fond de cale pour le reste de la traversée. Mais John Mangles les arrêtait, et calmait, non sans peine, leur juste indignation.

Cependant, cette situation du navire le préoccupait; mais, pour ne pas inquiéter Glenarvan, il n'en parla qu'au major et à Paganel. Mac Nabbs lui donna, en d'autres termes, le même conseil que Mulrady et Wilson.

« Si cette mesure vous paraît utile, John, dit Mac Nabbs, vous ne devez point hésiter à prendre le commandement, ou, si vous l'aimez mieux, la direction du navire. Cet ivrogne, après nous avoir débarqués à Auckland, redeviendra maître à son bord, et il chavirera, si c'est son bon plaisir.

— Sans doute, monsieur Mac Nabbs, répondit John, et je le ferai, s'il le faut absolument. Tant que nous sommes en pleine mer, un peu de surveillance suffit ; mes matelots et moi, nous ne quittons pas le pont. Mais, à l'approche des côtes, si ce Will Halley ne recouvre pas sa raison, j'avoue que je serai très embarrassé.

— Ne pourrez-vous donner la route ? demanda Paganel.

— Ce sera difficile, répondit John. Croiriez-vous qu'il n'y a pas une carte marine à bord !

— En vérité ?

— En vérité. Le *Macquarie* ne fait que le cabotage entre Eden et Auckland, et ce Will Halley a une telle habitude de ces parages, qu'il ne prend aucun relèvement.

— Il s'imagine sans doute, répondit Paganel, que son navire connaît la route, et qu'il se dirige tout seul.

— Oh ! oh ! reprit John Mangles, je ne crois pas aux bâtiments qui se dirigent eux-mêmes, et si Will Halley est ivre sur les atterrages, il nous mettra dans un extrême embarras.

— Espérons, dit Paganel, qu'il aura repêché sa raison dans le voisinage de la terre.

— Ainsi, demanda Mac Nabbs, le cas échéant, vous ne pourriez pas conduire le *Macquarie* à Auckland ?

— Sans la carte de cette partie de la côte, c'est impossible. Les accores en sont extrêmement dangereux. C'est une suite de petits fjords irréguliers et capricieux comme les fjords de Norvège. Les récifs sont nombreux et il faut une grande pratique pour les éviter. Un navire, quelque solide qu'il fût, serait perdu, si sa quille heurtait l'un de ces rocs immergés à quelques pieds sous l'eau.

— Et dans ce cas, dit le major, l'équipage n'a d'autre ressource que de se réfugier à la côte ?

— Oui, monsieur Mac Nabbs, si le temps le permet.

— Dure extrémité ! répondit Paganel, car elles ne sont pas hospitalières, les côtes de la Nouvelle-Zélande, et les dangers sont aussi grands au-delà qu'en deçà des rivages !

— Vous parlez des Maoris, monsieur Paganel ? demanda John Mangles.

— Oui, mon ami. Leur réputation est faite dans l'océan Indien. Il ne s'agit pas ici d'Australiens timides ou abrutis, mais bien d'une race intelligente et sanguinaire, de cannibales friands de chair humaine, d'anthropophages dont il ne faut attendre aucune pitié.

— Ainsi, dit le major, si le capitaine Grant avait fait naufrage sur les côtes de la Nouvelle-Zélande, vous ne conseilleriez point de se lancer à sa recherche ?

— Sur les côtes, si, répondit le géographe, car on pourrait peut-être trouver des traces du *Britannia ;* mais à l'intérieur, non, car ce serait inutile. Tout Européen qui s'aventure dans ces funestes contrées tombe entre les mains des Maoris, et tout prisonnier aux mains des Maoris est perdu. J'ai poussé mes amis à franchir les Pampas, à traverser l'Australie, mais jamais je ne les entraînerais sur les sentiers de la Nouvelle-Zélande. Que la main du Ciel nous conduise, et fasse Dieu que nous ne soyons jamais au pouvoir de ces féroces indigènes ! »

Les craintes de Paganel n'étaient que trop justifiées. La Nouvelle-Zélande a une renommée terrible, et l'on peut mettre une date sanglante à tous les incidents qui ont signalé sa découverte.

La liste est longue de ces victimes inscrites au martyrologe des navigateurs. Ce fut Abel Tasman qui, par ses cinq matelots tués et dévorés, commença ces sanglantes annales du cannibalisme. Après lui, le capitaine Tukney et tout son équipage de chaloupiers subirent le même sort. Vers la partie orientale du détroit de Foveaux, cinq pêcheurs du *Sydney-Cove* trouvèrent également la mort sous la dent des naturels. Il faut encore citer quatre hommes de la goélette *Brothers*, assassinés au havre Molineux, plusieurs soldats du général Gates, et trois déserteurs de la *Mathilda*, pour arriver au nom si douloureusement célèbre du capitaine Marion Du Frène.

Le 11 mai 1772, après le premier voyage de Cook, le capitaine français Marion vint mouiller à la baie des Iles avec son navire le *Mascarin*, et le *Castries*, commandé par le capitaine Crozet. Les hypocrites Néo-Zélandais firent un excellent accueil aux nouveaux arrivants. Ils se montrèrent timides même, et il fallut des présents, de bons services, une fraternisation quotidienne, un long commerce d'amitiés, pour les acclimater à bord.

Leur chef, l'intelligent Takouri, appartenait, s'il faut en croire Dumont d'Urville, à la tribu des Wangaroa, et il était parent du naturel traîtreusement enlevé par Surville, deux ans avant l'arrivée du capitaine Marion.

Dans un pays où l'honneur impose à tout Maori d'obtenir par le sang satisfaction des outrages subis, Takouri ne pouvait oublier l'injure faite à sa tribu. Il attendit patiemment l'arrivée d'un navire européen, médita sa vengeance et l'accomplit avec un atroce sang-froid.

Après avoir simulé des craintes à l'égard des Français, Takouri n'oublia rien pour les endormir dans une trompeuse sécurité. Ses camarades et lui passèrent souvent la nuit à bord des vaisseaux. Ils apportaient des poissons choisis. Leurs filles et leurs femmes les accompagnaient. Ils apprirent bientôt à connaître les noms des officiers et ils les invitèrent à visiter leurs villages. Marion et Crozet, séduits par de telles avances, parcoururent ainsi toute cette côte peuplée de quatre mille habitants. Les naturels accouraient au-devant d'eux sans armes et cherchaient à leur inspirer une confiance absolue.

Le capitaine Marion, en relâchant à la baie des Iles, avait l'intention de changer la mâture du *Castries*, fort endommagée par les dernières tempêtes. Il explora donc l'intérieur des terres, et, le 23 mai, il trouva une forêt de cèdres magnifiques à deux lieues du rivage, et à portée d'une baie située à une lieue des navires.

Là, un établissement fut formé, où les deux tiers des équipages, munis de haches et autres outils, travaillèrent à abattre les arbres et à refaire les chemins qui conduisaient à la baie. Deux autres postes furent choisis, l'un dans la petite île de Motou-Aro, au milieu du port, où l'on transporta les malades de l'expédition, les forgerons et les tonneliers des bâtiments, l'autre sur la grande terre, au bord de l'Océan, à une lieue et demie des vaisseaux; ce dernier communiquait avec le campement des charpentiers. Sur tous ces postes, des sauvages vigoureux et prévenants aidaient les marins dans leurs divers travaux.

Cependant le capitaine Marion ne s'était pas abstenu jusque-là de certaines mesures de prudence. Les sauvages ne montaient jamais en armes à son bord, et les chaloupes n'allaient à terre que bien armées. Mais Marion et les plus défiants de ses officiers furent aveuglés par les manières des indigènes, et le commandant ordonna de désarmer les canots. Toutefois, le capitaine Crozet voulut persuader à Marion de rétracter cet ordre. Il n'y réussit pas.

Alors, les attentions et le dévouement des Néo-

Zélandais redoublèrent. Leurs chefs et les officiers vivaient sur le pied d'une intimité parfaite. Maintes fois, Takouri amena son fils à bord, et le laissa coucher dans les cabines. Le 8 juin, Marion, pendant une visite solennelle qu'il fit à terre, fut reconnu « grand chef » de tout le pays, et quatre plumes blanches ornèrent ses cheveux en signes honorifiques.

Trente-trois jours s'écoulèrent ainsi depuis l'arrivée des vaisseaux à la baie des Iles. Les travaux de la mâture avançaient; les caisses à eau se remplissaient à l'aiguade de Motou-Aro. Le capitaine Crozet dirigeait en personne le poste des charpentiers, et jamais espérances ne furent plus fondées de voir une entreprise menée à bonne fin.

Le 12 juin à deux heures, le canot du commandant fut paré pour une partie de pêche projetée au pied du village de Takouri. Marion s'y embarqua avec les deux jeunes officiers Vaudricourt et Lehoux, un volontaire, le capitaine d'armes et douze matelots. Takouri et cinq autres chefs l'accompagnaient. Rien ne pouvait faire prévoir l'épouvantable catastrophe qui attendait seize Européens sur dix-sept.

Le canot déborda, fila vers la terre, et des deux vaisseaux on le perdit bientôt de vue.

Le soir, le capitaine Marion ne revint pas coucher à bord. Personne ne fut inquiet de son absence. On supposa qu'il avait voulu visiter le chantier de la mâture et y passer la nuit.

Le lendemain, à cinq heures, la chaloupe du *Castries* alla, suivant son habitude, faire de l'eau à l'île de Motou-Aro. Elle revint à bord sans incident.

A neuf heures, le matelot de garde du *Mascarin* aperçut en mer un homme presque épuisé qui nageait vers les vaisseaux. Un canot alla à son secours et le ramena à bord.

C'était Turner, un des chaloupiers du capitaine

Aussitôt, quatre matelots, bon tireurs. (Page 639.)

Marion. Il avait au flanc une blessure produite par deux coups de lance, et il revenait seul des dix-sept hommes qui, la veille, avaient quitté le navire.

On l'interrogea, et bientôt furent connus tous les détails de cet horrible drame.

Le canot de l'infortuné Marion avait accosté le village à sept heures du matin. Les sauvages vinrent gaiement au-devant des visiteurs. Ils portèrent sur leurs épaules les officiers et les matelots qui ne voulaient point se mouiller en débarquant. Puis, les Français se séparèrent les uns des autres.

Aussitôt, les sauvages, armés de lances, de massues et de casse-tête, s'élancèrent sur eux, dix contre un, et les massacrèrent. Le matelot Turner, frappé de deux coups de lance, put échapper à ses ennemis et se cacher dans des broussailles. De là, il fut témoin d'abominables scènes. Les sauvages dépouillèrent les morts de leurs vêtements, leur ouvrirent le ventre, les hachèrent en morceaux...

En ce moment, Turner, sans être aperçu, se jeta à la mer, et fut recueilli, mourant, par le canot du *Mascarin*.

Cet événement consterna les deux équipages. Un cri de vengeance éclata. Mais, avant de venger les morts, il fallait sauver les vivants. Il y avait trois postes à terre, et des milliers de sauvages altérés de sang, des cannibales mis en appétit, les entouraient.

En l'absence du capitaine Crozet, qui avait passé la nuit au chantier de la mâture, Duclesmeur, le premier officier du bord, prit des mesures d'urgence. La chaloupe du *Mascarin* fut expédiée avec un officier et un détachement de soldats. Cet officier devait, avant tout, porter secours aux charpentiers. Il partit, longea la côte, vit le canot du commandant Marion échoué à terre et débarqua.

Le capitaine Crozet, absent du bord, comme il a été dit, ne savait rien du massacre, quand, vers deux heures de l'après-midi, il vit paraître le détachement. Il pressentit un malheur. Il se porta en avant et apprit la vérité. Défense fut faite par lui d'en instruire ses compagnons, qu'il ne voulait pas démoraliser.

Les sauvages, rassemblés par troupes, occupaient toutes les hauteurs. Le capitaine Crozet fit enlever les principaux outils, enterra les autres, incendia ses hangars et commença sa retraite avec soixante hommes.

Les naturels le suivaient, criant : « *Takouri mate Marion*[1] ! » Ils espéraient effrayer les matelots en dévoilant la mort de leurs chefs. Ceux-ci, furieux, voulurent se précipiter sur ces misérables. Le capitaine Crozet put à peine les contenir. Deux lieues furent faites. Le détachement atteignit le rivage et s'embarqua dans les chaloupes avec les hommes du second poste. Pendant tout ce temps, un millier de sauvages, assis à terre, ne bougèrent pas. Mais, quand les chaloupes prirent le large, les pierres commencèrent à voler. Aussitôt, quatre matelots, bons tireurs, abattirent successivement tous les chefs, à la grande stupéfaction des naturels, qui ne connaissaient pas l'effet des armes à feu.

Le capitaine Crozet rallia le *Mascarin*, et il expédia aussitôt la chaloupe à l'île Motou-Aro. Un détachement de soldats s'établit sur l'île pour y passer la nuit, et les malades furent réintégrés à bord.

Le lendemain, un second détachement vint renforcer le poste. Il fallait nettoyer l'île des sauvages qui l'infestaient et continuer à remplir les caisses à eau. Le village de Motou-Aro comptait trois cents habitants. Les Français l'attaquèrent. Six chefs furent tués, le reste des naturels culbuté à la baïonnette, le village incendié. Cependant, le *Castries* ne pouvait reprendre la mer sans mâture, et Crozet, forcé de renoncer aux arbres de la

1. Takouri a tué Marion.

forêt de cèdres, dut faire des mâts d'assemblage. Les travaux d'aiguade continuèrent.

Un mois s'écoula. Les sauvages firent quelques tentatives pour reprendre l'île Motou-Aro, mais sans y parvenir. Lorsque leurs pirogues passaient à portée des vaisseaux, on les coupait à coups de canon.

Enfin, les travaux furent achevés. Il restait à savoir si quelqu'une des seize victimes n'avait pas survécu au massacre, et à venger les autres. La chaloupe, portant un nombreux détachement d'officiers et de soldats, se rendit au village de Takouri. A son approche, ce chef perfide et lâche s'enfuit, portant sur ses épaules le manteau du commandant Marion. Les cabanes de son village furent scrupuleusement fouillées. Dans sa case, on trouva le crâne d'un homme qui avait été cuit récemment. L'empreinte des dents du cannibale s'y voyait encore. Une cuisse humaine était embrochée d'une baguette de bois. Une chemise au col ensanglanté fut reconnue pour la chemise de Marion, puis les vêtements, les pistolets du jeune Vaudricourt, les armes du canot et des hardes en lambeaux. Plus loin, dans un autre village, des entrailles humaines nettoyées et cuites.

Ces preuves irrécusables de meurtre et d'anthropophagie furent recueillies, et ces restes humains respectueusement enterrés; puis les villages de Takouri et de Piki-Ore, son complice, livrés aux flammes. Le 14 juillet 1772, les deux vaisseaux quittèrent ces funestes parages.

Telle fut cette catastrophe dont le souvenir doit être présent à l'esprit de tout voyageur qui met le pied sur les rivages de la Nouvelle-Zélande. C'est un imprudent capitaine celui qui ne profite pas de ces enseignements. Les Néo-Zélandais sont toujours perfides et anthropophages. Cook, à son tour, le reconnut bien, pendant son second voyage de 1773.

En effet, la chaloupe de l'un de ses vaisseaux, l'*Aventure*,

Glenarvan restait sur le pont. (Page 643.)

commandé par le capitaine Furneaux, s'étant rendue à terre, le 17 décembre, pour chercher une provision d'herbes sauvages, ne reparut plus. Un midshipman et neuf hommes la montaient. Le capitaine Furneaux, inquiet, envoya le lieutenant Burney à sa recherche. Burney, arrivé au lieu du débarquement, trouva, dit-il, « un tableau de carnage et de barbarie dont il est « impossible de parler sans horreur ; les têtes, les « entrailles, les poumons de plusieurs de nos gens, « gisaient épars sur le sable, et, tout près de là, quelques « chiens dévoraient encore d'autre débris de ce genre. »

Pour terminer cette liste sanglante, il faut ajouter le navire *Brothers,* attaqué en 1815 par les Néo-Zélandais, et tout l'équipage du *Boyd,* capitaine Thompson, massacré en 1820. Enfin, le 1er mars 1829, à Walkitaa, le chef Énararo pilla le brick anglais *Hawes* de Sydney ; sa horde de cannibales massacra plusieurs matelots, fit cuire les cadavres et les dévora.

Tel était ce pays de la Nouvelle-Zélande vers lequel courait le *Macquarie,* monté par un équipage stupide, sous le commandement d'un ivrogne.

IV

LES BRISANTS

Cependant, cette pénible traversée se prolongeait. Le 2 février, six jours après son départ, le *Macquarie* n'avait pas encore connaissance des rivages d'Auckland. Le vent était bon pourtant, et se maintenait dans le sud-ouest ; mais les courants le contrariaient, et c'est à peine si le brick étalait. La mer dure et houleuse fatiguait ses hauts ; sa membrure craquait, et il se relevait péniblement du creux des lames. Ses haubans, ses galhaubans, ses étais mal ridés, laissaient du jeu aux mâts, que de violentes secousses ébranlaient à chaque coup de roulis.

Très heureusement, Will Halley, en homme peu pressé, ne forçait point sa voilure, car toute la mâture serait venue en bas inévitablement. John Mangles espérait donc que cette méchante carcasse atteindrait le port sans autre mésaventure, mais il souffrait à voir ses compagnons si mal installés à bord de ce brick.

Ni Lady Helena ni Mary Grant ne se plaignaient cependant, bien qu'une pluie continuelle les obligeât à demeurer dans le roufle. Là, le manque d'air et les secousses du navire les incommodaient fort. Aussi venaient-elles souvent sur le pont braver l'inclémence du ciel jusqu'au moment où d'insoutenables rafales les forçaient de redescendre. Elles rentraient alors dans cet étroit espace, plus propre à loger des marchandises que des passagers et surtout des passagères.

Alors, leurs amis cherchaient à les distraire. Paganel essayait de tuer le temps avec ses histoires, mais il y réussissait peu. En effet, les esprits, égarés sur cette route du retour, étaient démoralisés. Autant les dissertations du géographe sur les Pampas ou l'Australie intéressaient autrefois, autant ses réflexions, ses aperçus à propos de la Nouvelle-Zélande laissaient indifférent et froid. D'ailleurs, vers ce pays nouveau de sinistre mémoire, on allait sans entrain, sans conviction, non volontairement, mais sous la pression de la fatalité. De tous les passagers du *Macquarie*, le plus à plaindre était Lord Glenarvan. On le voyait rarement dans le roufle. Il ne pouvait tenir en place. Sa nature nerveuse, surexcitée, ne s'accommodait pas d'un emprisonnement entre quatre cloisons étroites. Le jour, la nuit même, sans s'inquiéter des torrents de pluie et des paquets de mer, il restait sur le pont, tantôt accoudé à la lisse, tantôt marchant avec une agitation fébrile. Ses yeux regardaient incessamment l'espace. Sa lunette, pendant les courtes embellies, le parcourait obstinément. Ces flots muets, il semblait les interroger. Cette brume qui voilait l'horizon, ces vapeurs amoncelées, il eût voulu les déchirer d'un geste. Il ne pouvait se résigner, et sa physionomie respirait une âpre douleur. C'était l'homme énergique, jusqu'alors heureux et puissant, auquel la puissance et le bonheur manquaient tout à coup.

John Mangles ne le quittait pas et supportait à ses côtés les intempéries du ciel. Ce jour-là, Glenarvan, partout où se faisait une trouée dans la brume, scrutait l'horizon avec un entêtement plus tenace. John s'approcha de lui :

« Votre Honneur cherche la terre ? » lui demanda-t-il.

Glenarvan fit de la tête un signe négatif.

« Cependant, reprit le jeune capitaine, il doit vous tarder de quitter ce brick. Depuis trente-six heures déjà, nous devrions avoir connaissance des feux d'Auckland. »

Glenarvan ne répondait pas. Il regardait toujours, et pendant une minute sa lunette demeura braquée vers l'horizon au vent du navire.

« La terre n'est pas de ce côté, dit John Mangles. Que Votre Honneur regarde plutôt vers tribord.

— Pourquoi, John ? répondit Glenarvan. Ce n'est pas la terre que je cherche !

— Que voulez-vous, mylord ?

— Mon yacht ! mon *Duncan !* répondit Glenarvan avec colère. Il doit être là, dans ces parages, écumant ces mers, faisant ce sinistre métier de pirate ! Il est là, te dis-je, là, John, sur cette route des navires, entre l'Australie et la Nouvelle-Zélande ! et j'ai le pressentiment que nous le rencontrerons !

— Dieu nous préserve de cette rencontre, mylord !

— Pourquoi, John ?

— Votre Honneur oublie notre situation ! Que ferions-nous sur ce brick, si le *Duncan* lui donnait la chasse! Nous ne pourrions pas même fuir!

— Fuir, John?

— Oui, mylord! Nous l'essaierions en vain! Nous serions pris, livrés à la merci de ces misérables, et Ben Joyce a montré qu'il ne reculait pas devant un crime. Je fais bon marché de notre vie! Nous nous défendrions jusqu'à la mort! Soit! Mais après? Songez à Lady Glenarvan, mylord, songez à Mary Grant!

— Pauvres femmes! murmura Glenarvan. John, j'ai le cœur brisé, et parfois je sens le désespoir l'envahir. Il me semble que de nouvelles catastrophes nous attendent, que le Ciel s'est déclaré contre nous! J'ai peur!

— Vous, mylord?

— Non pour moi, John, mais pour ceux que j'aime, pour ceux que tu aimes aussi!

— Rassurez-vous, mylord, répondit le jeune capitaine. Il ne faut plus craindre! Le *Macquarie* marche mal, mais il marche. Will Halley est un être abruti, mais je suis là, et si les approches de la terre me semblent dangereuses, je ramènerai le navire au large. Donc, de ce côté, peu ou point de danger. Mais, quant à se trouver bord à bord avec le *Duncan*, Dieu nous en préserve, et si Votre Honneur cherche à l'apercevoir, que ce soit pour l'éviter, que ce soit pour le fuir! »

John Mangles avait raison. La rencontre du *Duncan* eût été funeste au *Macquarie*. Or, cette rencontre était à craindre dans ces mers resserrées que les pirates pouvaient écumer sans risques. Cependant, ce jour-là, du moins, le yacht ne parut pas, et la sixième nuit depuis le départ de Twofold-Bay arriva sans que les craintes de John Mangles se fussent réalisées.

Mais cette nuit devait être terrible. L'obscurité se fit presque subitement à sept heures du soir. Le ciel était très menaçant. L'instinct du marin, supérieur à l'abrutissement de l'ivresse, opéra sur Will Halley. Il quitta sa cabine, se frottant les yeux, secouant sa grosse tête rouge. Puis, il huma un grand coup d'air, comme un autre eût avalé un grand verre d'eau pour se remettre, et il examina la mâture. Le vent fraîchissait, et, tournant d'un quart dans l'ouest, il portait en plein à la côte zélandaise.

Will Halley appela ses hommes avec force jurons, fit serrer les perroquets et établir la voilure de nuit. John Mangles l'approuva sans rien dire. Il avait renoncé à s'entretenir avec ce grossier marin. Mais ni Glenarvan ni lui ne quittèrent le pont. Deux heures après, une grande brise se déclara. Will Halley fit prendre le bas ris dans ses huniers. La manœuvre eût été dure pour cinq hommes, si le *Macquarie* n'eût porté une double vergue du système américain. En effet, il suffisait d'amener la vergue supérieure pour que le hunier fût réduit à sa moindre dimension.

Deux heures se passèrent. La mer grossissait. Le *Macquarie* éprouvait dans ses fonds des secousses à faire croire que sa quille râclait des roches. Il n'en était rien cependant, mais cette lourde coque s'élevait difficilement à la lame. Aussi, le revers des vagues embarquait par masses d'eau considérables. Le canot, suspendu aux portemanteaux de bâbord, disparut dans un coup de mer.

John Mangles ne laissa pas d'être inquiet. Tout autre bâtiment se fût joué de ces flots peu redoutables, en somme. Mais, avec ce lourd bateau, on pouvait craindre de sombrer à pic, car le pont se remplissait à chaque plongeon, et la nappe liquide, ne trouvant pas par les dalots un assez rapide écoulement, pouvait submerger le navire. Il eût été sage, pour parer à tout événement, de briser les pavois à coups de hache, afin de faciliter la sortie des eaux. Mais Will Halley refusa de prendre cette précaution.

Le mât de misaine vint en bas. (Page 650.)

D'ailleurs, un danger plus grand menaçait le *Macquarie*, et, sans doute, il n'était plus temps de le prévenir.

Vers onze heures et demie, John Mangles et Wilson, qui se tenaient au bord sous le vent, furent frappés d'un bruit insolite. Leur instinct d'homme de mer se réveilla. John saisit la main du matelot.

« Le ressac ! lui dit-il.

— Oui, répondit Wilson. La lame brise sur des bancs.

— A deux encablures au plus ?

— Au plus ! La terre est là ! »

John se pencha au-dessus des bastingages, regarda les flots sombres et s'écria : « La sonde ! Wilson ! la sonde ! »

Le master, posté à l'avant, ne semblait pas se douter de sa position. Wilson saisit la ligne de sonde lovée dans sa baille, et s'élança dans les porte-haubans de misaine. Il jeta le plomb ; la corde fila entre ses doigts. Au troisième nœud, le plomb s'arrêta.

« Trois brasses ! cria Wilson.

— Capitaine, dit John, courant à Will Halley, nous sommes sur les brisants. »

Vit-il ou non Halley lever les épaules, peu importe. Mais il se précipita vers le gouvernail, mit la barre dessous, tandis que Wilson, lâchant la sonde, halait sur les bras du grand hunier pour faire lofer le navire. Le matelot qui gouvernait, vigoureusement repoussé, n'avait rien compris à cette attaque subite.

« Aux bras du vent ! larguez ! larguez ! » criait le jeune capitaine en manœuvrant de manière à s'élever des récifs.

Pendant une demi-minute, la hanche de tribord du brick les prolongea, et, malgré l'obscurité de la nuit, John aperçut une ligne mugissante qui blanchissait à quatre brasses du navire.

En ce moment, Will Halley, ayant conscience de cet imminent danger, perdait la tête. Ses matelots, à peine dégrisés, ne pouvaient comprendre ses ordres. D'ailleurs, l'incohérence de ses paroles, la contradiction de ses commandements, montraient que le sang-froid manquait à ce stupide ivrogne. Il était surpris par la proximité de la terre, qui lui restait à huit milles sous le vent, quand il la croyait distante de trente ou quarante. Les courants avaient jeté hors de sa route habituelle et pris au dépourvu ce misérable routinier.

Cependant, la prompte manœuvre de John Mangles venait d'éloigner le *Macquarie* des brisants. Mais John ignorait sa position. Peut-être se trouvait-il serré dans une ceinture de récifs. Le vent portait en plein dans l'est, et, à chaque coup de tangage, on pouvait toucher.

Bientôt, en effet, le bruit du ressac redoubla par tribord devant. Il fallut lofer encore. John remit la barre dessous et brassa en pointe. Les brisants se multipliaient sous l'étrave du brick, et il fut nécessaire de virer vent devant pour reprendre le large. Cette manœuvre réussirait-elle avec un bâtiment mal équilibré, sous une voilure réduite ? C'était incertain, mais il fallait le tenter.

« La barre dessous, toute ! » cria John Mangles à Wilson.

Le *Macquarie* commença à se rapprocher de la nouvelle ligne de récifs. Bientôt, la mer écuma au choc des roches immergées.

Ce fut un inexprimable moment d'angoisse. L'écume rendait les lames lumineuses. On eût dit qu'un phénomène de phosphorescence les éclairait subitement. La mer hurlait, comme si elle eût possédé la voix de ces écueils antiques animés par la mythologie païenne. Wilson et Mulrady, courbés sur la roue du gouvernail, pesaient de tout leur poids. La barre venait à toucher.

Soudain, un choc eut lieu. Le *Macquarie* avait donné sur une roche. Les sous-barbes du beaupré cassèrent et compromirent la stabilité du mât de misaine. Le virement de bord s'achèverait-il sans autre avarie ?

Non, car une accalmie se fit tout à coup, et le navire revint sous le vent. Son évolution fut arrêtée net. Une haute vague le prit en dessous, le porta plus avant sur les récifs, et il retomba avec une violence extrême. Le mât de misaine vint en bas avec tout son gréement. Le brick talonna deux fois et resta immobile, donnant sur tribord une bande de trente degrés.

Les vitres du capot avaient volé en éclats. Les passagers se précipitèrent au-dehors. Mais les vagues balayaient le pont d'une extrémité à l'autre, et ils ne pouvaient s'y tenir sans danger. John Mangles, sachant le navire solidement encastré dans le sable, les pria de rentrer dans le roufle.

« La vérité, John? demanda froidement Glenarvan.

— La vérité, mylord, répondit John Mangles, est que nous ne coulerons pas. Quant à être démolis par la mer, c'est une autre question, mais nous avons le temps d'aviser.

— Il est minuit?

— Oui, mylord, et il faut attendre le jour.

— Ne peut-on mettre le canot à la mer?

— Par cette houle, et dans cette obscurité, c'est impossible! Et d'ailleurs en quel endroit accoster la terre?

— Eh bien, John, restons ici jusqu'au jour. »

Cependant, Will Halley courait comme un fou sur le pont de son brick. Ses matelots, revenus de leur stupeur, défoncèrent un baril d'eau-de-vie et se mirent à boire. John prévit que leur ivresse allait bientôt amener des scènes terribles. On ne pouvait compter sur le capitaine pour les retenir. Le misérable s'arrachait les cheveux et se tordait les bras. Il ne pensait qu'à sa cargaison qui n'était pas assurée.

« Je suis ruiné! Je suis perdu! » s'écriait-il en courant d'un bord à l'autre.

John Mangles ne songeait guère à le consoler. Il fit armer ses compagnons, et tous se tinrent prêts à repousser les matelots qui se gorgeaient de brandy, en proférant d'épouvantables blasphèmes.

« Le premier de ces misérables qui s'approche du roufle, dit tranquillement le major, je le tue comme un chien. »

Les matelots virent sans doute que les passagers étaient déterminés à les tenir en respect, car, après quelques tentatives de pillage, ils disparurent.

John Mangles ne s'occupa plus de ces ivrognes, et attendit impatiemment le jour.

Le navire était alors absolument immobile. La mer se calmait peu à peu. Le vent tombait. La coque pouvait donc résister pendant quelques heures encore. Au lever du soleil, John examinerait la terre. Si elle présentait un atterrissement facile, le youyou, maintenant la seule embarcation du bord, servirait au transport de l'équipage et des passagers. Il faudrait trois voyages, au moins, car il n'y avait place que pour quatre personnes. Quant au canot, on a vu qu'il avait été enlevé dans un coup de mer.

Tout en réfléchissant aux dangers de sa situation, John Mangles, appuyé sur le capot, écoutait les bruits du ressac. Il cherchait à percer l'obscurité profonde. Il se demandait à quelle distance se trouvait cette terre enviée et redoutée tout à la fois. Les brisants s'étendent souvent à plusieurs lieues d'une côte. Le frêle canot pourrait-il résister à une traversée un peu longue ?

Tandis que John songeait ainsi, demandant un peu de lumière à ce ciel ténébreux, les passagères, confiantes en sa parole, reposaient sur leurs couchettes. L'immobilité du brick leur assurait quelques heures de tranquillité. Glenarvan, John et leurs compagnons, n'entendant plus les cris de l'équipage ivre mort, se refaisaient aussi dans un rapide sommeil, et, à une heure du matin, un silence profond régnait à bord de ce brick, endormi lui-même sur son lit de sable.

Vers quatre heures, les premières clartés apparurent dans l'est. Les nuages se nuancèrent légèrement sous les pâles lueurs de l'aube. John remonta sur le pont. A l'horizon pendait un rideau de brumes. Quelques contours indécis flottaient dans les vapeurs matinales, mais à une certaine hauteur. Une faible houle agitait encore la mer, et les flots du large se perdaient au milieu d'épaisses nuées immobiles.

John attendit. La lumière s'accrut peu à peu, l'horizon se piqua de tons rouges. Le rideau monta lentement sur le vaste décor du fond. Des récifs noirs pointèrent hors des eaux. Puis, une ligne se dessina sur une bande d'écume, un point lumineux s'alluma comme un phare au sommet d'un piton projeté sur le disque encore invisible du soleil levant. La terre était là, à moins de neuf milles.

« La terre! » s'écria John Mangles.

Ses compagnons, réveillés à sa voix, s'élancèrent sur le pont du brick, et regardèrent en silence la côte qui s'accusait à l'horizon. Hospitalière ou funeste, elle devait être leur lieu de refuge.

« Où est Will Halley? demanda Glenarvan.

— Je ne sais, mylord, répondit John Mangles.

— Et ses matelots?

— Disparus comme lui.

— Et, comme lui, ivres morts, sans doute, ajouta Mac Nabbs.

— Qu'on les cherche! dit Glenarvan, on ne peut les abandonner sur ce navire. »

Mulrady et Wilson descendirent au logement du gaillard d'avant, et, deux minutes après, ils revinrent. Le poste était vide. Ils visitèrent alors l'entrepont et le brick jusqu'à fond de cale. Ils ne trouvèrent ni Will Halley ni ses matelots.

« Quoi! personne? dit Glenarvan.

— Sont-ils tombés à la mer? demanda Paganel.

— Tout est possible », répondit John Mangles, très soucieux de cette disparition.

Puis, se dirigeant vers l'arrière :

« Au canot », dit-il.

Wilson et Mulrady le suivirent pour mettre le youyou à la mer. Le youyou avait disparu.

V

LES MATELOTS IMPROVISÉS

Will Halley et son équipage, profitant de la nuit et du sommeil des passagers, s'étaient enfuis sur l'unique canot du brick. On ne pouvait en douter. Ce capitaine, que son devoir obligeait à rester le dernier à bord, l'avait quitté le premier.

« Ces coquins ont fui, dit John Mangles. Eh bien, tant mieux, mylord. C'est autant de fâcheuses scènes qu'ils nous épargnent.

— Je le pense, répondit Glenarvan ; d'ailleurs, il y a toujours un capitaine à bord, John, et des matelots courageux, sinon habiles, tes compagnons. Commande, et nous sommes prêts à t'obéir. »

Le major, Paganel, Robert, Wilson, Mulrady, Olbinett lui-même, applaudirent aux paroles de Glenarvan, et, rangés sur le pont, ils se tinrent à la disposition de John Mangles.

« Que faut-il faire ? » demanda Glenarvan.

Le jeune capitaine promena son regard sur la mer, observa la mâture incomplète du brick, et dit, après quelques instants de réflexion :

« Nous avons deux moyens, mylord, de nous tirer de cette situation : relever le bâtiment et reprendre la

Le *Macquarie* donnait sa bande sur tribord. (Page 656.)

mer, ou gagner la côte sur un radeau qui sera facile à construire.

— Si le bâtiment peut être relevé, relevons-le, répondit Glenarvan. C'est le meilleur parti à prendre, n'est-il pas vrai ?

— Oui, Votre Honneur, car, une fois à terre, que deviendrions-nous sans moyens de transport ?

— Évitons la côte, ajouta Paganel. Il faut se défier de la Nouvelle-Zélande.

— D'autant plus que nous avons beaucoup dérivé, reprit John. L'incurie d'Halley nous a rejetés dans le sud, c'est évident. A midi, je ferai mon point, et si, comme je le présume, nous sommes au-dessous d'Auckland, j'essaierai de remonter avec le *Macquarie* en prolongeant la côte.

— Mais les avaries du brick ? demanda Lady Helena.

— Je ne les crois pas graves, madame, répondit John Mangles. J'établirai à l'avant un mât de fortune pour remplacer le mât de misaine, et nous marcherons, lentement, il est vrai, mais nous irons là où nous voulons aller. Si, par malheur, la coque du brick est défoncée, ou s'il ne peut être renfloué, il faudra se résigner à gagner la côte et à reprendre par terre le chemin d'Auckland.

— Voyons donc l'état du navire, dit le major. Cela importe avant tout. »

Glenarvan, John et Mulrady ouvrirent le grand panneau et descendirent dans la cale. Environ deux cents tonneaux de peaux tannées s'y trouvaient fort mal arrimés. On put les déplacer sans trop de peine, au moyen de palans frappés sur le grand étai à l'aplomb du panneau. John fit aussitôt jeter à la mer une partie de ces ballots afin d'alléger le navire.

Après trois heures d'un rude travail, on put examiner les fonds du brick. Deux coutures du bordage s'étaient ouvertes à bâbord, à la hauteur des préceintes. Or, le

Macquarie donnant sa bande sur tribord, sa gauche opposée émergeait, et les coutures défectueuses étaient à l'air. L'eau ne pouvait donc pénétrer. D'ailleurs, Wilson se hâta de rétablir le joint des bordages avec de l'étoupe et une feuille de cuivre soigneusement clouée.

En sondant, on ne trouva pas deux pieds d'eau dans la cale. Les pompes devaient facilement épuiser cette eau et soulager d'autant le navire.

Examen fait de la coque, John reconnut qu'elle avait peu souffert dans l'échouage. Il était probable qu'une partie de la fausse quille resterait engagée dans le sable, mais on pouvait s'en passer.

Wilson, après avoir visité l'intérieur du bâtiment, plongea afin de déterminer sa position sur le haut-fond.

Le *Macquarie,* l'avant tourné au nord-nord-ouest, avait donné sur un banc de sable vasard d'un accore très brusque. L'extrémité inférieure de son étrave et environ les deux tiers de sa quille s'y trouvaient profondément encastrés. L'autre partie jusqu'à l'étambot flottait sur une eau dont la hauteur atteignait cinq brasses. Le gouvernail n'était donc point engagé et fonctionnait librement. John jugea inutile de le soulager. Avantage réel, car on serait à même de s'en servir au premier besoin.

Les marées ne sont pas très fortes dans le Pacifique. Cependant, John Mangles comptait sur l'arrivée du flot pour relever le *Macquarie.* Le brick avait touché une heure environ avant la pleine mer. Depuis le moment où le jusant se fit sentir, sa bande sur tribord s'était de plus en plus accusée. A six heures du matin, à la mer basse, elle atteignait son maximum d'inclinaison, et il parut inutile d'étayer le navire au moyen de béquilles. On put ainsi conserver à bord les vergues et autres espars que John destinait à établir un mât de fortune sur l'avant.

Restaient à prendre les positions pour renflouer le *Macquarie*. Travail long et pénible. Il serait évidemment impossible d'être paré pour la pleine mer de midi un quart. On verrait seulement comment se comporterait le brick, en partie déchargé, sous l'action du flot, et à la marée suivante on donnerait le coup de collier.

« A l'ouvrage ! » commanda John Mangles.

Ses matelots improvisés étaient à ses ordres.

John fit d'abord serrer les voiles restées sur leurs cargues. Le major, Robert et Paganel, dirigés par Wilson, montèrent à la grand-hune. Le grand hunier, tendu sous l'effort du vent, eût contrarié le dégagement du navire. Il fallut le serrer, ce qui se fit tant bien que mal. Puis, après un travail opiniâtre et dur à des mains qui n'en avaient pas l'habitude, le mât du grand perroquet fut dépassé. Le jeune Robert, agile comme un chat, hardi comme un mousse, avait rendu les plus grands services pendant cette difficile opération.

Il s'agit alors de mouiller une ancre, deux peut-être, à l'arrière du navire et dans la direction de la quille. L'effort de traction devait s'opérer sur ces ancres pour haler le *Macquarie* à marée haute. Cette opération ne présente aucune difficulté, quand on dispose d'une embarcation ; on prend une ancre à jet, et on la mouille au point convenable, qui a été reconnu à l'avance. Mais ici, tout canot manquait, et il fallait y suppléer.

Glenarvan était assez pratique de la mer pour comprendre la nécessité de ces opérations. Une ancre devait être mouillée pour dégager le navire échoué à mer basse.

« Mais sans canot, que faire ? demanda-t-il à John.

— Nous emploierons les débris du mât de misaine et des barriques vides, répondit le jeune capitaine. L'opération sera difficile, mais non pas impossible, car les ancres du *Macquarie* sont de petite dimension. Une fois mouillées, si elles ne dérapent pas, j'ai bon espoir.

— Bien, ne perdons pas de temps, John. »

Tout le monde, matelots et passagers, fut appelé sur le pont. Chacun prit part à la besogne. On brisa à coups de hache les agrès qui retenaient encore le mât de misaine. Le bas mât s'était rompu dans sa chute au ras du ton, de telle sorte que la hune put être facilement retirée. John Mangles destinait cette plate-forme à faire un radeau. Il la soutint au moyen de barriques vides, et la rendit capable de porter ses ancres. Une godille fut installée, qui permettait de gouverner l'appareil. D'ailleurs, le jusant devait le faire dériver précisément à l'arrière du brick; puis, quand les ancres seraient par le fond, il serait facile de revenir à bord en se halant sur le grelin élongé du navire.

Ce travail était à demi achevé, quand le soleil s'approcha du méridien. John Mangles laissa Glenarvan suivre les opérations commencées, et s'occupa de relever sa position. Ce relèvement était très important à déterminer. Fort heureusement, John avait trouvé dans la chambre de Will Halley, avec un annuaire de l'observatoire de Greenwich, un sextant très sale, mais suffisant pour obtenir le point. Il le nettoya et l'apporta sur le pont.

Cet instrument, par une série de miroirs mobiles, ramène le soleil à l'horizon au moment où il est midi, c'est-à-dire quand l'astre du jour atteint le plus haut point de sa course. On comprend donc que, pour opérer, il faut viser avec la lunette du sextant un horizon vrai, celui que forment le ciel et l'eau se confondant. Or, précisément, la terre s'allongeait en un vaste promontoire dans le nord, et, s'interposant entre l'observateur et l'horizon vrai, elle rendait l'observation impossible.

Dans ce cas, où l'horizon manque, on le remplace par un horizon artificiel. C'est ordinairement une cuvette plate, remplie de mercure, au-dessus de laquelle on opère. Le mercure présente ainsi et de lui-même un

Ils mouillèrent à une demi-encablure. (Page 661.)

miroir parfaitement horizontal. John n'avait point de mercure à bord, mais il tourna la difficulté en se servant d'une baille remplie de goudron liquide, dont la surface réfléchissait très suffisamment l'image du soleil.

Il connaissait déjà sa longitude, étant sur la côte ouest de la Nouvelle-Zélande. Heureusement, car sans chronomètre il n'aurait pu la calculer. La latitude seule lui manquait, et il se mit en mesure de l'obtenir.

Il prit donc, au moyen du sextant, la hauteur méridienne du soleil au-dessus de l'horizon. Cette hauteur se trouva de 68° 30′. La distance du soleil au zénith était donc de 21° 30′, puisque ces deux nombres ajoutés l'un à l'autre donnent 90 degrés. Or, ce jour-là, 3 février, la déclinaison du soleil étant de 16° 30′, d'après l'annuaire, en l'ajoutant à cette distance zénithale de 21° 30′, on avait une latitude de 38 degrés.

La situation du *Macquarie* se déterminait donc ainsi : longitude 171° 13′, latitude 38°, sauf quelques erreurs insignifiantes produites par l'imperfection des instruments, et dont on pouvait ne pas tenir compte.

En consultant la carte de Johnston achetée par Paganel à Éden, John Mangles vit que le naufrage avait eu lieu à l'ouvert de la baie d'Aotea, au-dessus de la pointe Cahua, sur les rivages de la province d'Auckland. La ville d'Auckland étant située sur le 37e parallèle, le *Macquarie* avait été rejeté d'un degré dans le sud. Il devrait donc remonter d'un degré pour atteindre la capitale de la Nouvelle-Zélande.

« Ainsi, dit Glenarvan, un trajet de vingt-cinq milles tout au plus. Ce n'est rien.

— Ce qui n'est rien sur mer sera long et pénible sur terre, répondit Paganel.

— Aussi, répondit John Mangles, ferons-nous tout ce qui est humainement possible pour renflouer le *Macquarie*. »

Le point établi, les opérations furent reprises. A

midi un quart, la mer était pleine. John ne put en profiter, puisque ses ancres n'étaient pas encore mouillées. Mais il n'en observa pas moins le *Macquarie* avec une certaine anxiété. Flotterait-il sous l'action du flot? La question allait se décider en cinq minutes.

On attendit. Quelques craquements eurent lieu; ils étaient produits, sinon par un soulèvement, au moins par un tressaillement de la carène. John conçut bon espoir pour la marée suivante, mais en somme le brick ne bougea pas.

Les travaux continuèrent. A deux heures, le radeau était prêt. L'ancre à jet y fut embarquée. John et Wilson l'accompagnèrent, après avoir amarré un grelin sur l'arrière du navire. Le jusant les fit dériver, et ils mouillèrent à une demi-encablure par dix brasses de fond. La tenue était bonne et le radeau revint à bord.

Restait la grosse ancre de bossoir. On la descendit, non sans difficultés. Le radeau recommença l'opération, et bientôt cette seconde ancre fut mouillée en arrière de l'autre, par un fond de quinze brasses. Puis, se halant sur le câble, John et Wilson retournèrent au *Macquarie*.

Le câble et le grelin furent garnis au guindeau, et on attendit la prochaine pleine mer, qui devait se faire sentir à une heure du matin. Il était alors six heures du soir.

John Mangles complimenta ses matelots, et fit entendre à Paganel que, le courage et la bonne conduite aidant, il pourrait devenir un jour quartier-maître.

Cependant, Mr. Olbinett, après avoir aidé aux diverses manœuvres, était retourné à la cuisine. Il avait préparé un repas réconfortant qui venait à propos. Un rude appétit sollicitait l'équipage. Il fut pleinement satisfait, et chacun se sentit refait pour les travaux ultérieurs.

Après le dîner, John Mangles prit les dernières précautions qui devaient assurer le succès de l'opération. Il ne faut rien négliger, quand il s'agit de renflouer un navire. Souvent, l'entreprise manque, faute de quelques lignes d'allégement, et la quille engagée ne quitte pas son lit de sable.

John Mangles avait fait jeter à la mer une grande partie des marchandises, afin de soulager le brick; mais le reste des ballots, les lourds espars, les vergues de rechange, quelques tonnes de gueuses qui formaient le lest, furent reportés à l'arrière, pour faciliter de leur poids le dégagement de l'étrave. Wilson et Mulrady y roulèrent également un certain nombre de barriques qu'ils remplirent d'eau, afin de relever le nez du brick.

Minuit sonnait, quand ces derniers travaux furent achevés. L'équipage était sur les dents, circonstance regrettable, au moment où il n'aurait pas trop de toutes ses forces pour virer au guindeau : ce qui amena John Mangles à prendre une résolution nouvelle.

En ce moment, la brise calmissait. Le vent faisait à peine courir quelques risées capricieuses à la surface des flots. John, observant l'horizon, remarqua que le vent tendait à revenir du sud-ouest dans le nord-ouest. Un marin ne pouvait se tromper à la disposition particulière et à la couleur des bandes de nuages. Wilson et Mulrady partageaient l'opinion de leur capitaine.

John Mangles fit part de ses observations à Glenarvan, et lui proposa de remettre au lendemain l'opération du renflouage.

« Et voici mes raisons, dit-il. D'abord, nous sommes très fatigués, et toutes nos forces sont nécessaires pour dégager le navire. Puis, une fois relevé, comment le conduire au milieu de ces dangereux brisants et par une obscurité profonde? Mieux vaut agir en pleine lumière. D'ailleurs, une autre raison me porte à attendre. Le vent promet de nous venir en aide, et je tiens à en profiter; je veux qu'il fasse culer cette vieille coque, pendant que la mer la soulèvera. Demain, si je ne me trompe, la brise soufflera du nord-ouest. Nous établirons les voiles du grand mât à masquer, et elles concourront à relever le brick. »

Ces raisons étaient décisives. Glenarvan et Paganel, les impatients du bord, se rendirent, et l'opération fut remise au lendemain. La nuit se passa bien. Un quart avait été réglé pour veiller surtout au mouillage des ancres.

Le jour parut. Les prévisions de John Mangles se réalisaient. Il ventait une brise du nord-nord-ouest qui tendait à fraîchir. C'était un surcroît de force très avantageux. L'équipage fut mis en réquisition. Robert, Wilson, Mulrady en haut du grand mât, le major, Glenarvan, Paganel sur le pont, disposèrent les manœuvres de façon à déployer les voiles au moment précis. La vergue du grand hunier fut hissée à bloc, la grand-voile et le grand hunier laissés sur leurs cargues.

Il était neuf heures du matin. Quatre heures devaient encore s'écouler jusqu'à la pleine mer. Elles ne furent pas perdues. John les employa à établir son mât de fortune sur l'avant du brick, afin de remplacer le mât de misaine. Il pourrait ainsi s'éloigner de ces dangereux parages, dès que le navire serait à flot. Les travailleurs firent de nouveaux efforts, et, avant midi, la vergue de misaine était solidement assujettie en guise de mât. Lady Helena et Mary Grant se rendirent très utiles, et enverguèrent une voile de rechange sur la vergue du petit perroquet. C'était une joie pour elles de s'employer au salut commun. Ce gréement achevé, si le *Macquarie* laissait à désirer au point de vue de l'élégance, du moins pouvait-il naviguer à la condition de ne pas s'écarter de la côte.

Cependant, le flot montait. La surface de la mer se soulevait en petites vagues houleuses. Les têtes de brisants disparaissaient peu à peu, comme des animaux marins qui rentrent sous leur liquide élément. L'heure approchait de tenter la grande opération. Une fiévreuse

Les travaux furent commencés. (Page 666.)

impatience tenait les esprits en surexcitation. Personne ne parlait. On regardait John. On attendait un ordre de lui. John Mangles, penché sur la lisse du gaillard d'arrière, observait la marée. Il jetait un coup d'œil inquiet au câble et au grelin élongés et fortement embraqués. A une heure, la mer atteignit son plus haut point. Elle était étale, c'est-à-dire à ce court instant où l'eau ne monte plus et ne descend pas encore. Il fallait opérer sans retard. La grand-voile et le grand hunier furent largués et coiffèrent le mât sous l'effort du vent.

« Au guindeau ! » cria John.

C'était un guindeau muni de bringuebales, comme les pompes à incendie. Glenarvan, Mulrady, Robert d'un côté, Paganel, le major, Olbinett de l'autre, pesèrent sur les bringuebales, qui communiquaient le mouvement à l'appareil. En même temps, John et Wilson, engageant les barres d'abattage, ajoutèrent leurs efforts à ceux de leurs compagnons.

« Hardi ! hardi ! cria le jeune capitaine, et de l'ensemble ! »

Le câble et le grelin se tendirent sous la puissante action du guindeau. Les ancres tinrent bon et ne chassèrent point. Il fallait réussir promptement. La pleine mer ne dure que quelques minutes. Le niveau d'eau ne pouvait aider à baisser. On redoubla d'efforts. Le vent donnait avec violence et masquait les voiles contre le mât. Quelques tressaillements se firent sentir dans la coque. Le brick parut près de se soulever. Peut-être suffirait-il d'un bras de plus pour l'arracher au banc de sable.

« Helena ! Mary ! » cria Glenarvan.

Les deux jeunes femmes vinrent joindre leurs efforts à ceux de leurs compagnons. Un dernier cliquetis du linguet se fit entendre.

Mais ce fut tout. Le brick ne bougea pas. L'opération

était manquée. Le jusant commençait déjà, et il fut évident que, même avec l'aide du vent et de la mer, cet équipage réduit ne pourrait renflouer son navire.

VI

OÙ LE CANNIBALISME EST TRAITÉ THÉORIQUEMENT

Le premier moyen de salut tenté par John Mangles avait échoué. Il fallait recourir au second sans tarder. Il est évident qu'on ne pouvait relever le *Macquarie*, et non moins évident que le seul parti à prendre, c'était d'abandonner le bâtiment. Attendre à bord des secours problématiques, c'eût été imprudence et folie. Avant l'arrivée providentielle d'un navire sur le théâtre du naufrage, le *Macquarie* serait mis en pièces ! La prochaine tempête, ou seulement une mer un peu forte, soulevée par les vents du large, le roulerait sur les sables, le briserait, le dépècerait, en disperserait les débris. Avant cette inévitable destruction, John voulait gagner la terre.

Il proposa donc de construire un radeau, ou, en langue maritime, un « ras » assez solide pour porter les passagers et une quantité suffisante de vivres à la côte zélandaise.

Il n'y avait pas à discuter, mais à agir. Les travaux furent commencés, et ils étaient fort avancés, quand la nuit vint les interrompre.

Vers huit heures du soir, après le souper, tandis que Lady Helena et Mary Grant reposaient sur les couchettes du roufle, Paganel et ses amis s'entretenaient de questions graves en parcourant le pont du navire. Robert n'avait pas voulu les quitter. Ce brave enfant écoutait de toutes ses oreilles, prêt à rendre un ser-

Le martyre du révérend Walkner. (Page 670.)

vice, prêt à se dévouer à une périlleuse entreprise.

Paganel avait demandé à John Mangles si le radeau ne pourrait suivre la côte jusqu'à Auckland, au lieu de débarquer ses passagers à terre. John répondit que cette navigation était impossible avec un appareil aussi défectueux.

« Et ce que nous ne pouvons tenter sur un radeau, dit Paganel, aurait-il pu se faire avec le canot du brick ?

— Oui, à la rigueur, répondit John Mangles, mais à la condition de naviguer le jour et de mouiller la nuit.

— Ainsi, ces misérables qui nous ont abandonnés...

— Oh ! ceux-là, répondit John Mangles, ils étaient ivres, et, par cette profonde obscurité, je crains bien qu'ils n'aient payé de leur vie ce lâche abandon.

— Tant pis pour eux, reprit Paganel, et tant pis pour nous, car ce canot eût été bien utile.

— Que voulez-vous, Paganel ? dit Glenarvan. Le radeau nous portera à terre.

— C'est précisément ce que j'aurais voulu éviter, répondit le géographe.

— Quoi ! un voyage de vingt milles au plus après ce que nous avons fait dans les Pampas et à travers l'Australie, peut-il effrayer des hommes rompus aux fatigues ?

— Mes amis, répondit Paganel, je ne mets en doute ni notre courage ni la vaillance de nos compagnes. Vingt milles ! ce n'est rien en tout autre pays que la Nouvelle-Zélande. Vous ne me soupçonnerez pas de pusillanimité. Le premier, je vous ai entraînés à travers l'Amérique, à travers l'Australie. Mais ici, je le répète, tout vaut mieux que de s'aventurer dans ce pays perfide.

— Tout vaut mieux que de s'exposer à une perte certaine sur un navire échoué, fit John Mangles.

— Qu'avons-nous donc tant à redouter de la Nouvelle-Zélande ? demanda Glenarvan.

— Les sauvages, répondit Paganel.

— Les sauvages ! répliqua Glenarvan. Ne peut-on

les éviter, en suivant la côte? D'ailleurs, une attaque de quelques misérables ne peut préoccuper dix Européens bien armés et décidés à se défendre.

— Il ne s'agit pas de misérables, répondit Paganel en secouant la tête. Les Néo-Zélandais forment des tribus terribles, qui luttent contre la domination anglaise, contre les envahisseurs, qui les vainquent souvent, qui les mangent toujours!

— Des cannibales! s'écria Robert, des cannibales! »

Puis on l'entendit qui murmurait ces deux noms : « Ma sœur! madame Helena!

— Ne crains rien, mon enfant, lui répondit Glenarvan, pour rassurer le jeune enfant. Notre ami Paganel exagère!

— Je n'exagère rien, reprit Paganel. Robert a montré qu'il était un homme, et je le traite en homme, en ne lui cachant pas la vérité. Les Néo-Zélandais sont les plus cruels, pour ne pas dire les plus gourmands des anthropophages. Ils dévorent tout ce qui leur tombe sous la dent. La guerre n'est pour eux qu'une chasse à ce gibier savoureux qui s'appelle l'homme, et il faut l'avouer, c'est la seule guerre logique. Les Européens tuent leurs ennemis et les enterrent. Les sauvages tuent leurs ennemis et les mangent, et, comme l'a fort bien dit mon compatriote Toussenel, le mal n'est pas tant de faire rôtir son ennemi quand il est mort, que de le tuer quand il ne veut pas mourir.

— Paganel, répondit le major, il y a matière à discussion, mais ce n'est pas le moment. Qu'il soit logique ou non d'être mangé, nous ne voulons pas qu'on nous mange. Mais comment le christianisme n'a-t-il pas encore détruit ces habitudes d'anthropophagie?

— Croyez-vous donc que tous les Néo-Zélandais soient chrétiens? répliqua Paganel. C'est le petit nombre, et les missionnaires sont encore et trop souvent victimes de ces brutes. L'année dernière, le révérend

Walkner a été martyrisé avec une horrible cruauté. Les Maoris l'ont pendu. Leurs femmes lui ont arraché les yeux. On a bu son sang, on a mangé sa cervelle. Et ce meurtre a eu lieu en 1864, à Opotiki, à quelques lieues d'Auckland, pour ainsi dire sous les yeux des autorités anglaises. Mes amis, il faut des siècles pour changer la nature d'une race d'hommes. Ce que les Maoris ont été, ils le seront longtemps encore. Toute leur histoire est faite de sang. Que d'équipages ils ont massacrés et dévorés, depuis les matelots de Tasman jusqu'aux marins du *Hawes!* Et ce n'est pas la chair blanche qui les a mis en appétit. Bien avant l'arrivée des Européens, les Zélandais demandaient au meurtre l'assouvissement de leur gloutonnerie. Maints voyageurs vécurent parmi eux, qui ont assisté à des repas de cannibales, où les convives n'étaient poussés que par le désir de manger d'un mets délicat, comme la chair d'une femme ou d'un enfant!

— Bah! fit le major, ces récits ne sont-ils pas dus pour la plupart à l'imagination des voyageurs? On aime volontiers à revenir des pays dangereux et de l'estomac des anthropophages!

— Je fais la part de l'exagération, répondit Paganel. Mais des hommes dignes de foi ont parlé, les missionnaires Kendall, Mardsen, les capitaines Dillon, d'Urville, Laplace, d'autres encore, et je crois à leurs récits, je dois y croire. Les Zélandais sont cruels par nature. A la mort de leurs chefs, ils immolent des victimes humaines. Ils prétendent par ces sacrifices apaiser la colère du défunt, qui pourrait frapper les vivants, et en même temps lui offrir des serviteurs pour l'autre vie! Mais comme ils mangent ces domestiques posthumes, après les avoir massacrés, on est fondé à croire que l'estomac les y pousse plus que la superstition.

— Cependant, dit John Mangles, j'imagine que la superstition joue un rôle dans les scènes du cannibalisme. C'est pourquoi, si la religion change, les mœurs changeront aussi.

— Bon, ami John, répondit Paganel. Vous soulevez là cette grave question de l'origine de l'anthropophagie. Est-ce la religion, est-ce la faim qui a poussé les hommes à s'entre-dévorer? Cette discussion serait au moins oiseuse en ce moment. Pourquoi le cannibalisme existe, la question n'est pas encore résolue; mais il existe, fait grave, dont nous n'avons que trop de raisons de nous préoccuper. »

Paganel disait vrai. L'anthropophagie est passée à l'état chronique dans la Nouvelle-Zélande, comme aux îles Fidji ou au détroit de Torrès. La superstition intervient évidemment dans ces odieuses coutumes, mais il y a des cannibales, parce qu'il y a des moments où le gibier est rare et la faim grande. Les sauvages ont commencé par manger de la chair humaine pour satisfaire les exigences d'un appétit rarement rassasié; puis, les prêtres ont ensuite réglementé et sanctifié ces monstrueuses habitudes. Le repas est devenu cérémonie, voilà tout.

D'ailleurs, aux yeux des Maoris, rien de plus naturel que de se manger les uns les autres. Les missionnaires les ont souvent interrogés à propos du cannibalisme. Ils leur ont demandé pourquoi ils dévoraient leurs frères. A quoi les chefs répondaient que les poissons mangent les poissons, que les chiens mangent les hommes, que les hommes mangent les chiens, et que les chiens se mangent entre eux. Dans leur théogonie même, la légende rapporte qu'un dieu mangea un autre dieu. Avec de tels précédents, comment résister au plaisir de manger son semblable?

De plus, les Zélandais prétendent qu'en dévorant un ennemi mort on détruit sa partie spirituelle. On hérite ainsi de son âme, de sa force, de sa valeur, qui sont particulièrement renfermées dans la cervelle. Aussi, cette portion de l'individu figure-t-elle dans les festins comme plat d'honneur et de premier choix.

Cependant, Paganel soutint, non sans raison, que la sensualité, le besoin surtout, excitaient les Zélandais à l'anthropophagie, et non seulement les sauvages de l'Océanie, mais les sauvages de l'Europe.

« Oui, ajouta-t-il, le cannibalisme a longtemps régné chez les ancêtres des peuples les plus civilisés, et ne prenez point cela pour une personnalité, chez les Écossais particulièrement.

— Vraiment ? dit Mac Nabbs.

— Oui, major, reprit Paganel. Quand vous lirez certains passages de saint Jérôme sur les Atticoli de l'Écosse, vous verrez ce qu'il faut penser de vos aïeux ! Et sans remonter au-delà des temps historiques, sous le règne d'Élisabeth, à l'époque même où Shakespeare rêvait à son Shylock, Sawney Bean, bandit écossais, ne fut-il pas exécuté pour crime de cannibalisme ? Et quel sentiment l'avait porté à manger de la chair humaine ? La religion ? Non, la faim.

— La faim ? dit John Mangles.

— La faim, répondit Paganel, mais surtout cette nécessité pour le carnivore de refaire sa chair et son sang par l'azote contenu dans les matières animales. C'est bien de fournir au travail des poumons au moyen de plantes tubéreuses et féculentes. Mais qui veut être fort et actif doit absorber ces aliments plastiques qui réparent les muscles. Tant que les Maoris ne seront pas membres de la Société des Légumistes, ils mangeront de la viande, et, pour viande, de la chair humaine.

— Pourquoi pas la viande des animaux ? dit Glenarvan.

— Parce qu'ils n'ont pas d'animaux, répondit Paganel, et il faut le savoir, non pour excuser, mais pour expliquer leurs habitudes de cannibalisme. Les quadrupèdes, les oiseaux mêmes sont rares dans ce pays inhospitalier. Aussi les Maoris, de tout temps, se sont-ils nourris de chair humaine. Il y a même des « saisons à manger les hommes », comme, dans les contrées civilisées, des saisons pour la chasse. Alors ont lieu les grandes battues, c'est-à-dire les grandes guerres, et des peuplades entières sont servies sur la table des vainqueurs.

— Ainsi, dit Glenarvan, selon vous, Paganel, l'anthropophagie ne disparaîtra que le jour où les moutons, les bœufs et les porcs pulluleront dans les prairies de la Nouvelle-Zélande.

— Évidemment, mon cher lord, et encore faudra-t-il des années pour que les Maoris se déshabituent de la chair zélandaise qu'ils préfèrent à toute autre, car les fils aimeront longtemps ce que leurs pères ont aimé. A les en croire, cette chair a le goût de la viande de porc, mais avec plus de fumet. Quant à la chair blanche, ils en sont moins friands, parce que les blancs mêlent du sel à leurs aliments, ce qui leur donne une saveur particulière peu goûtée des gourmets.

— Ils sont difficiles ! dit le major. Mais cette chair, blanche ou noire, la mangent-ils crue ou cuite ?

— Eh ! qu'est-ce que cela vous fait, monsieur Mac Nabbs ? s'écria Robert.

— Comment donc, mon garçon, répondit sérieusement le major, mais si je dois jamais finir sous la dent d'un anthropophage, j'aime mieux être cuit !

— Pourquoi ?

— Pour être sûr de ne pas être dévoré vivant !

— Bon ! major, reprit Paganel, mais si c'est pour être cuit vivant !

— Le fait est, répondit le major, que je n'en donnerais pas le choix pour une demi-couronne.

— Quoi qu'il en soit, Mac Nabbs, et si cela peut vous être agréable, répliqua Paganel, apprenez que les Néo-Zélandais ne mangent la chair que cuite ou fumée. Ce sont des gens bien appris et qui se connaissent en cuisine. Mais, pour mon compte, l'idée d'être mangé m'est particulièrement désagréable! Terminer son existence dans l'estomac d'un sauvage, pouah!

— Enfin, de tout cela, dit John Mangles, il résulte qu'il ne faut pas tomber entre leurs mains. Espérons aussi qu'un jour le christianisme aura aboli ces monstrueuses coutumes.

— Oui, nous devons l'espérer, répondit Paganel; mais, croyez-moi, un sauvage qui a goûté de la chair humaine y renoncera difficilement. Jugez-en par les deux faits que voici.

— Voyons les faits, Paganel, dit Glenarvan.

— Le premier est rapporté dans les Chroniques de la Société des jésuites au Brésil. Un missionnaire portugais rencontra un jour une vieille Brésilienne très malade. Elle n'avait plus que quelques jours à vivre. Le jésuite l'instruisit des vérités du christianisme, que la moribonde admit sans discuter. Puis, après la nourriture de l'âme, il songea à la nourriture du corps, et il offrit à sa pénitente quelques friandises européennes. « Hélas! répondit la vieille, mon estomac ne peut « supporter aucune espèce d'aliments. Il n'y a qu'une « seule chose dont je voudrais goûter, mais, par malheur, « personne ici ne pourrait me la procurer. — Qu'est-ce « donc? demanda le jésuite. — Ah! mon fils! c'est « la main d'un petit garçon! Il me semble que j'en « grignoterais les petits os avec plaisir! »

— Ah çà! mais c'est donc bon? demanda Robert.

— Ma seconde histoire va te répondre, mon garçon, reprit Paganel. Un jour, un missionnaire reprochait à un cannibale cette coutume horrible et contraire aux lois divines de manger de la chair humaine. « Et « puis ce doit être mauvais! ajouta-t-il. — Ah! mon « père! répondit le sauvage, en jetant un regard de « convoitise sur le missionnaire, dites que Dieu le « défend! Mais ne dites pas que c'est mauvais! Si seu- « lement vous en aviez mangé!... »

VII

OÙ L'ON ACCOSTE ENFIN CETTE TERRE QU'IL FAUDRAIT FUIR

Les faits rapportés par Paganel étaient indiscutables. La cruauté des Néo-Zélandais ne pouvait être mise en doute. Donc, il y avait danger à descendre à terre. Mais eût-il été cent fois plus grand, ce danger, il fallait l'affronter. John Mangles sentait la nécessité de quitter sans retard un navire voué à une destruction prochaine. Entre deux périls, l'un certain, l'autre seulement probable, pas d'hésitation possible.

Quant à cette chance d'être recueilli par un bâtiment, on ne pouvait raisonnablement y compter. Le *Macquarie* n'était pas sur la route des navires qui cherchent les atterrages de la Nouvelle-Zélande. Ils se rendent ou plus haut à Auckland, ou plus bas à New-Plymouth. Or, l'échouage avait eu lieu précisément entre ces deux points, sur la partie déserte des rivages d'Ika-na-Maoui. Côte mauvaise, dangereuse, mal hantée. Les bâtiments n'ont d'autre souci que de l'éviter, et, si le vent les y porte, de s'en élever au plus vite.

« Quand partirons-nous ? demanda Glenarvan.

— Demain matin, à dix heures, répondit John Mangles. La marée commencera à monter et nous portera à terre. »

Le lendemain, 5 février, à huit heures, la construction du radeau était achevée. John avait donné tous ses soins à l'établissement de l'appareil. La hune de misaine, qui servit au mouillage des ancres, ne pouvait suffire à transporter des passagers et des vivres. Il fallait un véhicule solide, dirigeable, et capable de résister à la mer pendant une navigation de neuf milles.

La mâture seule pouvait fournir les matériaux nécessaires à sa construction.

Wilson et Mulrady s'étaient mis à l'œuvre. Le gréement fut coupé à la hauteur des capes de mouton, et, sous les coups de hache, le grand mât, attaqué par le pied, passa par-dessus les bastingages de tribord qui craquèrent sous sa chute. Le *Macquarie* se trouvait alors rasé comme un ponton.

Le bas mât, les mâts de hune et de perroquet furent sciés et séparés. Les principales pièces du radeau flottaient alors. On les réunit aux débris du mât de misaine, et ces espars furent liés solidement entre eux. John eut soin de placer dans les interstices une demi-douzaine de barriques vides, qui devaient surélever l'appareil au-dessus de l'eau.

Sur cette première assise fortement établie, Wilson avait posé une sorte de plancher en claire-voie fait de caillebotis. Les vagues pouvaient donc déferler sur le radeau sans y séjourner, et les passagers devaient être à l'abri de l'humidité. D'ailleurs, des pièces à eau, solidement saisies, formaient une espèce de pavois circulaire qui protégeait le pont contre les grosses lames.

Ce matin-là, John, voyant le vent favorable, fit installer au centre de l'appareil la vergue du petit perroquet en guise de mât. Elle fut maintenue par des haubans et munie d'une voile de fortune. Un grand aviron à large pelle fixé à l'arrière permettait de gouverner l'appareil, si le vent lui imprimait une vitesse suffisante.

Tel, ce radeau, établi dans les meilleures conditions, pouvait résister aux secousses de la houle. Mais gouvernerait-il, atteindrait-il la côte si le vent tournait ? C'était la question. A neuf heures commença le chargement.

D'abord les vivres furent embarqués en suffisante quantité pour durer jusqu'à Auckland, car il ne fallait pas compter sur les productions de cette terre ingrate.

L'office particulière d'Olbinett fournit quelques viandes conservées, ce qui restait des provisions achetées pour la traversée du *Macquarie*. Peu de chose, en somme. Il fallut se rejeter sur les vivres grossiers du bord, des biscuits de mer de qualité médiocre, et deux barriques de poissons salés. Le steward en était tout honteux.

Ces provisions furent enfermées dans des caisses hermétiquement closes, étanches et impénétrables à l'eau de mer, puis descendues et retenues par de fortes saisines au pied du mât de fortune. On mit en lieu sûr et au sec les armes et les munitions. Très heureusement, les voyageurs étaient bien armés de carabines et de revolvers.

Une ancre à jet fut également embarquée pour le cas où John, ne pouvant atteindre la terre dans une marée, serait forcé de mouiller au large.

A dix heures, le flot commença à se faire sentir. La brise soufflait faiblement du nord-ouest. Une légère houle ondulait la surface de la mer.

« Sommes-nous prêts ? demanda John Mangles.

— Tout est paré, capitaine, répondit Wilson.

— Embarque ! » cria John.

Lady Helena et Mary Grant descendirent par une grossière échelle de corde, et s'installèrent au pied du mât sur les caisses de vivres, leurs compagnons près d'elles. Wilson prit en main le gouvernail. John se plaça aux cargues de la voile, et Mulrady coupa l'amarre qui retenait le radeau aux flancs du brick.

La voile fut déployée, et l'appareil commença à se diriger vers la terre sous la double action de la marée et du vent.

La côte restait à neuf milles, distance médiocre qu'un canot armé de bons avirons eût franchie en trois heures. Mais, avec le radeau, il fallait en rabattre. Si le vent tenait, on pourrait peut-être atteindre la terre dans une seule marée. Mais, si la brise venait à calmir, le

Le youyou se rangea près du bord. (Page 680.)

jusant l'emporterait, et il serait nécessaire de mouiller pour attendre la marée suivante. Grosse affaire, et qui ne laissait pas de préoccuper John Mangles.

Cependant, il espérait réussir. Le vent fraîchissait. Le flot ayant commencé à dix heures, on devait avoir accosté la terre à trois heures, sous peine de jeter l'ancre ou d'être ramené au large par la mer descendante.

Le début de la traversée fut heureux. Peu à peu, les têtes noires des récifs et le tapis jaune des bancs disparurent sous les montées de la houle et du flot. Une grande attention, une extrême habileté, devinrent nécessaires pour éviter ces brisants immergés, et diriger un appareil peu sensible au gouvernail et prompt aux déviations.

A midi, il était encore à cinq milles de la côte. Un ciel assez clair permettait de distinguer les principaux mouvements de terrain. Dans le nord-est se dressait un mont haut de deux mille cinq cents pieds. Il se découpait sur l'horizon d'une façon étrange, et sa silhouette reproduisait le grimaçant profil d'une tête de singe, la nuque renversée. C'était le Pirongia, exactement situé, suivant la carte, sur le 38e parallèle.

A midi et demi, Paganel fit remarquer que tous les écueils avaient disparu sous la marée montante.

« Sauf un, répondit Lady Helena.

— Lequel ? madame, demanda Paganel.

— Là, répondit Lady Helena, indiquant un point noir à un mille en avant.

— En effet, répondit Paganel. Tâchons de relever sa position afin de ne point donner dessus, car la marée ne tardera pas à le recouvrir.

— Il est justement par l'arête nord de la montagne, dit John Mangles. Wilson, veille à passer au large.

— Oui, capitaine », répondit le matelot, pesant de tout son poids sur le gros aviron de l'arrière.

En une demi-heure, on gagna un demi-mille. Mais,

chose étrange, le point noir émergeait toujours des flots.

John le regardait attentivement, et, pour le mieux observer, il emprunta la longue-vue de Paganel.

« Ce n'est point un récif, dit-il, après un instant d'examen ; c'est un objet flottant qui monte et descend avec la houle.

— N'est-ce pas un morceau de la mâture du *Macquarie ?* demanda Lady Helena.

— Non, répondit Glenarvan, aucun débris n'a pu dériver si loin du navire.

— Attendez ! s'écria John Mangles, je le reconnais, c'est le canot !

— Le canot du brick ! dit Glenarvan.

— Oui, mylord. Le canot du brick, la quille renversée !

— Les malheureux ! s'écria Lady Helena, ils ont péri !

— Oui, madame, répondit John Mangles, et ils devaient périr, car au milieu de ces brisants, sur une mer houleuse, par cette nuit noire, ils couraient à une mort certaine.

— Que le Ciel ait eu pitié d'eux ! » murmura Mary Grant.

Pendant quelques instants, les passagers demeurèrent silencieux. Ils regardaient cette frêle embarcation qui se rapprochait. Elle avait évidemment chaviré à quatre milles de la terre, et, de ceux qui la montaient, pas un sans doute ne s'était sauvé.

« Mais ce canot peut nous être utile, dit Glenarvan.

— En effet, répondit John Mangles. Mets le cap dessus, Wilson. »

La direction du radeau fut modifiée, mais la brise tomba peu à peu, et l'on n'atteignit pas l'embarcation avant deux heures.

Mulrady, placé à l'avant, para le choc, et le youyou chaviré vint se ranger le long du bord.

« Vide ? demanda John Mangles.

La nuit approchait. (Page 683.)

— Oui, capitaine, répondit le matelot, le canot est vide, et ses bordages se sont ouverts. Il ne saurait donc nous servir.

— On n'en peut tirer aucun parti? demanda Mac Nabbs.

— Aucun, répondit John Mangles. C'est une épave bonne à brûler.

— Je le regrette, dit Paganel, car ce youyou aurait pu nous conduire à Auckland.

— Il faut se résigner, monsieur Paganel, répondit John Mangles. D'ailleurs, sur une mer aussi tourmentée, je préfère encore notre radeau à cette fragile embarcation. Il n'a fallu qu'un faible choc pour la mettre en pièces! Donc, mylord, nous n'avons plus rien à faire ici.

— Quand tu voudras, John, dit Glenarvan.

— En route, Wilson, reprit le jeune capitaine, et droit sur la côte. »

Le flot devait encore monter pendant une heure environ. On put franchir une distance de deux milles. Mais alors la brise tomba presque entièrement, et parut avoir une certaine tendance à se lever de terre. Le radeau resta immobile. Bientôt même, il commença à dériver vers la pleine mer sous la poussée du jusant. John ne pouvait hésiter une seconde.

« Mouille »! cria-t-il.

Mulrady, préparé à l'exécution de cet ordre, laissa tomber l'ancre par cinq brasses de fond. Le radeau recula de deux toises sur le grelin fortement tendu. La voile de fortune carguée, les dispositions furent prises pour une assez longue station.

En effet, la mer ne devait pas renverser avant neuf heures du soir, et puisque John Mangles ne se souciait pas de naviguer pendant la nuit, il était mouillé là jusqu'à cinq heures du matin. La terre était en vue à moins de trois milles.

Une assez forte houle soulevait les flots, et semblait par un mouvement continu porter à la côte. Aussi, Glenarvan, quand il apprit que la nuit entière se passerait à bord, demanda à John pourquoi il ne profitait pas des ondulations de cette houle pour se rapprocher de la côte.

« Votre Honneur, répondit le jeune capitaine, est trompé par une illusion d'optique. Bien qu'elle semble marcher, la houle ne marche pas. C'est un balancement des molécules liquides, rien de plus. Jetez un morceau de bois au milieu de ces vagues, et vous verrez qu'il demeurera stationnaire, tant que le jusant ne se fera pas sentir. Il ne nous reste donc qu'à prendre patience.

— Et à dîner », ajouta le major.

Olbinett tira d'une caisse de vivres quelques morceaux de viande sèche, et une douzaine de biscuits. Le steward rougissait d'offrir à ses maîtres un si maigre menu. Mais il fut accepté de bonne grâce, même par les voyageuses, que les brusques mouvements de la mer, cependant, ne mettaient guère en appétit. En effet, ces chocs du radeau, qui faisait tête à la houle en secouant son câble, étaient d'une fatigante brutalité. L'appareil, incessamment ballotté sur des lames courtes et capricieuses, ne se fût pas heurté plus violemment aux arêtes vives d'une roche sous-marine. C'était parfois à croire qu'il touchait. Le grelin travaillait fortement, et de demi-heure en demi-heure John en faisait filer une brasse pour le rafraîchir. Sans cette précaution, il eût inévitablement cassé, et le radeau, abandonné à lui-même, aurait été se perdre au large.

Les appréhensions de John seront donc aisément comprises. Ou son grelin pouvait casser, ou son ancre déraper, et dans les deux cas il était en détresse.

La nuit approchait. Déjà, le disque du soleil, allongé par la réfraction, et d'un rouge de sang, allait disparaître derrière l'horizon. Les dernières lignes d'eau

Les voyageuses portées de bras en bras. (Page 686.)

resplendissaient dans l'ouest et scintillaient comme des nappes d'argent liquide. De ce côté, tout était ciel et eau, sauf un point nettement accusé, la carcasse du *Macquarie* immobile sur son haut-fond.

Le rapide crépuscule retarda de quelques minutes à peine la formation des ténèbres, et bientôt la terre, qui bornait les horizons de l'est et du nord, se fondit dans la nuit.

Situation pleine d'angoisses que celle de ces naufragés, sur cet étroit radeau, envahis par l'ombre! Les uns s'endormirent dans un assoupissement anxieux et propice aux mauvais rêves, les autres ne purent trouver une heure de sommeil. Au lever du jour, tous étaient brisés par les fatigues de la nuit.

Avec la mer montante, le vent reprit du large. Il était six heures du matin. Le temps pressait. John fit ses dispositions pour l'appareillage. Il ordonna de lever l'ancre. Mais les pattes de l'ancre, sous les secousses du câble, s'étaient profondément incrustées dans le sable. Sans guindeau, et même avec les palans que Wilson installa, il fut impossible de l'arracher.

Une demi-heure s'écoula dans de vaines tentatives. John, impatient d'appareiller, fit couper le grelin, abandonnant son ancre et s'enlevant toute possibilité de mouiller dans un cas urgent, si la marée ne suffisait pas pour gagner la côte. Mais il ne voulut pas tarder davantage, et un coup de hache livra le radeau au gré de la brise, aidée d'un courant de deux nœuds à l'heure.

La voile fut larguée. On dériva lentement vers la terre qui s'estompait en masses grisâtres sur un fond de ciel illuminé par le soleil levant. Les récifs furent adroitement évités et doublés. Mais, sous la brise incertaine du large, l'appareil ne semblait pas se rapprocher du rivage. Que de peines pour atteindre cette Nouvelle-Zélande, qu'il était si dangereux d'accoster!

A neuf heures, cependant, la terre restait à moins

d'un mille. Les brisants la hérissaient. Elle était très accore. Il fallut y découvrir un atterrage praticable. Le vent mollit peu à peu et tomba entièrement. La voile inerte battait le mât et le fatiguait. John la fit carguer. Le flot seul portait le radeau à la côte, mais il avait fallu renoncer à le gouverner, et d'énormes fucus retardaient encore sa marche.

A dix heures, John se vit à peu près stationnaire, à trois encablures du rivage. Pas d'ancre à mouiller. Allait-il donc être repoussé au large par le jusant? John, les mains crispées, le cœur dévoré d'inquiétude, jetait un regard farouche à cette terre inabordable.

Heureusement — heureusement cette fois —, un choc eut lieu. Le radeau s'arrêta. Il venait d'échouer à haute mer, sur un fond de sable à vingt-cinq brasses de la côte.

Glenarvan, Robert, Wilson, Mulrady, se jetèrent à l'eau. Le radeau fut fixé solidement par des amarres sur les écueils voisins. Les voyageuses, portées de bras en bras, atteignirent la terre sans avoir mouillé un pli de leurs robes, et bientôt tous, avec armes et vivres, eurent pris définitivement pied sur ces redoutables rivages de la Nouvelle-Zélande.

VIII

LE PRÉSENT DU PAYS OÙ L'ON EST

GLENARVAN aurait voulu, sans perdre une heure, suivre la côte et remonter vers Auckland. Mais, depuis le matin, le ciel s'était chargé de gros nuages, et vers onze heures, après le débarquement, les vapeurs se condensèrent en pluie violente. De là impossibilité de se mettre en route et nécessité de chercher un abri.

Conversation dans la grotte. (Page 688.)

Wilson découvrit fort à propos une grotte creusée par la mer dans les roches basaltiques du rivage. Les voyageurs s'y réfugièrent avec armes et provisions. Là se trouvait toute une récolte de varech desséché, jadis engrangée par les flots. C'était une literie naturelle dont on s'accommoda. Quelques morceaux de bois furent empilés à l'entrée de la grotte, puis allumés, et chacun s'y sécha de son mieux.

John espérait que la durée de cette pluie diluvienne serait en raison inverse de sa violence. Il n'en fut rien. Les heures se passèrent sans amener une modification dans l'état du ciel. Le vent fraîchit vers midi et accrut encore la bourrasque. Ce contretemps eût impatienté le plus patient des hommes. Mais qu'y faire ? C'eût été folie de braver sans véhicule une pareille tempête. D'ailleurs, quelques jours devaient suffire pour gagner Auckland, et un retard de douze heures ne pouvait préjudicier à l'expédition, si les indigènes n'arrivaient pas.

Pendant cette halte forcée, la conversation roula sur les incidents de la guerre dont la Nouvelle-Zélande était alors le théâtre. Mais pour comprendre et estimer la gravité des circonstances au milieu desquelles se trouvaient jetés les naufragés du *Macquarie*, il faut connaître l'histoire de cette lutte qui ensanglantait alors l'île d'Ika-Na-Maoui.

Depuis l'arrivée d'Abel Tasman au détroit de Cook, le 16 décembre 1642, les Néo-Zélandais, souvent visités par les navires européens, étaient demeurés libres dans leurs îles indépendantes. Nulle puissance européenne ne songeait à s'emparer de cet archipel qui commande les mers du Pacifique. Seuls, les missionnaires, établis sur ces divers points, apportaient à ces nouvelles contrées les bienfaits de la civilisation chrétienne. Quelques-uns d'entre eux, cependant, et spécialement les anglicans, préparaient les chefs zélandais à se courber sous le joug de l'Angleterre. Ceux-ci, habilement circonvenus, signèrent une lettre adressée à la reine Victoria pour réclamer sa protection. Mais les plus clairvoyants pressentaient la sottise de cette démarche, et l'un d'eux, après avoir appliqué sur la lettre l'image de son tatouage, fit entendre ces prophétiques paroles : « Nous avons perdu notre pays ; désormais, il n'est plus à nous ; bientôt l'étranger viendra s'en emparer et nous serons ses esclaves. »

En effet, le 29 janvier 1840, la corvette *Herald* arrivait à la baie des Iles, au nord d'Ika-Na-Maoui. Le capitaine de vaisseau Hobson débarqua au village de Konora-Reka. Les habitants furent invités à se réunir en assemblée générale dans l'église protestante. Là, lecture fut donnée des titres que le capitaine Hobson tenait de la reine d'Angleterre.

Le 5 janvier suivant, les principaux chefs zélandais furent appelés chez le résident anglais au village de Païa. Le capitaine Hobson chercha à obtenir leur soumission, disant que la reine avait envoyé des troupes et des vaisseaux pour les protéger, que leurs droits restaient garantis, que leur liberté demeurait entière. Toutefois, leurs propriétés devaient appartenir à la reine Victoria, à laquelle ils étaient obligés de les vendre.

La majorité des chefs, trouvant la protection trop chère, refusa d'y acquiescer. Mais les promesses et les présents eurent plus d'empire sur ces sauvages natures que les grands mots du capitaine Hobson, et la prise de possession fut confirmée. Depuis cette année 1840 jusqu'au jour où le *Duncan* quitta le golfe de la Clyde, que se passa-t-il ? Rien que ne sût Jacques Paganel, rien dont il ne fût prêt à instruire ses compagnons.

« Madame, répondit-il aux questions de Lady Helena, je vous répéterai ce que j'ai déjà eu l'occasion de dire, c'est que les Néo-Zélandais forment une population courageuse, qui, après avoir cédé un instant, résiste pied à pied aux envahissements de l'Angleterre. Les tribus des Maoris sont organisées comme les anciens clans de l'Écosse. Ce sont autant de grandes familles qui reconnaissent un chef très soucieux d'une complète déférence à son égard. Les hommes de cette race sont fiers et braves, les uns grands, aux cheveux lisses, semblables aux Maltais ou aux Juifs de Bagdad et de race supérieure, les autres plus petits, trapus, pareils aux mulâtres, mais tous robustes, hautains et guerriers. Ils ont eu un chef célèbre nommé Hihi, un véritable Vercingétorix. Vous ne vous étonnerez donc pas si la guerre avec les Anglais s'éternise sur le territoire d'Ika-Na-Maoui, car là se trouve la fameuse tribu des Waikatos, que William Thompson entraîne à la défense du sol.

— Mais les Anglais, demanda John Mangles, ne sont-ils pas maîtres des principaux points de la Nouvelle-Zélande.

— Sans doute, mon cher John, répondit Paganel. Après la prise de possession du capitaine Hobson, devenu depuis gouverneur de l'île, neuf colonies se sont peu à peu fondées, de 1840 à 1862, dans les positions les plus avantageuses. De là, neuf provinces, quatre dans l'île du nord, les provinces d'Auckland, de Taranaki, de Wellington et de Hawkes-Bay ; cinq dans l'île du sud, les provinces de Nelson, de Marlborough, de Canterbury, d'Otago et de Southland, avec une population générale de cent quatre-vingt mille trois cent quarante-six habitants, au 30 juin 1864. Des villes importantes et commerçantes se sont élevées de toutes parts. Quand nous arriverons à Auckland, vous serez forcés d'admirer sans réserve la situation de cette Corinthe du sud, dominant son isthme étroit jeté comme un pont sur l'océan Pacifique, et qui compte déjà douze mille habitants. A l'ouest, New-Plymouth ; à l'est, Ahuhiri ; au sud, Wellington, sont déjà des villes florissantes et fréquentées. Dans l'île de Tawai-Pounamou, vous auriez l'embarras du choix entre Nelson ce Montpellier des antipodes, ce jardin de la Nouvelle-Zélande, Picton sur le détroit de Cook, Christchurch, Invercargill et Dunedin, dans cette opulente province d'Otago où affluent les chercheurs d'or du monde entier. Et remarquez qu'il ne s'agit point ici d'un assemblage de quelques cahutes, d'une agglomération de familles sauvages, mais bien de villes véritables, avec ports, cathédrales, banques, docks, jardins botaniques, muséums d'histoire naturelle, sociétés d'acclimatation, journaux, hôpitaux, établissements de bienfaisance, instituts philosophiques, loges de francs-maçons, clubs, sociétés chorales, théâtres et palais d'exposition universelle, ni plus ni moins qu'à Londres ou à Paris! Et si ma mémoire est fidèle, c'est en 1865, cette année même, et peut-être au moment où je vous parle, que les produits industriels du globe entier sont exposés dans un pays d'anthropophages!

— Quoi! malgré la guerre avec les indigènes? demanda Lady Helena.

— Les Anglais, madame, se préoccupent bien d'une guerre! répliqua Paganel. Ils se battent et ils exposent en même temps. Cela ne les trouble pas. Ils construisent même des chemins de fer sous le fusil des Néo-Zélandais. Dans la province d'Auckland, le railway de Drury et le railway de Mere-Mere coupent les principaux points occupés par les révoltés. Je gagerais que les ouvriers font le coup de feu du haut des locomotives.

— Mais où en est cette interminable guerre? demanda John Mangles.

— Voilà six grands mois que nous avons quitté l'Europe, répondit Paganel, je ne puis donc savoir ce qui s'est passé depuis notre départ, sauf quelques faits, toutefois, que j'ai lus dans les journaux de Maryboroug et de Seymour, pendant notre traversée de l'Australie. Mais, à cette époque, on se battait fort dans l'île d'Ika-Na-Maoui.

— Et à quelle époque cette guerre a-t-elle commencé? dit Mary Grant.

— Vous voulez dire « recommencé », ma chère miss, répondit Paganel, car une première insurrection eut lieu en 1845. C'est vers la fin de 1863; mais longtemps avant, les Maoris se préparaient à secouer le joug de la domination anglaise. Le parti national des indigènes entretenait une active propagande pour amener l'élection d'un chef maori. Il voulait faire un roi du vieux Potatau, et de son village situé entre les fleuves Waikato et Waipa, la capitale du nouveau royaume. Ce Potatau n'était qu'un vieillard plus astucieux que hardi, mais il avait un premier ministre énergique et intelligent, un descendant de la tribu de ces Ngatihahuas qui habitaient l'isthme d'Auckland avant l'occupation étrangère. Ce ministre, nommé William Thompson, devint l'âme de cette guerre d'indépendance. Il organisa habilement des troupes maories. Sous son inspiration, un chef de Taranaki réunit dans une même pensée les tribus éparses; un autre chef du Waikato forma l'association du « land league », une vraie ligue du bien public, destinée à empêcher les indigènes de vendre leurs terres au gouvernement anglais; des banquets eurent lieu, comme dans les pays civilisés qui préludent à une révolution. Les journaux britanniques commencèrent à relever ces symptômes alarmants, et le gouvernement s'inquiéta sérieusement des menées de la « land league ». Bref, les esprits étaient montés, la mine prête à éclater. Il ne manquait plus que l'étincelle, ou plutôt le choc de deux intérêts pour la produire.

— Et ce choc?... demanda Glenarvan.

— Il eut lieu en 1860, répondit Paganel, dans la province de Taranaki, sur la côte sud-ouest d'Ira-Na-Maoui. Un indigène possédait six cents acres de terre dans le voisinage de New-Plymouth. Il les vendit au gouvernement anglais. Mais quand les arpenteurs se présentèrent pour mesurer le terrain vendu, le chef Kingi protesta, et au mois de mars, il construisit sur les six cents acres en litige un camp défendu par de hautes palissades. Quelques jours après, le colonel Gold enleva ce camp à la tête de ses troupes, et, ce jour même, fut tiré le premier coup de feu de la guerre nationale.

— Les Maoris sont-ils nombreux ? demanda John Mangles.

— La population maorie a été bien réduite depuis un siècle, répondit le géographe. En 1769, Cook l'estimait à quatre cent mille habitants. En 1845, le recensement du *Protectorat indigène* l'abaissait à cent neuf mille. Les massacres civilisateurs, les maladies et l'eau de feu l'ont décimée ; mais dans les deux îles il reste encore quatre-vingt-dix mille naturels, dont trente mille guerriers qui tiendront longtemps en échec les troupes européennes.

— La révolte a-t-elle réussi jusqu'à ce jour ? dit Lady Helena.

— Oui, madame, et les Anglais eux-mêmes ont souvent admiré le courage des Néo-Zélandais. Ceux-ci font une guerre de partisans, tentent des escarmouches, se ruent sur les petits détachements, pillent les domaines des colons. Le général Cameron ne se sentait pas à l'aise dans ces campagnes dont il fallait battre tous les buissons. En 1863, après une lutte longue et meurtrière, les Maoris occupaient une grande position fortifiée sur le haut Waikato, à l'extrémité d'une chaîne de collines escarpées, et couverte par trois lignes de défense. Des prophètes appelaient toute la population maorie à la défense du sol et promettaient l'extermination des « paketa », c'est-à-dire des blancs. Trois mille hommes se disposaient à la lutte sous les ordres du général Cameron, et ne faisaient plus aucun quartier aux Maoris, depuis le meurtre barbare du capitaine Sprent. De sanglantes batailles eurent lieu. Quelques-unes durèrent douze heures, sans que les Maoris cédassent aux canons européens. C'était la farouche tribu des Waikatos, sous les ordres de William Thompson, qui formait le noyau de l'armée indépendante. Ce général indigène commanda d'abord à deux mille cinq cents guerriers, puis à huit mille. Les sujets de Shongi et de Heki, deux redoutables chefs, lui vinrent en aide. Les femmes, dans cette guerre sainte, prirent part aux plus rudes fatigues. Mais le bon droit n'a pas toujours les bonnes armes. Après des combats meurtriers, le général Cameron parvint à soumettre le district du Waikato, un district vide et dépeuplé, car les Maoris lui échappèrent de toutes parts. Il y eut d'admirables faits de guerre. Quatre cents Maoris, enfermés dans la forteresse d'Orakan, assiégés par mille Anglais sous les ordres du brigadier général Carey, sans vivres, sans eau, refusèrent de se rendre. Puis, un jour, en plein midi, ils se frayèrent un chemin à travers le 40e régiment décimé, et se sauvèrent dans les marais.

— Mais la soumission du district de Waikato, demanda John Mangles, a-t-elle terminé cette sanglante guerre ?

— Non, mon ami, répondit Paganel. Les Anglais ont résolu de marcher sur la province de Taranaki et d'assiéger Mataitawa, la forteresse de William Thompson. Mais ils ne s'en empareront pas sans des pertes considérables. Au moment de quitter Paris, j'avais appris que le gouverneur et le général venaient d'accepter la soumission des tribus Taranga, et qu'ils leur laissaient les trois quarts de leurs terres. On disait aussi que le principal chef de la rébellion, William Thompson, songeait à se rendre ; mais les journaux australiens n'ont point confirmé cette nouvelle ; au contraire. Il est donc probable qu'en ce moment la résistance s'organise avec une nouvelle vigueur.

— Et suivant votre opinion, Paganel, dit Glenarvan,

cette lutte aurait pour théâtre les provinces de Taranaki et d'Auckland?

— Je le pense.

— Cette province même où nous a jetés le naufrage du *Macquarie?*

— Précisément. Nous avons pris terre à quelques milles au-dessus du havre Kawhia, où doit flotter encore le pavillon national des Maoris.

— Alors, nous ferons sagement de remonter vers le nord, dit Glenarvan.

— Très sagement, en effet, répondit Paganel. Les Néo-Zélandais sont enragés contre les Européens, et particulièrement contre les Anglais. Donc, évitons de tomber entre leurs mains.

— Peut-être rencontrerons-nous quelque détachement de troupes européennes? dit Lady Helena. Ce serait une bonne fortune.

— Peut-être, madame, répondit le géographe, mais je ne l'espère pas. Les détachements isolés ne battent pas volontiers la campagne, quand le moindre buisson, la plus frêle broussaille cache un tirailleur habile. Je ne compte donc point sur une escorte des soldats du 40ᵉ régiment. Mais quelques missions sont établies sur la côte ouest que nous allons suivre, et nous pouvons facilement faire des étapes de l'une à l'autre jusqu'à Auckland. Je songe même à rejoindre cette route que M. de Hochstetter a parcourue en suivant le cours du Waikato.

— Était-ce un voyageur, monsieur Paganel? demanda Robert Grant.

— Oui, mon garçon, un membre de la commission scientifique embarquée à bord de la frégate autrichienne *La Novara* pendant son voyage de circumnavigation en 1858.

— Monsieur Paganel, reprit Robert, dont les yeux s'allumaient à la pensée des grandes expéditions géo-

Jacob Louper resta accroché au canot. (Page 698.)

graphiques, la Nouvelle-Zélande a-t-elle des voyageurs célèbres comme Burke et Stuart en Australie?

— Quelques-uns, mon enfant, tels que le docteur Hooker, le professeur Brizard, les naturalistes Dieffenbach et Julius Haast; mais, quoique plusieurs d'entre eux aient payé de la vie leur aventureuse passion, ils sont moins célèbres que les voyageurs australiens ou africains...

— Et vous connaissez leur histoire? demanda le jeune Grant.

— Parbleu, mon garçon, et comme je vois que tu grilles d'en savoir autant que moi, je vais te la dire.

— Merci, monsieur Paganel, je vous écoute.

— Et nous aussi, nous vous écoutons, dit Lady Helena. Ce n'est pas la première fois que le mauvais temps nous aura forcés de nous instruire. Parlez pour tout le monde, monsieur Paganel.

— A vos ordres, madame, répondit le géographe, mais mon récit ne sera pas long. Il ne s'agit point ici de ces hardis découvreurs qui luttaient corps à corps avec le minotaure australien. La Nouvelle-Zélande est un pays trop peu étendu pour se défendre contre les investigations de l'homme. Aussi mes héros n'ont-ils point été des voyageurs, à proprement parler, mais de simples touristes, victimes des plus prosaïques accidents.

— Et vous les nommez?... demanda Mary Grant.

— Le géomètre Witcombe, et Charlton Howitt, celui-là même qui a retrouvé les restes de Burke, dans cette mémorable expédition que je vous ai racontée pendant notre halte aux bords de la Wimerra. Witcombe et Howitt commandaient chacun deux explorations dans l'île de Tawaï-Pounamou. Tous deux partirent de Christchurch, dans les premiers mois de 1863, pour découvrir des passages différents à travers les montagnes du nord de la province de Canterbury. Howitt, franchissant la chaîne sur la limite septentrionale de la province, vint établir son quartier général sur le lac Brunner. Witcombe, au contraire, trouva dans la vallée du Rakaia un passage qui aboutissait à l'est du mont Tyndall. Witcombe avait un compagnon de route, Jacob Louper, qui a publié dans le *Lyttleton-Times* le récit du voyage et de la catastrophe. Autant qu'il m'en souvient, le 22 avril 1863, les deux explorateurs se trouvaient au pied d'un glacier où le Rakaia prend sa source. Ils montèrent jusqu'au sommet du mont et s'engagèrent à la recherche de nouveaux passages. Le lendemain, Witcombe et Louper, épuisés de fatigue et de froid, campaient par une neige épaisse à quatre mille pieds au-dessus du niveau de la mer. Pendant sept jours, ils errèrent dans les montagnes, au fond de vallées dont les parois à pic ne livraient aucune issue, souvent sans feu, parfois sans nourriture, leur sucre changé en sirop, leur biscuit réduit à une pâte humide, leurs habits et leurs couvertures ruisselants de pluie, dévorés par des insectes, faisant de grandes journées de trois milles et de petites journées pendant lesquelles ils gagnaient deux cents yards à peine. Enfin, le 29 avril, ils rencontrèrent une hutte de Maoris, et, dans un jardin, quelques poignées de pommes de terre. Ce fut le dernier repas que les deux amis partagèrent ensemble. Le soir, ils atteignirent le rivage de la mer, près de l'embouchure du Taramakau. Il s'agissait de passer sur sa rive droite, afin de se diriger au nord vers le fleuve Grey. Le Taramakau était profond et large. Louper, après une heure de recherches, trouva deux petits canots endommagés qu'il répara de son mieux et qu'il fixa l'un à l'autre. Les deux voyageurs s'embarquèrent vers le soir. Mais à peine au milieu du courant, les canots s'emplirent d'eau. Witcombe se jeta à la nage et retourna vers la rive gauche. Jacob Louper, qui ne savait pas nager, resta accroché au canot. Ce fut ce qui le sauva, mais non sans péripéties. Le malheureux fut poussé vers les brisants. Une première lame le plongea au fond de la mer. Une seconde le ramena à la surface. Il fut heurté contre les rocs. La plus sombre des nuits était venue. La pluie tombait à torrents. Louper, le corps sanglant et gonflé par l'eau de mer, resta ainsi ballotté pendant plusieurs heures. Enfin, le canot heurta la terre ferme, et le naufragé, privé de sentiment, fut rejeté sur le rivage. Le lendemain, au lever du jour, il se traîna vers une source, et reconnut que le courant l'avait porté à un mille de l'endroit où il venait de tenter le passage du fleuve. Il se leva, il suivit la côte et trouva bientôt l'infortuné Witcombe, le corps et la tête enfouis dans la vase. Il était mort. Louper, de ses mains, creusa une fosse au milieu des sables et enterra le cadavre de son compagnon. Deux jours après, mourant de faim, il fut recueilli par des Maoris hospitaliers — il y en a quelques-uns — et, le 4 mai, il atteignit le lac Brunner, au campement de Charlton Howitt, qui, six semaines plus tard, allait périr lui-même comme le malheureux Witcombe.

— Oui! dit John Mangles, il semble que ces catastrophes s'enchaînent, qu'un lien fatal unit les voyageurs entre eux, et qu'ils périssent tous, quand le centre vient à se rompre.

— Vous avez raison, ami John, répondit Paganel, et souvent j'ai fait cette remarque. Par quelle loi de solidarité Howitt a-t-il été conduit à succomber à peu près dans les mêmes circonstances? on ne peut le dire. Charlton Howitt avait été engagé par M. Wyde, chef des travaux du gouvernement, pour tracer une route praticable aux chevaux depuis les plaines d'Hurunui jusqu'à l'embouchure du Taramakau. Il partit le 1er janvier 1863, accompagné de cinq hommes. Il s'acquitta de sa mission avec une incomparable intelligence, et une route longue de quarante milles fut percée jusqu'à un point infranchissable du Taramakau. Howitt revint alors à Christchurch et, malgré l'hiver qui s'approchait,

Les phoques avec leurs têtes arrondies. (Page 702.)

il demanda à continuer ses travaux. M. Wyde y consentit. Howitt repartit pour approvisionner son campement afin d'y passer la mauvaise saison. C'est à cette époque qu'il recueillit Jacob Louper. Le 27 juin, Howitt et deux de ses hommes, Robert Little, Henri Mullis, quittèrent le campement. Ils traversèrent le lac Brunner. Depuis, on ne les a jamais revus. Leur canot, frêle et ras sur l'eau, fut retrouvé échoué sur la côte. On les a cherchés pendant neuf semaines, mais en vain, et il est évident que ces malheureux, qui ne savaient pas nager, se sont noyés dans les eaux du lac.

— Mais pourquoi ne seraient-ils pas sains et saufs, chez quelque tribu zélandaise ? dit Lady Helena. Il est au moins permis d'avoir des doutes sur leur mort.

— Hélas ! non, madame, répondit Paganel, puisque, au mois d'août 1864, un an après la catastrophe, ils n'avaient pas reparu... et quand on est un an sans reparaître dans ce pays de la Nouvelle-Zélande, murmura-t-il à voix basse, c'est qu'on est perdu irrévocablement ! »

IX

TRENTE MILLES AU NORD

Le 7 février, à six heures du matin, le signal du départ fut donné par Glenarvan. La pluie avait cessé pendant la nuit. Le ciel, capitonné de petits nuages grisâtres, arrêtait les rayons du soleil à trois milles au-dessus du sol. La température modérée permettait d'affronter les fatigues d'un voyage diurne.

Paganel avait mesuré sur la carte une distance de quatre-vingts milles entre la pointe de Cahua et Auckland ; c'était un voyage de huit jours, à dix milles par vingt-quatre heures. Mais, au lieu de suivre les rivages sinueux de la mer, il lui parut bon de gagner à trente milles le confluent du Waikato et du Waipa, au village de Ngarnavahia. Là, passe l' « overland mail track », route, pour ne pas dire sentier, praticable aux voitures, qui traverse une grande partie de l'île depuis Napier sur la baie Hawkes jusqu'à Auckland. Alors, il serait facile d'atteindre Drury et de s'y reposer dans un excellent hôtel que recommande particulièrement le naturaliste Hochstetter.

Les voyageurs, munis chacun de leur part de vivres, commencèrent à tourner les rivages de la baie Aotea. Par prudence, ils ne s'écartaient point les uns des autres, et par instinct, leurs carabines armées, ils surveillaient les plaines ondulées de l'est. Paganel, son excellente carte à la main, trouvait un plaisir d'artiste à relever l'exactitude de ses moindres détails.

Pendant une partie de la journée, la petite troupe foula un sable composé de débris de coquilles bivalves, d'os de seiche, et mélangé dans une grande proportion de peroxyde et de protoxyde de fer. Un aimant, approché du sol, se fût instantanément revêtu de cristaux brillants.

Sur le rivage caressé par la marée montante s'ébattaient quelques animaux marins, peu soucieux de s'enfuir. Les phoques, avec leurs têtes arrondies, leur front large et recourbé, leurs yeux expressifs, présentaient une physionomie douce et même affectueuse. On comprenait que la fable, poétisant à sa manière ces curieux habitants des flots, en eût fait d'enchanteresses sirènes, quoique leur voix ne fût qu'un grognement peu harmonieux. Ces animaux, nombreux sur les côtes de la Nouvelle-Zélande, sont l'objet d'un commerce actif. On les pêche pour leur huile et leur fourrure.

Entre eux se faisaient remarquer trois ou quatre éléphants marins, d'un gris bleuâtre, et longs de vingt-cinq à trente pieds. Ces énormes amphibies, paresseusement étendus sur d'épais lits de laminaires géantes, dressaient leur trompe érectile et agitaient d'une grimaçante façon les soies rudes de leurs moustaches longues et tordues, de vrais tire-bouchons frisés comme la barbe d'un dandy. Robert s'amusait à contempler ce monde intéressant, quand il s'écria très surpris :

« Tiens ! ces phoques qui mangent des cailloux ! »

Et, en effet, plusieurs de ces animaux avalaient les pierres du rivage avec une avidité gloutonne.

« Parbleu ! le fait est certain ! répliqua Paganel. On ne peut nier que ces animaux ne paissent les galets du rivage.

— Une singulière nourriture, dit Robert, et d'une digestion difficile !

— Ce n'est pas pour se nourrir, mon garçon, mais pour se lester, que ces amphibies avalent des pierres. C'est un moyen d'augmenter leur pesanteur spécifique et d'aller facilement au fond de l'eau. Une fois revenus à terre, ils rendront ces pierres sans plus de cérémonie. Tu vas voir ceux-ci plonger sous les flots. »

Bientôt, en effet, une demi-douzaine de phoques, suffisamment lestés, se traînèrent pesamment le long du rivage et disparurent sous le liquide élément. Mais Glenarvan ne pouvait perdre un temps précieux à guetter leur retour pour observer l'opération du délestage, et, au grand regret de Paganel, la marche interrompue fut reprise.

A dix heures, halte pour déjeuner au pied de grands rocs de basalte disposés comme des dolmens celtiques sur le bord de la mer. Un banc d'huîtres fournit une grande quantité de ces mollusques. Ces huîtres étaient petites et d'un goût peu agréable. Mais, suivant le conseil de Paganel, Olbinett les fit cuire sur des charbons ardents, et, ainsi préparées, les douzaines succédèrent aux douzaines pendant toute la durée du repas.

La halte finie, on continua de suivre les rivages de la

baie. Sur ses rocs dentelés, au sommet de ses falaises, s'étaient réfugiés tout un monde d'oiseaux de mer, des frégates, des fous, des goélands, de vastes albatros immobiles à la pointe des pics aigus. A quatre heures du soir, dix milles avaient été franchis sans peine ni fatigue. Les voyageuses demandèrent à continuer leur marche jusqu'à la nuit. En ce moment, la direction de la route dut être modifiée; il fallait, en tournant le pied de quelques montagnes qui apparaissaient au nord, s'engager dans la vallée du Waipa.

Le sol présentait au loin l'aspect d'immenses prairies qui s'en allaient à perte de vue, et promettaient une facile promenade. Mais les voyageurs, arrivés à la lisière de ces champs de verdure, furent très désillusionnés. Le pâturage faisait place à un taillis de buissons à petites fleurs blanches, entremêlés de ces hautes et innombrables fougères que les terrains de la Nouvelle-Zélande affectionnent particulièrement. Il fallut se frayer une route à travers ces tiges ligneuses, et l'embarras fut grand. Cependant, à huit heures du soir, les premières croupes des Hakarihoata-Ranges furent tournées, et le campement organisé sans retard.

Après une traite de quatorze milles, il était permis de songer au repos. Du reste, on n'avait ni chariot ni tente, et ce fut au pied de magnifiques pins de Norfolk que chacun se disposa pour dormir. Les couvertures ne manquaient pas et servirent à improviser les lits.

Glenarvan prit de rigoureuses précautions pour la nuit. Ses compagnons et lui, bien armés, durent veiller par deux jusqu'au lever du jour. Aucun feu ne fut allumé. Ces barrières incandescentes sont utiles contre les bêtes fauves, mais la Nouvelle-Zélande n'a ni tigre, ni lion, ni ours, aucun animal féroce; les Néo-Zélandais, il est vrai, les remplacent suffisamment. Or, un feu n'eût servi qu'à attirer ces jaguars à deux pattes.

Bref, la nuit fut bonne, à cela près de quelques

mouches de sable, des « ngamu » en langue indigène, dont la piqûre est très désagréable, et d'une audacieuse famille de rats qui grignota à belles dents les sacs aux provisions.

Le lendemain, 8 février, Paganel se réveilla plus confiant et presque réconcilié avec le pays. Les Maoris, qu'il redoutait particulièrement, n'avaient point paru, et ces féroces cannibales ne le menacèrent même pas dans ses rêves. Il en témoigna toute sa satisfaction à Glenarvan.

« Je pense donc, lui dit-il, que cette petite promenade s'achèvera sans encombre. Ce soir, nous aurons atteint le confluent du Waipa et du Waikato, et, ce point dépassé, une rencontre d'indigènes est peu à craindre sur la route d'Auckland.

— Quelle distance avons-nous à parcourir, demanda Glenarvan, pour atteindre le confluent du Waipa et du Waikato ?

— Quinze milles, à peu près le chemin que nous avons fait hier.

— Mais nous serons fort retardés si ces interminables taillis continuent à obstruer les sentiers.

— Non, répondit Paganel, nous suivrons les rives du Waipa, et là, plus d'obstacles, mais un chemin facile, au contraire.

— Partons donc », répondit Glenarvan, qui vit les voyageuses prêtes à se mettre en route.

Pendant les premières heures de cette journée, les taillis retardèrent encore la marche. Ni chariot ni chevaux n'eussent passé où passèrent les voyageurs. Leur véhicule australien fut donc médiocrement regretté. Jusqu'au jour où des routes carrossables seront percées à travers ses forêts de plantes, la Nouvelle-Zélande ne sera praticable qu'aux seuls piétons. Les fougères, dont les espèces sont innombrables, concourent avec la même obstination que les Maoris à la défense du sol national.

C'était le kiwi zélandais. (Page 708.)

La petite troupe éprouva donc mille difficultés à franchir les plaines où se dressent les collines d'Hakarihoata. Mais, avant midi, elle atteignit les rives du Waipa et remonta sans peine vers le nord par les berges de la rivière.

C'était une charmante vallée, coupée de petits creeks aux eaux fraîches et pures, qui couraient joyeusement sous les arbrisseaux. La Nouvelle-Zélande, suivant le botaniste Hooker, a présenté jusqu'à ce jour deux mille espèces de végétaux, dont cinq cents lui appartiennent spécialement. Les fleurs y sont rares, peu nuancées, et il y a disette presque absolue de plantes annuelles, mais abondance de filicinées, de graminées et d'ombellifères.

Quelques grands arbres s'élevaient çà et là hors des premiers plans de la sombre verdure, des « métrosideros » à fleurs écarlates, des pins de Norfolk, des thuyas aux rameaux comprimés verticalement, et une sorte de cyprès, le « rimu », non moins triste que ses congénères européens ; tous ces troncs étaient envahis par de nombreuses variétés de fougères.

Entre les branches des grands arbres, à la surface des arbrisseaux, voltigeaient et bavardaient quelques kakatoès, le « kakariki » vert, avec une bande rouge sous la gorge, le « taupo » orné d'une belle paire de favoris noirs, et un perroquet gros comme un canard, roux de plumage, avec un éclatant dessous d'ailes, que les naturalistes ont surnommé le « Nestor méridional ».

Le major et Robert purent, sans s'éloigner de leurs compagnons, tirer quelques bécassines et perdrix qui se remisaient sous la basse futaie des plaines. Olbinett, afin de gagner du temps, s'occupa de les plumer en route.

Paganel, pour son compte, moins sensible aux qualités nutritives du gibier, aurait voulu s'emparer de quelque oiseau particulier à la Nouvelle-Zélande. La curiosité du naturaliste faisait taire en lui l'appétit du voyageur. Sa mémoire, si elle ne le trompait pas, lui rappelait à l'esprit les étranges façons du « tui » des indigènes, tantôt nommé « le moqueur » pour ses ricaneries incessantes et tantôt « le curé », parce qu'il porte un rabat blanc sur son plumage noir comme une soutane.

« Ce tui, disait Paganel au major, devient tellement gras pendant l'hiver, qu'il en est malade. Il ne peut plus voler. Alors, il se déchire la poitrine à coups de bec, afin de se débarrasser de sa graisse et se rendre plus léger. Cela ne vous paraît-il pas singulier, Nabbs ?

— Tellement singulier, répondit le major, que je n'en crois pas le premier mot ! »

Et Paganel, à son grand regret, ne put s'emparer d'un seul échantillon de ces oiseaux et montrer à l'incrédule major les sanglantes scarifications de leur poitrine. Mais il fut plus heureux avec un animal bizarre, qui, sous la poursuite de l'homme, du chat et du chien, a fui vers les contrées inhabitées et tend à disparaître de la faune zélandaise. Robert, furetant comme un véritable furet, découvrit dans un nid formé de racines entrelacées une paire de poules sans ailes et sans queue, avec quatre orteils aux pieds, un long bec de bécasse et une chevelure de plumes blanches sur tout le corps. Animaux étranges, qui semblaient marquer la transition des ovipares aux mammifères.

C'était le « kiwi » zélandais, « l'aptérix australis » des naturalistes, qui se nourrit indifféremment de larves, d'insectes, de vers ou de semences. Cet oiseau est spécial au pays. A peine a-t-on pu l'introduire dans les jardins zoologiques d'Europe. Ses formes à demi ébauchées, ses mouvements comiques, ont toujours attiré l'attention des voyageurs, et pendant la grande exploration en Océanie de l'*Astrolabe* et de la *Zélée*, Dumont-d'Urville fut principalement chargé par l'Académie des sciences de rapporter un spécimen de ces singuliers oiseaux.

Mais, malgré les récompenses promises aux indigènes, il ne put se procurer un seul kiwi vivant.

Paganel, heureux d'une telle bonne fortune, lia ensemble ses deux poules et les emporta bravement, avec l'intention d'en faire hommage au Jardin des plantes de Paris. « *Donné par M. Jacques Paganel* », il lisait déjà cette séduisante inscription sur la plus belle cage de l'établissement, le confiant géographe !

Cependant, la petite troupe descendait sans fatigue les rives du Waipa. La contrée était déserte ; nulle trace d'indigènes, nul sentier qui indiquât la présence de l'homme dans ces plaines. Les eaux de la rivière coulaient entre de hauts buissons ou glissaient sur des grèves allongées. Le regard pouvait alors errer jusqu'aux petites montagnes qui fermaient la vallée dans l'est. Avec leurs formes étranges, leurs profils noyés dans une brume trompeuse, elles ressemblaient à des animaux gigantesques, dignes des temps antédiluviens. On eût dit tout un troupeau d'énormes cétacés, saisis par une subite pétrification. Un caractère essentiellement volcanique se dégageait de ces masses tourmentées. La Nouvelle-Zélande n'est, en effet, que le produit récent d'un travail plutonien. Son émersion au-dessus des eaux s'accroît sans cesse. Certains points se sont exhaussés d'une toise depuis vingt ans. Le feu court encore à travers ses entrailles, la secoue, la convulsionne, et s'échappe en maint endroit par la bouche des geysers et le cratère des volcans.

A quatre heures du soir, neuf milles avaient été gaillardement enlevés. Suivant la carte que Paganel consultait incessamment, le confluent du Waipa et du Waikato devait se rencontrer à moins de cinq milles. Là, passait la route d'Auckland. Là, le campement serait établi pour la nuit. Quant aux cinquante milles qui les séparaient de la capitale, deux ou trois jours suffisaient à les franchir, et huit heures, au plus, si Glenarvan rencontrait la malle-poste, qui fait un service bimensuel entre Auckland et la baie Hawkes.

« Ainsi, dit Glenarvan, nous serons encore forcés de camper pendant la nuit prochaine.

— Oui, répondit Paganel, mais, je l'espère, pour la dernière fois.

— Tant mieux, car ce sont là de dures épreuves pour Lady Helena et Mary Grant.

— Et elles les supportent sans se plaindre, ajouta John Mangles. Mais, si je ne me trompe, monsieur Paganel, vous aviez parlé d'un village situé au confluent des deux rivières.

— Oui, répondit le géographe, le voici marqué sur la carte de Johnston. C'est Ngarnavahia, à deux milles environ au-dessous du confluent.

— Eh bien, ne pourrait-on s'y loger pour la nuit ? Lady Helena et Miss Grant n'hésiteraient pas à faire deux milles de plus pour trouver un hôtel à peu près convenable.

— Un hôtel ! s'écria Paganel, un hôtel dans un village maori ! mais pas même une auberge, ni un cabaret ! Ce village n'est qu'une réunion de huttes indigènes, et loin d'y chercher asile, mon avis est de l'éviter prudemment.

— Toujours vos craintes, Paganel ! dit Glenarvan.

— Mon cher lord, mieux vaut défiance que confiance avec les Maoris. Je ne sais dans quels termes ils sont avec les Anglais, si l'insurrection est comprimée ou victorieuse, si nous ne tombons pas en pleine guerre. Or, modestie à part, des gens de notre qualité seraient de bonne prise, et je ne tiens pas à tâter malgré moi de l'hospitalité zélandaise. Je trouve donc sage d'éviter ce village de Ngarnavahia, de le tourner, de fuir toute rencontre des indigènes. Une fois à Drury, ce sera différent, et là, nos vaillantes compagnes se referont à leur aise des fatigues du voyage. »

C'était un canot long de soixante-dix pieds. (Page 713.)

L'opinion du géographe prévalut. Lady Helena préféra passer une dernière nuit en plein air et ne pas exposer ses compagnons. Ni Mary Grant ni elle ne demandèrent à faire halte, et elles continuèrent à suivre les berges de la rivière.

Deux heures après, les premières ombres du soir commençaient à descendre des montagnes. Le soleil, avant de disparaître sous l'horizon de l'occident, avait profité d'une subite trouée de nuages pour darder quelques rayons tardifs. Les sommets éloignés de l'est s'empourprèrent des derniers feux du jour. Ce fut comme un rapide salut à l'adresse des voyageurs.

Glenarvan et les siens hâtèrent le pas. Ils connaissaient la brièveté du crépuscule sous cette latitude déjà élevée, et combien se fait vite cet envahissement de la nuit. Il s'agissait d'atteindre le confluent des deux rivières avant l'obscurité profonde. Mais un épais brouillard se leva de terre et rendit très difficile la reconnaissance de la route.

Heureusement, l'ouïe remplaça la vue, que les ténèbres rendaient inutile. Bientôt un murmure plus accentué des eaux indiqua la réunion des deux fleuves dans un même lit. A huit heures, la petite troupe arrivait à ce point où le Waipa se perd dans le Waikato, non sans quelques mugissements des ondes heurtées.

« Le Waikato est là, s'écria Paganel, et la route d'Auckland remonte le long de sa rive droite.

— Nous la verrons demain, répondit le major. Campons ici. Il me semble que ces ombres plus marquées sont celles d'un petit fourré d'arbres qui a poussé là tout exprès pour nous abriter. Soupons et dormons.

— Soupons, dit Paganel, mais de biscuits et de viande sèche, sans allumer un feu. Nous sommes arrivés ici incognito, tâchons de nous en aller de même ! Très heureusement, ce brouillard nous rend invisibles. »

Le bouquet d'arbres fut atteint, et chacun se conforma

aux prescriptions du géographe. Le souper froid fut absorbé sans bruit, et bientôt un profond sommeil s'empara des voyageurs fatigués par une marche de quinze milles.

X

LE FLEUVE NATIONAL

Le lendemain, au lever du jour, un brouillard assez dense rampait lourdement sur les eaux du fleuve. Une partie des vapeurs qui saturaient l'air s'était condensée par le refroidissement et couvrait d'un nuage épais la surface des eaux. Mais les rayons du soleil ne tardèrent pas à percer ces masses vésiculaires, qui fondirent sous le regard de l'astre radieux. Les rives embrumées se dégagèrent, et le cours du Waikato apparut dans toute sa matinale beauté.

Une langue de terre finement allongée, hérissée d'arbrisseaux, venait mourir en pointe à la réunion des deux courants. Les eaux du Waipa, plus fougueuses, refoulaient les eaux du Waikato pendant un quart de mille avant de s'y confondre; mais le fleuve, puissant et calme, avait bientôt raison de la rageuse rivière, et il l'entraînait paisiblement dans son cours jusqu'au réservoir du Pacifique.

Lorsque les vapeurs se levèrent, une embarcation se montra, qui remontait le courant du Waikato. C'était un canot long de soixante-dix pieds, large de cinq, profond de trois, l'avant relevé comme une gondole vénitienne, et taillé tout entier dans le tronc d'un sapin kahikatea. Un lit de fougère sèche en garnissait le fond. Huit avirons à l'avant le faisaient voler à la surface des eaux, pendant qu'un homme, assis à l'arrière, le dirigeait au moyen d'une pagaie mobile.

Cet homme était un indigène de grande taille, âgé de quarante-cinq ans environ, à la poitrine large, aux membres musculeux, armé de pieds et de mains vigoureux. Son front bombé et sillonné de plis épais, son regard violent, sa physionomie sinistre, en faisaient un personnage redoutable.

C'était un chef maori, et de haut rang. On le voyait au tatouage fin et serré qui zébrait son corps et son visage. Des ailes de son nez aquilin partaient deux spirales noires qui, cerclant ses yeux jaunes, se rejoignaient sur son front et se perdaient dans sa magnifique chevelure. Sa bouche aux dents éclatantes et son menton disparaissaient sous de régulières bigarrures, dont les élégantes volutes se contournaient jusqu'à sa robuste poitrine.

Le tatouage, le « moko » des Néo-Zélandais, est une haute marque de distinction. Celui-là seul est digne de ces paraphes honorifiques qui a figuré vaillamment dans quelques combats. Les esclaves, les gens du bas peuple, ne peuvent y prétendre. Les chefs célèbres se reconnaissent au fini, à la précision et à la nature du dessin qui reproduit souvent sur leurs corps des images d'animaux. Quelques-uns subissent jusqu'à cinq fois l'opération fort douloureuse du moko. Plus on est illustre, plus on est « illustré » dans ce pays de la Nouvelle-Zélande.

Dumont-d'Urville a donné de curieux détails sur cette coutume. Il a justement fait observer que le moko tenait lieu de ces armoiries dont certaines familles sont si vaines en Europe. Mais il remarque une différence entre ces deux signes de distinction : c'est que les armoiries des Européens n'attestent souvent que le mérite individuel de celui qui, le premier, a su les obtenir, sans rien prouver quant au mérite de ses enfants ; tandis que les armoiries individuelles des Néo-Zélandais témoignent d'une manière authentique que, pour avoir le droit de les porter, ils ont dû faire preuve d'un courage personnel extraordinaire.

D'ailleurs, le tatouage des Maoris, indépendamment de la considération dont il jouit, possède une incontestable utilité. Il donne au système cutané un surcroît d'épaisseur, qui permet à la peau de résister aux intempéries des saisons et aux incessantes piqûres des moustiques.

Quant au chef qui dirigeait l'embarcation, nul doute possible sur son illustration. L'os aigu d'albatros, qui sert aux tatoueurs maoris, avait, en lignes serrées et profondes, sillonné cinq fois son visage. Il en était à sa cinquième édition, et cela se voyait à sa mine hautaine.

Son corps, drapé dans une vaste natte de « phormium » garnie de peaux de chiens, était ceint d'un pagne ensanglanté dans les derniers combats. Ses oreilles supportaient à leur lobe allongé des pendants en jade vert, et, autour de son cou, frémissaient des colliers de « pounamous », sortes de pierres sacrées auxquelles les Zélandais attachent quelque idée superstitieuse. A son côté reposait un fusil de fabrique anglaise, et un « patou-patou », espèce de hache à double tranchant, couleur d'émeraude et longue de dix-huit pouces.

Auprès de lui, neuf guerriers d'un moindre rang, mais armés, l'air farouche, quelques-uns souffrant encore de blessures récentes, demeuraient dans une immobilité parfaite, enveloppés de leur manteau de phormium. Trois chiens de mine sauvage étaient étendus à leurs pieds. Les huit rameurs de l'avant semblaient être des serviteurs ou des esclaves du chef. Ils nageaient vigoureusement. Aussi l'embarcation remontait le courant du Waikato, peu rapide du reste, avec une vitesse notable.

Au centre de ce long canot, les pieds attachés, mais les

mains libres, dix prisonniers européens se tenaient serrés les uns contre les autres.

C'étaient Glenarvan et Lady Helena, Mary Grant, Robert, Paganel, le major, John Mangles, le steward, les deux matelots.

La veille au soir, toute la petite troupe, trompée par l'épais brouillard, était venue camper au milieu d'un nombreux parti d'indigènes. Vers le milieu de la nuit, les voyageurs, surpris dans leur sommeil, furent faits prisonniers, puis transportés à bord de l'embarcation. Ils n'avaient pas été maltraités jusqu'alors, mais ils eussent en vain essayé de résister. Leurs armes, leurs munitions étaient entre les mains des sauvages, et leurs propres balles les auraient promptement jetés à terre.

Ils ne tardèrent pas à apprendre, en saisissant quelques mots anglais dont se servaient les indigènes, que ceux-ci, refoulés par les troupes britanniques, battus et décimés, regagnaient les districts du haut Waikato. Le chef maori, après une opiniâtre résistance, ses principaux guerriers massacrés par les soldats du 42e régiment, revenait faire un nouvel appel aux tribus du fleuve, afin de rejoindre l'indomptable William Thompson, qui luttait toujours contre les conquérants. Ce chef se nommait « Kai-Koumou », nom sinistre en langue indigène, qui signifie « celui qui mange les membres de son ennemi ». Il était brave, audacieux, mais sa cruauté égalait sa valeur. Il n'y avait aucune pitié à attendre de lui. Son nom était bien connu des soldats anglais, et sa tête venait d'être mise à prix par le gouverneur de la Nouvelle-Zélande.

Ce coup terrible avait frappé Lord Glenarvan au moment où il allait atteindre le port si désiré d'Auckland et se rapatrier en Europe. Cependant, à considérer son visage froid et calme, on n'aurait pu deviner l'excès de ses angoisses. C'est que Glenarvan, dans les circonstances graves, se montrait à la hauteur de ses infortunes. Il sentait qu'il devait être la force, l'exemple de sa femme et de ses compagnons, lui, l'époux, le chef; prêt d'ailleurs à mourir le premier pour le salut commun quand les circonstances l'exigeraient. Profondément religieux, il ne voulait pas désespérer de la justice de Dieu en face de la sainteté de son entreprise, et, au milieu des périls accumulés sur sa route, il ne regretta pas l'élan généreux qui l'avait entraîné jusque dans ces sauvages pays.

Ses compagnons étaient dignes de lui; ils partageaient ses nobles pensées, et, à voir leur physionomie tranquille et fière, on ne les eût pas crus entraînés vers une suprême catastrophe. D'ailleurs, par un commun accord et sur le conseil de Glenarvan, ils avaient résolu d'affecter une indifférence superbe devant les indigènes. C'était le seul moyen d'imposer à ces farouches natures. Les sauvages, en général, et particulièrement les Maoris, ont un certain sentiment de dignité dont ils ne se départissent jamais. Ils estiment qui se fait estimer par son sang-froid et son courage. Glenarvan savait qu'en agissant ainsi, il épargnait à ses compagnons et à lui d'inutiles mauvais traitements.

Depuis le départ du campement, les indigènes, peu loquaces comme tous les sauvages, avaient à peine parlé entre eux. Cependant, à quelques mots échangés, Glenarvan reconnut que la langue anglaise leur était familière. Il résolut donc d'interroger le chef zélandais sur le sort qui leur était réservé. S'adressant à Kai-Koumou, il lui dit d'une voix exempte de toute crainte :

« Où nous conduits-tu, chef? »

Kai-Koumou le regarda froidement sans lui répondre.

« Que comptes-tu faire de nous? » reprit Glenarvan.

Les yeux de Kai-Koumou brillèrent d'un éclair rapide, et, d'une voix grave, il répondit alors :

« T'échanger, si les tiens veulent de toi; te tuer, s'ils refusent. »

Glenarvan n'en demanda pas davantage, mais l'espoir lui revint au cœur. Sans doute, quelques chefs de l'armée maorie étaient tombés aux mains des Anglais, et les indigènes voulaient tenter de les reprendre par voie d'échange. Il y avait donc là une chance de salut, et la situation n'était pas désespérée.

Cependant, le canot remontait rapidement le cours du fleuve. Paganel, que la mobilité de son caractère emportait volontiers d'un extrême à l'autre, avait repris tout espoir. Il se disait que les Maoris leur épargnaient la peine de se rendre aux postes anglais, et que c'était autant de gagné. Donc, tout résigné à son sort, il suivait sur sa carte le cours du Waikato à travers les plaines et les vallées de la province. Lady Helena et Mary Grant, comprimant leurs terreurs, s'entretenaient à voix basse avec Glenarvan, et le plus habile physionomiste n'eût pas surpris sur leurs visages les angoisses de leur cœur.

Le Waikato est le fleuve national de la Nouvelle-Zélande. Les Maoris en sont fiers et jaloux, comme les Allemands du Rhin et les Slaves du Danube. Dans son cours de deux cents milles, il arrose les plus belles contrées de l'île septentrionale, depuis la province de Wellington jusqu'à la province d'Auckland. Il a donné son nom à toutes ces tribus riveraines qui, indomptables et indomptées, se sont levées en masse contre les envahisseurs.

Les eaux de ce fleuve sont encore à peu près vierges de tout sillage étranger. Elles ne s'ouvrent que devant la proue des pirogues insulaires. C'est à peine si quelque audacieux touriste a pu s'aventurer entre ces rives sacrées. L'accès du haut Waikato paraît être interdit aux profanes Européens.

Paganel connaissait la vénération des indigènes pour cette grande artère zélandaise. Il savait que les naturalistes anglais et allemands ne l'avaient guère remontée au-delà de sa jonction avec le Waipa. Jusqu'où le bon plaisir de Kai-Koumou allait-il entraîner ses captifs? Il n'aurait pu le deviner, si le mot « Taupo », fréquemment répété entre le chef et ses guerriers, n'eût éveillé son attention.

Il consulta sa carte et vit que ce nom de Taupo s'appliquait à un lac célèbre dans les annales géographiques, et creusé sur la portion la plus montagneuse de l'île, à l'extrémité méridionale de la province d'Auckland. Le Waikato sort de ce lac, après l'avoir traversé dans toute sa largeur. Or, du confluent au lac, le fleuve se développe sur un parcours de cent vingt milles environ.

Paganel, s'adressant en français à John Mangles pour ne pas être compris des sauvages, le pria d'estimer la vitesse du canot. John la porta à trois milles à peu près par heure.

« Alors, répondit le géographe, si nous faisons halte pendant la nuit, notre voyage jusqu'au lac durera près de quatre jours.

— Mais les postes anglais, où sont-ils situés? demanda Glenarvan.

— Il est difficile de le savoir! répondit Paganel. Cependant la guerre a dû se porter dans la province de Taranaki, et, selon toute probabilité, les troupes sont massées du côté du lac, au revers des montagnes, là où s'est concentré le foyer de l'insurrection.

— Dieu le veuille! » dit Lady Helena.

Glenarvan jeta un triste regard sur sa jeune femme, sur Mary Grant, exposées à la merci de ces farouches indigènes et emportées dans un pays sauvage, loin de toute intervention humaine. Mais il se vit observé par Kai-Koumou, et, par prudence, ne voulant pas lui laisser deviner que l'une des captives fût sa femme, il refoula ses pensées dans son cœur et observa les rives du fleuve avec une parfaite indifférence.

L'embarcation, à un demi-mille au-dessus du confluent, avait passé sans s'arrêter devant l'ancienne résidence du roi Potatau. Nul autre canot ne sillonnait les eaux du fleuve. Quelques huttes, longuement espacées sur les rives, témoignaient par leur délabrement des horreurs d'une guerre récente. Les campagnes riveraines semblaient abandonnées, les bords du fleuve étaient déserts. Quelques représentants de la famille des oiseaux aquatiques animaient seuls cette triste solitude. Tantôt, le « taparunga », un échassier aux ailes noires, au ventre blanc, au bec rouge, s'enfuyait sur ses longues pattes. Tantôt, des hérons de trois espèces, le « matuku » cendré, une sorte de butor à mine stupide, et le magnifique « kotuku », blanc de plumage, jaune de bec, noir de pieds, regardaient paisiblement passer l'embarcation indigène. Où les berges déclives accusaient une certaine profondeur de l'eau, le martin-pêcheur, le « kotaré » des Maoris, guettait ces petites anguilles qui frétillent par millions dans les rivières zélandaises. Où les buissons s'arrondissaient au-dessus du fleuve, des huppes très fières, des rallecs et des poules sultanes faisaient leur matinale toilette sous les premiers rayons du soleil. Tout ce monde ailé jouissait en paix des loisirs que lui laissait l'absence des hommes chassés ou décimés par la guerre.

Pendant cette première partie de son cours, le Waikato coulait largement au milieu de vastes plaines. Mais en amont, les collines, puis les montagnes, allaient bientôt rétrécir la vallée où s'était creusé son lit. A dix milles au-dessus du confluent, la carte de Paganel indiquait sur la rive gauche le rivage de Kirikiriroa, qui s'y trouva en effet. Kai-Koumou ne s'arrêta point. Il fit donner aux prisonniers leurs propres aliments enlevés dans le pillage du campement. Quant à ses guerriers, ses esclaves et lui, ils se contentèrent de la nourriture indigène, de fougères comestibles, le « pteris esculenta » des botanistes, racines cuites au four, et de « kapanas », pommes de terre abondamment cultivées dans les deux îles. Nulle matière animale ne figurait à leur repas, et la viande sèche des captifs ne parut leur inspirer aucun désir.

A trois heures, quelques montagnes se dressèrent sur la rive droite, les Pokaroa-Ranges, qui ressemblaient à une courtine démantelée. Sur certaines arêtes à pic étaient perchés des « pahs » en ruine, anciens retranchements élevés par les ingénieurs maoris dans d'inexpugnables positions. On eût dit de grands nids d'aigles.

Le soleil allait disparaître derrière l'horizon, quand le canot heurta une berge encombrée de ces pierres ponces que le Waikato, sorti de montagnes volcaniques, entraîne dans son cours. Quelques arbres poussaient là, qui parurent propres à abriter un campement. Kai-Koumou fit débarquer ses prisonniers, et les hommes eurent les mains liées, les femmes restèrent libres ; tous furent placés au centre du campement, auquel des brasiers allumés firent une infranchissable barrière de feux.

Avant que Kai-Koumou eût appris à ses captifs son intention de les échanger, Glenarvan et John Mangles avaient discuté les moyens de recouvrer leur liberté. Ce qu'ils ne pouvaient essayer dans l'embarcation, ils espéraient le tenter à terre, à l'heure du campement, avec les hasards favorables de la nuit.

Mais, depuis l'entretien de Glenarvan et du chef zélandais, il parut sage de s'abstenir. Il fallait patienter. C'était le parti le plus prudent. L'échange offrait des chances de salut que ne présentaient pas une attaque à main armée ou une fuite à travers ces contrées inconnues. Certainement, bien des événements pouvaient surgir qui retarderaient ou empêcheraient même une telle négociation ; mais le mieux était encore d'en attendre l'issue. En effet, que pouvaient faire une dizaine d'hommes sans armes contre une trentaine de sauvages bien armés ? Glenarvan, d'ailleurs, supposait

Le fleuve coulait entre des sources chaudes. (Page 724.)

que la tribu de Kai-Koumou avait perdu quelque chef de haute valeur qu'elle tenait particulièrement à reprendre, et il ne se trompait pas.

Le lendemain, l'embarcation remonta le cours du fleuve avec une nouvelle rapidité. A dix heures, elle s'arrêta un instant au confluent du Pohaiwhenna, petite rivière qui venait sinueusement des plaines de la rive droite.

Là un canot, monté par dix indigènes, rejoignit l'embarcation de Kai-Koumou. Les guerriers échangèrent à peine le salut d'arrivée, le « aïré mai ra », qui veut dire « viens ici en bonne santé », et les deux canots marchèrent de conserve. Les nouveaux venus avaient récemment combattu contre les troupes anglaises. On le voyait à leurs vêtements en lambeaux, à leurs armes ensanglantées, aux blessures qui saignaient encore sous leurs haillons. Ils étaient sombres, taciturnes. Avec l'indifférence naturelle à tous les peuples sauvages, ils n'accordèrent aucune attention aux Européens.

A midi, les sommets du Maungatotari se dessinèrent dans l'ouest. La vallée du Waikato commençait à se resserrer. Là, le fleuve, profondément encaissé, se déchaînait avec la violence d'un rapide. Mais la vigueur des indigènes, doublée et régularisée par un chant qui rythmait le battement des rames, enleva l'embarcation sur les eaux écumantes. Le rapide fut dépassé, et le Waikato reprit son cours lent, brisé de mille en mille par l'angle de ses rives.

Vers le soir, Kai-Koumou accosta au pied des montagnes dont les premiers contreforts tombaient à pic sur d'étroites berges. Là, une vingtaine d'indigènes, débarqués de leurs canots, prenaient des dispositions pour la nuit. Des feux flambaient sous les arbres. Un chef, l'égal de Kai-Koumou, s'avança à pas comptés, et, frottant son nez contre celui de Kai-Koumou, il lui donna le salut cordial du « chongui ». Les prisonniers furent déposés au centre du campement et gardés avec une extrême vigilance.

Le lendemain matin, cette longue remontée du Waikato fut reprise. D'autres embarcations arrivèrent par les petits affluents du fleuve. Une soixantaine de guerriers, évidemment les fuyards de la dernière insurrection, étaient réunis alors, et, plus ou moins maltraités par les balles anglaises, ils regagnaient les districts des montagnes. Quelquefois, un chant s'élevait des canots qui marchaient en ligne. Un indigène entonnait l'ode patriotique du mystérieux « Pihé »,

Papa ra ti wati tidi
I dounga nei...

hymne national qui entraîne les Maoris à la guerre de l'indépendance. La voix du chanteur, pleine et sonore, réveillait les échos des montagnes, et, après chaque couplet, les indigènes, frappant leur poitrine qui résonnait comme un tambour, reprenaient en chœur la strophe belliqueuse. Puis, sur un nouvel effort de rames, les canots faisaient tête au courant et volaient à la surface des eaux.

Un phénomène curieux vint, pendant cette journée, marquer la navigation du fleuve. Vers quatre heures, l'embarcation, sans hésiter, sans retarder sa course, guidée par la main ferme du chef, se lança à travers une vallée étroite. Des remous se brisaient avec rage contre des îlots nombreux et propices aux accidents. Moins que jamais, dans cet étrange passage du Waikato, il n'était permis de chavirer, car ses bords n'offraient aucun refuge. Quiconque eût mis le pied sur la vase bouillante des rives se fût inévitablement perdu.

En effet, le fleuve coulait entre ces sources chaudes signalées de tout temps à la curiosité des touristes. L'oxyde de fer colorait en rouge vif le limon des berges,

A midi, les embarcations débouchaient dans le lac Taupo.
(Page 727.)

où le pied n'eût pas rencontré une toise de tuf solide. L'atmosphère était saturée d'une odeur sulfureuse très pénétrante. Les indigènes n'en souffraient pas, mais les captifs furent sérieusement incommodés par les miasmes exhalés des fissures du sol et les bulles qui crevaient sous la tension des gaz intérieurs. Mais si l'odorat se faisait difficilement à ces émanations, l'œil ne pouvait qu'admirer cet imposant spectacle.

Les embarcations s'aventurèrent dans l'épaisseur d'un nuage de vapeurs blanches. Ses éblouissantes volutes s'étageaient en dôme au-dessus du fleuve. Sur ses rives, une centaine de geysers, les uns lançant des masses de vapeurs, les autres s'épanchant en colonnes liquides, variaient leurs effets comme les jets et les cascades d'un bassin, organisés par la main de l'homme. On eût dit que quelque machiniste dirigeait à son gré les intermittences de ces sources. Les eaux et les vapeurs, confondues dans l'air, s'irisaient aux rayons du soleil.

En cet endroit, le Waikato coulait sur un lit mobile qui bout incessamment sous l'action des feux souterrains. Non loin, du côté du lac Rotorua, dans l'est, mugissaient les sources thermales et les cascades fumantes du Rotomahana et du Tetarata entrevues par quelques hardis voyageurs. Cette région est percée de geysers, de cratères et de solfatares. Là s'échappe le trop-plein des gaz qui n'ont pu trouver issue par les insuffisantes soupapes du Tongariro et du Wakari, les seuls volcans en activité de la Nouvelle-Zélande.

Pendant deux milles, les canots indigènes naviguèrent sous cette voûte de vapeurs, englobés dans les chaudes volutes qui roulaient à la surface des eaux; puis, la fumée sulfureuse se dissipa, et un air pur, sollicité par la rapidité du courant, vint rafraîchir les poitrines haletantes. La région des sources était passée.

Avant la fin du jour, deux rapides furent encore remontés sous l'aviron vigoureux des sauvages, celui d'Hipapatua et celui de Tamatea. Le soir, Kai-Koumou campa à cent milles du confluent du Waipa et du Waikato. Le fleuve, s'arrondissant vers l'est, retombait alors au sud sur le lac Taupo, comme un immense jet d'eau dans un bassin.

Le lendemain, Jacques Paganel, consultant la carte, reconnut sur la rive droite le mont Taubara, qui s'élève à trois mille pieds dans les airs.

A midi, tout le cortège des embarcations débouchait par un évasement du fleuve dans le lac Taupo, et les indigènes saluaient de leurs gestes un lambeau d'étoffe que le vent déployait au sommet d'une hutte. C'était le drapeau national.

XI

LE LAC TAUPO

Un gouffre insondable, long de vingt-cinq milles, large de vingt, s'est un jour formé, bien avant les temps historiques, par un écroulement de cavernes au milieu des laves trachytiques du centre de l'île. Les eaux, précipitées des sommets environnants, ont envahi cette énorme cavité. Le gouffre s'est fait lac, mais abîme toujours, et les sondes sont encore impuissantes à mesurer sa profondeur.

Tel est cet étrange lac Taupo, élevé à douze cent cinquante pieds au-dessus du niveau de la mer, et dominé par un cirque de montagnes hautes de quatre cents toises. A l'ouest, des rochers à pic d'une grande taille ; au nord, quelques cimes éloignées et couronnées de petits bois ; à l'est, une large plage sillonnée par une route décorée de pierres ponces qui resplendissent sous le treillis des buissons ; au sud, des cônes volcaniques derrière un premier plan de forêts encadrent majestueusement cette vaste étendue d'eau dont les tempêtes retentissantes valent les cyclones de l'Océan.

Toute cette région bout comme une chaudière immense, suspendue sur les flammes souterraines. Les terrains frémissent sous les caresses du feu central. De chaudes buées filtrent en maint endroit. La croûte de terre se fend en violentes craquelures comme un gâteau trop poussé, et sans doute ce plateau s'abîmerait dans une incandescente fournaise si, douze milles plus loin, les vapeurs emprisonnées ne trouvaient une issue par les cratères du Tongariro.

De la rive du nord, ce volcan apparaissait empanaché de fumée et de flammes, au-dessus de petits monticules ignivomes. Le Tongariro semblait se rattacher à un système orographique assez compliqué. Derrière lui, le mont Ruapahou, isolé dans la plaine, dressait à neuf mille pieds en l'air sa tête perdue au milieu des nuages. Aucun mortel n'a posé le pied sur son cône inaccessible ; l'œil humain n'a jamais sondé les profondeurs de son cratère, tandis que, trois fois en vingt ans, MM. Bidwill et Dyson, et récemment M. de Hochstetter, ont mesuré les cimes plus abordables du Tongariro.

Ces volcans ont leurs légendes, et, en toute autre circonstance, Paganel n'eût pas manqué de les apprendre à ses compagnons. Il leur aurait raconté cette dispute qu'une question de femme éleva un jour entre le Tongariro et le Taranaki, alors son voisin et ami. Le Tongariro, qui a la tête chaude, comme tous les volcans, s'emporta jusqu'à frapper le Taranaki. Le Taranaki, battu et humilié, s'enfuit par la vallée du Whanganni, laissa tomber en route deux morceaux de montagne, et gagna les rivages de la mer, où il s'élève solitairement sous le nom de Mont-Egmont.

Mais Paganel n'était guère en disposition de conter,

Glenarvan et ses compagnons arrivèrent dans le pah.
(Page 731.)

ni ses amis en humeur de l'entendre. Ils observaient silencieusement la rive nord-est du Taupo où la plus décevante fatalité venait de les conduire. La mission établie par le révérend Grace à Pukawa, sur les bords occidentaux du lac, n'existait plus. Le ministre avait été chassé par la guerre loin du principal foyer de l'insurrection. Les prisonniers étaient seuls, abandonnés à la merci de Maoris avides de représailles, et précisément dans cette portion sauvage de l'île où le christianisme n'a jamais pénétré.

Kai-Koumou, en quittant les eaux du Waikato, traversa la petite crique qui sert d'entonnoir au fleuve, doubla un promontoire aigu, et accosta la grève orientale du lac, au pied des premières ondulations du mont Manga, grosse extumescence haute de trois cents toises. Là, s'étalaient des champs de « phormium », le lin précieux de la Nouvelle-Zélande. C'est le « harakeké » des indigènes. Rien n'est à dédaigner dans cette utile plante. Sa fleur fournit une sorte de miel excellent; sa tige produit une substance gommeuse, qui remplace la cire ou l'amidon; sa feuille, plus complaisante encore, se prête à de nombreuses transformations : fraîche, elle sert de papier; desséchée, elle fait un excellent amadou; découpée, elle se change en cordes, câbles et filets; divisée en filaments et teillée, elle devient couverture ou manteau, natte ou pagne, et, teinte en rouge ou en noir, elle vêt les plus élégants Maoris.

Aussi, ce précieux phormium se trouve-t-il partout dans les deux îles, aux bords de la mer comme au long des fleuves et sur la rive des lacs. Ici, ses buissons sauvages couvraient des champs entiers; ses fleurs, d'un rouge brun, et semblables à l'agave, s'épanouissaient partout hors de l'inextricable fouillis de ses longues feuilles, qui formaient un trophée de lames tranchantes. De gracieux oiseaux, les nectariens, habitués des champs de phormium, volaient par bandes nombreuses et se délectaient du suc mielleux des fleurs.

Dans les eaux du lac barbotaient des troupes de canards au plumage noirâtre, bariolés de gris et de vert, et qui se sont aisément domestiqués.

A un quart de mille, sur un escarpement de la montagne, apparaissait un « pah », retranchement maori placé dans une position inexpugnable. Les prisonniers débarqués un à un, les pieds et les mains libres, y furent conduits par les guerriers. Le sentier qui aboutissait au retranchement traversait des champs de phormium, et un bouquet de beaux arbres, des « kaikateas », à feuilles persistantes et à baies rouges, des « dracenas australis », le « ti » des indigènes, dont la cime remplace avantageusement le chou-palmiste, et des « huious » qui servent à teindre les étoffes en noir. De grosses colombes à reflets métalliques, des glaucopes cendrés, et un monde d'étourneaux à caroncules rougeâtres, s'envolèrent à l'approche des indigènes.

Après un assez long détour, Glenarvan, Lady Helena, Mary Grant et leurs compagnons arrivèrent à l'intérieur du pah.

Cette forteresse était défendue par une première enceinte de solides palissades, hautes de quinze pieds; une seconde ligne de pieux, puis une clôture d'osier percée de meurtrières, enfermaient la seconde enceinte, c'est-à-dire le plateau du pah, sur lequel s'élevaient des constructions maories et une quarantaine de huttes disposées symétriquement.

En y arrivant, les captifs furent horriblement impressonnés à la vue des têtes qui ornaient les poteaux de la seconde enceinte. Lady Helena et Mary Grant détournèrent les yeux avec plus de dégoût encore que d'épouvante. Ces têtes avaient appartenu aux chefs ennemis tombés dans les combats, dont les corps servirent de nourriture aux vainqueurs.

Le géographe les reconnut pour telles, à leurs orbites caves et privées d'yeux.

En effet, l'œil des chefs est dévoré ; la tête, préparée à la manière indigène, vidée de sa cervelle et dénudée de tout épiderme, le nez maintenu par de petites planchettes, les narines bourrées de phormium, la bouche et les paupières cousues, est mise au four et soumise à une fumigation de trente heures. Ainsi disposée, elle se conserve indéfiniment sans altération ni ride, et forme des trophées de victoire.

Souvent les Maoris conservent la tête de leurs propres chefs ; mais, dans ce cas, l'œil reste dans son orbite et regarde. Les Néo-Zélandais montrent ces restes avec orgueil ; ils les offrent à l'admiration des jeunes guerriers, et leur paient un tribut de vénération par des cérémonies solennelles.

Mais, dans le pah de Kai-Koumou, les têtes d'ennemis ornaient seules cet horrible muséum, et là, sans doute, plus d'un Anglais, l'orbite vide, augmentait la collection du chef maori.

La case de Kai-Koumou, entre plusieurs huttes de moindre importance, s'élevait au fond du pah, devant un large terrain découvert que des Européens eussent appelé « le champ de bataille ». Cette case était un assemblage de pieux calfeutrés d'un entrelacement de branches, et tapissé intérieurement de nattes de phormium. Vingt pieds de long, quinze pieds de large, dix pieds de haut faisaient à Kai-Koumou une habitation de trois mille pieds cubes. Il n'en faut pas plus pour loger un chef zélandais.

Une seule ouverture donnait accès dans la hutte ; un battant à bascule, formé d'un épais tissu végétal, servait de porte. Au-dessus, le toit se prolongeait en manière d'impluvium. Quelques figures sculptées au bout des chevrons ornaient la case, et le « wharepuni » ou portail offrait à l'admiration des visiteurs des feuillages, des figures symboliques, des monstres, des rinceaux contournés, tout un fouillis curieux, né sous le ciseau des ornemanistes indigènes.

A l'intérieur de la case, le plancher fait de terre battue s'élevait d'un demi-pied au-dessus du sol. Quelques claies en roseaux, et des matelas de fougère sèche recouverts d'une natte tissée avec les feuilles longues et flexibles du « typha », servaient de lits. Au milieu, un trou en pierre formait le foyer, et, au toit, un second trou servait de cheminée. La fumée, quand elle était suffisamment épaisse, se décidait enfin à profiter de cette issue, non sans avoir déposé sur les murs de l'habitation un vernis du plus beau noir.

A côté de la case s'élevaient les magasins qui renfermaient les provisions du chef, sa récolte de phormium, de patates, de taros, de fougères comestibles, et les fours où s'opère la cuisson de ces divers aliments au contact de pierres chauffées. Plus loin, dans de petites enceintes, parquaient des porcs et des chèvres, rares descendants des utiles animaux acclimatés par le capitaine Cook. Des chiens couraient çà et là, quêtant leur maigre nourriture. Ils étaient assez mal entretenus pour des bêtes qui servent journellement à l'alimentation du Maori.

Glenarvan et ses compagnons avaient embrassé cet ensemble d'un coup d'œil. Ils attendaient auprès d'une case vide le bon plaisir du chef, non sans être exposés aux injures d'une bande de vieilles femmes. Cette troupe de harpies les entourait, les menaçait du poing, hurlait et vociférait. Quelques mots d'anglais qui s'échappaient de leurs grosses lèvres laissaient clairement entrevoir qu'elles réclamaient d'immédiates vengeances.

Au milieu de ces vociférations et de ces menaces, Lady Helena, tranquille en apparence, affectait un calme qui ne pouvait être dans son cœur. Cette courageuse femme, pour laisser tout son sang-froid à Lord Glenarvan, se contenait par d'héroïques efforts. La pauvre Mary Grant, elle, se sentait défaillir, et John Mangles la soutenait, prêt à se faire tuer pour la défendre. Ses compagnons supportaient diversement ce déluge d'invectives, indifférents comme le major, ou en proie à une irritation croissante comme Paganel.

Glenarvan, voulant éviter à Lady Helena l'assaut de ces vieilles mégères, marcha droit à Kai-Koumou, et montrant le groupe hideux :

« Chasse-les », dit-il.

Le chef maori regarda fixement son prisonnier sans lui répondre ; puis, d'un geste, il fit taire la horde hurlante. Glenarvan s'inclina, en signe de remerciement, et vint reprendre lentement sa place au milieu des siens.

En ce moment, une centaine de Néo-Zélandais étaient réunis dans le pah des vieillards, des hommes faits, des jeunes gens, les uns calmes, mais sombres, attendant les ordres de Kai-Koumou, les autres se livrant à tous les entraînements d'une violente douleur ; ceux-ci pleuraient leurs parents ou amis tombés dans les derniers combats.

Kai-Koumou, de tous les chefs qui se levèrent à la voix de William Thompson, revenait seul aux districts du lac, et, le premier, il apprenait à sa tribu la défaite de l'insurrection nationale, battue dans les plaines du bas Waikato. Des deux cents guerriers qui, sous ses ordres, coururent à la défense du sol, cent cinquante manquaient au retour. Si quelques-uns étaient prisonniers des envahisseurs, combien, étendus sur le champ de bataille, ne devaient jamais revenir au pays de leurs aïeux !

Ainsi s'expliquait la désolation profonde dont la tribu fut frappée à l'arrivée de Kai-Koumou. Rien n'avait encore transpiré de la dernière défaite, et cette funeste nouvelle venait d'éclater à l'instant.

Chez les sauvages, la douleur morale se manifeste

Robert se hissa sur les épaules de Wilson. (Page 737.)

toujours par des démonstrations physiques. Aussi, les parents et amis des guerriers morts, les femmes surtout, se déchiraient la figure et les épaules avec des coquilles aiguës. Le sang jaillissait et se mêlait à leurs larmes. Les profondes incisions marquaient les grands désespoirs. Les malheureuses Zélandaises, ensanglantées et folles, étaient horribles à voir.

Un autre motif, très grave aux yeux des indigènes, accroissait encore leur désespoir. Non seulement le parent, l'ami qu'ils pleuraient, n'était plus, mais ses ossements devaient manquer au tombeau de la famille. Or, la possession de ces restes est regardée, dans la religion maorie, comme indispensable aux destinées de la vie future ; non la chair périssable, mais les os, qui sont recueillis avec soin, nettoyés, grattés, polis, vernis même, et définitivement déposés dans « l'oudoupa », c'est-à-dire « la maison de gloire ». Ces tombes sont ornées de statues de bois qui reproduisent avec une fidélité parfaite les tatouages du défunt. Mais aujourd'hui, les tombeaux resteraient vides, les cérémonies religieuses ne s'accompliraient pas, et les os qu'épargnerait la dent des chiens sauvages blanchiraient sans sépulture sur le champ du combat.

Alors redoublèrent les marques de douleur. Aux menaces des femmes succédèrent les imprécations des hommes contre les Européens. Les injures éclataient, les gestes devenaient plus violents. Aux cris allaient succéder les actes de brutalité.

Kai-Koumou, craignant d'être débordé par les fanatiques de sa tribu, fit conduire ses captifs en un lieu sacré, situé à l'autre extrémité du pah sur un plateau abrupt. Cette hutte s'appuyait à un massif élevé d'une centaine de pieds au-dessus d'elle, qui terminait par un talus assez roide ce côté du retranchement. Dans ce « Waréatoua », maison consacrée, les prêtres ou les arikis enseignaient aux Zélandais un dieu en trois personnes, le père, le fils, et l'oiseau ou l'esprit. La hutte, vaste, bien close, renfermait la nourriture sainte et choisie, que Maoui-Ranga-Rangui mange par la bouche de ses prêtres.

Là, les captifs, momentanément abrités contre la fureur indigène, s'étendirent sur des nattes de phormium. Lady Helena, ses forces épuisées, son énergie morale vaincue, se laissa aller dans les bras de son mari.

Glenarvan, la pressant sur sa poitrine, lui répétait :

« Courage, ma chère Helena, le Ciel ne nous abandonnera pas ! »

Robert, à peine enfermé, se hissa sur les épaules de Wilson, et parvint à glisser sa tête par un interstice ménagé entre le toit et la muraille, où pendaient des chapelets d'amulettes. De là, son regard embrassait toute l'étendue du pah jusqu'à la case de Kai-Koumou.

« Ils sont assemblés autour du chef, dit-il à voix basse... Ils agitent leurs bras... Ils poussent des hurlements... Kai-Koumou veut parler... »

L'enfant se tut pendant quelques minutes, puis il reprit :

« Kai-Koumou parle... Les sauvages se calment... Ils l'écoutent...

— Évidemment, dit le major, ce chef a un intérêt personnel à nous protéger. Il veut échanger ses prisonniers contre des chefs de sa tribu ! Mais ses guerriers y consentiront-ils ?

— Oui !... Ils l'écoutent..., reprit Robert. Ils se dispersent... Les uns rentrent dans leurs huttes... Les autres quittent le retranchement...

— Dis-tu vrai ? s'écria le major.

— Oui, monsieur Mac Nabbs, répondit Robert, Kai-Koumou est resté seul avec les guerriers de son embarcation... Ah ! l'un d'eux se dirige vers notre case...

— Descends, Robert », dit Glenarvan.

En ce moment, Lady Helena, qui s'était relevée, saisit le bras de son mari.

« Edward, dit-elle d'une voix ferme, ni Mary Grant ni moi nous ne devons tomber vivantes entre les mains de ces sauvages ! »

Et, ces paroles dites, elle tendit à Glenarvan un revolver chargé.

« Une arme ! s'écria Glenarvan, dont un éclair illumina les yeux.

— Oui ! les Maoris ne fouillent pas leurs prisonnières ! Mais, cette arme, c'est pour nous, Edward, non pour eux !...

— Glenarvan, dit rapidement Mac Nabbs, cachez ce revolver ! Il n'est pas temps encore... »

Le revolver disparut sous les vêtements du lord. La natte qui fermait l'entrée de la case se souleva. Un indigène parut.

Il fit signe aux prisonniers de le suivre. Glenarvan et les siens, en groupe serré, traversèrent le pah, et s'arrêtèrent devant Kai-Koumou.

Autour de ce chef étaient réunis les principaux guerriers de sa tribu. Parmi eux se voyait ce Maori dont l'embarcation rejoignit celle de Kai-Koumou au confluent du Pohainhenna sur le Waikato. C'était un homme de quarante ans, vigoureux, de mine farouche et cruelle. Il se nommait Kara-Tété, c'est-à-dire « l'irascible » en langue zélandaise. Kai-Koumou le traitait avec certains égards, et, à la finesse de son tatouage, on reconnaissait que Kara-Tété occupait un rang élevé dans la tribu. Cependant, un observateur eût deviné qu'entre ces deux chefs il y avait rivalité. Le major observa que l'influence de Kara-Tété portait ombrage à Kai-Koumou. Ils commandaient tous les deux à ces importantes peuplades du Waikato et avec une puissance égale. Aussi, pendant cet entretien, si la bouche de Kai-Koumou souriait, ses yeux trahissaient une profonde inimitié.

Kai-Koumou interrogea Glenarvan :

« Tu es Anglais ? lui demanda-t-il.

— Oui, répondit le lord sans hésiter, car cette nationalité devait rendre un échange plus facile.

— Et tes compagnons ? dit Kai-Koumou.

— Mes compagnons sont Anglais comme moi. Nous sommes des voyageurs, des naufragés. Mais, si tu tiens à le savoir, nous n'avons pas pris part à la guerre.

— Peu importe ! répondit brutalement Kara-Tété. Tout Anglais est notre ennemi. Les tiens ont envahi notre île ! Ils ont brûlé nos villages !

— Ils ont eu tort ! répondit Glenarvan d'une voix grave. Je te le dis parce que je le pense, et non parce que je suis en ton pouvoir.

— Écoute, reprit Kai-Koumou, le Tohonga, le grand prêtre de Nouï-Atoua [1], est tombé entre les mains de tes frères ; il est prisonnier des Pakekas [2]. Notre Dieu nous commande de racheter sa vie. J'aurais voulu t'arracher le cœur, j'aurais voulu que ta tête et la tête de tes compagnons fussent éternellement suspendues aux poteaux de cette palissade ! Mais Nouï-Atoua a parlé. »

En s'exprimant ainsi, Kai-Koumou, jusque-là maître de lui, tremblait de colère, et sa physionomie s'imprégnait d'une féroce exaltation.

Puis, après quelques instants, il reprit plus froidement :

« Crois-tu que les Anglais échangent notre Tohonga contre ta personne ? »

Glenarvan hésita à répondre, et observa attentivement le chef maori.

« Je l'ignore, dit-il, après un moment de silence.

— Parle, reprit Kai-Koumou. Ta vie vaut-elle la vie de notre Tohonga ?

1. Nom du dieu zélandais.
2. Européens.

« Tabou! tabou! » s'écria Kai-Koumou. (Page 742.)

— Non, répondit Glenarvan. Je ne suis ni un chef ni un prêtre parmi les miens! »

Paganel, stupéfait de cette réponse, regarda Glenarvan avec un étonnement profond.

Kai-Koumou parut également surpris.

« Ainsi, tu doutes? dit-il.

— J'ignore, répéta Glenarvan.

— Les tiens ne t'accepteront pas en échange de notre Tohonga?

— Moi seul? non, répéta Glenarvan. Nous tous, peut-être.

— Chez les Maoris, dit Kai-Koumou, c'est tête pour tête.

— Offre d'abord ces femmes en échange de ton prêtre », dit Glenarvan, qui désigna Lady Helena et Mary Grant.

Lady Helena voulut s'élancer vers son mari. Le major la retint.

« Ces deux dames, reprit Glenarvan en s'inclinant avec une grâce respectueuse vers Lady Helena et Mary Grant, occupent un haut rang dans leur pays. »

Le guerrier regarda froidement son prisonnier. Un mauvais sourire passa sur ses lèvres; mais il le réprima presque aussitôt, et répondit d'une voix qu'il contenait à peine :

« Espères-tu donc tromper Kai-Koumou par de fausses paroles, Européen maudit? Crois-tu que les yeux de Kai-Koumou ne sachent pas lire dans les cœurs? »

Et, montrant Lady Helena :

« Voilà ta femme! dit-il.

— Non! la mienne! » s'écria Kara-Tété.

Puis, repoussant les prisonniers, la main du chef s'étendit sur l'épaule de Lady Helena, qui pâlit sous ce contact.

« Edward! » cria la malheureuse femme éperdue.

Glenarvan, sans prononcer un seul mot, leva le bras. Un coup de feu retentit. Kara-Tété tomba mort.

A cette détonation, un flot d'indigènes sortit des huttes. Le pah s'emplit en un instant. Cent bras se levèrent sur les infortunés. Le revolver de Glenarvan lui fut arraché de la main.

Kai-Koumou jeta sur Glenarvan un regard étrange; puis d'une main, couvrant le corps du meurtrier, de l'autre il contint la foule qui se ruait sur les Enfants.

Enfin sa voix domina le tumulte.

« Tabou ! Tabou ! » s'écria-t-il.

A ce mot, la foule s'arrêta devant Glenarvan et ses compagnons, momentanément préservés par une puissance surnaturelle.

Quelques instants après, ils étaient reconduits au Waré-Atoua, qui leur servait de prison. Mais Robert Grant et Jacques Paganel n'étaient plus avec eux.

XII

LES FUNÉRAILLES D'UN CHEF MAORI

KAI-KOUMOU, suivant un exemple assez fréquent dans la Nouvelle-Zélande, joignait le titre d'ariki à celui de chef de tribu. Il était revêtu de la dignité de prêtre, et, comme tel, il pouvait étendre sur les personnes ou sur les objets la superstitieuse protection du tabou.

Le tabou, commun aux peuples de race polynésienne, a pour effet immédiat d'interdire toute relation ou tout usage avec l'objet ou la personne tabouée. Selon la religion maorie, quiconque porterait une main sacrilège sur ce qui est déclaré tabou, serait puni de mort par le Dieu irrité. D'ailleurs, au cas où la divinité tarderait à venger sa propre injure, les prêtres ne manqueraient pas d'accélérer sa vengeance.

Le tabou est appliqué par les chefs dans un but politique, à moins qu'il ne résulte d'une situation ordinaire de la vie privée. Un indigène est taboué pendant quelques jours, en mainte circonstance, lorsqu'il s'est coupé les cheveux, lorsqu'il vient de subir l'opération du tatouage, lorsqu'il construit une pirogue, lorsqu'il bâtit une maison, quand il est atteint d'une maladie mortelle, quand il est mort. Une imprévoyante consommation menace-t-elle de dépeupler les rivières de leurs poissons, de ruiner dans leurs primeurs les plantations de patates douces, ces objets sont frappés d'un tabou protecteur et économique. Un chef veut-il éloigner les importuns de sa maison, il la taboue ; monopoliser à son profit les relations avec un navire étranger, il le taboue encore ; mettre en quarantaine un trafiquant européen dont il est mécontent, il le taboue toujours. Son interdiction ressemble alors à l'ancien « veto » des rois.

Lorsqu'un objet est taboué, nul n'y peut toucher impunément. Quand un indigène est soumis à cette interdiction, certains aliments lui sont défendus pendant un temps déterminé. Est-il relevé de cette diète sévère, s'il est riche, ses esclaves l'assistent et lui introduisent dans le gosier les mets qu'il ne doit pas toucher de ses mains ; s'il est pauvre, il est réduit à ramasser ses aliments avec sa bouche, et le tabou en fait un animal.

En somme, et pour conclure, cette singulière coutume dirige et modifie les moindres actions des Néo-Zélandais. C'est l'incessante intervention de la Divinité dans la vie sociale. Il a force de loi et l'on peut dire que tout le code indigène, code indiscutable et indiscuté, se résume dans la fréquente application du tabou.

Quant aux prisonniers enfermés dans le Waré-Atoua, c'était un tabou arbitraire qui venait de les soustraire aux fureurs de la tribu. Quelques-uns des indigènes, les amis et les partisans de Kai-Koumou, s'étaient arrêtés subitement à la voix de leur chef et avaient protégé les captifs.

Glenarvan ne se faisait cependant pas illusion sur le sort qui lui était réservé. Sa mort pouvait seule payer le meurtre d'un chef. Or, la mort chez les peuples sauvages n'est jamais que la fin d'un long supplice. Glenarvan s'attendait donc à expier cruellement la légitime indignation qui avait armé son bras, mais il espérait que la colère de Kai-Koumou ne frapperait que lui.

Quelle nuit ses compagnons et lui passèrent! Qui pourrait peindre leurs angoisses et mesurer leurs souffrances? Le pauvre Robert, le brave Paganel n'avaient pas reparu. Mais comment douter de leur sort? N'étaient-ils pas les premières victimes sacrifiées à la vengeance des indigènes? Tout espoir avait disparu, même du cœur de Mac Nabbs, qui ne désespérait pas aisément. John Mangles se sentait devenir fou devant le morne désespoir de Mary Grant séparée de son frère. Glenarvan songeait à cette terrible demande de Lady Helena qui, pour se soustraire au supplice ou à l'esclavage, voulait mourir de sa main! Aurait-il cet horrible courage?

« Et Mary, de quel droit la frapper? » pensait John, dont le cœur se brisait.

Quant à une évasion, elle était évidemment impossible. Dix guerriers, armés jusqu'aux dents, veillaient à la porte du Waré-Atoua.

Le matin du 13 février arriva. Aucune communication n'eut lieu entre les indigènes et les prisonniers défendus par le tabou. La case renfermait une certaine quantité de vivres auxquels les malheureux touchèrent à peine. La faim disparaissait devant la douleur. La journée se passa sans apporter ni un changement ni un espoir. Sans doute, l'heure des funérailles du cher mort et l'heure du supplice devaient sonner ensemble.

Cependant, si Glenarvan ne se dissimulait pas que toute idée d'échange avait dû abandonner Kai-Koumou, le major conservait sur ce point une lueur d'espérance.

« Qui sait, disait-il, en rappelant à Glenarvan l'effet produit sur le chef par la mort de Kara-Tété, qui sait si Kai-Koumou, au fond, ne se sent pas votre obligé ? »

Mais, malgré les observations de Mac Nabbs, Glenarvan ne voulait plus espérer. Le lendemain s'écoula encore sans que les apprêts du supplice fussent faits. Voici quelle était la raison de ce retard.

Les Maoris croient que l'âme, pendant les trois jours qui suivent la mort, habite le corps du défunt, et, pendant trois fois vingt-quatre heures, le cadavre reste sans sépulture. Cette coutume suspensive de la mort fut observée dans toute sa rigueur. Jusqu'au 15 février, le pah demeura désert. John Mangles, hissé sur les épaules de Wilson, observa souvent les retranchements extérieurs. Aucun indigène ne s'y montra. Seules, les sentinelles, faisant bonne garde, se relayaient à la porte du Waré-Atoua.

Mais, le troisième jour, les huttes s'ouvrirent ; les sauvages, hommes, femmes, enfants, c'est-à-dire plusieurs centaines de Maoris, se rassemblèrent dans le pah, muets et calmes.

Kai-Koumou sortit de sa case, et, entouré des principaux chefs de sa tribu, il prit place sur un tertre élevé de quelques pieds, au centre du retranchement. La masse des indigènes formait un demi-cercle à quelques toises en arrière. Toute l'assemblée gardait un absolu silence.

Sur un signe de Kai-Koumou, un guerrier se dirigea vers le Waré-Atoua.

« Souviens-toi », dit Lady Helena à son mari.

Glenarvan serra sa femme contre son cœur. En ce moment, Mary Grant s'approcha de John Mangles :

« Lord et Lady Glenarvan, dit-elle, penseront que si une femme peut mourir de la main de son mari pour fuir une honteuse existence, une fiancée peut mourir aussi de la main de son fiancé pour y échapper à son tour. John, je puis vous le dire, dans cet instant suprême, ne suis-je pas depuis longtemps votre fiancée dans le secret de votre cœur ? Puis-je compter sur vous, cher John, comme Lady Helena sur Lord Glenarvan ?

— Mary ! s'écria le jeune capitaine éperdu. Ah ! chère Mary !... »

Il ne put achever ; la natte se souleva, et les captifs furent entraînés vers Kai-Koumou ; les deux femmes étaient résignées à leur sort ; les hommes dissimulaient leurs angoisses sous un calme qui témoignait d'une énergie surhumaine.

Ils arrivèrent devant le chef zélandais. Celui-ci ne fit pas attendre son jugement :

« Tu as tué Kara-Tété ? dit-il à Glenarvan.

— Je l'ai tué, répondit le lord.

— Demain, tu mourras au soleil levant.

— Seul ? demanda Glenarvan, dont le cœur battait avec violence.

— Ah ! si la vie de notre Tohonga n'était pas plus précieuse que la vôtre ! » s'écria Kai-Koumou, dont les yeux exprimaient un regret féroce !

En ce moment, une agitation se produisit parmi les indigènes. Glenarvan jeta un regard rapide autour de lui. Bientôt la foule s'ouvrit, et un guerrier parut, ruisselant de sueur, brisé de fatigue.

Kai-Koumou, dès qu'il l'aperçut, lui dit en anglais, avec l'évidente intention d'être compris des captifs :

« Tu viens du camp des Pakétas ?

— Oui, répondit le Maori.

— Tu as vu le prisonnier, notre Tohonga ?

— Je l'ai vu.

— Il est vivant ?

— Il est mort ! Les Anglais l'ont fusillé ! »

C'en était fait de Glenarvan et de ses compagnons.

« Tous, s'écria Kai-Koumou, vous mourrez demain au lever du jour ! »

Ainsi donc, un châtiment commun frappait indistinctement ces infortunés. Lady Helena et Mary Grant levèrent vers le ciel un regard de sublime remerciement.

Les captifs ne furent pas reconduits au Waré-Atoua. Ils devaient assister pendant cette journée aux funérailles du chef et aux sanglantes cérémonies qui les accompagnent. Une troupe d'indigènes les conduisit à quelques pas au pied d'un énorme koudi. Là, leurs gardiens demeurèrent auprès d'eux sans les perdre de vue. Le reste de la tribu maorie, absorbé dans sa douleur officielle, semblait les avoir oubliés.

Les trois jours réglementaires s'étaient écoulés depuis la mort de Kara-Tété. L'âme du défunt avait donc définitivement abandonné sa dépouille mortelle. La cérémonie commença.

Le corps fut apporté sur un petit tertre, au milieu du retranchement. Il était revêtu d'un somptueux costume et enveloppé d'une magnifique natte de phormium. Sa tête, ornée de plumes, portait une couronne de feuilles vertes. Sa figure, ses bras et sa poitrine, frottés d'huile, n'accusaient aucune corruption.

Les parents et les amis arrivèrent au pied du tertre, et, tout d'un coup, comme si quelque chef d'orchestre eût battu la mesure d'un chant funèbre, un immense concert de pleurs, de gémissements, de sanglots, s'éleva dans les airs. On pleurait le défunt sur un rythme plaintif et lourdement cadencé. Ses proches se frappaient la tête ; ses parentes se déchiraient le visage avec leurs ongles et se montraient plus prodigues de sang que de larmes. Ces malheureuses femmes accomplissaient consciencieusement ce sauvage devoir. Mais ce n'était pas assez de ces démonstrations pour apaiser l'âme du

Ce fut le signal d'une scène de cannibalisme. (Page 750.)

défunt, dont le courroux aurait frappé sans doute les survivants de sa tribu, et ses guerriers, ne pouvant le rappeler à la vie, voulurent qu'il n'eût point à regretter dans l'autre monde le bien-être de l'existence terrestre. Aussi, la compagne de Kara-Tété ne devait-elle pas abandonner son époux dans la tombe. D'ailleurs, l'infortunée se serait refusée à lui survivre. C'était la coutume, d'accord avec le devoir, et les exemples de pareils sacrifices ne manquent pas à l'histoire zélandaise.

Cette femme parut. Elle était jeune encore. Ses cheveux en désordre flottaient sur ses épaules. Ses sanglots et ses cris s'élevaient vers le ciel. De vagues paroles, des regrets, des phrases interrompues où elle célébrait les vertus du mort, entrecoupaient ses gémissements, et, dans un suprême paroxysme de douleur, elle s'étendit au pied du tertre, frappant le sol de sa tête.

En ce moment, Kai-Koumou s'approcha d'elle. Soudain, la malheureuse victime se releva ; mais un violent coup de « méré », sorte de massue redoutable, tournoyant dans la main du chef, la rejeta à terre. Elle tomba foudroyée.

D'épouvantables cris s'élevèrent aussitôt. Cent bras menacèrent les captifs, épouvantés de cet horrible spectacle. Mais nul ne bougea, car la cérémonie funèbre n'était pas achevée.

La femme de Kara-Tété avait rejoint son époux dans la tombe. Les deux corps restaient étendus l'un près de l'autre. Mais, pour l'éternelle vie, ce n'était pas assez, à ce défunt, de sa fidèle compagne. Qui les aurait servis tous deux près de Nouï-Atoua, si leurs esclaves ne les avaient pas suivis de ce monde dans l'autre ?

Six malheureux furent amenés devant les cadavres de leurs maîtres. C'étaient des serviteurs que les impitoyables lois de la guerre avaient réduits en esclavage. Pendant la vie du chef, ils avaient subi les plus dures privations, souffert mille mauvais traitements, à peine nourris, employés sans cesse à des travaux de bêtes de somme, et maintenant, selon la croyance maorie, ils allaient reprendre pour l'éternité cette existence d'asservissement.

Ces infortunés paraissaient être résignés à leur sort. Ils ne s'étonnaient point d'un sacrifice depuis longtemps prévu. Leurs mains, libres de tout lien, attestaient qu'ils recevraient la mort sans se défendre.

D'ailleurs, cette mort fut rapide, et les longues souffrances leur furent épargnées. On réservait les tortures aux auteurs du meurtre, qui, groupés à vingt pas, détournaient les yeux de cet affreux spectacle dont l'horreur allait encore s'accroître.

Six coups de méré, portés par la main de six guerriers vigoureux, étendirent les victimes sur le sol, au milieu d'une mare de sang.

Ce fut le signal d'une épouvantable scène de cannibalisme.

Le corps des esclaves n'est pas protégé par le tabou comme le cadavre du maître. Il appartient à la tribu. C'est la menue monnaie jetée aux pleureurs des funérailles. Aussi, le sacrifice consommé, toute la masse des indigènes, chefs, guerriers, vieillards, femmes, enfants, sans distinction d'âge ni de sexe, prise d'une fureur bestiale, se rua sur les restes inanimés des victimes. En moins de temps qu'une plume rapide ne pourrait le retracer, les corps, encore fumants, furent déchirés, divisés, dépecés, mis, non pas en morceaux, mais en miettes. Des deux cents Maoris présents au sacrifice, chacun eut sa part de cette chair humaine. On luttait, on se battait, on se disputait le moindre lambeau. Les gouttes d'un sang chaud éclaboussaient ces monstrueux convives, et toute cette horde répugnante grouillait sous une pluie rouge. C'était le délire et la furie de tigres acharnés sur leur proie. On eût dit un cirque où les belluaires dévoraient les bêtes fauves. Puis, vingt feux

Les cadavres, repliés sur eux-mêmes, y furent placés.
(Page 753.)

s'allumèrent sur divers points du pah; l'odeur de la viande brûlée infecta l'atmosphère, et, sans le tumulte épouvantable de ce festin, sans les cris qui s'échappaient encore de ces gosiers gorgés de chair, les captifs auraient entendu les os des victimes craquer sous la dent des cannibales.

Glenarvan et ses compagnons, haletants, essayaient de dérober aux yeux des deux pauvres femmes cette abominable scène. Ils comprenaient alors quel supplice les attendait le lendemain, au lever du soleil, et, sans doute, de quelles cruelles tortures une pareille mort serait précédée. Ils étaient muets d'horreur.

Puis, les danses funèbres commencèrent. Des liqueurs fortes, extraites du « piper excelsum », véritable esprit de piment, activèrent l'ivresse des sauvages. Ils n'avaient plus rien d'humain. Peut-être même, oubliant le tabou du chef, allaient-ils se porter aux derniers excès sur les prisonniers qu'épouvantait leur délire? Mais Kai-Koumou avait gardé sa raison au milieu de l'ivresse générale. Il accorda une heure à cette orgie de sang pour qu'elle pût atteindre toute son intensité, puis s'éteindre, et le dernier acte des funérailles se joua avec le cérémonial accoutumé.

Les cadavres de Kara-Tété et de sa femme furent relevés, les membres ployés et ramassés contre le ventre, suivant la coutume zélandaise. Il s'agissait alors de les inhumer, non pas d'une façon définitive, mais jusqu'au moment où la terre, ayant dévoré les chairs, ne renfermerait plus que des ossements.

L'emplacement de l'Oudoupa, c'est-à-dire de la tombe, avait été choisi en dehors du retranchement, à deux milles environ, au sommet d'une petite montagne nommée Maunganamu, située sur la rive droite du lac.

C'est là que les corps devaient être transportés. Deux espèces de palanquins très primitifs, ou, pour être franc, deux civières furent apportées au pied du tertre. Les cadavres, repliés sur eux-mêmes, plutôt assis que couchés et maintenus dans leurs vêtements par un cercle de lianes, y furent placés. Quatre guerriers les enlevèrent sur leurs épaules, et toute la tribu, reprenant son hymne funèbre, les suivit processionnellement jusqu'au lieu de l'inhumation.

Les captifs, toujours surveillés, virent le cortège quitter la première enceinte du pah ; puis, les chants et les cris diminuèrent peu à peu.

Pendant une demi-heure environ, ce funèbre convoi resta hors de leur vue dans les profondeurs de la vallée. Puis, ils le réaperçurent qui serpentait sur les sentiers de la montagne. L'éloignement rendait fantastique le mouvement ondulé de cette longue et sinueuse colonne.

La tribu s'arrêta à une hauteur de huit cents pieds, c'est-à-dire au sommet du Maunganamu, à l'endroit même préparé pour l'ensevelissement de Kara-Tété.

Un simple Maori n'aurait eu pour tombe qu'un trou et un tas de pierres. Mais à un chef puissant et redouté, destiné sans doute à une déification prochaine, sa tribu réservait un tombeau digne de ses exploits.

L'Oudoupa avait été entouré de palissades, et des pieux ornés de figures rougies à l'ocre se dressaient près de la fosse où devaient reposer les cadavres. Les parents n'avaient point oublié que le « Waidoua », l'esprit des morts, se nourrit de substances matérielles, comme fait le corps pendant cette périssable vie. C'est pourquoi des vivres avaient été déposés dans l'enceinte, ainsi que les armes et les vêtements du défunt.

Rien ne manquait au confort de la tombe. Les deux époux y furent déposés l'un près de l'autre, puis recouverts de terre et d'herbes, après une nouvelle série de lamentations.

Alors le cortège redescendit silencieusement la montagne, et nul maintenant ne pouvait gravir le Maunganamu sous peine de mort, car il était taboué, comme le Tongariro, où reposent les restes d'un chef écrasé en 1846 par une convulsion du sol zélandais.

XIII

LES DERNIÈRES HEURES

Au moment où le soleil disparaissait au-delà du lac Taupo, derrière les cimes du Tuhahua et du Puketapu, les captifs furent reconduits à leur prison. Ils ne devaient plus la quitter avant l'heure où les sommets des Wahiti-Ranges s'allumeraient aux premiers feux du jour.

Il leur restait une nuit pour se préparer à mourir. Malgré l'accablement, malgré l'horreur dont ils étaient frappés, ils prirent leur repas en commun.

« Nous n'aurons pas trop de toutes nos forces, avait dit Glenarvan, pour regarder la mort en face. Il faut montrer à ces barbares comment des Européens savent mourir. »

Le repas achevé, Lady Helena récita la prière du soir à haute voix. Tous ses compagnons, la tête nue, s'y associèrent.

Où est l'homme qui ne pense pas à Dieu devant la mort ?

Ce devoir accompli, les prisonniers s'embrassèrent.

Mary Grant et Helena, retirées dans un coin de la hutte, s'étendirent sur une natte. Le sommeil, qui suspend tous les maux, s'appesantit bientôt sur leurs paupières ; elles s'endormirent dans les bras l'une de l'autre, vaincues par la fatigue et les longues insomnies. Glenarvan, prenant alors ses amis à part, leur dit :

« Mes chers compagnons, notre vie et celle de ces pauvres femmes est à Dieu. S'il est dans les décrets du

Ciel que nous mourions demain, nous saurons, j'en suis sûr, mourir en gens de cœur, en chrétiens, prêts à paraître sans crainte devant le juge suprême. Dieu, qui voit le fond des âmes, sait que nous poursuivions un noble but. Si la mort nous attend au lieu du succès, c'est qu'il le veut. Si dur que soit son arrêt, je ne murmurerai pas contre lui. Mais la mort ici, ce n'est pas la mort seulement, c'est le supplice, c'est l'infamie, peut-être, et voici deux femmes... »

Ici, la voix de Glenarvan, ferme jusqu'alors, s'altéra. Il se tut pour dominer son émotion. Puis, après un moment de silence :

« John, dit-il au jeune capitaine, tu as promis à Mary ce que j'ai promis à Lady Helena. Qu'as-tu résolu ?

— Cette promesse, répondit John Mangles, je crois avoir, devant Dieu, le droit de la remplir.

— Oui, John ! mais nous sommes sans armes ?

— En voici une, répondit John, montrant un poignard. Je l'ai arraché des mains de Kara-Tété, quand ce sauvage est tombé à vos pieds. Mylord, celui de nous qui survivra à l'autre accomplira le vœu de Lady Helena et de Mary Grant. »

Après ces paroles, un profond silence régna dans la hutte. Enfin, le major l'interrompit en disant :

« Mes amis, gardez pour les dernières minutes ce moyen extrême. Je suis peu partisan de ce qui est irrémédiable.

— Je n'ai pas parlé pour nous, répondit Glenarvan. Quelle qu'elle soit, nous saurons braver la mort ! Ah ! si nous étions seuls, vingt fois déjà je vous aurais crié : Mes amis, tentons une sortie ! Attaquons ces misérables ! Mais elles ! elles !... »

John, en ce moment, souleva la natte, et compta vingt-cinq indigènes qui veillaient à la porte du Waré-Atoua. Un grand feu avait été allumé et jetait de sinistres lueurs sur le relief accidenté du pah. De ces sauvages, les uns étaient étendus autour du brasier; les autres, debout, immobiles, se détachaient vivement en noir sur le clair rideau des flammes. Mais tous portaient de fréquents regards sur la hutte confiée à leur surveillance.

On dit qu'entre un geôlier qui veille et un prisonnier qui veut fuir, les chances sont pour le prisonnier. En effet, l'intérêt de l'un est plus grand que l'intérêt de l'autre. Celui-ci peut oublier qu'il garde, celui-là ne peut pas oublier qu'il est gardé. Le captif pense plus souvent à fuir que son gardien à empêcher sa fuite.

De là, des évasions fréquentes et merveilleuses.

Mais, ici, c'était la haine, la vengeance, qui surveillaient les captifs, et non plus un geôlier indifférent. Si les prisonniers n'avaient point été attachés, c'est que des liens étaient inutiles, puisque vingt-cinq hommes veillaient à la seule issue du Waré-Atoua.

Cette case, adossée au roc qui terminait le retranchement, n'était accessible que par une étroite langue de terre qui la reliait par-devant au plateau du pah. Ses deux autres côtés s'élevaient au-dessus de flancs à pic et surplombaient un abîme profond de cent pieds. Par là, la descente était impraticable. Nul moyen non plus de fuir par le fond, que cuirassait l'énorme rocher. La seule issue, c'était l'entrée même du Waré-Atoua, et les Maoris gardaient cette langue de terre qui la réunissait au pah comme un pont-levis. Toute évasion était donc impossible, et Glenarvan, après avoir pour la vingtième fois sondé les murs de sa prison, fut obligé de le reconnaître.

Les heures de cette nuit d'angoisses s'écoulaient cependant. D'épaisses ténèbres avaient envahi la montagne. Ni lune ni étoiles ne troublaient la profonde obscurité. Quelques rafales de vent couraient sur les flancs du pah. Les pieux de la case gémissaient. Le foyer des indigènes se ranimait soudain à cette ventilation passagère, et le reflet des flammes jetait des lueurs rapides à l'intérieur du Waré-Atoua. Le groupe des prisonniers s'éclairait un instant. Ces pauvres gens étaient absorbés dans leurs pensées dernières. Un silence de mort régnait dans la hutte.

Il devait être quatre heures du matin environ, quand l'attention du major fut éveillée par un léger bruit qui semblait se produire derrière les poteaux du fond, dans la paroi de la hutte adossée au massif. Mac Nabbs, d'abord indifférent à ce bruit, voyant qu'il continuait, écouta; puis, intrigué de sa persistance, il colla, pour le mieux apprécier, son oreille contre terre. Il lui sembla qu'on grattait, qu'on creusait à l'extérieur.

Quand il fut certain du fait, le major, se glissant près de Glenarvan et de John Mangles, les arracha à leurs douloureuses pensées et les conduisit au fond de la case.

« Écoutez », dit-il à voix basse, en leur faisant signe de se baisser.

Les grattements étaient de plus en plus perceptibles; on pouvait entendre les petites pierres grincer sous la pression d'un corps aigu et s'ébouler extérieurement.

« Quelque bête dans son terrier », dit John Mangles.

Glenarvan se frappa le front :

« Qui sait, dit-il, si c'était un homme?...

— Homme ou animal, répondit le major, je saurai à quoi m'en tenir! »

Wilson, Olbinett se joignirent à leurs compagnons, et tous se mirent à creuser la paroi, John avec son poignard, les autres avec des pierres arrachées du sol ou avec leurs ongles, tandis que Mulrady, étendu à terre, surveillait par l'entrebâillement de la natte le groupe des indigènes.

Ces sauvages, immobiles autour du brasier, ne soupçonnaient rien de ce qui se passait à vingt pas d'eux.

Le sol était fait d'une terre meuble et friable qui recouvrait le tuf siliceux. Aussi, malgré le manque d'outils, le trou avança rapidement. Bientôt il fut évident qu'un homme ou des hommes, accrochés sur les flancs du pah, perçaient une galerie dans sa paroi extérieure. Quel pouvait être leur but ? Connaissaient-ils l'existence des prisonniers, ou le hasard d'une tentative personnelle expliquait-il le travail qui semblait s'accomplir ?

Les captifs redoublèrent leurs efforts. Leurs doigts déchirés saignaient, mais ils creusaient toujours. Après une demi-heure de travail, le trou, foré par eux, avait atteint une demi-toise de profondeur. Ils pouvaient reconnaître aux bruits plus accentués qu'une mince couche de terre seulement empêchait alors une communication immédiate.

Quelques minutes s'écoulèrent encore, et soudain le major retira sa main coupée par une lame aiguë. Il retint un cri prêt à lui échapper.

John Mangles, opposant la lame de son poignard, évita le couteau qui s'agitait hors du sol, mais il saisit la main qui le tenait.

C'était une main de femme ou d'enfant, une main européenne !

De part et d'autre, pas un mot n'avait été prononcé. Il était évident que, de part et d'autre, il y avait intérêt à se taire.

« Est-ce Robert ? » murmura Glenarvan.

Mais, si bas qu'il eût prononcé ce nom, Mary Grant, éveillée par les mouvements qui s'accomplissaient dans la case, se glissa près de Glenarvan, et, saisissant cette main toute maculée de terre, elle la couvrit de baisers.

« Toi ! toi ! disait la jeune fille, qui n'avait pu s'y méprendre, toi, mon Robert !

— Oui, petite sœur, répondit Robert, je suis là, pour vous sauver tous ! Mais, silence !

— Brave enfant ! répétait Glenarvan.

Glenarvan et Lady Helena se laissèrent glisser. (Page 762.)

— Surveillez les sauvages au-dehors », reprit Robert.

Mulrady, un moment distrait par l'apparition de l'enfant, reprit son poste d'observation.

« Tout va bien, dit-il. Il n'y a plus que quatre guerriers qui veillent. Les autres sont endormis.

— Courage ! » répondit Wilson.

En un instant, le trou fut agrandi, et Robert passa des bras de sa sœur dans les bras de Lady Helena. Autour de son corps était roulée une longue corde de phormium.

« Mon enfant, mon enfant, murmurait la jeune femme, ces sauvages ne t'ont pas tué !

— Non, madame, répondit Robert. Je ne sais comment, pendant le tumulte, j'ai pu me dérober à leurs yeux ; j'ai franchi l'enceinte ; pendant deux jours, je suis resté caché derrière des arbrisseaux ; j'errais la nuit ; je voulais vous revoir. Pendant que toute la tribu s'occupait des funérailles du chef, je suis venu reconnaître ce côté du retranchement où s'élève la prison, et j'ai vu que je pourrais arriver jusqu'à vous. J'ai volé dans une hutte déserte ce couteau et cette corde. Les touffes d'herbes, les branches d'arbustes m'ont servi d'échelle ; j'ai trouvé par hasard une espèce de grotte creusée dans le massif même où s'appuie cette hutte ; je n'ai eu que quelques pieds à creuser dans une terre molle, et me voilà. »

Vingt baisers muets furent la seule réponse que put obtenir Robert.

« Partons ! dit-il d'un ton décidé.

— Paganel est en bas ? demanda Glenarvan.

— Monsieur Paganel ? répondit l'enfant, surpris de la question.

— Oui, il nous attend ?

— Mais non, mylord. Comment, monsieur Paganel n'est pas ici ?

— Il n'y est pas, Robert, répondit Mary Grant.

— Quoi ? Tu ne l'as pas vu ? demanda Glenarvan. Vous ne vous êtes pas rencontrés dans ce tumulte ? Vous ne vous êtes pas échappés ensemble ?

— Non, mylord, répondit Robert, atterré d'apprendre la disparition de son ami Paganel.

— Partons, dit le major, il n'y a pas une minute à perdre. En quelque lieu que soit Paganel, il ne peut pas être plus mal que nous ici. Partons ! »

En effet, les moments étaient précieux. Il fallait fuir. L'évasion ne présentait pas de grandes difficultés, si ce n'est sur une paroi presque perpendiculaire en dehors de la grotte, et pendant une vingtaine de pieds seulement. Puis, après, le talus offrait une descente assez douce jusqu'au bas de la montagne. De ce point, les captifs pouvaient gagner rapidement les vallées inférieures, tandis que les Maoris, s'ils venaient à s'apercevoir de leur fuite, seraient forcés de faire un très long détour pour les atteindre, puisqu'ils ignoraient l'existence de cette galerie creusée entre le Waré-Atoua et le talus extérieur.

L'évasion commença. Toutes les précautions furent prises pour la faire réussir. Les captifs passèrent un à un par l'étroite galerie et se trouvèrent dans la grotte. John Mangles, avant de quitter la hutte, fit disparaître tous les décombres et se glissa à son tour par l'ouverture, sur laquelle il laissa retomber les nattes de la case. La galerie se trouvait donc entièrement dissimulée.

Il s'agissait à présent de descendre la paroi perpendiculaire jusqu'au talus, et cette descente aurait été impraticable, si Robert n'eût apporté la corde de phormium.

On la déroula ; elle fut fixée à une saillie de roche et rejetée au-dehors.

John Mangles, avant de laisser ses amis se suspendre à ces filaments de phormium qui, par leur torsion, formaient la corde, les éprouva ; ils ne lui parurent pas offrir une grande solidité ; or, il ne fallait pas s'exposer inconsidérément, car une chute pouvait être mortelle.

« Cette corde, dit-il, ne peut supporter que le poids de deux corps ; ainsi, procédons en conséquence. Que Lord et Lady Glenarvan se laissent glisser d'abord ; lorsqu'ils seront arrivés au talus, trois secousses imprimées à la corde nous donneront le signal de les suivre.

— Je passerai le premier, répondit Robert. J'ai découvert au bas du talus une sorte d'excavation profonde où les premiers descendus se cacheront pour attendre les autres.

— Va, mon enfant », dit Glenarvan en serrant la main du jeune garçon.

Robert disparut par l'ouverture de la grotte. Une minute après, les trois secousses de la corde apprenaient que l'enfant venait d'opérer heureusement sa descente.

Aussitôt Glenarvan et Lady Helena se hasardèrent en dehors de la grotte. L'obscurité était profonde encore, mais quelques teintes grisâtres nuançaient déjà les cimes qui se dressaient dans l'est.

Le froid piquant du matin ranima la jeune femme. Elle se sentit plus forte et commença sa périlleuse évasion.

Glenarvan d'abord, Lady Helena ensuite, se laissèrent glisser le long de la corde jusqu'à l'endroit où la paroi perpendiculaire rencontrait le sommet du talus. Puis Glenarvan, précédant sa femme et la soutenant, commença à descendre à reculons. Il cherchait les touffes d'herbes et les arbrisseaux propres à lui offrir un point d'appui ; il les éprouvait d'abord, et y plaçait ensuite le pied de Lady Helena. Quelques oiseaux, réveillés subitement, s'envolaient en poussant de petits cris, et les fugitifs frémissaient quand une pierre, détachée de son alvéole, roulait avec bruit jusqu'au bas de la montagne.

Ils avaient atteint la moitié du talus, lorsqu'une voix se fit entendre à l'ouverture de la grotte :

Vers cinq heures, le jour commença à poindre. (Page 765.)

« Arrêtez! » murmurait John Mangles.

Glenarvan, accroché d'une main à une touffe de tétragones, de l'autre retenant sa femme, attendit, respirant à peine.

Wilson avait eu une alerte. Ayant entendu quelque bruit à l'extérieur du Waré-Atoua, il était rentré dans la hutte, et, soulevant la natte, il observait les Maoris. Sur un signe de lui, John arrêta Glenarvan.

En effet, un des guerriers, surpris par quelque rumeur insolite, s'était relevé et rapproché du Waré-Atoua. Debout, à deux pas de la hutte, il écoutait, la tête inclinée. Il resta dans cette attitude pendant une minute longue comme une heure, l'oreille tendue, l'œil aux aguets. Puis, secouant la tête en homme qui s'est mépris, il revint vers ses compagnons, prit une brassée de bois mort et la jeta dans le brasier à demi éteint, dont les flammes se ravivèrent. Sa figure, vivement éclairée, ne trahissait plus aucune préoccupation, et, après avoir observé les premières lueurs de l'aube qui blanchissaient l'horizon, il s'étendit près du feu pour réchauffer ses membres refroidis.

« Tout va bien », dit Wilson.

John fit signe à Glenarvan de reprendre sa descente.

Glenarvan se laissa glisser doucement sur le talus; bientôt Lady Helena et lui prirent pied sur l'étroit sentier où les attendait Robert.

La corde fut secouée trois fois, et, à son tour, John Mangles, précédant Mary Grant, suivit la périlleuse route. Son opération réussit; il rejoignit Lord et Lady Glenarvan dans le trou signalé par Robert.

Cinq minutes plus tard, tous les fugitifs, heureusement évadés du Waré-Atoua, quittaient leur retraite provisoire, et, fuyant les rives habitées du lac, ils s'enfonçaient, par d'étroits sentiers, au plus profond des montagnes.

Ils marchaient rapidement, cherchant à se défier

de tous les points où quelque regard pouvait les atteindre. Ils ne parlaient pas, ils glissaient comme des ombres à travers les arbrisseaux. Où allaient-ils? à l'aventure, mais ils étaient libres.

Vers cinq heures, le jour commença à poindre. Des nuances bleuâtres marbraient les hautes bandes de nuages. Les brumeux sommets se dégagaient des vapeurs matinales. L'astre du jour ne devait pas tarder à paraître, et ce soleil, au lieu de donner le signal du supplice, allait, au contraire, signaler la fuite des condamnés.

Il fallait donc, avant ce moment fatal, que les fugitifs se fussent mis hors de la portée des sauvages, afin de les dépister par l'éloignement. Mais ils ne marchaient pas vite, car les sentiers étaient abrupts. Lady Helena gravissait les pentes, soutenue, pour ne pas dire portée, par Glenarvan, et Mary Grant s'appuyait au bras de John Mangles; Robert, heureux, triomphant, le cœur plein de joie de son succès, ouvrait la marche; les deux matelots la fermaient.

Encore une demi-heure, et l'astre radieux allait émerger des brumes de l'horizon.

Pendant une demi-heure, les fugitifs marchèrent à l'aventure. Paganel n'était pas là pour les diriger, — Paganel, l'objet de leurs alarmes et dont l'absence faisait une ombre noire à leur bonheur. Cependant, ils se dirigeaient vers l'est, autant que possible, et s'avançaient au-devant d'une magnifique aurore. Bientôt ils eurent atteint une hauteur de cinq cents pieds au-dessus du lac Taupo, et le froid du matin, accru par cette altitude, les piquait vivement. Des formes indécises de collines et de montagnes s'étageaient les unes au-dessus des autres; mais Glenarvan ne demandait qu'à s'y perdre. Plus tard, il verrait à sortir de ce montueux labyrinthe.

Enfin le soleil parut, et il envoya ses premiers rayons au-devant des fugitifs.

Soudain un hurlement terrible, fait de cent cris, éclata dans les airs. Il s'élevait du pah, dont Glenarvan ignorait alors l'exacte situation. D'ailleurs, un épais rideau de brumes, tendu sous ses pieds, l'empêchait de distinguer les vallées basses.

Mais les fugitifs ne pouvaient en douter, leur évasion était découverte. Échapperaient-ils à la poursuite des indigènes ? Avaient-ils été aperçus ? Leurs traces ne les trahiraient-elles pas ?

En ce moment, le brouillard inférieur se leva, les enveloppa momentanément d'un nuage humide, et ils aperçurent à trois cents pieds au-dessous d'eux la masse frénétique des indigènes.

Ils voyaient, mais ils avaient été vus. De nombreux hurlements éclatèrent, des aboiements s'y joignirent, et la tribu tout entière, après avoir en vain essayé d'escalader la roche du Waré-Atoua, se précipita hors des enceintes, et s'élança par les plus courts sentiers à la poursuite des prisonniers qui fuyaient sa vengeance.

XIV

LA MONTAGNE TABOU

Le sommet de la montagne s'élevait encore d'une centaine de pieds. Les fugitifs avaient intérêt à l'atteindre afin de se dérober, sur le versant opposé, à la vue des Maoris. Ils espéraient que quelque crête praticable leur permettrait alors de gagner les cimes voisines, qui se confondaient dans un système orographique, dont le pauvre Paganel eût sans doute, s'il avait été là, débrouillé les complications.

« Asseyez-vous, mon cher lord. » (Page 770.)

L'ascension fut donc hâtée, sous la menace de ces vociférations qui se rapprochaient de plus en plus. La horde envahissante arrivait au pied de la montagne.

« Courage ! courage ! mes amis », criait Glenarvan, excitant ses compagnons de la voix et du geste.

En moins de cinq minutes, ils atteignirent le sommet du mont ; là, ils se retournèrent afin de juger la situation et de prendre une direction qui pût dépister les Maoris.

De cette hauteur, leurs regards dominaient le lac Taupo, qui s'étendait vers l'ouest dans son cadre pittoresque de montagnes. Au nord, les cimes du Pirongia. Au sud, le cratère enflammé du Tongariro. Mais, vers l'est, le regard butait contre la barrière de cimes et de croupes qui joignait les Waihiti-Ranges, cette grande chaîne dont les anneaux non interrompus relient toute l'île septentrionale du détroit de Cook au cap oriental. Il fallait donc redescendre le versant opposé et s'engager dans d'étroites gorges, peut-être sans issues.

Glenarvan jeta un coup d'œil anxieux autour de lui ; le brouillard s'étant fondu aux rayons du soleil, son regard pénétrait nettement dans les moindres cavités du sol. Aucun mouvement des Maoris ne pouvait échapper à sa vue.

Les indigènes n'étaient pas à cinq cents pieds de lui, quand ils atteignirent le plateau sur lequel reposait le cône solitaire.

Glenarvan ne pouvait, si peu que ce fût, prolonger sa halte. Épuisé ou non, il fallait fuir sous peine d'être cerné.

« Descendons ! s'écria-t-il, descendons avant que le chemin ne soit coupé ! »

Mais, au moment où les pauvres femmes se relevaient par un suprême effort, Mac Nabbs les arrêta, et dit :

« C'est inutile, Glenarvan. Voyez. »

Et tous, en effet, virent l'inexplicable changement

qui venait de se produire dans le mouvement des Maoris.

Leur poursuite s'était subitement interrompue. L'assaut de la montagne venait de cesser comme par un impérieux contrordre. La bande d'indigènes avait maîtrisé son élan, et s'était arrêtée comme les flots de la mer devant un roc infranchissable.

Tous ces sauvages, mis en appétit de sang, maintenant rangés au pied du mont, hurlaient, gesticulaient, agitaient des fusils et des haches, mais n'avançaient pas d'une semelle. Leurs chiens, comme eux enracinés au sol, aboyaient avec rage.

Que se passait-il donc? Quelle puissance invisible retenait les indigènes? Les fugitifs regardaient sans comprendre, craignant que le charme qui enchaînait la tribu de Kai-Koumou ne vînt à se rompre.

Soudain, John Mangles poussa un cri qui fit retourner ses compagnons. De la main, il leur montrait une petite forteresse élevée au sommet du cône.

« Le tombeau du chef Kara-Tété! s'écria Robert.

— Dis-tu vrai, Robert? demanda Glenarvan.

— Oui, mylord, c'est bien le tombeau! je le reconnais... »

Robert ne se trompait pas. A cinquante pieds au-dessus, à la pointe extrême de la montagne, des pieux fraîchement peints formaient une petite enceinte palissadée. Glenarvan reconnut à son tour la tombe du chef zélandais. Dans les hasards de sa fuite, il avait été conduit à la cime même du Maunganamu.

Le lord, suivi de ses compagnons, gravit les derniers talus du cône jusqu'au pied même du tombeau. Une large ouverture recouverte de nattes y donnait accès. Glenarvan allait pénétrer dans l'intérieur de l'Oudoupa quand, tout d'un coup, il recula vivement :

« Un sauvage! dit-il.

— Un sauvage dans ce tombeau? demanda le major.

— Oui, Mac Nabbs.

— Qu'importe, entrons. »

Glenarvan, le major, Robert et John Mangles pénétrèrent dans l'enceinte. Un Maori était là, vêtu d'un grand manteau de phormium; l'ombre de l'Oudoupa ne permettait pas de distinguer ses traits. Il paraissait fort tranquille, et déjeunait avec la plus parfaite insouciance. Glenarvan allait lui adresser la parole, quand l'indigène, le prévenant, lui dit d'un ton aimable et en bonne langue anglaise :

« Asseyez-vous donc, mon cher lord, le déjeuner vous attend. »

C'était Paganel. A sa voix, tous se précipitèrent dans l'Oudoupa et tous passèrent dans les grands bras de l'excellent géographe. Paganel était retrouvé! C'était le salut commun qui se présentait dans sa personne! On allait l'interroger, on voulait savoir comment et pourquoi il se trouvait au sommet du Maunganamu; mais Glenarvan arrêta d'un mot cette inopportune curiosité.

« Les sauvages! dit-il.

— Les sauvages, répondit en haussant les épaules Paganel. Voilà des individus que je méprise souverainement!

— Mais ne peuvent-ils?...

— Eux! ces imbéciles! Venez les voir! »

Chacun suivit Paganel, qui sortit de l'Oudoupa. Les Zélandais étaient à la même place, entourant le pied du cône, et poussant d'épouvantables vociférations.

« Criez! hurlez! époumonez-vous, stupides créatures! dit Paganel. Je vous défie bien de gravir cette montagne!

— Et pourquoi? demanda Glenarvan.

— Parce que le chef y est enterré, parce que ce tombeau nous protège, parce que la montagne est tabou!

— Tabou ?

— Oui, mes amis ! et voilà pourquoi je me suis réfugié ici comme dans un de ces lieux d'asile du Moyen Age ouverts aux malheureux.

— Dieu est pour nous ! » s'écria Lady Helena, levant ses mains vers le ciel.

En effet, le mont était tabou, et, par sa consécration, il échappait à l'envahissement des superstitieux sauvages.

Ce n'était pas encore le salut des fugitifs, mais un répit salutaire, dont ils cherchaient à profiter. Glenarvan, en proie à une indicible émotion, ne proférait pas une parole, et le major remuait la tête d'un air véritablement satisfait.

« Et maintenant, mes amis, dit Paganel, si ces brutes comptent sur nous pour exercer leur patience, ils se trompent. Avant deux jours, nous serons hors des atteintes de ces coquins.

— Nous fuirons ! dit Glenarvan. Mais comment ?

— Je n'en sais rien, répondit Paganel, mais nous fuirons tout de même. »

Alors, chacun voulut connaître les aventures du géographe. Chose bizarre, et retenue singulière chez un homme si prolixe, il fallut, pour ainsi dire, lui arracher les paroles de la bouche. Lui qui aimait tant à conter, il ne répondit que d'une manière évasive aux questions de ses amis.

« On m'a changé mon Paganel », pensait Mac Nabbs.

En effet, la physionomie du digne savant n'était plus la même. Il s'enveloppait sévèrement dans son vaste châle de phormium, et semblait éviter les regards trop curieux. Ses manières embarrassées, lorsqu'il était question de lui, n'échappèrent à personne, mais, par discrétion, personne ne parut les remarquer. D'ailleurs, quand Paganel n'était plus sur le tapis, il reprenait son enjouement habituel.

Quant à ses souvenirs, voici ce qu'il jugea convenable d'en apprendre à ses compagnons, lorsque tous se furent assis près de lui, au pied des poteaux de l'Oudoupa.

Après le meurtre de Kara-Tété, Paganel profita comme Robert du tumulte des indigènes et se jeta hors de l'enceinte du pah. Mais, moins heureux que le jeune Grant, il alla donner droit dans un campement de Maoris. Là commandait un chef de belle taille, à l'air intelligent, évidemment supérieur à tous les guerriers de sa tribu. Ce chef parlait correctement anglais, et souhaita la bienvenue en limant du bout de son nez le nez du géographe.

Paganel se demandait s'il devait se considérer comme prisonnier ou non. Mais, voyant qu'il ne pouvait faire un pas sans être gracieusement accompagné du chef, il sut bientôt à quoi s'en tenir à cet égard.

Ce chef, nommé « Hihy », c'est-à-dire « rayon du soleil », n'était point un méchant homme. Les lunettes et la longue-vue du géographe semblaient lui donner une haute idée de Paganel, et il l'attacha particulièrement à sa personne, non seulement par ses bienfaits, mais encore avec de bonnes cordes de phormium. La nuit surtout.

Cette situation nouvelle dura trois grands jours. Pendant ce laps de temps, Paganel fut-il bien ou mal traité? « Oui et non », dit-il, sans s'expliquer davantage. Bref, il était prisonnier, et, sauf la perspective d'un supplice immédiat, sa condition ne lui paraissait guère plus enviable que celle de ses infortunés amis.

Heureusement, pendant une nuit, il parvint à ronger ses cordes et à s'échapper. Il avait assisté de loin à l'enterrement du chef, il savait qu'on l'avait inhumé au sommet du Maunganamu, et que la montagne devenait tabou par ce fait. Ce fut là qu'il résolut de se réfugier, ne voulant pas quitter le pays où ses compagnons étaient retenus. Il réussit dans sa périlleuse entreprise.

Il arriva pendant la nuit dernière au tombeau de Kara-Tété, et attendit, « tout en reprenant des forces », que le Ciel délivrât ses amis par quelque hasard.

Tel fut le récit de Paganel. Omit-il à dessein certaine circonstance de son séjour chez les indigènes ? Plus d'une fois, son embarras le laissa croire. Quoi qu'il en soit, il reçut d'unanimes félicitations, et, le passé connu, on en revint au présent.

La situation était toujours excessivement grave. Les indigènes, s'ils ne se hasardaient pas à gravir le Maunganamu, comptaient sur la faim et la soif pour reprendre leurs prisonniers. Affaire de temps, et les sauvages ont la patience longue.

Glenarvan ne se méprenait pas sur les difficultés de sa position, mais il résolut d'attendre les circonstances favorables, et de les faire naître, au besoin.

Et d'abord Glenarvan voulut reconnaître avec soin le Maunganamu, c'est-à-dire sa forteresse improvisée, non pour la défendre, car le siège n'en était pas à craindre, mais pour en sortir. Le major, John, Robert, Paganel et lui prirent un relevé exact de la montagne. Ils observèrent la direction des sentiers, leurs aboutissants, leur déclivité. La crête, longue d'un mille, qui réunissait le Maunganamu à la chaîne des Wahiti, allait en s'abaissant vers la plaine. Son arête, étroite et capricieusement profilée, présentait la seule route praticable, au cas où l'évasion serait possible. Si les fugitifs y passaient inaperçus, à la faveur de la nuit, peut-être réussiraient-ils à s'engager dans les profondes vallées des Ranges, et à dépister les guerriers maoris.

Mais cette route offrait plus d'un danger. Dans sa partie basse, elle passait à portée des coups de fusil. Les balles des indigènes postés aux rampes inférieures pouvaient s'y croiser, et tendre là un réseau de fer que nul ne saurait impunément franchir.

Glenarvan et ses amis, s'étant aventurés sur la partie dangereuse de la crête, furent salués d'une grêle de plomb qui ne les atteignit pas. Quelques bourres, enlevées par le vent, arrivèrent jusqu'à eux. Elles étaient faites de papier imprimé que Paganel ramassa par curiosité pure et qu'il déchiffra non sans peine.

« Bon ! dit-il, savez-vous, mes amis, avec quoi ces animaux-là bourrent leurs fusils ?

— Non, Paganel, répondit Glenarvan.

— Avec des feuillets de la Bible ! Si c'est l'emploi qu'ils font des versets sacrés, je plains leurs missionnaires ! Ils auront de la peine à fonder des bibliothèques maories.

— Et quel passage des livres saints ces indigènes nous ont-ils tiré en pleine poitrine ? demanda Glenarvan.

— Une parole du Dieu tout-puissant, répondit John Mangles, qui venait de lire à son tour la papier maculé par l'explosion. Cette parole nous dit d'espérer en lui, ajouta le capitaine, avec l'inébranlable conviction de sa foi écossaise.

— Lis, John », dit Glenarvan.

Et John lut ce verset respecté par la déflagration de la poudre :

« Psaume 90. — *« Parce qu'il a espéré en moi, je le délivrerai. »*

— Mes amis, dit Glenarvan, il faut reporter ces paroles d'espérance à nos braves et chères compagnes. Il y a là de quoi leur ranimer le cœur. »

Glenarvan et ses compagnons remontèrent les abrupts sentiers du cône, et se dirigèrent vers le tombeau qu'ils voulaient examiner.

Chemin faisant, ils furent étonnés de surprendre, à de petits intervalles, comme un certain frémissement du sol. Ce n'était pas une agitation, mais cette vibration continue qu'éprouvent les parois d'une chaudière à la poussée de l'eau bouillante. De violentes vapeurs, nées

Le steward tomba à la renverse. (Page 779.)

de l'action des feux souterrains, étaient évidemment emmagasinées sous l'enveloppe de la montagne.

Cette particularité ne pouvait émerveiller des gens qui venaient de passer entre les sources chaudes du Waikato. Ils savaient que cette région centrale d'Ika-na-Maoui est essentiellement volcanique. C'est un véritable tamis dont le tissu laisse transpirer les vapeurs de la terre par les sources bouillantes et les solfatares.

Paganel, qui l'avait déjà observée, appela donc l'attention de ses amis sur la nature volcanique de la montagne. Le Maunganamu n'était que l'un de ces nombreux cônes qui hérissent la portion centrale de l'île, c'est-à-dire un volcan de l'avenir. La moindre action mécanique pouvait déterminer la formation d'un cratère dans ses parois faites d'un tuf siliceux et blanchâtre.

« En effet, dit Glenarvan, mais nous ne sommes pas plus en danger ici qu'auprès de la chaudière du *Duncan*. C'est une tôle solide que cette croûte de terre !

— D'accord, répondit le major, mais une chaudière, si bonne qu'elle soit, finit toujours par éclater, après un long service.

— Mac Nabbs, reprit Paganel, je ne demande pas à rester sur ce cône. Que le Ciel me montre une route praticable, et je le quitte à l'instant.

— Ah ! pourquoi ce Maunganamu ne peut-il nous entraîner lui-même, répondit John Mangles, puisque tant de puissance mécanique est renfermée dans ses flancs. Il y a peut-être, sous nos pieds, la force de plusieurs millions de chevaux, stérile et perdue ! Notre *Duncan* n'en demanderait pas la millième partie pour nous porter au bout du monde ! »

Ce souvenir du *Duncan*, évoqué par John Mangles, eut pour effet de ramener les pensées les plus tristes dans l'esprit de Glenarvan ; car, si désespérée que fût sa propre situation, il l'oubliait souvent pour gémir sur le sort de son équipage.

Il songeait encore, quand il retrouva au sommet du Maunganamu ses compagnons d'infortune.

Lady Helena, dès qu'elle l'aperçut, vint à lui.

« Mon cher Edward, dit-elle, vous avez reconnu notre position ? Devons-nous espérer ou craindre ?

— Espérer, ma chère Helena, répondit Glenarvan. Les indigènes ne franchiront jamais la limite de la montagne, et le temps ne nous manquera pas pour former un plan d'évasion.

— D'ailleurs, madame, dit John Mangles, c'est Dieu lui-même qui nous recommande d'espérer. »

John Mangles remit à Lady Helena ce feuillet de la Bible, où se lisait le verset sacré. La jeune femme et la jeune fille, l'âme confiante, le cœur ouvert à toutes les interventions du Ciel, virent dans ces paroles du livre saint un infaillible présage de salut.

« Maintenant, à l'Oudoupa ! s'écria gaiement Paganel. C'est notre forteresse, notre château, notre salle à manger, notre cabinet de travail ! Personne ne nous y dérangera ! Mesdames, permettez-moi de vous faire les honneurs de cette charmante habitation. »

On suivit l'aimable Paganel. Lorsque les sauvages virent les fugitifs profaner de nouveau cette sépulture tabouée, ils firent éclater de nombreux coups de feu et d'épouvantables hurlements, ceux-ci aussi bruyants que ceux-là. Mais, fort heureusement, les balles ne portèrent pas si loin que les cris, et tombèrent à mi-côte, pendant que les vociférations allaient se perdre dans l'espace.

Lady Helena, Mary Grant et leurs compagnons, tout à fait rassurés en voyant que la superstition des Maoris était encore plus forte que leur colère, entrèrent dans le monument funèbre.

C'était une palissade de pieux peints en rouge, que cet Oudoupa du chef zélandais. Des figures symboliques, un vrai tatouage sur bois, racontaient la noblesse et les hauts faits du défunt. Des chapelets d'amulettes, de coquillages ou de pierres taillées se balançaient d'un poteau à l'autre. A l'intérieur, le sol disparaissait sous un tapis de feuilles vertes. Au centre, une légère extumescence trahissait la tombe fraîchement creusée.

Là reposaient les armes du chef, ses fusils chargés et amorcés, sa lance, sa superbe hache en jade vert, avec une provision de poudre et de balles suffisante pour les chasses éternelles.

« Voilà tout un arsenal, dit Paganel, dont nous ferons un meilleur emploi que le défunt. Une bonne idée qu'ont ces sauvages d'emporter leurs armes dans l'autre monde !

— Eh ! mais, ce sont des fusils de fabrique anglaise ! dit le major.

— Sans doute, répondit Glenarvan, et c'est une assez sotte coutume de faire cadeau d'armes à feu aux sauvages ! Ils s'en servent ensuite contre les envahisseurs, et ils ont raison. En tout cas, ces fusils pourront nous être utiles !

— Mais ce qui nous sera plus utile encore, dit Paganel, ce sont les vivres et l'eau destinés à Kara-Tété. »

En effet, les parents et les amis du mort avaient bien fait les choses. L'approvisionnement témoignait de leur estime pour les vertus du chef. Il y avait des vivres suffisants à nourrir dix personnes pendant quinze jours ou plutôt le défunt pour l'éternité. Ces aliments de nature végétale consistaient en fougères, en patates douces, le « convolvulus batatas » indigène, et en pommes de terre importées depuis longtemps dans le pays par les Européens. De grands vases contenaient l'eau pure qui figure au repas zélandais, et une douzaine de paniers, artistement tressés, renfermaient des tablettes d'une gomme verte parfaitement inconnue.

Les fugitifs étaient donc prémunis pour quelques jours contre la faim et la soif. Ils ne se firent aucunement prier pour prendre leur premier repas aux dépens du chef.

Glenarvan rapporta les aliments nécessaires à ses compagnons, et les confia aux soins de Mr. Olbinett. Le steward, toujours formaliste, même dans les plus graves situations, trouva le menu du repas un peu maigre. D'ailleurs, il ne savait comment préparer ces racines, et le feu lui manquait.

Mais Paganel le tira d'affaire, en lui conseillant d'enfouir tout simplement ses fougères et ses patates douces dans le sol même.

En effet, la température des couches supérieures était très élevée, et un thermomètre, enfoncé dans ce terrain, eût certainement accusé une chaleur de 60 à 65°. Olbinett faillit même s'échauder très sérieusement, car, au moment où il venait de creuser un trou pour y déposer ses racines, une colonne de vapeur d'eau se dégagea, et monta en sifflant à la hauteur d'une toise.

Le steward tomba à la renverse, épouvanté.

« Fermez le robinet ! » cria le major, qui, aidé des deux matelots, accourut et combla le trou de débris ponceux, tandis que Paganel, considérant d'un air singulier ce phénomène, murmurait ces mots :

« Tiens ! tiens ! hé ! hé ! pourquoi pas ?

— Vous n'êtes pas blessé ? demanda Mac Nabbs à Olbinett.

— Non, monsieur Mac Nabbs, répondit le steward, mais je ne m'attendais guère...

— A tant de bienfaits du Ciel ! s'écria Paganel d'un ton enjoué. Après l'eau et les vivres de Kara-Tété, le feu de la terre ! Mais c'est un paradis que cette montagne ! Je propose d'y fonder une colonie, de la cultiver, de nous y établir pour le reste de nos jours ! Nous serons les Robinsons du Maunganamu ! En vérité, je cherche vainement ce qui nous manque sur ce confortable cône !

— Rien, s'il est solide, répondit John Mangles.

— Bon ! il n'est pas fait d'hier, dit Paganel. Depuis

longtemps il résiste à l'action des feux intérieurs, et il tiendra bien jusqu'à notre départ.

— Le déjeuner est servi », annonça Mr. Olbinett, aussi gravement que s'il eût été dans l'exercice de ses fonctions au château de Malcolm.

Aussitôt les fugitifs, assis près de la palissade, commencèrent un de ces repas que depuis quelque temps la Providence leur envoyait si exactement dans les plus graves conjonctures.

On ne se montra pas difficile sur le choix des aliments, mais les avis furent partagés touchant la racine de fougère comestible. Les uns lui trouvèrent une saveur douce et agréable, les autres un goût mucilagineux, parfaitement insipide, et une remarquable coriacité. Les patates douces, cuites dans le sol brûlant, étaient excellentes. Le géographe fit observer que Kara-Tété n'était point à plaindre.

Puis, la faim rassasiée, Glenarvan proposa de discuter, sans retard, un plan d'évasion.

« Déjà ! dit Paganel, d'un ton véritablement piteux. Comment, vous songez déjà à quitter ce lieu de délices ?

— Mais, monsieur Paganel, répondit Lady Helena, en admettant que nous soyons à Capoue, vous savez qu'il ne faut pas imiter Annibal !

— Madame, répondit Paganel, je ne me permettrai point de vous contredire, et puisque vous voulez discuter, discutons.

— Je pense tout d'abord, dit Glenarvan, que nous devons tenter une évasion avant d'y être poussés par la famine. Les forces ne nous manquent pas, et il faut en profiter. La nuit prochaine, nous essaierons de gagner les vallées de l'est en traversant le cercle des indigènes à la faveur des ténèbres.

— Parfait, répondit Paganel, si les Maoris nous laissent passer.

— Et s'ils nous en empêchent? dit John Mangles.

— Alors, nous emploierons les grands moyens, répondit Paganel.

— Vous avez donc de grands moyens? demanda le major.

— A n'en savoir que faire! » répliqua Paganel sans s'expliquer davantage.

Il ne restait plus qu'à attendre la nuit pour essayer de franchir la ligne des indigènes.

Ceux-ci n'avaient pas quitté la place. Leurs rangs semblaient même s'être grossis des retardataires de la tribu. Çà et là, des foyers allumés formaient une ceinture de feux à la base du cône. Quand les ténèbres envahirent les vallées environnantes, le Maunganamu parut sortir d'un vaste brasier, tandis que son sommet se perdait dans une ombre épaisse. On entendait à six cents pieds plus bas l'agitation, les cris, le murmure du bivouac ennemi.

A neuf heures, par une nuit très noire, Glenarvan et John Mangles résolurent d'opérer une reconnaissance, avant d'entraîner leurs compagnons sur cette périlleuse route. Ils descendirent sans bruit, pendant dix minutes environ, et s'engagèrent sur l'étroite arête qui traversait la ligne indigène, à cinquante pieds au-dessus du campement.

Tout allait bien jusqu'alors. Les Maoris, étendus près de leurs brasiers, ne semblaient pas apercevoir les deux fugitifs, qui firent encore quelques pas. Mais soudain, à gauche et à droite de la crête, une double fusillade éclata.

« En arrière! dit Glenarvan, ces bandits ont des yeux de chat et des fusils de riflemen! »

John Mangles et lui remontèrent aussitôt les roides talus du mont, et vinrent promptement rassurer leurs amis effrayés par les détonations. Le chapeau de Glenarvan avait été traversé de deux balles. Il était donc impossible de s'aventurer sur l'interminable crête entre ces deux rangs de tirailleurs.

« A demain, dit Paganel, et puisque nous ne pouvons tromper la vigilance de ces indigènes, vous me permettrez de leur servir un plat de ma façon ! »

La température était assez froide. Heureusement, Kara-Tété avait emporté dans sa tombe ses meilleures robes de nuit, de chaudes couvertures de phormium dont chacun s'enveloppa sans scrupule, et bientôt les fugitifs, gardés par la superstition indigène, dormaient tranquillement à l'abri des palissades, sur ce sol tiède et tout frissonnant de bouillonnements intérieurs.

XV

LES GRANDS MOYENS DE PAGANEL

Le lendemain, 17 février, le soleil levant réveilla de ses premiers rayons les dormeurs de Maunganamu. Les Maoris, depuis longtemps déjà, allaient et venaient au pied du cône, sans s'écarter de leur ligne d'observation. De furieuses clameurs saluèrent l'apparition des Européens qui sortaient de l'enceinte profanée.

Chacun jeta son premier coup d'œil aux montagnes environnantes, aux vallées profondes encore noyées de brumes, à la surface du lac Taupo, que le vent du matin ridait légèrement.

Puis tous, avides de connaître les nouveaux projets de Paganel, se réunirent autour de lui, et l'interrogèrent des yeux.

Paganel répondit aussitôt à l'inquiète curiosité de ses compagnons.

« Mes amis, dit-il, mon projet a cela d'excellent que,

Les travailleurs se firent des leviers avec des pieux. (Page 788.)

s'il ne produit pas tout l'effet que j'en attends, s'il échoue même, notre situation ne sera pas empirée. Mais il doit réussir, il réussira.

— Et ce projet? demanda Mac Nabbs.

— Le voici, répondit Paganel. La superstition des indigènes a fait de cette montagne un lieu d'asile, il faut que la superstition nous aide à en sortir. Si je parviens à persuader à Kai-Koumou que nous avons été victimes de notre profanation, que le courroux céleste nous a frappés, en un mot, que nous sommes morts et d'une mort terrible, croyez-vous qu'il abandonne ce plateau du Maunganamu pour retourner à son village?

— Cela n'est pas douteux, dit Glenarvan.

— Et de quelle mort horrible nous menacez-vous? demanda Lady Helena.

— De la mort des sacrilèges, mes amis, répondit Paganel. Les flammes vengeresses sont sous nos pieds. Ouvrons-leur passage!

— Quoi! vous voulez faire un volcan! s'écria John Mangles.

— Oui, un volcan factice, un volcan improvisé, dont nous dirigerons les fureurs! Il y a là toute une provision de vapeurs et de feux souterrains qui ne demandent qu'à sortir! Organisons une éruption artificielle à notre profit!

— L'idée est bonne, dit le major. Bien imaginé, Paganel!

— Vous comprenez, reprit le géographe, que nous feindrons d'être dévorés par les flammes du Pluton zélandais, et que nous disparaîtrons spirituellement dans le tombeau de Kara-Tété...

— Où nous resterons trois jours, quatre jours, cinq jours, s'il le faut, c'est-à-dire jusqu'au moment où les sauvages, convaincus de notre mort, abandonneront la partie.

Une colonne incandescente fusa vers le ciel. (Page 788.)

— Mais s'ils ont l'idée de constater notre châtiment, dit Miss Grant, s'ils gravissent la montagne ?

— Non, ma chère Mary, répondit Paganel, ils ne le feront pas. La montagne est tabouée, et quand elle aura elle-même dévoré ses profanateurs, son tabou sera plus rigoureux encore !

— Ce projet est véritablement bien conçu, dit Glenarvan. Il n'a qu'une chance contre lui, et cette chance, c'est que les sauvages s'obstinent à rester si longtemps encore au pied du Maunganamu, que les vivres viennent à nous manquer. Mais cela est peu probable, surtout si nous jouons habilement notre jeu.

— Et quand tenterons-nous cette dernière chance ? demanda Lady Helena.

— Ce soir même, répondit Paganel, à l'heure des plus épaisses ténèbres.

— C'est convenu, répondit Mac Nabbs. Paganel, vous êtes un homme de génie, et moi qui ne me passionne guère, d'habitude, je réponds du succès. Ah ! ces coquins ! nous allons leur servir un petit miracle, qui retardera leur conversion d'un bon siècle ! Que les missionnaires nous le pardonnent ! »

Le projet de Paganel était donc adopté, et véritablement, avec les superstitieuses idées des Maoris, il pouvait, il devait réussir. Restait son exécution. L'idée était bonne, mais sa mise en pratique difficile. Ce volcan n'allait-il pas dévorer les audacieux qui lui creuseraient un cratère ? Pourrait-on maîtriser, diriger cette éruption, quand ses vapeurs, ses flammes et ses laves seraient déchaînées ? Le cône tout entier ne s'abîmerait-il pas dans un gouffre de feu ? C'était toucher là à ces phénomènes dont la nature s'est réservé le monopole absolu.

Paganel avait prévu ces difficultés, mais il comptait agir avec prudence et sans pousser les choses à l'extrême. Il suffisait d'une apparence pour duper les Maoris, et non de la terrible réalité d'une éruption.

Combien cette journée parut longue ! Chacun en compta les interminables heures. Tout était préparé pour la fuite. Les vivres de l'Oudoupa avaient été divisés et formaient des paquets peu embarrassants. Quelques nattes et les armes à feu complétaient ce léger bagage, enlevé au tombeau du chef. Il va sans dire que ces préparatifs furent faits dans l'enceinte palissadée et à l'insu des sauvages.

A six heures, le steward servit un repas réconfortant. Où et quand mangerait-on dans les vallées du district, nul ne le pouvait prévoir. Donc, on dîna pour l'avenir. Le plat du milieu se composait d'une demi-douzaine de gros rats, attrapés par Wilson et cuits à l'étouffée. Lady Helena et Mary Grant refusèrent obstinément de goûter ce gibier si estimé dans la Nouvelle-Zélande, mais les hommes s'en régalèrent comme de vrais Maoris. Cette chair était véritablement excellente, savoureuse même, et les six rongeurs furent rongés jusqu'aux os.

Le crépuscule du soir arriva. Le soleil disparut derrière une bande d'épais nuages d'aspect orageux. Quelques éclairs illuminaient l'horizon, et un tonnerre lointain roulait dans les profondeurs du ciel.

Paganel salua l'orage qui venait en aide à ses desseins et complétait sa mise en scène. Les sauvages sont superstitieusement affectés par ces grands phénomènes de la nature. Les Néo-Zélandais tiennent le tonnerre pour la voix irritée de leur Nouï-Atoua, et l'éclair n'est que la fulguration courroucée de ses yeux. La divinité paraîtrait donc venir personnellement châtier les profanateurs du tabou. A huit heures, le sommet du Maunganamu disparut dans une obscurité sinistre. Le ciel prêtait un fond noir à cet épanouissement de flammes que la main de Paganel allait y projeter. Les Maoris ne pouvaient plus voir leurs prisonniers. Le moment d'agir était venu.

Il fallait procéder avec rapidité. Glenarvan, Paganel,

Mac Nabbs, Robert, le steward, les deux matelots, se mirent à l'œuvre simultanément.

L'emplacement du cratère fut choisi à trente pas du tombeau de Kara-Tété. Il était important, en effet, que cet Oudoupa fût respecté par l'éruption, car avec lui eût également disparu le tabou de la montagne. Là, Paganel avait remarqué un énorme bloc de pierre autour duquel les vapeurs s'épanchaient avec une certaine intensité. Ce bloc recouvrait un petit cratère naturel creusé dans le cône, et s'opposait par son poids seul à l'épanchement des flammes souterraines. Si l'on parvenait à le rejeter hors de son alvéole, les vapeurs et les laves fuseraient aussitôt par l'ouverture dégagée.

Les travailleurs se firent des leviers avec les pieux arrachés à l'intérieur de l'Oudoupa, et ils attaquèrent vigoureusement la masse rocheuse. Sous leurs efforts simultanés, le roc ne tarda pas à s'ébranler. Ils lui creusèrent une sorte de petite tranchée sur le talus du mont, afin qu'il pût glisser par ce plan incliné. A mesure qu'ils le soulevaient, les trépidations du sol s'accusaient plus violemment.

De sourds rugissements de flammes et des sifflements de fournaise couraient sous la croûte amincie. Les audacieux ouvriers, véritables cyclopes maniant les feux de la terre, travaillaient silencieusement. Bientôt, quelques fissures et des jets de vapeur brûlante leur apprirent que la place devenait périlleuse. Mais un suprême effort arracha le bloc, qui glissa sur la pente du mont et disparut.

Aussitôt la couche amincie céda. Une colonne incandescente fusa vers le ciel avec de véhémentes détonations, tandis que des ruisseaux d'eau bouillante et de laves roulaient vers le campement des indigènes et les vallées inférieures.

Tout le cône trembla, et l'on put croire qu'il s'abîmait dans un gouffre sans fond. Glenarvan et ses compagnons eurent à peine le temps de se soustraire aux atteintes de l'éruption ; ils s'enfuirent dans l'enceinte de l'Oudoupa, non sans avoir reçu quelques gouttes d'une eau portée à une température de 94°. Cette eau répandit d'abord une légère odeur de bouillon, qui se changea bientôt en une odeur de soufre très marquée.

Alors les vases, les laves, les détritus volcaniques, se confondirent dans un même embrasement. Des torrents de feu sillonnèrent les flancs du Maunganamu. Les montagnes prochaines s'éclairèrent au feu de l'éruption ; les vallées profondes s'illuminèrent d'une réverbération intense.

Tous les sauvages s'étaient levés, hurlant sous la morsure de ces laves qui bouillonnaient au milieu de leur bivouac. Ceux que le fleuve de feu n'avait pas atteints fuyaient et remontaient les collines environnantes ; puis, ils se retournaient épouvantés, et considéraient cet effrayant phénomène, ce volcan dans lequel la colère de leur dieu abîmait les profanateurs de la montagne sacrée. Et, à de certains moments où faiblissait le fracas de l'éruption, on les entendait hurler leur cri sacramentel :

« Tabou ! tabou ! tabou ! »

Cependant, une énorme quantité de vapeurs, de pierres enflammées et de laves s'échappait de ce cratère du Maunganamu. Ce n'était plus un simple geyser, comme ceux qui avoisinent le mont Hécla en Islande, mais le mont Hécla lui-même. Toute cette suppuration volcanique s'était contenue jusqu'alors sous l'enveloppe du cône, parce que les soupapes du Tongariro suffisaient à son expansion ; mais lorsqu'on lui ouvrit une issue nouvelle, elle se précipita avec une extrême véhémence, et cette nuit-là, par une loi d'équilibre, les autres éruptions de l'île durent perdre de leur intensité habituelle.

Une heure après le début de ce volcan sur la scène

du monde, de larges ruisseaux de lave incandescente coulaient sur ses flancs. On voyait toute une légion de rats sortir de leurs trous inhabitables et fuir le sol embrasé.

Pendant la nuit entière et sous l'orage qui se déchaînait dans les hauteurs du ciel, le cône fonctionna avec une violence qui ne laissa pas d'inquiéter Glenarvan. L'éruption rongeait les bords du cratère.

Les prisonniers, cachés derrière l'enceinte de pieux, suivaient les effrayants progrès du phénomène.

Le matin arriva. La fureur volcanique ne se modérait pas. D'épaisses vapeurs jaunâtres se mêlaient aux flammes; les torrents de lave serpentaient de toutes parts.

Glenarvan, l'œil aux aguets, le cœur palpitant, glissa son regard à tous les interstices de l'enceinte palissadée et observa le campement des indigènes.

Les Maoris avaient fui sur les plateaux voisins, hors des atteintes du volcan. Quelques cadavres, couchés au pied du cône, étaient carbonisés par le feu. Plus loin, vers le pah, les laves avaient gagné une vingtaine de huttes, qui fumaient encore. Les Zélandais, formant çà et là des groupes, considéraient le sommet empanaché du Maunganamu avec une religieuse épouvante.

Kai-Koumou vint au milieu de ses guerriers, et Glenarvan le reconnut. Le chef s'avança jusqu'au pied du cône, par le côté respecté des laves, mais il n'en franchit pas le premier échelon.

Là, les bras étendus comme un sorcier qui exorcise, il fit quelques grimaces dont le sens n'échappa point aux prisonniers. Ainsi que l'avait prévu Paganel, Kai-Koumou lançait sur la montagne vengeresse un tabou plus rigoureux.

Bientôt après, les indigènes s'en allaient par files dans les sentiers sinueux qui descendaient vers le pah.

« Ils partent! s'écria Glenarvan. Ils abandonnent

leur poste ! Dieu soit loué ! Notre stratagème a réussi ! Ma chère Helena, mes braves compagnons, nous voilà morts, nous voilà enterrés ! Mais ce soir, à la nuit, nous ressusciterons, nous quitterons notre tombeau, nous fuirons ces barbares peuplades ! »

On se figurerait difficilement la joie qui régna dans l'Oudoupa. L'espoir avait repris tous les cœurs. Ces courageux voyageurs oubliaient le passé, oubliaient l'avenir, pour ne songer qu'au présent ! Et pourtant, cette tâche n'était pas facile de gagner quelque établissement européen au milieu de ces contrées inconnues. Mais, Kai-Koumou dépisté, on se croyait sauvé de tous les sauvages de la Nouvelle-Zélande !

Le major, pour son compte, ne cacha pas le souverain mépris que lui causaient ces Maoris, et les expressions ne lui manquèrent pas pour les qualifier. Ce fut un assaut entre Paganel et lui. Ils les traitèrent de brutes impardonnables, d'ânes stupides, d'idiots du Pacifique, de sauvages de Bedlam, de crétins des Antipodes, etc. Ils ne tarirent pas.

Une journée entière devait encore s'écouler avant l'évasion définitive. On l'employa à discuter un plan de fuite. Paganel avait précieusement conservé sa carte de la Nouvelle-Zélande, et il put y chercher les plus sûrs chemins.

Après discussion, les fugitifs résolurent de se porter dans l'est vers la baie Plenty. C'était passer par des régions inconnues, mais vraisemblablement désertes. Les voyageurs, habitués déjà à se tirer des difficultés naturelles, à tourner les obstacles physiques, ne redoutaient que la rencontre des Maoris. Ils voulaient donc les éviter à tout prix et gagner la côte orientale, où les missionnaires ont fondé quelques établissements. De plus, cette portion de l'île avait échappé jusqu'ici aux désastres de la guerre, et les partis indigènes n'y battaient pas la campagne.

Quant à la distance qui séparait le lac Taupo de la baie Plenty, on pouvait l'évaluer à cent milles. Dix jours de marche à dix milles par jour. Cela se ferait, non sans fatigues; mais, dans cette courageuse troupe, nul ne comptait ses pas. Les missions une fois atteintes, les voyageurs s'y reposeraient en attendant quelque occasion favorable de gagner Auckland, car c'était toujours cette ville qu'ils voulaient gagner.

Ces divers points arrêtés, on continua de surveiller les indigènes jusqu'au soir. Il n'en restait plus un seul au pied de la montagne, et quand l'ombre envahit les vallées du Taupo, aucun feu ne signala la présence des Maoris au bas du cône. Le chemin était libre.

A neuf heures, par une nuit noire, Glenarvan donna le signal du départ. Ses compagnons et lui, armés et équipés aux frais de Kara-Tété, commencèrent à descendre prudemment les rampes du Maunganamu. John Mangles et Wilson tenaient la tête, l'oreille et l'œil aux aguets. Ils s'arrêtaient au moindre bruit, ils interrogeaient la moindre lueur. Chacun se laissait pour ainsi dire glisser sur le talus du mont pour se mieux confondre avec lui.

A deux cents pieds au-dessus du sommet, John Mangles et son matelot atteignirent la périlleuse arête défendue si obstinément par les indigènes. Si par malheur les Maoris, plus rusés que les fugitifs, avaient feint une retraite pour les attirer jusqu'à eux, s'ils n'avaient pas été dupes du phénomène volcanique, c'était en ce lieu même que leur présence se révélerait. Glenarvan, malgré toute sa confiance et en dépit des plaisanteries de Paganel, ne put s'empêcher de frémir. Le salut des siens allait se jouer tout entier pendant ces dix minutes nécessaires à franchir la crête. Il sentait battre le cœur de Lady Helena, cramponnée à son bras.

Il ne songeait pas à reculer d'ailleurs. John, pas davantage. Le jeune capitaine, suivi de tous et protégé

Des sources salines d'une transparence étrange. (Page 796.)

par une obscurité complète, rampa sur l'arête étroite, s'arrêtant lorsque quelque pierre détachée roulait jusqu'au bas du plateau. Si les sauvages étaient encore embusqués en contrebas, ces bruits insolites devaient provoquer des deux côtés une redoutable fusillade.

Cependant, à glisser comme un serpent sur cette crête inclinée, les fugitifs n'allaient pas vite. Quand John Mangles eut atteint le point le plus abaissé, vingt-cinq pieds à peine le séparaient du plateau où la veille campaient les indigènes; puis l'arête se relevait par une pente assez roide et montait vers un taillis pendant l'espace d'un quart de mille.

Toutefois, cette partie basse fut franchie sans accident, et les voyageurs commencèrent à remonter en silence. Le bouquet de bois était invisible, mais on le savait là, et pourvu qu'une embuscade n'y fût pas préparée, Glenarvan espérait s'y trouver en lieu sûr. Cependant, il observa qu'à compter de ce moment il n'était plus protégé par le tabou. La crête remontante n'appartenait pas au Maunganamu, mais bien au système orographique qui hérissait la partie orientale du lac Taupo. Donc, non seulement les coups de fusil des indigènes, mais une attaque au corps à corps était à redouter.

Pendant dix minutes, la petite troupe s'éleva par un mouvement insensible vers les plateaux supérieurs. John n'apercevait pas encore le sombre taillis, mais il devait en être à moins de deux cents pieds.

Soudain il s'arrêta, il recula presque. Il avait cru surprendre quelque bruit dans l'ombre. Son hésitation enraya la marche de ses compagnons.

Il demeura immobile, et assez pour inquiéter ceux qui le suivaient. On attendit. Dans quelles angoisses, cela ne peut s'exprimer! Serait-on forcé de revenir en arrière et de regagner le sommet du Maunganamu?

Mais John, voyant que le bruit ne se renouvelait pas, reprit son ascension sur l'étroit chemin de l'arête.

Bientôt le taillis se dessina vaguement dans l'ombre. En quelques pas, il fut atteint, et les fugitifs se blottirent sous l'épais feuillage des arbres.

XVI

ENTRE DEUX FEUX

La nuit favorisait cette évasion. Il fallait donc en profiter pour quitter les funestes parages du lac Taupo. Paganel prit la direction de la petite troupe, et son merveilleux instinct de voyageur se révéla de nouveau pendant cette difficile pérégrination dans les montagnes. Il manœuvrait avec une surprenante habileté au milieu des ténèbres, choisissant sans hésiter les sentiers presque invisibles, tenant une direction constante dont il ne s'écartait pas. Sa nyctalopie, il est vrai, le servait fort, et ses yeux de chat lui permettaient de distinguer les moindres objets dans cette profonde obscurité.

Pendant trois heures, on marcha sans faire halte sur les rampes très allongées du revers oriental. Paganel inclinait un peu vers le sud-est, afin de gagner un étroit passage creusé entre les Kaimanawa et les Wahiti-Ranges, où se glisse la route d'Auckland à la baie Haukes. Cette gorge franchie, il comptait se jeter hors du chemin, et, abrité par les hautes chaînes, marcher à la côte à travers les régions inhabitées de la province.

A neuf heures du matin, douze milles avaient été enlevés en douze heures. On ne pouvait exiger plus des courageuses femmes. D'ailleurs, le lieu parut convenable pour établir un campement. Les fugitifs avaient atteint le défilé qui sépare les deux chaînes. La route d'Oberland restait à droite et courait vers le sud. Paganel, sa carte à la main, fit un crochet vers le nord-est, et, à dix heures, la petite troupe atteignit une sorte d'abrupt redan formé par une saillie de la montagne. Les vivres furent tirés des sacs, et on leur fit honneur. Mary Grant et le major, que la fougère comestible avait peu satisfaits jusqu'alors, s'en régalèrent ce jour-là. La halte se prolongea jusqu'à deux heures de l'après-midi, puis la route de l'est fut reprise, et les voyageurs s'arrêtèrent le soir à huit milles des montagnes. Ils ne se firent pas prier pour dormir en plein air.

Le lendemain, le chemin présenta des difficultés assez sérieuses. Il fallut traverser ce curieux district des lacs volcaniques, des geysers et des solfatares qui s'étend à l'est des Wahiti-Ranges. Les yeux en furent beaucoup plus satisfaits que les jambes. C'étaient à chaque quart de mille des détours, des obstacles, des crochets, très fatigants à coup sûr; mais quel étrange spectacle, et quelle variété infinie la nature donne à ses grandes scènes!

Sur ce vaste espace de vingt milles carrés, l'épanchement des forces souterraines se produisait sous toutes les formes. Des sources salines d'une transparence étrange, peuplées de myriades d'insectes, sortaient des taillis indigènes d'arbres à thé. Elles dégageaient une pénétrante odeur de poudre brûlée, et déposaient sur le sol un résidu blanc comme une neige éblouissante. Leurs eaux limpides étaient portées jusqu'à l'ébullition, tandis que d'autres sources voisines s'épanchaient en nappes glacées. Des fougères gigantesques croissaient sur leurs bords, et dans des conditions analogues à celles de la végétation silurienne.

De tous côtés, des gerbes liquides, entourbillonnées de vapeurs, s'élançaient du sol comme les jets d'eau d'un parc, les unes continues, les autres intermittentes et comme soumises au bon plaisir d'un Pluton capricieux. Elles s'étageaient en amphithéâtre sur des terrasses naturelles superposées à la manière des vasques modernes ; leurs eaux se confondaient peu à peu sous les volutes de fumées blanches, et, rongeant les degrés semi-diaphanes de ces escaliers gigantesques, elles alimentaient des lacs entiers avec leurs cascades bouillonnantes. Plus loin, aux sources chaudes et aux geysers tumultueux succédèrent les solfatares. Le terrain apparut tout boutonné de grosses pustules. C'étaient autant de cratères à demi éteints et lézardés de nombreuses fissures d'où se dégageaient divers gaz. L'atmosphère était saturée de l'odeur piquante et désagréable des acides sulfureux. Le soufre, formant des croûtes et des concrétions cristallines, tapissait le sol. Là s'amassaient depuis de longs siècles d'incalculables et stériles richesses, et c'est en ce district encore peu connu de la Nouvelle-Zélande que l'industrie viendra s'approvisionner, si les soufrières de la Sicile s'épuisent un jour.

On comprend quelles fatigues subirent les voyageurs à traverser ces régions hérissées d'obstacles. Les campements y étaient difficiles, et la carabine des chasseurs n'y rencontrait pas un oiseau digne d'être plumé par les mains de Mr. Olbinett. Aussi fallait-il le plus souvent se contenter de fougères et de patates douces, maigre repas qui ne refaisait guère les forces épuisées de la petite troupe. Chacun avait donc hâte d'en finir avec ces terrains arides et déserts.

Cependant, il ne fallut pas moins de quatre jours pour tourner cette impraticable contrée. Le 23 février seulement, à cinquante milles du Maunganamu, Glenarvan put camper au pied d'un mont anonyme, indiqué sur la carte de Paganel. Les plaines d'arbrisseaux s'étendaient sous sa vue, et les grandes forêts réapparaissaient à l'horizon.

C'était de bon augure, à la condition toutefois que l'habitabilité de ces régions n'y ramenât pas trop d'habitants. Jusqu'ici, les voyageurs n'avaient pas rencontré l'ombre d'un indigène.

Ce jour-là, Mac Nabbs et Robert tuèrent trois kiwis, qui figurèrent avec honneur sur la table du campement, mais pas longtemps, pour tout dire, car en quelques minutes ils furent dévorés du bec aux pattes.

Puis, au dessert, entre les patates douces et les pommes de terre, Paganel fit une motion qui fut adoptée avec enthousiasme.

Il proposa de donner le nom de Glenarvan à cette montagne innommée qui se perdait à trois mille pieds dans les nuages, et il pointa soigneusement sur sa carte le nom du lord écossais.

Insister sur les incidents assez monotones et peu intéressants qui marquèrent le reste du voyage, est inutile. Deux ou trois faits de quelque importance seulement signalèrent cette traversée des lacs à l'océan Pacifique.

On marchait pendant toute la journée à travers les forêts et les plaines. John relevait sa direction sur le soleil et les étoiles. Le ciel, assez clément, épargnait ses chaleurs et ses pluies. Néanmoins, une fatigue croissante retardait ces voyageurs si cruellement éprouvés déjà, et ils avaient hâte d'arriver aux missions. Ils causaient, cependant, ils s'entretenaient encore, mais non plus d'une façon générale. La petite troupe se divisait en groupes que formait, non pas une plus étroite sympathie, mais une communion d'idées plus personnelles.

Le plus souvent, Glenarvan allait seul, songeant, à mesure qu'il s'approchait de la côte, au *Duncan* et à son équipage. Il oubliait les dangers qui le menaçaient encore jusqu'à Auckland, pour penser à ses matelots massacrés. Cette horrible image ne le quittait pas.

On ne parlait plus d'Harry Grant. A quoi bon, puisqu'on ne pouvait rien tenter pour lui? Si le nom du capitaine se prononçait encore, c'était dans les conversations de sa fille et de John Mangles.

John n'avait point rappelé à Mary ce que la jeune fille lui avait dit pendant la dernière nuit du Waré-Atoua. Sa discrétion ne voulait pas prendre acte d'une parole prononcée dans un suprême instant de désespoir.

Quand il parlait d'Harry Grant, John faisait encore des projets de recherches ultérieures. Il affirmait à Mary que Lord Glenarvan reprendrait cette entreprise avortée. Il partait de ce point que l'authenticité du document ne pouvait être mise en doute. Donc, Harry Grant existait quelque part. Donc, fallût-il fouiller le monde entier, on devait le retrouver. Mary s'enivrait de ces paroles, et John et elle, unis par les mêmes pensées, se confondaient maintenant dans le même espoir. Souvent Lady Helena prenait part à leur conversation; mais elle ne s'abandonnait point à tant d'illusions, et se gardait pourtant de ramener ces jeunes gens à la triste réalité.

Pendant ce temps, Mac Nabbs, Robert, Wilson et Mulrady chassaient sans trop s'éloigner de la petite troupe, et chacun d'eux fournissait son contingent de gibier. Paganel, toujours drapé dans son manteau de phormium, se tenait à l'écart, muet et pensif.

Et cependant — cela est bon à dire —, malgré cette loi de la nature qui fait qu'au milieu des épreuves, des dangers, des fatigues, des privations, les meilleurs caractères se froissent et s'aigrissent, tous ces compagnons d'infortune restèrent unis, dévoués, prêts à se faire tuer les uns pour les autres.

Le 25 février, la route fut barrée par une rivière qui devait être le Waikari de la carte de Paganel. On put la passer à gué.

Pendant deux jours, les plaines d'arbustes se succédèrent sans interruption. La moitié de la distance qui sépare le lac Taupo de la côte avait été franchie sans mauvaise rencontre, sinon sans fatigue.

Alors apparurent d'immenses et interminables forêts qui rappelaient les forêts australiennes; mais ici, les kauris remplaçaient les eucalyptus. Bien qu'ils eussent singulièrement usé leur admiration depuis quatre mois de voyage, Glenarvan et ses compagnons furent encore émerveillés à la vue de ces pins gigantesques, dignes rivaux des cèdres du Liban et des « mammouth trees » de la Californie. Ces kauris, en langue de botaniste « des abiétacées damarines », mesuraient cent pieds de hauteur avant la ramification des branches. Ils poussaient par bouquets isolés, et la forêt se composait, non pas d'arbres, mais d'innombrables groupes d'arbres qui étendaient à deux cents pieds dans les airs leur parasol de feuilles vertes.

Quelques-uns de ces pins, jeunes encore, âgés à peine d'une centaine d'années, ressemblaient aux sapins rouges des régions européennes. Ils portaient une sombre couronne terminée par un cône aigu. Leurs aînés, au contraire, des arbres vieux de cinq ou six siècles, formaient d'immenses tentes de verdure supportées sur les inextricables bifurcations de leurs branches. Ces patriarches de la forêt zélandaise mesuraient jusqu'à cinquante pieds de circonférence, et les bras réunis de tous les voyageurs ne pouvaient pas entourer leur tronc.

Pendant trois jours, la petite troupe s'aventura sous ces vastes arceaux et sur un sol argileux que le pas de l'homme n'avait jamais foulé. On le voyait bien aux amas de gomme résineuse entassés, en maint endroit, au pied des kauris, et qui eussent suffi pendant de longues années à l'exportation indigène.

Les chasseurs trouvèrent par bandes nombreuses les kiwis si rares au milieu des contrées fréquentées par les Maoris. C'est dans ces forêts innaccessibles que se sont réfugiés ces curieux oiseaux chassés par les chiens zélandais. Ils fournirent aux repas des voyageurs une abondante et saine nourriture.

Il arriva même à Paganel d'apercevoir au loin, dans un épais fourré, un couple de volatiles gigantesques. Son instinct de naturaliste se réveilla. Il appela ses compagnons, et, malgré leur fatigue, le major, Robert et lui se lancèrent sur les traces de ces animaux.

On comprendra l'ardente curiosité du géographe, car il avait reconnu ou cru reconnaître ces oiseaux pour des « moas », appartenant à l'espèce des « dinornis, » que plusieurs savants rangent parmi les variétés disparues. Or, cette rencontre confirmait l'opinion de M. de Hochstetter et autres voyageurs sur l'existence actuelle de ces géants sans ailes de la Nouvelle-Zélande.

Ces moas que poursuivait Paganel, ces contemporains des mégathériums et des ptérodactyles, devaient avoir dix-huit pieds de hauteur. C'étaient des autruches démesurées et peu courageuses, car elles fuyaient avec une extrême rapidité. Mais pas une balle ne put les arrêter dans leur course ! Après quelques minutes de chasse, ces insaisissables moas disparurent derrière les grands arbres, et les chasseurs en furent pour leurs frais de poudre et de déplacement.

Ce soir-là, 1er mars, Glenarvan et ses compagnons, abandonnant enfin l'immense forêt de kauris, campèrent au pied du mont Ikirangi, dont la cime montait à cinq mille cinq cents pieds dans les airs.

Alors, près de cent milles avaient été franchis depuis le Maunganamu, et la côte restait encore à trente milles. John Mangles avait espéré faire cette traversée en dix jours, mais il ignorait alors les difficultés que présentait cette région.

En effet, les détours, les obstacles de la route, les imperfections des relèvements, l'avaient allongée d'un cinquième, et malheureusement les voyageurs, en arrivant au mont Ikirangi, étaient complètement épuisés.

Or, il fallait encore deux grands jours de marche pour atteindre la côte, et maintenant, une nouvelle activité, une extrême vigilance, redevenaient nécessaires, car on rentrait dans une contrée souvent fréquentée par les naturels.

Cependant, chacun dompta ses fatigues, et le lendemain la petite troupe repartit au lever du jour.

Entre le mont Ikirangi, qui fut laissé à droite, et le mont Hardy, dont le sommet s'élevait à gauche à une hauteur de trois mille sept cents pieds, le voyage devint très pénible. Il y avait là, sur une longueur de dix milles, une plaine toute hérissée de « supple-jacks », sorte de liens flexibles justement nommés « lianes étouffantes ». A chaque pas, les bras et les jambes s'y embarrassaient, et ces lianes, de véritables serpents, enroulaient le corps de leurs tortueux replis. Pendant deux jours, il fallut s'avancer la hache à la main et lutter contre cette hydre à cent mille têtes, ces plantes tracassantes et tenaces, que Paganel eût volontiers classées parmi les zoophytes.

Là, dans ces plaines, la chasse devint impossible, et les chasseurs n'apportèrent plus leur tribut accoutumé. Les provisions touchaient à leur fin, on ne pouvait les renouveler ; l'eau manquait, on ne pouvait apaiser une soif doublée par les fatigues.

Alors, les souffrances de Glenarvan et des siens furent horribles, et, pour la première fois, l'énergie morale fut près de les abandonner.

Enfin, ne marchant plus, se traînant, corps sans âmes, menés par le seul instinct de la conservation qui survivait à tout autre sentiment, ils atteignirent la pointe Lottin, sur les bords du Pacifique.

En cet endroit se voyaient quelques huttes désertes, ruines d'un village récemment dévasté par la guerre, des champs abandonnés, partout les marques du pillage, de l'incendie. Là, la fatalité réservait une nouvelle et terrible épreuve aux infortunés voyageurs.

Ils erraient le long du rivage, quand, à un mille de la côte, apparut un détachement d'indigènes, qui s'élança vers eux en agitant ses armes. Glenarvan, acculé à la mer, ne pouvait fuir, et, réunissant ses dernières forces, il allait prendre des dispositions pour combattre, quand John Mangles s'écria :

« Un canot, un canot ! »

A vingt pas, en effet, une pirogue, garnie de six avirons, était échouée sur la grève. La mettre à flot, s'y précipiter et fuir ce dangereux rivage, ce fut l'affaire d'un instant. John Mangles, Mac Nabbs, Wilson, Mulrady se mirent aux avirons ; Glenarvan prit le gouvernail ; les deux femmes, Olbinett et Robert s'étendirent près de lui.

En dix minutes, la pirogue fut d'un quart de mille au large. La mer était calme. Les fugitifs gardaient un profond silence.

Cependant, John, ne voulant pas trop s'écarter de la côte, allait donner l'ordre de prolonger le rivage, quand son aviron s'arrêta subitement dans ses mains.

Il venait d'apercevoir trois pirogues qui débouchaient de la pointe Lottin, dans l'évidente intention de lui appuyer la chasse.

« En mer ! en mer ! s'écria-t-il, et plutôt nous abîmer dans les flots ! »

La pirogue, enlevée par ses quatre rameurs, reprit le large. Pendant une demi-heure, elle put maintenir sa distance ; mais les malheureux, épuisés, ne tardèrent pas à faiblir, et les trois autres pirogues gagnèrent sensiblement sur eux. En ce moment, deux milles à peine les en séparaient. Donc, nulle possibilité d'éviter l'attaque des indigènes, qui, armés de leurs longs fusils, se préparaient à faire feu.

Un boulet coupa en deux la pirogue. (Page 807.)

Que faisait alors Glenarvan ? Debout, à l'arrière du canot, il cherchait à l'horizon quelque secours chimérique. Qu'attendait-il ? Que voulait-il ? Avait-il comme un pressentiment ?

Tout à coup, son regard s'enflamma, sa main s'étendit vers un point de l'espace.

« Un navire ! s'écria-t-il, mes amis, un navire ! nagez ! nagez ferme ! »

Pas un des quatre rameurs ne se retourna pour voir ce bâtiment inespéré, car il ne fallait pas perdre un coup d'aviron. Seul, Paganel, se levant, braqua sa longue-vue sur le point indiqué.

« Oui, dit-il, un navire ! un steamer ! il chauffe à toute vapeur ! il vient sur nous ! Hardi, mes camarades ! »

Les fugitifs déployèrent une nouvelle énergie, et pendant une demi-heure encore, conservant leur distance, ils enlevèrent la pirogue à coups précipités. Le steamer devenait de plus en plus visible. On distinguait ses deux mâts à sec de toile et les gros tourbillons de sa fumée noire. Glenarvan, abandonnant la barre à Robert, avait saisi la lunette du géographe et ne perdait pas un des mouvements du navire.

Mais que durent penser John Mangles et ses compagnons, quand ils virent les traits du lord se contracter, sa figure pâlir, et l'instrument tomber de ses mains. Un seul mot leur expliqua ce subit désespoir.

« Le *Duncan* ! s'écria Glenarvan, le *Duncan* et les convicts !

— Le *Duncan* ! s'écria John, qui lâcha son aviron et se leva aussitôt.

— Oui ! la mort des deux côtés ! » murmura Glenarvan, brisé par tant d'angoisses.

C'était le yacht, en effet, on ne pouvait s'y méprendre, le yacht avec son équipage de bandits ! Le major ne put retenir une malédiction qu'il lança contre le ciel. C'en était trop !

Le retour à bord du *Duncan*. (Page 808.)

Cependant, la pirogue était abandonnée à elle-même. Où la diriger? Où fuir? Était-il possible de choisir entre les sauvages ou les convicts?

Un coup de fusil partit de l'embarcation indigène la plus rapprochée, et la balle vint frapper l'aviron de Wilson. Quelques coups de rames repoussèrent alors la pirogue vers le *Duncan*.

Le yacht marchait à toute vapeur et n'était plus qu'à un demi-mille. John Mangles, coupé de toutes parts, ne savait plus comment évoluer, dans quelle direction fuir. Les deux pauvres femmes, agenouillées, éperdues, priaient.

Les sauvages faisaient un feu roulant, et les balles pleuvaient autour de la pirogue. En ce moment, une forte détonation éclata, et un boulet, lancé par le canon du yacht, passa sur la tête des fugitifs. Ceux-ci, pris entre deux feux, demeurèrent immobiles entre le *Duncan* et les canots indigènes.

John Mangles, fou de désespoir, saisit sa hache. Il allait saborder la pirogue, la submerger avec ses infortunés compagnons, quand un cri de Robert l'arrêta.

« Tom Austin! Tom Austin! disait l'enfant. Il est à bord! Je le vois! Il nous a reconnus! il agite son chapeau! »

La hache resta suspendue au bras de John.

Un second boulet siffla sur sa tête et vint couper en deux la plus rapprochée des trois pirogues, tandis qu'un hurrah éclatait à bord du *Duncan*.

Les sauvages, épouvantés, fuyaient et regagnaient la côte.

« A nous! à nous, Tom! » avait crié John Mangles d'une voix éclatante.

Et, quelques instants après, les dix fugitifs, sans savoir comment, sans y rien comprendre, étaient tous en sûreté à bord du *Duncan*.

XVII

POURQUOI LE *DUNCAN* CROISAIT SUR LA CÔTE EST DE LA NOUVELLE-ZÉLANDE

Il faut renoncer à peindre les sentiments de Glenarvan et de ses amis, quand résonnèrent à leurs oreilles les chants de la vieille Écosse. Au moment où ils mettaient le pied sur le pont du *Duncan*, le bag-piper, gonflant sa cornemuse, attaquait le pilbroch national du clan de Malcolm, et de vigoureux hurrahs saluaient le retour du laird à son bord.

Glenarvan, John Mangles, Paganel, Robert, le major lui-même, tous pleuraient et s'embrassaient. Ce fut d'abord de la joie, du délire. Le géographe était absolument fou ; il gambadait et mettait en joue avec son inséparable longue-vue les dernières pirogues qui regagnaient la côte.

Mais, à la vue de Glenarvan, de ses compagnons, les vêtements en lambeaux, les traits hâves et portant la marque de souffrances horribles, l'équipage du yacht interrompit ses démonstrations. C'étaient des spectres qui revenaient à bord, et non ces voyageurs hardis et brillants, que, trois mois auparavant, l'espoir entraînait sur les traces des naufragés. Le hasard, le hasard seul les ramenait à ce navire qu'ils ne s'attendaient plus à revoir ! Et dans quel triste état de consomption et de faiblesse !

Mais, avant de songer à la fatigue, aux impérieux besoins de la faim et de la soif, Glenarvan interrogea Tom Austin sur sa présence dans ces parages.

Pourquoi le *Duncan* se trouvait-il sur la côte orientale de la Nouvelle-Zélande ? Comment n'était-il pas entre les mains de Ben Joyce ? Par quelle providentielle fatalité Dieu l'avait-il amené sur la route des fugitifs ?

Pourquoi? Comment? A quel propos? Ainsi débutaient les questions simultanées qui venaient frapper Tom Austin à bout portant. Le vieux marin ne savait auquel entendre. Il prit donc le parti de n'écouter que Lord Glenarvan et de ne répondre qu'à lui.

« Mais les convicts? demanda Glenarvan, qu'avez-vous fait des convicts?

— Les convicts?... répondit Tom Austin du ton d'un homme qui ne comprend rien à une question.

— Oui! les misérables qui ont attaqué le yacht?

— Quel yacht? dit Tom Austin, le yacht de Votre Honneur?

— Mais oui! Tom! le *Duncan,* et ce Ben Joyce qui est venu à bord?

— Je ne connais point ce Ben Joyce, je ne l'ai jamais vu, répondit Austin.

— Jamais! s'écria Glenarvan stupéfait des réponses du vieux marin. Alors, me direz-vous, Tom, pourquoi le *Duncan* croise en ce moment sur les côtes de la Nouvelle-Zélande? »

Si Glenarvan, Lady Helena, Miss Grant, Paganel, le major, Robert, John Mangles, Olbinett, Mulrady, Wilson, ne comprenaient rien aux étonnements du vieux marin, quelle fut leur stupéfaction, quand Tom répondit d'une voix calme :

« Mais le *Duncan* croise ici par ordre de Votre Honneur.

— Par mes ordres! s'écria Glenarvan.

— Oui, mylord. Je n'ai fait que me conformer à vos instructions contenues dans votre lettre du 14 janvier.

— Ma lettre! ma lettre! » s'écria Glenarvan.

En ce moment, les dix voyageurs entouraient Tom Austin et le dévoraient du regard. La lettre datée de Snowy-river était donc parvenue au *Duncan?*

« Voyons, reprit Glenarvan, expliquons-nous, car je crois rêver. Vous avez reçu une lettre, Tom?

— Oui, une lettre de Votre Honneur.

— A Melbourne?

— A Melbourne, au moment où j'achevais de réparer mes avaries.

— Et cette lettre?

— Elle n'était pas écrite de votre main, mais signée de vous, mylord.

— C'est cela même. Ma lettre vous a été apportée par un convict nommé Ben Joyce.

— Non, par un matelot appelé Ayrton, quartier-maître du *Britannia*.

— Oui! Ayrton, Ben Joyce, c'est le même individu. Eh bien, que disait cette lettre?

— Elle me donnait l'ordre de quitter Melbourne sans retard, et de venir croiser sur les côtes orientales de...

— De l'Australie? s'écria Glenarvan avec une véhémence qui déconcerta le vieux marin.

— De l'Australie! répéta Tom en ouvrant les yeux, mais non! de la Nouvelle-Zélande!

— De l'Australie! Tom! de l'Australie! » répondirent d'une seule voix les compagnons de Glenarvan.

En ce moment, Austin eut une sorte d'éblouissement. Glenarvan lui parlait avec une telle assurance, qu'il craignit de s'être trompé en lisant cette lettre. Lui, le fidèle et exact marin, aurait-il commis une pareille erreur? Il rougit, il se troubla.

« Remettez-vous, Tom, dit Lady Helena, la Providence a voulu...

— Mais non, madame, pardonnez-moi, reprit le vieux Tom. Non! ce n'est pas possible! Je ne me suis pas trompé! Ayrton a lu la lettre comme moi, et c'est lui, lui, qui voulait, au contraire, me ramener à la côte australienne!

— Ayrton? s'écria Glenarvan.

— Lui-même! Il m'a soutenu que c'était une erreur, que vous me donniez rendez-vous à la baie Twofold!

« Jamais ! Jamais ! » s'écria Paganel. (Page 814.)

— Avez-vous la lettre, Tom? demanda le major, intrigué au plus haut point.

— Oui, monsieur Mac Nabbs, répondit Austin. Je vais la chercher. »

Austin courut à sa cabine du gaillard d'avant. Pendant la minute que dura son absence, on se regardait, on se taisait, sauf le major qui, l'œil fixé sur Paganel, dit en se croisant les bras :

« Par exemple, il faut avouer, Paganel, que ce serait un peu fort!

— Hein? » fit le géographe, qui, le dos courbé et les lunettes sur le front, ressemblait à un gigantesque point d'interrogation.

Austin revint. Il tenait à la main la lettre écrite par Paganel et signée par Glenarvan.

« Que Votre Honneur lise », dit le vieux marin.

Glenarvan prit la lettre et lut :

« Ordre à Tom Austin de prendre la mer sans
« retard et de conduire le *Duncan* par 37 degrés de lati-
« tude à la côte orientale de la Nouvelle-Zélande!... »

« La Nouvelle-Zélande! » s'écria Paganel bondissant.

Et il saisit la lettre des mains de Glenarvan, se frotta les yeux, ajusta ses lunettes sur son nez, et lut à son tour.

« La Nouvelle-Zélande! » dit-il avec un accent impossible à rendre, tandis que la lettre s'échappait de ses doigts.

En ce moment, il sentit une main s'appuyer sur son épaule. Il se redressa et se vit face à face avec le major.

« Allons, mon brave Paganel, dit Mac Nabbs d'un air grave, il est encore heureux que vous n'ayez pas envoyé le *Duncan* en Cochinchine! »

Cette plaisanterie acheva le pauvre géographe. Un rire universel, homérique, gagna tout l'équipage du yacht. Paganel, comme fou, allait et venait, prenant sa tête à deux mains, s'arrachant les cheveux. Ce qu'il faisait, il ne le savait plus; ce qu'il voulait faire, pas davantage! Il descendit par l'échelle de la dunette, machinalement; il arpenta le pont, titubant, allant devant lui, sans but, et remonta sur le gaillard d'avant. Là, ses pieds s'embarrassèrent dans un paquet de câbles. Il trébucha. Ses mains, au hasard, se raccrochèrent à une corde.

Tout à coup, une épouvantable détonation éclata. Le canon du gaillard d'avant partit, criblant les flots tranquilles d'une volée de mitraille. Le malencontreux Paganel s'était rattrapé à la corde de la pièce encore chargée, et le chien venait de s'abattre sur l'amorce fulminante. De là ce coup de tonnerre. Le géographe fut renversé sur l'échelle du gaillard et disparut par le capot jusque dans le poste de l'équipage.

A la surprise produite par la détonation, succéda un cri d'épouvante. On crut à un malheur. Dix matelots se précipitèrent dans l'entrepont et remontèrent Paganel plié en deux. Le géographe ne parlait plus.

On transporta ce long corps sur la dunette. Les compagnons du brave Français étaient désespérés. Le major, toujours médecin dans les grandes occasions, se préparait à enlever les habits du malheureux Paganel, afin de panser ses blessures; mais à peine avait-il porté la main sur le moribond, que celui-ci se redressa, comme s'il eût été mis en contact avec une bobine électrique.

« Jamais! jamais! » s'écria-t-il, et, ramenant sur son maigre corps les lambeaux de ses vêtements, il se boutonna avec une vivacité singulière.

« Mais, Paganel! dit le major.

— Non! vous dis-je!

— Il faut visiter...

— Vous ne visiterez pas!

— Vous avez peut-être cassé..., reprit Mac Nabbs.

— Oui, répondit Paganel, qui se remit d'aplomb sur ses longues jambes, mais ce que j'ai cassé, le charpentier le raccommodera!

— Quoi donc ?

— L'épontille du poste, qui s'est brisée dans ma chute ! »

A cette réplique, les éclats de rire recommencèrent de plus belle. Cette réponse avait rassuré tous les amis du digne Paganel, qui était sorti sain et sauf de ses aventures avec le canon du gaillard d'avant.

« En tout cas, pensa le major, voilà un géographe étrangement pudibond ! »

Cependant, Paganel, revenu de ses grandes émotions, eut encore à répondre à une question qu'il ne pouvait éviter.

« Maintenant, Paganel, lui dit Glenarvan, répondez franchement. Je reconnais que votre distraction a été providentielle. A coup sûr, sans vous, le *Duncan* serait tombé entre les mains des convicts ; sans vous, nous aurions été repris par les Maoris ! Mais, pour l'amour de Dieu, dites-moi par quelle étrange association d'idées, par quelle surnaturelle aberration d'esprit, vous avez été conduit à écrire le nom de la Nouvelle-Zélande pour le nom de l'Australie ?

— Eh ! parbleu ! s'écria Paganel, c'est... »

Mais au même instant, ses yeux se portèrent sur Robert, sur Mary Grant, et il s'arrêta court ; puis il répondit :

« Que voulez-vous, mon cher Glenarvan, je suis un insensé, un fou, un être incorrigible, et je mourrai dans la peau du plus fameux distrait.

— A moins qu'on ne vous écorche, ajouta le major.

— M'écorcher ! s'écria le géographe d'un air furibond. Est-ce une allusion ?...

— Quelle allusion, Paganel ? » demanda Mac Nabbs de sa voix tranquille.

L'incident n'eut pas de suite. Le mystère de la présence du *Duncan* était éclairci ; les voyageurs si miraculeusement sauvés ne songèrent plus qu'à regagner leurs confortables cabines du bord et à déjeuner.

Ayrton traversa le pont d'un pas assuré. (Page 818.)

Cependant, laissant Lady Helena et Mary Grant, le major, Paganel et Robert entrer dans la dunette, Glenarvan et John Mangles retinrent Tom Austin près d'eux. Ils voulaient encore l'interroger.

« Maintenant, mon vieux Tom, dit Glenarvan, répondez-moi. Est-ce que cet ordre d'aller croiser sur les côtes de la Nouvelle-Zélande ne vous a pas paru singulier ?

— Si, Votre Honneur, répondit Austin, j'ai été très surpris, mais je n'ai pas l'habitude de discuter les ordres que je reçois, et j'ai obéi. Pouvais-je agir autrement ? Si, pour n'avoir pas suivi vos instructions à la lettre, une catastrophe fût arrivée, n'aurais-je pas été coupable ? Auriez-vous fait autrement, capitaine ?

— Non, Tom, répondit John Mangles.

— Mais qu'avez-vous pensé ? demanda Glenarvan.

— J'ai pensé, Votre Honneur, que, dans l'intérêt d'Harry Grant, il fallait aller là où vous me disiez d'aller. J'ai pensé que, par suite de combinaisons nouvelles, un navire devait vous transporter à la Nouvelle-Zélande, et que je devais vous attendre sur la côte est de l'île. D'ailleurs, en quittant Melbourne, j'ai gardé le secret de ma destination, et l'équipage ne l'a connue qu'au moment où nous étions en pleine mer, lorsque les terres de l'Australie avaient déjà disparu à nos yeux. Mais alors un incident, qui m'a rendu très perplexe, s'est passé à bord.

— Que voulez-vous dire, Tom ? demanda Glenarvan.

— Je veux dire, répondit Tom Austin, que lorsque le quartier-maître Ayrton apprit, le lendemain de l'appareillage, la destination du *Duncan*...

— Ayrton ! s'écria Glenarvan. Il est donc à bord ?

— Oui, Votre Honneur.

— Ayrton ici ! répéta Glenarvan, regardant John Mangles.

— Dieu l'a voulu ! » répondit le jeune capitaine.

En un instant, avec la rapidité de l'éclair, la conduite d'Ayrton, sa trahison longuement préparée, la blessure de Glenarvan, l'assassinat de Mulrady, les misères de l'expédition arrêtée dans les marais de la Snowy, tout le passé du misérable apparut devant les yeux de ces deux hommes. Et maintenant, par le plus étrange concours de circonstances, le convict était en leur pouvoir.

« Où est-il ? demanda vivement Glenarvan.

— Dans une cabine du gaillard d'avant, répondit Tom Austin, et gardé à vue.

— Pourquoi cet emprisonnement ?

— Parce que quand Ayrton a vu que le yacht faisait voile pour la Nouvelle-Zélande, il est entré en fureur, parce qu'il a voulu m'obliger à changer la direction du navire, parce qu'il m'a menacé, parce qu'enfin il a excité mes hommes à la révolte. J'ai compris que c'était un particulier dangereux, et j'ai dû prendre des mesures de précaution contre lui.

— Et depuis ce temps ?

— Depuis ce temps, il est resté dans sa cabine, sans chercher à en sortir.

— Bien, Tom. »

En ce moment, Glenarvan et John Mangles furent mandés dans la dunette. Le déjeuner, dont ils avaient un si pressant besoin, était préparé. Ils prirent place à la table du carré et ne parlèrent point d'Ayrton.

Mais, le repas achevé, quand les convives, refaits et restaurés, furent réunis sur le pont, Glenarvan leur apprit la présence du quartier-maître à son bord. En même temps, il annonça son intention de le faire comparaître devant eux.

« Puis-je me dispenser d'assister à cet interrogatoire ? demanda Lady Helena. Je vous avoue, mon cher Edward, que la vue de ce malheureux me serait extrêmement pénible.

— C'est une confrontation, Helena, répondit Lord

Glenarvan. Restez, je vous en prie. Il faut que Ben Joyce se voie face à face avec toutes ses victimes ! »

Lady Helena se rendit à cette observation. Mary Grant et elle prirent place auprès de Lord Glenarvan. Autour de lui se rangèrent le major, Paganel, John Mangles, Robert, Wilson, Mulrady, Olbinett, tous compromis si gravement par la trahison du convict. L'équipage du yacht, sans comprendre encore la gravité de cette scène, gardait un profond silence.

« Faites venir Ayrton », dit Glenarvan.

XVIII

AYRTON OU BEN JOYCE ?

AYRTON parut. Il traversa le pont d'un pas assuré et gravit l'escalier de la dunette. Ses yeux étaient sombres, ses dents serrées, ses poings fermés convulsivement. Sa personne ne décelait ni forfanterie ni humilité. Lorsqu'il fut en présence de Lord Glenarvan, il se croisa les bras, muet et calme, attendant d'être interrogé.

« Ayrton, dit Glenarvan, nous voilà donc, vous et nous, sur ce *Duncan* que vous vouliez livrer aux convicts de Ben Joyce ! »

A ces paroles, les lèvres du quartier-maître tremblèrent légèrement. Une rapide rougeur colora ses traits impassibles. Non la rougeur du remords, mais la honte de l'insuccès. Sur ce yacht qu'il prétendait commander en maître, il était prisonnier, et son sort allait s'y décider en peu d'instants.

Cependant, il ne répondit pas. Glenarvan attendit patiemment. Mais Ayrton s'obstinait à garder un absolu silence.

« Parlez, Ayrton, qu'avez-vous à dire ? » reprit Glenarvan.

Ayrton hésita ; les plis de son front se creusèrent profondément ; puis, d'une voix calme :

« Je n'ai rien à dire, mylord, répliqua-t-il. J'ai fait la sottise de me laisser prendre. Agissez comme il vous plaira. »

Sa réponse faite, le quartier-maître porta ses regards vers la côte qui se déroulait à l'ouest, et il affecta une profonde indifférence pour tout ce qui se passait autour de lui. A le voir, on l'eût cru étranger à cette grave affaire. Mais Glenarvan avait résolu de rester patient. Un puissant intérêt le poussait à connaître certains détails de la mystérieuse existence d'Ayrton, surtout en ce qui touchait Harry Grant et le *Britannia*. Il reprit donc son interrogatoire, parlant avec une douceur extrême, et imposant le calme le plus complet aux violentes irritations de son cœur.

« Je pense, Ayrton, reprit-il, que vous ne refuserez pas de répondre à certaines demandes que je désire vous faire. Et d'abord, dois-je vous appeler Ayrton ou Ben Joyce ? Êtes-vous, oui ou non, le quartier-maître du *Britannia ?* »

Ayrton resta impassible, observant la côte, sourd à toute question.

Glenarvan, dont l'œil s'animait, continua d'interroger le quartier-maître.

« Voulez-vous m'apprendre comment vous avez quitté le *Britannia*, pourquoi vous étiez en Australie ? »

Même silence, même impassibilité.

« Écoutez-moi bien, Ayrton, reprit Glenarvan. Vous avez intérêt à parler. Il peut vous être tenu compte d'une franchise qui est votre dernière ressource. Pour la dernière fois, voulez-vous répondre à mes questions ? »

Ayrton tourna la tête vers Glenarvan et le regarda dans les yeux :

« Mylord, dit-il, je n'ai pas à répondre. C'est à la justice et non à moi de prouver contre moi-même.

— Les preuves seront faciles! répondit Glenarvan.

— Faciles! mylord? reprit Ayrton d'un ton railleur. Votre Honneur me paraît s'avancer beaucoup. Moi, j'affirme que le meilleur juge de Temple-Bar serait embarrassé de ma personne! Qui dira pourquoi je suis venu en Australie, puisque le capitaine Grant n'est plus là pour l'apprendre? Qui prouvera que je suis ce Ben Joyce signalé par la police, puisque la police ne m'a jamais tenu entre ses mains et que mes compagnons sont en liberté? Qui relèvera à mon détriment, sauf vous, non pas un crime, mais une action blâmable? Qui peut affirmer que j'ai voulu m'emparer de ce navire et le livrer aux convicts? Personne, entendez-moi, personne! Vous avez des soupçons, bien, mais il faut des certitudes pour condamner un homme, et les certitudes vous manquent. Jusqu'à preuve du contraire, je suis Ayrton, quartier-maître du *Britannia*. »

Ayrton s'était animé en parlant, et il revint bientôt à son indifférence première. Il s'imaginait sans doute que sa déclaration terminerait l'interrogatoire; mais Glenarvan reprit la parole et dit :

« Ayrton, je ne suis pas un juge chargé d'instruire contre vous. Ce n'est point mon affaire. Il importe que nos situations respectives soient nettement définies. Je ne vous demande rien qui puisse vous compromettre. Cela regarde la justice. Mais vous savez quelles recherches je poursuis et d'un mot vous pouvez me remettre sur les traces que j'ai perdues. Voulez-vous parler? »

Ayrton remua la tête en homme décidé à se taire.

« Voulez-vous me dire où est le capitaine Grant? demanda Glenarvan.

— Non, mylord, répondit Ayrton.

— Voulez-vous m'indiquer où s'est échoué le *Britannia*?

— Pas davantage.

— Ayrton, répondit Glenarvan d'un ton presque suppliant, voulez-vous au moins, si vous savez où est Harry Grant, l'apprendre à ses pauvres enfants qui n'attendent qu'un mot de votre bouche ? »

Ayrton hésita. Ses traits se contractèrent. Mais, d'une voix basse :

« Je ne puis, mylord », murmura-t-il.

Et il ajouta avec violence, comme s'il se fût reproché un instant de faiblesse :

« Non ! je ne parlerai pas ! Faites-moi pendre si vous voulez !

— Pendre ! » s'écria Glenarvan, dominé par un brusque mouvement de colère.

Puis, se maîtrisant, il répondit d'une voix grave :

« Ayrton, il n'y a ici ni juges ni bourreaux. A la première relâche vous serez remis entre les mains des autorités anglaises.

— C'est ce que je demande ! » répliqua le quartier-maître.

Puis il retourna d'un pas tranquille à la cabine qui lui servait de prison, et deux matelots furent placés à sa porte, avec ordre de surveiller ses moindres mouvements. Les témoins de cette scène se retirèrent indignés et désespérés.

Puisque Glenarvan venait d'échouer contre l'obstination d'Ayrton, que lui restait-il à faire ? Évidemment poursuivre le projet formé à Eden de retourner en Europe, quitte à reprendre plus tard cette entreprise frappée d'insuccès, car alors les traces du *Britannia* semblaient être irrévocablement perdues, le document ne se prêtait à aucune interprétation nouvelle, tout autre pays manquait même sur la route du trente-septième parallèle, et le *Duncan* n'avait plus qu'à revenir.

Glenarvan, après avoir consulté ses amis, traita plus spécialement avec John Mangles la question du retour.

Les deux femmes restèrent enfermées avec le quartier-maître.
(Page 827.)

John inspecta ses soutes; l'approvisionnement de charbon devait durer quinze jours au plus. Donc, nécessité de refaire du combustible à la plus prochaine relâche.

John proposa à Glenarvan de mettre le cap sur la baie de Talcahuano, où le *Duncan* s'était déjà ravitaillé avant d'entreprendre son voyage de circumnavigation. C'était un trajet direct et précisément sur le 37e degré. Puis le yacht, largement approvisionné, irait au sud doubler le cap Horn, et regagnerait l'Écosse par les routes de l'Atlantique.

Ce plan adopté, ordre fut donné à l'ingénieur de forcer sa pression. Une demi-heure après, le cap était mis sur Talcahuano par une mer digne de son nom de Pacifique, et à six heures du soir, les dernières montagnes de la Nouvelle-Zélande disparaissaient dans les chaudes brumes de l'horizon.

C'était donc le voyage du retour qui commençait. Triste traversée pour ces courageux chercheurs qui revenaient au port sans ramener Harry Grant! Aussi l'équipage, si joyeux au départ, si confiant au début, maintenant vaincu et découragé, reprenait-il le chemin de l'Europe. De ces braves matelots, pas un ne se sentait ému à la pensée de revoir son pays, et tous, longtemps encore, ils auraient affronté les périls de la mer pour retrouver le capitaine Grant.

Aussi, à ces hurrahs qui acclamèrent Glenarvan à son retour, succéda bientôt le découragement. Plus de ces communications incessantes entre les passagers, plus de ces entretiens qui égayaient autrefois la route. Chacun se tenait à l'écart, dans la solitude de sa cabine, et rarement l'un ou l'autre apparaissait sur le pont du *Duncan*.

L'homme en qui s'exagéraient ordinairement les sentiments du bord, pénibles ou joyeux, Paganel, lui qui au besoin eût inventé l'espérance, Paganel demeurait morne et silencieux. On le voyait à peine. Sa loquacité naturelle, sa vivacité française s'étaient changées en mutisme et

Ayrton se contenta de hausser les épaules. (Page 827.)

en abattement. Il semblait même plus complètement découragé que ses compagnons. Si Glenarvan parlait de recommencer ses recherches, Paganel secouait la tête en homme qui n'espère plus rien, et dont la conviction paraissait faite sur le sort des naufragés du *Britannia*. On sentait qu'il les croyait irrévocablement perdus.

Cependant, il y avait à bord un homme qui pouvait dire le dernier mot de cette catastrophe, et dont le silence se prolongeait. C'était Ayrton. Nul doute que ce misérable ne connût, sinon la vérité sur la situation actuelle du capitaine, du moins le lieu du naufrage. Mais évidemment, Grant, retrouvé, serait un témoin à charge contre lui. Aussi se taisait-il obstinément. De là une violente colère, chez les matelots surtout, qui voulaient lui faire un mauvais parti.

Plusieurs fois, Glenarvan renouvela ses tentatives près du quartier-maître. Promesses et menaces furent inutiles. L'entêtement d'Ayrton était poussé si loin, et si peu explicable, en somme, que le major en venait à croire qu'il ne savait rien. Opinion partagée, d'ailleurs, par le géographe, et qui corroborait ses idées particulières sur le compte d'Harry Grant.

Mais si Ayrton ne savait rien, pourquoi n'avouait-il pas son ignorance? Elle ne pouvait tourner contre lui. Son silence accroissait la difficulté de former un plan nouveau. De la rencontre du quartier-maître en Australie devait-on déduire la présence d'Harry sur ce continent? Il fallait décider à tout prix Ayrton à s'expliquer sur ce sujet.

Lady Helena, voyant l'insuccès de son mari, lui demanda la permission de lutter à son tour contre l'obstination du quartier-maître. Où un homme avait échoué, peut-être une femme réussirait-elle par sa douce influence. N'est-ce pas l'éternelle histoire de cet ouragan de la fable qui ne peut arracher le manteau aux épaules du voyageur, tandis que le moindre rayon de soleil le lui enlève aussitôt ? Glenarvan, connaissant l'intelligence de sa jeune femme, lui laissa toute liberté d'agir.

Ce jour-là, 5 mars, Ayrton fut amené dans l'appartement de Lady Helena. Mary Grant dut assister à l'entrevue, car l'influence de la jeune fille pouvait être grande, et Lady Helena ne voulait négliger aucune chance de succès.

Pendant une heure, les deux femmes restèrent enfermées avec le quartier-maître du *Britannia*, mais rien ne transpira de leur entretien. Ce qu'elles dirent, les arguments qu'elles employèrent pour arracher le secret du convict, tous les détails de cet interrogatoire demeurèrent inconnus. D'ailleurs, quand elles quittèrent Ayrton, elles ne paraissaient pas avoir réussi, et leur figure annonçait un véritable découragement.

Aussi, lorsque le quartier-maître fut reconduit à sa cabine, les matelots l'accueillirent à son passage par de violentes menaces. Lui, se contenta de hausser les épaules, ce qui accrut la fureur de l'équipage, et pour la contenir, il ne fallut rien moins que l'intervention de John Mangles et de Glenarvan.

Mais Lady Helena ne se tint pas pour battue. Elle voulut lutter jusqu'au bout contre cette âme sans pitié, et le lendemain elle alla elle-même à la cabine d'Ayrton, afin d'éviter les scènes que provoquait son passage sur le pont du yacht.

Pendant deux longues heures, la bonne et douce Écossaise resta seule, face à face, avec le chef des convicts. Glenarvan, en proie à une nerveuse agitation, rôdait auprès de la cabine, tantôt décidé à épuiser jusqu'au bout les chances de réussite, tantôt à arracher sa femme à ce pénible entretien.

Mais cette fois, lorsque Lady Helena reparut, ses traits respiraient la confiance. Avait-elle donc arraché ce secret et remué dans le cœur de ce misérable les dernières fibres de la pitié ?

Mac Nabbs, qui l'aperçut tout d'abord, ne put retenir un mouvement bien naturel d'incrédulité.

Pourtant le bruit se répandit aussitôt parmi l'équipage que le quartier-maître avait enfin cédé aux instances de Lady Helena. Ce fut comme une commotion électrique. Tous les matelots se rassemblèrent sur le pont, et plus rapidement que si le sifflet de Tom Austin les eût appelés à la manœuvre.

Cependant Glenarvan s'était précipité au-devant de sa femme.

« Il a parlé ? demanda-t-il.

— Non, répondit Lady Helena. Mais, cédant à mes prières, Ayrton désire vous voir.

— Ah ! chère Helena, vous avez réussi !

— Je l'espère, Edward.

— Avez-vous fait quelque promesse que je doive ratifier ?

— Une seule, mon ami, c'est que vous emploierez tout votre crédit à adoucir le sort réservé à ce malheureux.

— Bien, ma chère Helena. Qu'Ayrton vienne à l'instant. »

Lady Helena se retira dans sa chambre, accompagnée de Mary Grant, et le quartier-maître fut conduit au carré, où l'attendait Lord Glenarvan.

XIX

UNE TRANSACTION

Dès que le quartier-maître se trouva en présence du lord, ses gardiens se retirèrent.

« Vous avez désiré me parler, Ayrton ? dit Glenarvan.

— Oui, mylord, répondit le quartier-maître.

— A moi seul ?

— Oui, mais je pense que si le major Mac Nabbs et M. Paganel assistaient à l'entretien, cela vaudrait mieux.

— Pour qui ?

— Pour moi. »

Ayrton parlait avec calme. Glenarvan le regarda fixement ; puis il fit prévenir Mac Nabbs et Paganel, qui se rendirent aussitôt à son invitation.

« Nous vous écoutons », dit Glenarvan, dès que ses deux amis eurent pris place à la table du carré.

Ayrton se recueillit pendant quelques instants et dit :

« Mylord, c'est l'habitude que des témoins figurent à tout contrat ou transaction intervenus entre deux parties. Voilà pourquoi j'ai réclamé la présence de MM. Paganel et Mac Nabbs. Car c'est, à proprement parler, une affaire que je viens vous proposer. »

Glenarvan, habitué aux manières d'Ayrton, ne sourcilla pas, bien qu'une affaire entre cet homme et lui semblât chose étrange.

« Quelle est cette affaire ? dit-il.

— La voici, répondit Ayrton. Vous désirez savoir de moi certains détails qui peuvent vous être utiles. Je désire obtenir de vous certains avantages qui me seront précieux. Donnant, donnant, mylord. Cela vous convient-il ou non ?

— Quels sont ces détails ? demanda vivement Paganel.

— Non, reprit Glenarvan, quels sont ces avantages ? »

Ayrton, d'une inclination de tête, montra qu'il comprenait la nuance observée par Glenarvan.

« Voici, dit-il, les avantages que je réclame. Vous avez toujours, mylord, l'intention de me remettre entre les mains des autorités anglaises ?

— Oui, Ayrton, et ce n'est que justice.

— Je ne dis pas non, répondit tranquillement le quartier-maître. Ainsi, vous ne consentiriez point à me rendre la liberté ? »

Glenarvan hésita avant de répondre à une question si nettement posée. De ce qu'il allait dire dépendait peut-être le sort d'Harry Grant !

Cependant, le sentiment du devoir envers la justice l'emporta, et il dit :

« Non, Ayrton, je ne puis vous rendre la liberté.

— Je ne la demande pas, répondit fièrement le quartier-maître.

— Alors, que voulez-vous ?

— Une situation moyenne, mylord, entre la potence qui m'attend et la liberté que vous ne pouvez pas m'accorder.

— Et c'est ?...

— De m'abandonner dans une des îles désertes du Pacifique, avec les objets de première nécessité. Je me tirerai d'affaire comme je pourrai, et je me repentirai, si j'ai le temps ! »

Glenarvan, peu préparé à cette ouverture, regarda ses deux amis qui restaient silencieux. Après avoir réfléchi quelques instants, il répondit :

« Ayrton, si je vous accorde votre demande, vous m'apprendrez tout ce que j'ai intérêt à savoir ?

— Oui, mylord, c'est-à-dire tout ce que je sais sur le capitaine Grant et sur le *Britannia*.

— La vérité entière ?

— Entière.

— Mais qui me répondra ?...

— Oh ! je vois ce qui vous inquiète, mylord. Il faudra vous en rapporter à moi, à la parole d'un malfaiteur ! C'est vrai ! Mais que voulez-vous ? La situation est ainsi faite. C'est à prendre ou à laisser.

— Je me fierai à vous, Ayrton, dit simplement Glenarvan.

— Et vous aurez raison, mylord. D'ailleurs, si je vous trompe, vous aurez toujours le moyen de vous venger !

— Lequel ?

« Je suis réellement Tom Ayrton. » (Page 832.)

— En me venant reprendre dans l'île que je n'aurai pu fuir. »

Ayrton avait réponse à tout. Il allait au-devant des difficultés, il fournissait contre lui des arguments sans réplique. On le voit, il affectait de traiter son « affaire » avec une indiscutable bonne foi. Il était impossible de s'abandonner avec une plus parfaite confiance. Et cependant, il trouva le moyen d'aller plus loin encore dans cette voie du désintéressement.

« Mylord et messieurs, ajouta-t-il, je veux que vous soyez convaincus de ce fait, c'est que je joue cartes sur table. Je ne cherche point à vous tromper, et vais vous donner une nouvelle preuve de ma sincérité dans cette affaire. J'agis franchement, parce que moi-même je compte sur votre loyauté.

— Parlez, Ayrton, répondit Glenarvan.

— Mylord, je n'ai point encore votre parole d'accéder à ma proposition, et cependant, je n'hésite pas à vous dire que je sais peu de chose sur le compte d'Harry Grant.

— Peu de chose ! s'écria Glenarvan.

— Oui, mylord, les détails que je suis en mesure de vous communiquer sont relatifs à moi ; ils me sont personnels, et ne contribueront guère à vous remettre sur les traces que vous avez perdues. »

Un vif désappointement se peignit sur les traits de Glenarvan et du major. Ils croyaient le quartier-maître possesseur d'un important secret, et celui-ci avouait que ses révélations seraient à peu près stériles. Quant à Paganel, il demeurait impassible.

Quoi qu'il en soit, cet aveu d'Ayrton, qui se livrait, pour ainsi dire, sans garantie, toucha singulièrement ses auditeurs, surtout lorsque le quartier-maître ajouta pour conclure :

« Ainsi, vous êtes prévenu, mylord ; l'affaire sera moins avantageuse pour vous que pour moi.

— Il n'importe, répondit Glenarvan. J'accepte votre proposition, Ayrton. Vous avez ma parole d'être débarqué dans une des îles de l'océan Pacifique.

— Bien, mylord », répondit le quartier-maître.

Cet homme étrange fut-il heureux de cette décision? on aurait pu en douter, car sa physionomie impassible ne révéla aucune émotion. Il semblait qu'il traitât pour un autre que pour lui.

« Je suis prêt à répondre, dit-il.

— Nous n'avons pas de questions à vous faire, dit Glenarvan. Apprenez-nous ce que vous savez, Ayrton, en commençant par déclarer qui vous êtes.

— Messieurs, répondit Ayrton, je suis réellement Tom Ayrton, le quartier-maître du *Britannia*. J'ai quitté Glasgow sur le navire d'Harry Grant, le 12 mars 1861. Pendant quatorze mois, nous avons couru ensemble les mers du Pacifique, cherchant quelque position avantageuse pour y fonder une colonie écossaise. Harry Grant était un homme à faire de grandes choses, mais souvent de graves discussions s'élevèrent entre nous. Son caractère ne m'allait pas. Je ne sais pas plier; or, avec Harry Grant, quand sa résolution est prise, toute résistance est impossible, mylord. Cet homme-là est de fer pour lui et pour les autres. Néanmoins, j'osai me révolter. J'essayai d'entraîner l'équipage dans ma révolte, et de m'emparer du navire. Que j'aie eu tort ou non, peu importe. Quoi qu'il en soit, Harry Grant n'hésita pas, et, le 8 avril 1862, il me débarqua sur la côte ouest de l'Australie.

— De l'Australie, dit le major, interrompant le récit d'Ayrton, et par conséquent vous avez quitté le *Britannia* avant sa relâche au Callao, d'où sont datées ses dernières nouvelles?

— Oui, répondit le quartier-maître, car le *Britannia* n'a jamais relâché au Callao pendant que j'étais à bord. Et si je vous ai parlé du Callao à la ferme de Paddy

O'Moore, c'est que votre récit venait de m'apprendre ce détail.

— Continuez Ayrton, dit Glenarvan.

— Je me trouvai donc abandonné sur une côte à peu près déserte, mais à vingt milles seulement des établissements pénitentiaires de Perth, la capitale de l'Australie occidentale. En errant sur les rivages, je rencontrai une bande de convicts qui venaient de s'échapper. Je me joignis à eux. Vous me dispenserez, mylord, de vous raconter ma vie pendant deux ans et demi. Sachez seulement que je devins le chef des évadés sous le nom de Ben Joyce. Au mois de septembre 1864, je me présentai à la ferme irlandaise. J'y fus admis comme domestique sous mon vrai nom d'Ayrton. J'attendais là que l'occasion se présentât de m'emparer d'un navire. C'était mon suprême but. Deux mois plus tard, le *Duncan* arriva. Pendant votre visite à la ferme, vous avez raconté, mylord, toute l'histoire du capitaine Grant. J'appris alors ce que j'ignorais, la relâche du *Britannia* au Callao, ses dernières nouvelles datées de juin 1862, deux mois après mon débarquement, l'affaire du document, la perte du navire sur un point du 37e parallèle, et enfin les raisons sérieuses que vous aviez de chercher Harry Grant à travers le continent australien. Je n'hésitai pas. Je résolus de m'approprier le *Duncan*, un merveilleux navire qui eût distancé les meilleurs marcheurs de la marine britannique. Mais il avait des avaries graves à réparer. Je le laissai donc partir pour Melbourne, et je me donnai à vous en ma vraie qualité de quartier-maître, offrant de vous guider vers le théâtre d'un naufrage placé fictivement par moi vers la côte est de l'Australie. Ce fut ainsi que, tantôt suivi à distance et tantôt précédé de ma bande de convicts, je dirigeai votre expédition à travers la province de Victoria. Mes gens commirent à Camden-Bridge un crime inutile, puisque le *Duncan*, une fois rendu à la côte, ne pouvait m'échapper, et qu'avec ce yacht, j'étais le maître de l'Océan. Je vous conduisis ainsi et sans défiance jusqu'à la Snowy-river. Les chevaux et les bœufs tombèrent peu à peu empoisonnés par le gastrolobium. J'embourbai le chariot dans les marais de la Snowy. Sur mes instances... Mais vous savez le reste, mylord, et vous pouvez être certain que, sans la distraction de M. Paganel, je commanderais maintenant à bord du *Duncan*. Telle est mon histoire, messieurs; mes révélations ne peuvent malheureusement pas vous remettre sur les traces d'Harry Grant, et vous voyez qu'en traitant avec moi vous avez fait une mauvaise affaire. »

Le quartier-maître se tut, croisa ses bras suivant son habitude, et attendit. Glenarvan et ses amis gardaient le silence. Ils sentaient que la vérité tout entière venait d'être dite par cet étrange malfaiteur. La prise du *Duncan* n'avait manqué que par une cause indépendante de sa volonté. Ses complices étaient venus aux rivages de Twofold-bay, comme le prouvait cette vareuse de convict trouvée par Glenarvan. Là, fidèles aux ordres de leur chef, ils avaient guetté le yacht, et enfin, las de l'attendre, ils s'étaient sans doute remis à leur métier de pillards et d'incendiaires dans les campagnes de la Nouvelle-Galles du Sud. Le major reprit le premier l'interrogatoire, afin de préciser les dates relatives au *Britannia*.

« Ainsi, demanda-t-il au quartier-maître, c'est bien le 8 avril 1862 que vous avez été débarqué sur la côte ouest de l'Australie?

— Exactement, répondit Ayrton.

— Et savez-vous quels étaient alors les projets d'Harry Grant?

— D'une manière vague.

— Parlez toujours, Ayrton, dit Glenarvan. Le moindre indice peut nous mettre sur la voie.

— Ce que je puis vous dire, le voici, mylord répondit

le quartier-maître. Le capitaine Grant avait l'intention de visiter la Nouvelle-Zélande. Or, cette partie de son programme n'a point été exécutée pendant mon séjour à bord. Il ne serait donc pas impossible que le *Britannia*, en quittant Le Callao, ne fût venu prendre connaissance des terres de la Nouvelle-Zélande. Cela concorderait avec la date du 27 juin 1862, assignée par le document au naufrage du trois-mâts.

— Évidemment, dit Paganel.

— Mais, reprit Glenarvan, rien dans ces restes de mots conservés sur le document ne peut s'appliquer à la Nouvelle-Zélande.

— A cela, je ne puis rien répondre, dit le quartier-maître.

— Bien, Ayrton, dit alors Glenarvan. Vous avez tenu votre parole, je tiendrai la mienne. Nous allons décider dans quelle île de l'océan Pacifique vous serez abandonné.

— Oh! peu m'importe, mylord, répondit Ayrton.

— Retournez à votre cabine, dit Glenarvan, et attendez notre décision. »

Le quartier-maître se retira sous la garde de deux matelots.

« Ce scélérat aurait pu être un homme, dit le major.

— Oui, répondit Glenarvan. C'est une nature forte et intelligente! Pourquoi faut-il que ses facultés se soient tournées vers le mal!

— Mais Harry Grant?

— Je crains bien qu'il soit à jamais perdu! Pauvres enfants, qui pourrait leur dire où est leur père?

— Moi! répondit Paganel. Oui! moi. »

On a dû le remarquer, le géographe, si loquace, si impatient d'ordinaire, avait à peine parlé pendant l'interrogatoire d'Ayrton. Il écoutait sans desserrer les dents. Mais ce dernier mot qu'il prononça en valait bien d'autres, et il fit tout d'abord bondir Glenarvan.

« Vous ! s'écria-t-il, vous, Paganel, vous savez où est le capitaine Grant !

— Oui, autant qu'on peut le savoir, répondit le géographe.

— Et par qui le savez-vous ?

— Par cet éternel document.

— Ah ! fit le major du ton de la plus parfaite incrédulité.

— Écoutez d'abord, Mac Nabbs, dit Paganel, vous hausserez les épaules après. Je n'ai pas parlé plus tôt parce que vous ne m'auriez pas cru. Puis, c'était inutile. Mais si je me décide aujourd'hui, c'est que l'opinion d'Ayrton est précisément venue appuyer la mienne.

— Ainsi la Nouvelle-Zélande ? demanda Glenarvan.

— Écoutez et jugez, répondit Paganel. Ce n'est pas sans raison, ou plutôt, ce n'est pas sans « une raison », que j'ai commis l'erreur qui nous a sauvés. Au moment où j'écrivais cette lettre sous la dictée de Glenarvan, le mot « Zélande » me travaillait le cerveau. Voici pourquoi. Vous vous rappelez que nous étions dans le chariot. Mac Nabbs venait d'apprendre à Lady Helena l'histoire des convicts ; il lui avait remis le numéro de l'*Australian and New-Zealand Gazette* qui relatait la catastrophe de Camden-Bridge. Or, au moment où j'écrivais, le journal gisait à terre, et plié de telle façon que deux syllabes de son titre apparaissaient seulement. Ces deux syllabes étaient *aland*. Quelle illumination se fit dans mon esprit ! *Aland* était précisément un mot du document anglais, un mot que nous avions traduit jusqu'alors par *à terre*, et qui devait être la terminaison du nom propre *Zealand*.

— Hein ! fit Glenarvan.

— Oui, reprit Paganel avec une conviction profonde, cette interprétation m'avait échappé, et savez-vous pourquoi ? Parce que mes recherches s'exerçaient naturellement sur le document français, plus complet que les autres, et où manque ce mot important.

— Oh ! oh ! dit le major, c'est trop d'imagination, Paganel, et vous oubliez un peu facilement vos déductions précédentes.

— Allez, major, je suis prêt à vous répondre.

— Alors, reprit Mac Nabbs, que devient votre mot *austra* ?

— Ce qu'il était d'abord. Il désigne seulement les contrées « australes ».

— Bien. Et cette syllabe *indi*, qui a été une première fois le radical d'*indiens*, et une seconde fois le radical d'*indigènes* ?

— Eh bien, la troisième et dernière fois, répondit Paganel, elle sera la première syllabe du mot *indigence* !

— Et *contin* ! s'écria Mac Nabbs, signifie-t-il encore *continent* ?

— Non ! puisque la Nouvelle-Zélande n'est qu'une île.

— Alors ?... demanda Glenarvan.

— Mon cher lord, répondit Paganel, je vais vous traduire le document suivant ma troisième interprétation, et vous jugerez. Je ne vous fais que deux observations : 1° Oubliez autant que possible les interprétations précédentes, et dégagez votre esprit de toute préoccupation antérieure ; 2° certains passages vous paraîtront « forcés », et il est possible que je les traduise mal, mais ils n'ont aucune importance, entre autres le mot *agonie* qui me choque, mais que je ne puis expliquer autrement. D'ailleurs, c'est le document français qui sert de base à mon interprétation, et n'oubliez pas qu'il a été écrit par un Anglais, auquel les idiotismes de la langue française pouvaient ne pas être familiers. Ceci posé, je commence. »

Et Paganel, articulant chaque syllabe avec lenteur, récita les phrases suivantes :

« Le 27 *juin* 1862, le *trois-mâts Britannia*, de *Glasgow*, a « *sombré* après une longue *agonie* dans les mers *australes*

« sur les côtes de la Nouvelle-*Zélande*, — en anglais
« *Zealand*. — *Deux matelots* et le *capitaine Grant* ont pu y
« *abor*der. Là, *contin*uellement en *pr*oie à une *cruel*le
« *indigence*, ils ont *jeté ce document* par..... *de long*itude *et*
« 37° 11′ de *lati*tude. *Venez à leur* secours, ou ils sont
« *perdus*. »

Paganel s'arrêta. Son interprétation était admissible. Mais, précisément parce qu'elle paraissait aussi vraisemblable que les précédentes, elle pouvait être aussi fausse. Glenarvan et le major ne cherchèrent donc pas à la discuter. Cependant, puisque les traces du *Britannia* ne s'étaient rencontrées ni sur les côtes de la Patagonie, ni sur les côtes de l'Australie, au point où ces deux contrées sont coupées par le 37e parallèle, les chances étaient en faveur de la Nouvelle-Zélande.

Cette remarque, faite par Paganel, frappa surtout ses amis.

« Maintenant, Paganel, dit Glenarvan, me direz-vous pourquoi, depuis deux mois environ, vous avez tenu cette interprétation secrète ?

— Parce que je ne voulais pas vous donner encore de vaines espérances. D'ailleurs, nous allions à Auckland, précisément au point indiqué par la latitude du document.

— Mais depuis lors, quand nous avons été entraînés hors de cette route, pourquoi n'avoir pas parlé ?

— C'est que, si juste que soit cette interprétation, elle ne peut contribuer au salut du capitaine.

— Pour quelle raison, Paganel ?

— Parce que, l'hypothèse étant admise que le capitaine Harry Grant s'est échoué à la Nouvelle-Zélande, du moment que deux ans se sont passés sans qu'il ait reparu, c'est qu'il a été victime du naufrage ou des Zélandais.

— Ainsi, votre opinion est... ? demanda Glenarvan.

— Que l'on pourrait peut-être retrouver quelques

vestiges du naufrage, mais que les naufragés du *Britannia* sont irrévocablement perdus!

— Silence sur tout ceci, mes amis, dit Glenarvan, et laissez-moi choisir le moment où j'apprendrai cette triste nouvelle aux enfants du capitaine Grant! »

XX

UN CRI DANS LA NUIT

L'ÉQUIPAGE sut bientôt que la mystérieuse situation du capitaine Grant n'avait pas été éclaircie par les révélations d'Ayrton. Le découragement fut profond à bord, car on avait compté sur le quartier-maître, et le quartier-maître ne savait rien qui pût mettre le *Duncan* sur les traces du *Britannia!*

La route du yacht fut donc maintenue. Restait à choisir l'île dans laquelle Ayrton devait être abandonné.

Paganel et John Mangles consultèrent les cartes du bord. Précisément, sur ce 37e parallèle, figurait un îlot isolé connu sous le nom de Maria-Thérésa, rocher perdu en plein océan Pacifique, relégué à trois mille cinq cents milles de la côte américaine et à quinze cents milles de la Nouvelle-Zélande. Au nord, les terres les plus rapprochées formaient l'archipel des Pomotou, sous le protectorat français. Au sud, rien jusqu'à la banquise éternellement glacée du pôle austral. Nul navire ne venait prendre connaissance de cette île solitaire. Aucun écho du monde n'arrivait jusqu'à elle. Seuls, les oiseaux des tempêtes s'y reposaient pendant leurs longues traversées, et beaucoup de cartes ne signalaient même pas ce roc battu par les flots du Pacifique.

Les deux enfants regardaient la mer. (Page 844.)

Si jamais l'isolement absolu devait se rencontrer sur la terre, c'était dans cette île jetée en dehors des routes humaines. On fit connaître sa situation à Ayrton. Ayrton accepta d'y vivre loin de ses semblables, et le cap fut mis sur Maria-Thérésa. En ce moment, une ligne rigoureusement droite eût passé par l'axe du *Duncan*, l'île et la baie de Talcahuano.

Deux jours plus tard, à deux heures, la vigie signala une terre à l'horizon. C'était Maria-Thérésa, basse, allongée, à peine émergée des flots, qui apparaissait comme un énorme cétacé. Trente milles la séparaient encore du yacht, dont l'étrave tranchait les lames avec une rapidité de seize nœuds à l'heure.

Peu à peu, le profil de l'îlot s'accusa sur l'horizon. Le soleil, s'abaissant vers l'ouest, découpait en pleine lumière sa capricieuse silhouette. Quelques sommets peu élevés se détachaient çà et là, piqués par les rayons de l'astre du jour.

A cinq heures, John Mangles crut distinguer une fumée légère qui montait vers le ciel.

« Est-ce un volcan ? demanda-t-il à Paganel qui, la longue-vue aux yeux, observait cette terre nouvelle.

— Je ne sais que penser, répondit le géographe. Maria-Thérésa est un point peu connu. Cependant, il ne faudrait pas s'étonner si son origine était due à quelque soulèvement sous-marin, et, par conséquent, volcanique.

— Mais alors, dit Glenarvan, si une éruption l'a produite, ne peut-on craindre qu'une éruption ne l'emporte ?

— C'est peu probable, répondit Paganel. On connaît son existence depuis plusieurs siècles, ce qui est une garantie. Lorsque l'île Julia émergea de la Méditerranée, elle ne demeura pas longtemps hors des flots et disparut quelques mois après sa naissance.

— Bien, dit Glenarvan. Penses-tu, John, que nous puissions atterrir avant la nuit ?

— Non, Votre Honneur. Je ne dois pas risquer le *Duncan* au milieu des ténèbres, sur une côte qui ne m'est pas connue. Je me tiendrai sous faible pression en courant de petits bords, et demain, au point du jour, nous enverrons une embarcation à terre. »

A huit heures du soir, Maria-Thérésa, quoique à cinq milles du vent, n'apparaissait plus que comme une ombre allongée, à peine visible. Le *Duncan* s'en rapprochait toujours.

A neuf heures, une lueur assez vive, un feu brilla dans l'obscurité. Il était immobile et continu.

« Voilà qui confirmerait le volcan, dit Paganel, en observant avec attention.

— Cependant, répondit John Mangles, à cette distance, nous devrions entendre les fracas qui accompagnent toujours une éruption, et le vent d'est n'apporte aucun bruit à notre oreille.

— En effet, dit Paganel, ce volcan brille, mais ne parle pas. On dirait, de plus, qu'il a des intermittences comme un phare à éclats.

— Vous avez raison, reprit John Mangles, et pourtant nous ne sommes pas sur une côte éclairée. Ah ! s'écria-t-il, un autre feu ! Sur la plage cette fois ! Voyez ! il s'agite ! il change de place ! »

John ne se trompait pas. Un nouveau feu avait apparu, qui semblait s'éteindre parfois et se ranimait tout à coup.

« L'île est donc habitée ? dit Glenarvan.

— Par des sauvages, évidemment, répondit Paganel.

— Mais alors, nous ne pouvons y abandonner le quartier-maître.

— Non, répondit le major ; ce serait faire un trop mauvais cadeau, même à des sauvages.

— Nous chercherons quelque autre île déserte, dit

Glenarvan, qui ne put s'empêcher de sourire de « la délicatesse » de Mac Nabbs. J'ai promis la vie sauve à Ayrton, et je veux tenir ma promesse.

— En tout cas, défions-nous, ajouta Paganel. Les Zélandais ont la barbare coutume de tromper les navires avec des feux mouvants, comme autrefois les habitants de Cornouailles. Or, les indigènes de Maria-Thérésa peuvent connaître ce procédé.

— Laisse arriver d'un quart, cria John au matelot du gouvernail. Demain, au soleil levant, nous saurons à quoi nous en tenir. »

A onze heures, les passagers et John Mangles regagnèrent leurs cabines. A l'avant, la bordée de quart se promenait sur le pont du yacht. A l'arrière, l'homme de barre était seul à son poste.

En ce moment, Mary Grant et Robert montèrent sur la dunette.

Les deux enfants du capitaine, accoudés sur la lisse, regardaient tristement la mer phosphorescente et le sillage lumineux du *Duncan*. Mary songeait à l'avenir de Robert; Robert songeait à l'avenir de sa sœur. Tous deux pensaient à leur père. Existait-il encore, ce père adoré? Fallait-il donc renoncer? Mais non, sans lui que serait la vie? Sans lui que deviendraient-ils? Que seraient-ils devenus déjà sans Lord Glenarvan, sans Lady Helena?

Le jeune garçon, mûri par l'infortune, devinait les pensées qui agitaient sa sœur. Il prit la main de Mary dans la sienne.

« Mary, lui dit-il, il ne faut jamais désespérer. Rappelle-toi les leçons que nous donnait notre père : « Le courage remplace tout ici-bas », disait-il. Ayons-le donc, ce courage obstiné, qui le faisait supérieur à tout. Jusqu'ici tu as travaillé pour moi, ma sœur, je veux travailler pour toi à mon tour.

— Cher Robert! répondait la jeune fille.

— Il faut que je t'apprenne une chose, reprit Robert. Tu ne te fâcheras pas, Mary ?

— Pourquoi me fâcherais-je, mon enfant ?

— Et tu me laisseras faire ?

— Que veux-tu dire ? demanda Mary, inquiète.

— Ma sœur ! je serai marin...

— Tu me quitteras ? s'écria la jeune fille, en serrant la main de son frère.

— Oui, sœur ! je serai marin comme mon père, marin comme le capitaine John ! Mary, ma chère Mary ! le capitaine John n'a pas perdu tout espoir, lui ! Tu auras, comme moi, confiance dans son dévouement ! Il fera de moi, il me l'a promis, un bon, un grand marin, et jusque-là, nous chercherons notre père ensemble ! Dis que tu le veux, sœur ? Ce que notre père eût fait pour nous, notre devoir, le mien du moins, est de le faire pour lui ! Ma vie a un but auquel elle est due tout entière : chercher, chercher toujours celui qui ne nous eût jamais abandonnés l'un ou l'autre ! Chère Mary, qu'il était bon, notre père !

— Et si noble, si généreux ! reprit Mary. Sais-tu, Robert, qu'il était déjà une des gloires de notre pays et qu'il aurait compté parmi ses grands hommes, si le sort ne l'eût arrêté dans sa marche !

— Si je le sais ! » dit Robert.

Mary Grant serra Robert sur son cœur. Le jeune enfant sentit que des larmes coulaient sur son front.

« Mary ! Mary ! s'écria-t-il, ils ont beau dire, nos amis, ils ont beau se taire, j'espère encore et j'espérerai toujours ! Un homme comme mon père ne meurt pas avant d'avoir accompli sa tâche ! »

Mary Grant ne put répondre. Les sanglots l'étouffaient. Mille sentiments se heurtaient dans son âme à cette pensée que de nouvelles tentatives seraient faites pour retrouver Harry Grant, et que le dévouement du jeune capitaine était sans bornes.

« Monsieur John espère encore? demanda-t-elle.

— Oui, répondit Robert. C'est un frère qui ne nous abandonnera jamais. Je serai marin, n'est-ce pas, sœur, marin pour chercher mon père avec lui! Tu veux bien?

— Si je le veux, répondit Mary. Mais nous séparer! murmura la jeune fille.

— Tu ne seras pas seule, Mary. Je sais cela! Mon ami John me l'a dit. Mme Helena ne te permettra pas de la quitter. Tu es une femme, toi, tu peux, tu dois accepter ses bienfaits. Les refuser serait de l'ingratitude! Mais un homme, mon père me l'a dit cent fois, un homme doit se faire son sort à lui-même!

— Mais que deviendra notre chère maison de Dundee, si pleine de souvenirs?

— Nous la conserverons, petite sœur! Tout cela est arrangé et bien arrangé par notre ami John et aussi par Lord Glenarvan. Il te gardera au château de Malcolm, comme sa fille! Le lord l'a dit à mon ami John, et mon ami John me l'a répété! Tu seras là chez toi, trouvant à qui parler de notre père, en attendant que John et moi nous te le ramenions un jour! Ah! quel beau jour ce sera! s'écria Robert, dont le front rayonnait d'enthousiasme.

— Mon frère, mon enfant, répondit Mary, qu'il serait heureux, notre père, s'il pouvait t'entendre! Comme tu lui ressembles, cher Robert, à ce père bien-aimé! Quant tu seras un homme, tu seras lui tout entier!

— Dieu t'entende, Mary, dit Robert, rougissant d'un saint et filial orgueil.

— Mais comment nous acquitter envers Lord et Lady Glenarvan? reprit Mary Grant.

— Oh! ce ne sera pas difficile! s'écria Robert avec sa confiance juvénile. On les aime, on les vénère, on le leur dit, on les embrasse bien, et un jour, à la première occasion, on se fait tuer pour eux!

— Vis pour eux, au contraire! s'écria la jeune fille

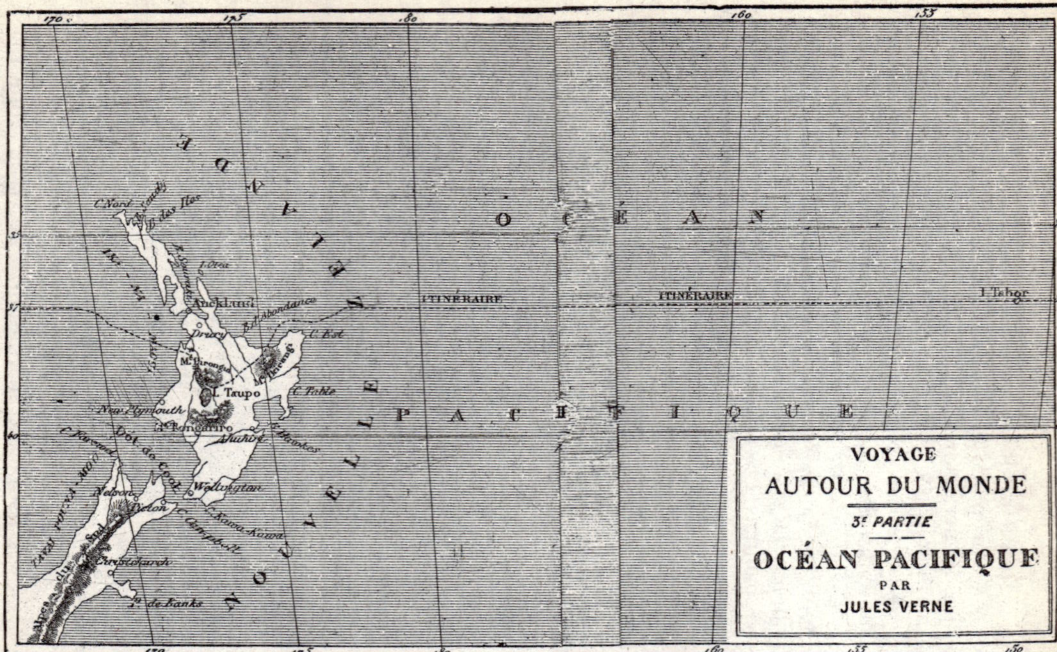

Gravé par Jules Sédille GILLOT.

en couvrant de baisers le front de son frère. Ils aimeront mieux cela, — et moi aussi! »

Puis, se laissant aller à d'indéfinissables rêveries, les deux enfants du capitaine se regardèrent dans la vague obscurité de la nuit. Cependant, par la pensée, ils causaient, ils s'interrogeaient, ils répondaient encore. La mer calme se berçait en longues ondulations, et l'hélice agitait dans l'ombre un remous lumineux. Alors se produisit un incident étrange et véritablement surnaturel. Le frère et la sœur, par une de ces communications magnétiques qui lient mystérieusement les âmes entre elles, subirent à la fois et au même instant une même hallucination. Du milieu de ces flots alternativement sombres et brillants, Mary et Robert crurent entendre s'élever jusqu'à eux une voix dont le son profond et lamentable fit tressaillir toutes les fibres de leur cœur.

« A moi! à moi! criait cette voix.

— Mary, dit Robert, as-tu entendu? tu as entendu? »

Et, se dressant subitement au-dessus de la lisse, tous deux, penchés, interrogèrent les profondeurs de la nuit.

Mais ils ne virent rien, que l'ombre qui s'étendait sans fin devant eux.

« Robert, dit Mary, pâle d'émotion, j'ai cru... Oui, j'ai cru comme toi... Nous avons la fièvre tous les deux, mon Robert!... »

Mais un nouvel appel arriva jusqu'à eux, et cette fois l'illusion fut telle que le même cri sortit à la fois de leurs deux cœurs :

« Mon père! mon père!... »

C'en était trop pour Mary Grant. Brisée par l'émotion, elle tomba évanouie dans les bras de Robert.

« Au secours! cria Robert. Ma sœur! mon père! au secours! »

L'homme de barre s'élança pour relever la jeune fille.

Les matelots de quart accoururent, puis John Mangles, Lady Helena, Glenarvan, subitement réveillés.

« Ma sœur se meurt, et notre père est là! » s'écriait Robert en montrant les flots. On ne comprenait rien à ses paroles.

« Si, répétait-il. Mon père est là! J'ai entendu la voix de mon père! Mary l'a entendue comme moi! »

Et en ce moment, Mary Grant, revenue à elle, égarée, folle, s'écriait aussi :

« Mon père! mon père est là! »

La malheureuse jeune fille, se relevant et se penchant au-dessus de la lisse, voulait se précipiter à la mer.

« Mylord! Madame Helena! répétait-elle en joignant les mains, je vous dis que mon père est là! Je vous affirme que j'ai entendu sa voix sortir des flots comme une lamentation, comme un dernier adieu! »

Alors, des spasmes, des convulsions reprirent la pauvre enfant. Elle se débattit. Il fallut la transporter dans sa cabine, et Lady Helena la suivit pour lui donner ses soins, tandis que Robert répétait toujours :

« Mon père! mon père est là! J'en suis sûr, mylord! »

Les témoins de cette scène douloureuse finirent par comprendre que les deux enfants du capitaine avaient été le jouet d'une hallucination. Mais comment détromper leurs sens, si violemment abusés?

Glenarvan l'essaya cependant. Il prit Robert par la main et lui dit :

« Tu as entendu la voix de ton père, mon cher enfant?

— Oui, mylord. Là, au milieu des flots! il criait : A moi! à moi!

— Et tu as reconnu cette voix?

— Si j'ai reconnu sa voix, mylord! Oh! oui! je vous le jure! Ma sœur l'a entendue, elle l'a reconnue comme moi! Comment voulez-vous que nous nous soyons trompés tous les deux? Mylord, allons au secours de mon père! Un canot! un canot! »

Un homme se tenait sur la côte. (Page 851.)

Glenarvan vit bien qu'il ne pourrait détromper le pauvre enfant. Néanmoins, il fit une dernière tentative et appela l'homme de barre.

« Hawkins, lui demanda-t-il, vous étiez au gouvernail au moment où Miss Mary a été si singulièrement frappée ?

— Oui, Votre Honneur, répondit Hawkins.

— Et vous n'avez rien vu, rien entendu ?

— Rien.

— Tu le vois, Robert.

— Si c'eût été le père d'Hawkins, répondit le jeune enfant avec une indomptable énergie, Hawkins ne dirait pas qu'il n'a rien entendu. C'était mon père, mylord ! mon père ! mon père !... »

La voix de Robert s'éteignit dans un sanglot. Pâle et muet, à son tour, il perdit connaissance. Glenarvan fit porter Robert dans son lit, et l'enfant, brisé par l'émotion, tomba dans un profond assoupissement.

« Pauvres orphelins ! dit John Mangles, Dieu les éprouve d'une terrible façon !

— Oui, répondit Glenarvan, l'excès de la douleur aura produit chez tous les deux, et au même moment, une hallucination pareille.

— Chez tous les deux ! murmura Paganel, c'est étrange ! La science pure ne l'admettrait pas. »

Puis, se penchant à son tour sur la mer et prêtant l'oreille, Paganel, après avoir fait signe à chacun de se taire, écouta. Le silence était profond partout. Paganel héla d'une voix forte. Rien ne lui répondit.

« C'est étrange ! répétait le géographe, en regagnant sa cabine. Une intime sympathie de pensées et de douleurs ne suffit pas à expliquer un phénomène ! »

Le lendemain, 8 mars, à cinq heures du matin, dès l'aube, les passagers, Robert et Mary parmi eux, car il avait été impossible de les retenir, étaient réunis sur le pont du *Duncan*. Chacun voulait examiner cette terre à peine entrevue la veille.

Les lunettes se promenèrent avidement sur les points principaux de l'île. Le yacht en prolongeait les rivages à la distance d'un mille. Le regard pouvait saisir leurs moindres détails. Un cri poussé par Robert s'éleva soudain. L'enfant prétendait voir deux hommes qui couraient et gesticulaient, pendant qu'un troisième agitait un pavillon.

« Le pavillon d'Angleterre ! s'écria John Mangles qui avait saisi sa lunette.

— C'est vrai ! s'écria Paganel, en se retournant vivement vers Robert.

— Mylord, dit Robert tremblant d'émotion, si vous ne voulez pas que je gagne l'île à la nage, vous ferez mettre à la mer une embarcation. Ah ! mylord ! je vous demande à genoux d'être le premier à prendre terre ! »

Personne n'osait parler à bord. Quoi ! sur cet îlot traversé par ce 37ᵉ parallèle, trois hommes, des naufragés, des Anglais ! Et chacun, revenant sur les événements de la veille, pensait à cette voix entendue dans la nuit par Robert et Mary !... Les enfants ne s'étaient abusés peut-être que sur un point : une voix avait pu venir jusqu'à eux, mais cette voix pouvait-elle être celle de leur père ? Non, mille fois non, hélas ! Et chacun, pensant à l'horrible déception qui les attendait, tremblait que cette nouvelle épreuve ne dépassât leurs forces ! Mais comment les arrêter ? Lord Glenarvan n'en eut pas le courage.

« Au canot ! » s'écria-t-il.

En une minute, l'embarcation fut mise à la mer. Les deux enfants du capitaine, Glenarvan, John Mangles, Paganel, s'y précipitèrent, et elle déborda rapidement sous l'impulsion de six matelots qui nageaient avec rage.

A dix toises du rivage, Mary poussa un cri déchirant.

« Mon père ! »

Un homme se tenait sur la côte, entre deux autres hommes. Sa taille grande et forte, sa physionomie à la fois douce et hardie, offrait un mélange expressif des traits de Mary et de Robert Grant. C'était bien l'homme qu'avaient si souvent dépeint les deux enfants. Leur cœur ne les avait pas trompés. C'était leur père, c'était le capitaine Grant !

Le capitaine entendit le cri de Mary, ouvrit les bras, et tomba sur le sable, comme foudroyé.

XXI

L'ÎLE TABOR

On ne meurt pas de joie, car le père et les enfants revinrent à la vie avant même qu'on les eût recueillis sur le yacht. Comment peindre cette scène ? Les mots n'y suffiraient pas. Tout l'équipage pleurait en voyant ces trois êtres confondus dans une muette étreinte. Harry Grant, arrivé sur le pont, fléchit le genou. Le pieux Écossais voulut, en touchant ce qui était pour lui le sol de la patrie, remercier, avant tous, Dieu de sa délivrance.

Puis se tournant vers Lady Helena, vers Lord Glenarvan et ses compagnons, il leur rendit grâces d'une voix brisée par l'émotion. En quelques mots, ses enfants, dans la courte traversée de l'îlot au yacht, venaient de lui apprendre toute l'histoire du *Duncan*.

Quelle immense dette il avait contractée envers cette noble femme et ses compagnons ! Depuis Lord Glenarvan jusqu'au dernier des matelots, tous n'avaient-ils pas lutté et souffert pour lui ? Harry Grant exprima les sentiments de gratitude qui inondaient son cœur avec tant de simplicité et de noblesse, son mâle visage était illuminé d'une émotion si pure et si douce, que tout l'équipage se sentit récompensé et au-delà des épreuves subies. L'impassible major lui-même avait l'œil humide d'une larme qu'il n'était pas en son pouvoir de retenir. Quant au digne Paganel, il pleurait comme un enfant qui ne pense pas à cacher ses larmes.

Harry Grant ne se lassait pas de regarder sa fille. Il la trouvait belle, charmante ! Il le lui disait et redisait tout haut, prenant Lady Helena à témoin, comme pour certifier que son amour paternel ne l'abusait pas. Puis, se tournant vers son fils :

« Comme il a grandi ! C'est un homme ! » s'écriait-il avec ravissement.

Et il prodiguait à ces deux êtres si chers les mille baisers amassés dans son cœur pendant deux ans d'absence.

Robert lui présenta successivement tous ses amis, et trouva le moyen de varier ses formules, quoiqu'il eût à dire de chacun la même chose ! C'est que, l'un comme l'autre, tout le monde avait été parfait pour les deux orphelins. Quand arriva le tour de John Mangles d'être présenté, le capitaine rougit comme une jeune fille et sa voix tremblait en répondant au père de Mary.

Lady Helena fit alors au capitaine Grant le récit du voyage, et elle le rendit fier de son fils, fier de sa fille.

Harry Grant apprit les exploits du jeune héros, et comment cet enfant avait déjà payé à Lord Glenarvan une partie de la dette paternelle. Puis, à son tour, John Mangles parla de Mary en des termes tels, que Harry Grant, instruit par quelques mots de Lady Helena, mit la main de sa fille dans la vaillante main du jeune capitaine, et, se tournant vers Lord et Lady Glenarvan :

« Mylord, et vous, madame, dit-il, bénissons nos enfants ! »

Lorsque tout fut dit et redit mille fois, Glenarvan instruisit Harry Grant de ce qui concernait Ayrton.

C'est un paradis que cet îlot. (Page 856.)

Grant confirma les aveux du quartier-maître au sujet de son débarquement sur la côte australienne.

« C'est un homme intelligent, audacieux, ajouta-t-il, et que les passions ont jeté dans le mal. Puissent la réflexion et le repentir le ramener à des sentiments meilleurs ! »

Mais avant qu'Ayrton fût transféré à l'île Tabor, Harry Grant voulut faire à ses nouveaux amis les honneurs de son rocher. Il les invita à visiter sa maison de bois et à s'asseoir à la table du Robinson océanien. Glenarvan et ses hôtes acceptèrent de grand cœur. Robert et Mary Grant brûlaient du désir de voir ces lieux solitaires où le capitaine les avait tant pleurés.

Une embarcation fut armée, et le père, les deux enfants, Lord et Lady Glenarvan, le major, John Mangles et Paganel, débarquèrent bientôt sur les rivages de l'île.

Quelques heures suffirent à parcourir le domaine d'Harry Grant. C'était, à vrai dire, le sommet d'une montagne sous-marine, un plateau où les roches de basalte abondaient avec des débris volcaniques. Aux époques géologiques de la terre, ce mont avait peu à peu surgi des profondeurs du Pacifique sous l'action des feux souterrains ; mais, depuis des siècles, le volcan était devenu une montagne paisible, et son cratère comblé, un îlot émergeant de la plaine liquide. Puis l'humus se forma ; le règne végétal s'empara de cette terre nouvelle ; quelques baleiniers de passage y débarquèrent des animaux domestiques, chèvres et porcs, qui multiplièrent à l'état sauvage, et la nature se manifesta par ses trois règnes sur cette île perdue au milieu de l'Océan.

Lorsque les naufragés du *Britannia* s'y furent réfugiés, la main de l'homme vint régulariser les efforts de la nature. En deux ans et demi, Harry Grant et ses matelots métamorphosèrent leur îlot. Plusieurs acres de terre, cultivés avec soin, produisaient des légumes d'une excellente qualité.

Les visiteurs arrivèrent à la maison, ombragée par des gommiers verdoyants ; devant ses fenêtres s'étendait la magnifique mer, étincelant aux rayons du soleil. Harry Grant fit mettre sa table à l'ombre des beaux arbres, et chacun y prit place. Un gigot de chevreau, du pain de nardou, quelques bols de lait, deux ou trois pieds de chicorée sauvage, une eau pure et fraîche, formèrent les éléments de ce repas simple et digne de bergers de l'Arcadie.

Paganel était ravi. Ses vieilles idées de Robinson lui remontaient au cerveau.

« Il ne sera pas à plaindre, ce coquin d'Ayrton ! s'écria-t-il dans son enthousiasme. C'est un paradis que cet îlot.

— Oui, répondit Harry Grant, un paradis pour trois pauvres naufragés que le Ciel y garde ! mais je regrette que Maria-Thérésa n'ait pas été une île vaste et fertile, avec une rivière au lieu d'un ruisseau et un port au lieu d'une anse battue par les flots du large.

— Et pourquoi, capitaine ? demanda Glenarvan.

— Parce que j'y aurais jeté les fondements de la colonie dont je veux doter l'Écosse dans le Pacifique.

— Ah ! capitaine Grant, dit Glenarvan, vous n'avez donc point abandonné l'idée qui vous a rendu si populaire dans notre vieille patrie ?

— Non, mylord, et Dieu ne m'a sauvé par vos mains que pour me permettre de l'accomplir. Il faut que nos pauvres frères de la vieille Calédonie, tous ceux qui souffrent, aient un refuge contre la misère sur une terre nouvelle ! Il faut que notre chère patrie possède dans ces mers une colonie à elle, rien qu'à elle, où elle trouve un peu de cette indépendance et de ce bien-être qui lui manquent en Europe !

— Ah ! cela est bien dit, capitaine Grant, répondit Lady Helena. C'est un beau projet, et digne d'un grand cœur ! Mais cet îlot ?...

— Non, madame, c'est un roc bon tout au plus à nourrir quelques colons, tandis qu'il nous faut une terre vaste et riche de tous les trésors des premiers âges.

— Eh bien, capitaine, s'écria Glenarvan, l'avenir est à nous, et cette terre, nous la chercherons ensemble ! »

Les mains d'Harry Grant et de Glenarvan se serrèrent dans une chaude étreinte, comme pour ratifier cette promesse.

Puis, sur cette île même, dans cette humble maison, chacun voulut connaître l'histoire des naufragés du *Britannia* pendant ces deux longues années d'abandon. Harry Grant s'empressa de satisfaire le désir de ses nouveaux amis :

« Mon histoire, dit-il, est celle de tous les Robinsons jetés sur une île, et qui, ne pouvant compter que sur Dieu et sur eux-mêmes, sentent qu'ils ont le devoir de disputer leur vie aux éléments !

« Ce fut pendant la nuit du 26 au 27 juin 1862 que le *Britannia,* désemparé par six jours de tempête, vint se briser sur les rochers de Maria-Thérésa. La mer était démontée, le sauvetage impossible, et tout mon malheureux équipage périt. Seuls, mes deux matelots, Bob Learce, Joe Bell et moi, nous parvînmes à gagner la côte après vingt tentatives infructueuses !

« La terre qui nous recueillit n'était qu'un îlot désert, large de deux milles, long de cinq, avec une trentaine d'arbres à l'intérieur, quelques prairies et une source d'eau fraîche qui fort heureusement ne tarit jamais. Seul avec mes deux matelots, dans ce coin du monde, je ne désespérai pas. Je mis ma confiance en Dieu, et je m'apprêtai à lutter résolument. Bob et Joe, mes braves compagnons d'infortune, mes amis, me secondèrent énergiquement.

« Nous commençâmes, comme le Robinson idéal de Daniel Defoe, notre modèle, par recueillir les épaves du navire, des outils, un peu de poudre, des armes, un sac de graines précieuses. Les premiers jours furent pénibles, mais bientôt la chasse et la pêche nous fournirent une nourriture assurée, car les chèvres sauvages pullulaient à l'intérieur de l'île, et les animaux marins abondaient sur ses côtes. Peu à peu, notre existence s'organisa régulièrement.

« Je connaissais exactement la situation de l'îlot par mes instruments, que j'avais sauvés du naufrage. Ce relèvement nous plaçait hors de la route des navires, et nous ne pouvions être recueillis, à moins d'un hasard providentiel. Tout en songeant à ceux qui m'étaient chers et que je n'espérais plus revoir, j'acceptai courageusement cette épreuve, et le nom de mes deux enfants se mêla chaque jour à mes prières.

« Cependant, nous travaillions résolument. Bientôt plusieurs acres de terre furent ensemencés avec les graines du *Britannia;* les pommes de terre, la chicorée, l'oseille, assainirent notre alimentation habituelle; puis d'autres légumes encore. Nous prîmes quelques chevreaux, qui s'apprivoisèrent facilement. Nous eûmes du lait, du beurre. Le nardou, qui croissait dans les creeks desséchés, nous fournit une sorte de pain assez substantiel, et la vie matérielle ne nous inspira plus aucune crainte.

« Nous avions construit une maison de planches avec les débris du *Britannia;* elle fut recouverte de voiles soigneusement goudronnées, et sous ce solide abri la saison des pluies se passa heureusement. Là, furent discutés bien des plans, bien des rêves, dont le meilleur vient de se réaliser!

« J'avais d'abord eu l'idée d'affronter la mer sur un canot fait avec les épaves du navire, mais quinze cents milles nous séparaient de la terre la plus proche, c'est-à-dire des îles de l'archipel Pomotou. Aucune embarcation n'eût résisté à une traversée si longue. Aussi j'y renonçai, et je n'attendis plus mon salut que d'une intervention divine.

« Ah ! mes pauvres enfants ! que de fois, du haut des rocs de la côte, nous avons guetté des navires au large ! Pendant tout le temps que dura notre exil, deux ou trois voiles seulement apparurent à l'horizon, mais pour disparaître aussitôt ! Deux ans et demi se passèrent ainsi. Nous n'espérions plus, mais nous ne désespérions pas encore.

« Enfin, la veille de ce jour, j'étais monté sur le plus haut sommet de l'île, quand j'aperçus une légère fumée dans l'ouest. Elle grandit. Bientôt un navire devint visible à mes yeux. Il semblait se diriger vers nous. Mais n'éviterait-il pas cet îlot qui ne lui offrait aucun point de relâche ?

« Ah ! quelle journée d'angoisses, et comment mon cœur ne s'est-il pas brisé dans ma poitrine ! Mes compagnons allumèrent un feu sur un des pics de Maria-Thérésa. La nuit vint, mais le yacht ne fit aucun signal de reconnaissance ! Le salut était là cependant ! Allions-nous donc le voir s'évanouir !

« Je n'hésitai plus. L'ombre s'accroissait. Le navire pouvait doubler l'île pendant la nuit. Je me jetai à la mer et me dirigeai vers lui. L'espoir triplait mes forces. Je fendais les lames avec une vigueur surhumaine. J'approchais du yacht, et trente brasses m'en séparaient à peine, quand il vira de bord !

« Alors je poussai ces cris désespérés que mes deux enfants furent seuls à entendre, et qui n'avaient point été une illusion.

« Puis je revins au rivage, épuisé, vaincu par l'émotion et la fatigue. Mes deux matelots me recueillirent à demi mort. Ce fut une nuit horrible que cette dernière nuit que nous passâmes dans l'île, et nous nous croyions pour jamais abandonnés, quand, le jour venu, j'aperçus le yacht qui courait des bordées sous petite vapeur.

Votre canot fut mis à la mer... Nous étions sauvés, et, divine bonté du Ciel ! mes enfants, mes chers enfants, étaient là, qui me tendaient les bras ! »

Le récit d'Harry Grant s'acheva au milieu des baisers et des caresses de Mary et Robert. Et ce fut alors seulement que le capitaine apprit qu'il devait son salut à ce document passablement hiéroglyphique, que, huit jours après son naufrage, il avait enfermé dans une bouteille et confié aux caprices des flots. Mais que pensait Jacques Paganel pendant le récit du capitaine Grant ? Le digne géographe retournait une millième fois dans son cerveau les mots du document ! Il repassait ces trois interprétations successives, fausses toutes trois ! Comment cette île Maria-Thérésa était-elle donc indiquée sur ces papiers rongés par la mer ? Paganel n'y tint plus, et, saisissant la main d'Harry Grant :

« Capitaine, s'écria-t-il, me direz-vous enfin ce que contenait votre indéchiffrable document ? »

A cette demande du géographe, la curiosité fut générale, car le mot de l'énigme, cherché depuis neuf mois, allait être prononcé !

« Eh bien, capitaine, demanda Paganel, vous souvenez-vous des termes précis du document ?

— Exactement, répondit Harry Grant, et pas un jour ne s'est écoulé sans que ma mémoire ne m'ait rappelé ces mots auxquels se rattachait notre seul espoir.

— Et quels sont-ils, capitaine ? demanda Glenarvan. Parlez, car notre amour-propre est piqué au vif.

— Je suis prêt à vous satisfaire, répondit Harry Grant, mais vous savez que, pour multiplier les chances de salut, j'avais renfermé dans la bouteille trois documents écrits en trois langues. Lequel désirez-vous connaître ?

— Ils ne sont donc pas identiques ? s'écria Paganel.

— Si, à un nom près.

— Eh bien, citez le document français, reprit Glenarvan ; c'est celui que les flots ont le plus respecté, et il a principalement servi de base à nos interprétations.

— Mylord, le voici mot pour mot, répondit Harry Grant.

« Le 27 juin 1862, le trois-mâts *Britannia*, de Glasgow,
« s'est perdu à quinze cents lieues de la Patagonie, dans
« l'hémisphère austral. Portés à terre, deux matelots
« et le capitaine Grant ont atteint à l'île Tabor...

— Hein ! fit Paganel.

— « Là, reprit Harry Grant, continuellement en
« proie à une cruelle indigence, ils ont jeté ce document
« par 153° de longitude et 37°11′ de latitude. Venez
« à leur secours, ou ils sont perdus. »

A ce nom de Tabor, Paganel s'était levé brusquement ; puis, ne se contenant plus, il s'écria : « Comment, l'île Tabor ! mais c'est l'île Maria-Thérésa ?

— Sans doute, monsieur Paganel, répondit Harry Grant, Maria-Thérésa sur les cartes anglaises et allemandes, mais Tabor sur les cartes françaises ! »

A cet instant, un formidable coup de poing atteignit l'épaule de Paganel, qui plia sous le choc. La vérité oblige à dire qu'il lui fut adressé par le major, manquant pour la première fois à ses graves habitudes de convenance.

« Géographe ! » dit Mac Nabbs avec le ton du plus profond mépris.

Mais Paganel n'avait même pas senti la main du major. Qu'était-ce auprès du coup géographique qui l'accablait !

Ainsi donc, comme il l'apprit au capitaine Grant, il s'était peu à peu rapproché de la vérité ! il avait déchiffré presque entièrement l'indéchiffrable document ! Tour à tour les noms de la Patagonie, de l'Australie, de la Nouvelle-Zélande lui étaient apparus avec une irrécusable certitude. *Contin*, d'abord *continent*, avait peu à peu repris sa véritable signification de *continuelle*. *Indi* avait successivement signifié *indiens*, *indigènes,* puis enfin *indigence,* son sens vrai. Seul, le mot rongé « abor » avait trompé la sagacité du géographe ! Paganel en avait fait obstinément le radical du verbe *aborder,* quand c'était le nom propre, le nom français de l'île Tabor, de l'île qui servait de refuge aux naufragés du *Britannia* ! Erreur difficile à éviter, cependant, puisque les planisphères du *Duncan* donnaient à cet îlot le nom de Maria-Thérésa.

« Il n'importe ! s'écriait Paganel, s'arrachant les cheveux, je n'aurais pas dû oublier cette double appellation ! C'est une faute impardonnable, une erreur indigne d'un secrétaire de la Société de Géographie ! Je suis déshonoré !

— Mais, monsieur Paganel, dit Lady Helena, modérez votre douleur !

— Non ! madame, non ! je ne suis qu'un âne !

— Et pas même un âne savant ! » répondit le major, en manière de consolation.

Lorsque le repas fut terminé, Harry Grant remit toutes choses en ordre dans sa maison. Il n'emporta rien, voulant que le coupable héritât des richesses de l'honnête homme.

On revint à bord. Glenarvan comptait partir le jour même et donna ses ordres pour le débarquement du quartier-maître. Ayrton fut amené sur la dunette et se trouva en présence d'Harry Grant.

« C'est moi, Ayrton, dit Grant.

— C'est vous, capitaine, répondit Ayrton, sans marquer aucun étonnement de retrouver Harry Grant. Eh bien, je ne suis pas fâché de vous revoir en bonne santé.

— Il paraît, Ayrton, que j'ai fait une faute en vous débarquant sur une terre habitée.

— Il paraît, capitaine.

— Vous allez me remplacer sur cette île déserte. Puisse le Ciel vous inspirer le repentir !

Le quartier-maître, les bras croisés, immobile. (Page 865.)

— Ainsi soit-il ! » répondit Ayrton d'un ton calme.

Puis Glenarvan, s'adressant au quartier-maître, lui dit :

« Vous persistez, Ayrton, dans cette résolution d'être abandonné ?

— Oui, mylord.

— L'île Tabor vous convient ?

— Parfaitement.

— Maintenant, écoutez mes dernières paroles, Ayrton. Ici, vous serez éloigné de toute terre, et sans communication possible avec vos semblables. Les miracles sont rares, et vous ne pourrez fuir cet îlot où le *Duncan* vous laisse. Vous serez seul, sous l'œil d'un Dieu qui lit au plus profond des cœurs, mais vous ne serez ni perdu ni ignoré, comme le fut le capitaine Grant. Si indigne que vous soyez du souvenir des hommes, les hommes se souviendront de vous. Je sais où vous êtes, Ayrton, je sais où vous trouver, je ne l'oublierai jamais.

— Dieu conserve Votre Honneur ! » répondit simplement Ayrton.

Telles furent les dernières paroles échangées entre Glenarvan et le quartier-maître. Le canot était prêt. Ayrton y descendit.

John Mangles avait d'avance fait transporter dans l'île quelques caisses d'aliments conservés, des outils, des armes et un approvisionnement de poudre et de plomb. Le quartier-maître pouvait donc se régénérer par le travail ; rien ne lui manquait, pas même des livres, et entre autres la Bible, si chère aux cœurs anglais.

L'heure de la séparation était venue. L'équipage et les passagers se tenaient sur le pont. Plus d'un se sentait l'âme serrée. Mary Grant et Lady Helena ne pouvaient contenir leur émotion.

« Il le faut, donc ? demanda la jeune femme à son mari, il faut donc que ce malheureux soit abandonné !

— Il le faut, Helena, répondit Lord Glenarvan. C'est l'expiation ! »

En ce moment, le canot, commandé par John Mangles, déborda. Ayrton, debout, toujours impassible, ôta son chapeau et salua gravement.

Glenarvan se découvrit, avec lui tout l'équipage, comme on fait devant un homme qui va mourir, et l'embarcation s'éloigna au milieu d'un profond silence.

Ayrton, arrivé à terre, sauta sur le sable, et le canot revint à bord. Il était alors quatre heures du soir, et, du haut de la dunette, les passagers purent voir le quartier-maître, les bras croisés, immobile comme une statue sur un roc, et regardant le navire.

« Nous partons, mylord ? demanda John Mangles.

— Oui, John, répondit vivement Glenarvan, plus ému qu'il ne voulait le paraître.

— Go head ! » cria John à l'ingénieur.

La vapeur siffla dans ses conduits, l'hélice battit les flots, et, à huit heures, les derniers sommets de l'île Tabor disparaissaient dans les ombres de la nuit.

XXII

LA DERNIÈRE DISTRACTION DE JACQUES PAGANEL

Le *Duncan*, onze jours après avoir quitté l'île, le 18 mars, eut connaissance de la côte américaine et, le lendemain, il mouilla dans la baie de Talcahuano.

Il y revenait après un voyage de cinq mois, pendant lequel, suivant rigoureusement la ligne du 37e parallèle, il avait fait le tour du monde. Les passagers de cette mémorable expédition, sans précédents dans les annales du *Traveller's club*, venaient de traverser le Chili, les

Le retour à Malcolm-Castle. (Page 870.)

Pampas, la république Argentine, l'Atlantique, les îles d'Acunha, l'océan Indien, les îles Amsterdam, l'Australie, la Nouvelle-Zélande, l'île Tabor et le Pacifique. Leurs efforts n'avaient point été stériles et ils rapatriaient les naufragés du *Britannia*.

Pas un de ces braves Écossais, partis à la voix de leur laird, ne manquait à l'appel, tous revenaient à leur vieille Écosse, et cette expédition rappelait la bataille « sans larmes » de l'histoire ancienne.

Le *Duncan*, son ravitaillement terminé, prolongea les côtes de la Patagonie, doubla le cap Horn, et courut à travers l'océan Atlantique.

Nul voyage ne fut moins incidenté. Le yacht emportait dans ses flancs une cargaison de bonheur. Il n'y avait plus de secret à bord, pas même les sentiments de John Mangles pour Mary Grant.

Si, cependant. Un mystère intriguait encore Mac Nabbs. Pourquoi Paganel demeurait-il toujours hermétiquement renfermé dans ses habits et encravaté au fond d'un cache-nez qui lui montait jusqu'aux oreilles? Le major grillait de connaître le motif de cette singulière manie. Mais c'est le cas de dire que, malgré les interrogations, les allusions, les soupçons de Mac Nabbs, Paganel ne se déboutonna pas.

Non, pas même quand le *Duncan* passa la ligne et que les coutures du pont fondirent sous une chaleur de 50°.

« Il est si distrait, qu'il se croit à Saint-Pétersbourg », disait le major en voyant le géographe enveloppé d'une vaste houppelande, comme si le mercure eût été gelé dans le thermomètre.

Enfin, le 9 mai, cinquante-trois jours après avoir quitté Talcahuano, John Mangles releva les feux du cap Clear. Le yacht embouqua le canal Saint-Georges, traversa la mer d'Irlande, et, le 10 mai, il donna dans le golfe de la Clyde. A onze heures, il mouillait à Dum-

Quinze jours après un mariage se célébrait. (Page 870.)

barton. A deux heures du soir, ses passagers entraient à Malcolm-Castle, au milieu des hurrahs des highlanders.

Il était donc écrit qu'Harry Grant et ses deux compagnons seraient sauvés, que John Mangles épouserait Mary Grant dans la vieille cathédrale de Saint-Mungo, où le révérend Paxton, après avoir prié, neuf mois auparavant, pour le salut du père, bénit le mariage de sa fille et de son sauveur ! Il était donc écrit que Robert serait marin comme Harry Grant, marin comme John Mangles, et qu'il reprendrait avec eux les grands projets du capitaine, sous la haute protection de Lord Glenarvan !

Mais était-il écrit que Jacques Paganel ne mourrait pas garçon ? Probablement.

En effet le savant géographe, après ses héroïques exploits, ne pouvait échapper à la célébrité. Ses distractions firent fureur dans le grand monde écossais. On se l'arrachait, et il ne suffisait plus aux politesses dont il fut l'objet.

Et ce fut alors qu'une aimable demoiselle de trente ans, rien moins que la cousine du major Mac Nabbs, un peu excentrique elle-même, mais bonne et charmante encore, s'éprit des singularités du géographe et lui offrit sa main. Il y avait une million dedans ; mais on évita d'en parler.

Paganel était loin d'être insensible aux sentiments de Miss Arabella ; cependant, il n'osait se prononcer.

Ce fut le major qui s'entremit entre ces deux cœurs faits l'un pour l'autre. Il dit même à Paganel que le mariage était la « dernière distraction » qu'il pût se permettre.

Grand embarras de Paganel, qui, par une étrange singularité, ne se décidait pas à articuler le mot fatal.

« Est-ce que Miss Arabella ne vous plaît pas ? lui demandait sans cesse Mac Nabbs.

— Oh ! major, elle est charmante ! s'écria Paganel,

mille fois trop charmante, et, s'il faut tout vous dire, il me plairait davantage qu'elle le fût moins! Je lui voudrais un défaut.

— Soyez tranquille, répondit le major, elle en possède, et plus d'un. La femme la plus parfaite en a toujours son contingent. Ainsi, Paganel, est-ce décidé?

— Je n'ose, reprenait Paganel.

— Voyons, mon savant ami, pourquoi hésitez-vous?

— Je suis indigne de Miss Arabella! » répondait invariablement le géographe.

Et il ne sortait pas de là.

Enfin, mis un jour au pied du mur par l'intraitable major, il finit par lui confier, sous le sceau du secret, une particularité qui devait faciliter son signalement, si jamais la police se mettait à ses trousses.

« Bah! s'écria le major.

— C'est comme je vous le dis, répliqua Paganel.

— Qu'importe? mon digne ami.

— Vous croyez?

— Au contraire, vous n'en êtes que plus singulier. Cela ajoute à vos mérites personnels! Cela fait de vous l'homme sans pareil rêvé par Arabella! »

Et le major, gardant un imperturbable sérieux, laissa Paganel en proie aux plus poignantes inquiétudes.

Un court entretien eut lieu entre Mac Nabbs et Miss Arabella.

Quinze jours après, un mariage se célébrait, à grand fracas, dans la chapelle de Malcolm-Castle. Paganel était magnifique, mais hermétiquement boutonné, et Miss Arabella splendide.

Et ce secret du géographe fût toujours resté enseveli dans les abîmes de l'inconnu, si le major n'en eût parlé à Glenarvan, qui ne le cacha point à Lady Helena, qui en dit un mot à Mistress Mangles. Bref, ce secret parvint aux oreilles de Mistress Olbinett, et il éclata.

Jacques Paganel, pendant ses trois jours de captivité

chez les Maoris, avait été *tatoué*, mais tatoué des pieds aux épaules, et il portait sur sa poitrine l'image d'un kiwi héraldique, aux ailes éployées, qui lui mordait le cœur.

Ce fut la seule aventure de son grand voyage dont Paganel ne se consola jamais et qu'il ne pardonna pas à la Nouvelle-Zélande ; ce fut aussi ce qui, malgré bien des sollicitations et malgré ses regrets, l'empêcha de retourner en France. Il eût craint d'exposer toute la Société de Géographie dans sa personne aux plaisanteries des caricaturistes et des petits journaux, en lui ramenant un secrétaire fraîchement tatoué.

Le retour du capitaine en Écosse fut salué comme un événement national, et Harry Grant devint l'homme le plus populaire de la vieille Calédonie. Son fils Robert s'est fait marin comme lui, marin comme le capitaine John, et c'est sous les auspices de Lord Glenarvan qu'il a repris le projet de fonder une colonie écossaise dans les mers du Pacifique.

FIN DE LA TROISIÈME ET DERNIÈRE PARTIE

TABLES DES MATIÈRES

PREMIÈRE PARTIE

I - Balance-Fish 1
II - Les trois documents........................ 11
III - Malcolm-Castle........................ 21
IV - Une proposition de Lady Glenarvan 31
V - Le départ du *Duncan*........................ 39
VI - Le passager de la cabine numéro six.......... 48
VII - D'où vient et où va Jacques Paganel.......... 58
VIII - Un brave homme de plus à bord du *Duncan*... 67
IX - Le détroit de Magellan........................ 76
X - Le 37e parallèle........................ 89
XI - Traversée du Chili........................ 100
XII - A douze mille pieds dans les airs 110
XIII - Descente de la Cordillère................... 121
XIV - Un coup de fusil de la Providence............ 134
XV - L'espagnol de Jacques Paganel 145

XVI - Le Rio-Colorado 154
XVII - Les Pampas 169
XVIII - A la recherche d'une aiguade 182
XIX - Les loups-rouges 195
XX - Les plaines argentines 209
XXI - Le fort Indépendance 221
XXII - La crue 233
XXIII - Où l'on mène la vie des oiseaux 246
XXIV - Où l'on continue de mener la vie des oiseaux.. 258
XXV - Entre le feu et l'eau 271
XXVI - L'Atlantique 284

DEUXIÈME PARTIE

I - Le retour à bord 297
II - Tristan d'Acunha 309
III - L'île d'Amsterdam 321
IV - Les paris de Jacques Paganel et du major Mac Nabbs 333
V - Les colères de l'océan Indien 349
VI - Le cap Bernouilli 362
VII - Ayrton 377
VIII - Le départ 391
IX - La province de Victoria 403
X - Wimerra-River 414
XI - Burke et Stuart 428
XII - Le railway de Melbourne à Sandhurst 449
XIII - Un premier prix de géographie 463
XIV - Les mines du mont Alexandre 475
XV - *Australian and New-Zealand Gazette* 491
XVI - Où le major soutient que ce sont des singes ... 503
XVII - Les éleveurs millionnaires 519
XVIII - Les Alpes australiennes 536
XIX - Un coup de théâtre 553
XX - Aland Zealand 567
XXI - Quatre jours d'angoisses 580
XXII - Eden 593

TROISIÈME PARTIE

I - Le *Macquarie*. 607
II - Le passé du pays où l'on va 618
III - Les massacres de la Nouvelle-Zélande 631
IV - Les brisants 642
V - Les matelots improvisés 653
VI - Où le cannibalisme est traité théoriquement 666
VII - Où l'on accoste enfin cette terre qu'il faudrait fuir 675
VIII - Le présent du pays où l'on est 686
IX - Trente milles au nord. 701
X - Le fleuve national. 713
XI - Le lac Taupo 727
XII - Les funérailles d'un chef maori 742
XIII - Les dernières heures 754
XIV - La montagne tabou 766
XV - Les grands moyens de Paganel 782
XVI - Entre deux feux 795
XVII - Pourquoi le *Duncan* croisait sur la côte est de la Nouvelle-Zélande 808
XVIII - Ayrton ou Ben Joyce? 818
XIX - Une transaction 827
XX - Un cri dans la nuit 839
XXI - L'île Tabor. 852
XXII - La dernière distraction de Jacques Paganel 865

JULES VERNE

1828-1905

I

Jules Verne a écrit quatre-vingts romans (ou longues nouvelles), publié plusieurs grands ouvrages de vulgarisation comme *Géographie illustrée de la France et de ses colonies* (1868), *Histoire des grands voyages et des grands voyageurs* (1878), *Christophe Colomb* (1883), et fait représenter, seul ou en collaboration, une quinzaine de pièces de théâtre. Sa célébrité est centenaire puisqu'elle date des années 1863-1865 qui furent celles de la publication de : *Cinq semaines en ballon, Voyage au centre de la terre, De la Terre à la Lune,* ses trois premiers grands romans. Dans un siècle qui compte des génies comme Balzac, Dickens, Dumas père, Tolstoï, Dostoïevski, Tourguenief, Flaubert, Stendhal, George Eliot, Zola — pour ne citer que dix noms parmi ceux des grands maîtres de ce siècle du roman — il apparaît un peu en marge, comme un prodigieux artisan en matière de fictions, comme un enchanteur aux charmes inépuisables et, dans une certaine mesure, comme un voyant, capable d'imaginer, un demi-siècle (ou un siècle) avant leur naissance, quelques-unes des plus étonnantes conquêtes de la science.

On a tout dit sur ce sujet et il est même arrivé qu'on mette du mystère là où il n'y en avait pas, qu'on auréole l'écrivain de pouvoirs surnaturels, qu'on en fasse un magicien. Il est plus véridique de le voir comme un homme de son temps, sensible à la richesse de découvertes scientifiques dont il s'informe avec un soin constant et scrupuleux; comme un travailleur infatigable, attelé quotidiennement pendant près d'un demi-siècle à *faire passer* dans le roman, en les prolongeant par une extrapolation foisonnante, les conquêtes et les découvertes des savants de son époque. Son extrapolation rejoint certes l'avenir, mais elle ne prévoit pas tous les cheminements de la science. Jules Verne est un poète du XIXe siècle, non pas un ingénieur du XXe. La radio, les rayons X, le cinéma, l'automobile, qu'il a vus naître, ne jouent pas dans son œuvre un rôle important. Et on peut remarquer, par exemple, que le moteur même du *Nautilus,* et le canon qui envoie des astronautes vers la lune, sont des machines de théâtre. Mais un de ses plus beaux romans, *Les Cinq cents Millions de la Bégum,* évoque le premier satellite artificiel, et le *Nautilus* précède de dix ans les sous-marins de l'ingénieur Laubeuf...

Jules Verne ne fournit pas les moyens techniques qui permettraient la réalisation des engins modernes : il évoque l'existence et les pouvoirs de ceux-ci. Il n'est pas un surhomme — mais Edison lui-même, « vrai » savant, n'a pas prévu l'avenir de ses propres découvertes... Les bouleversements que peut apporter la science pure échappent à la prévision, et nos auteurs de science-fiction, en 1965, ne sont sans doute pas plus proches de l'an 2100 que Jules Verne n'était proche, en 1875 ou 1880, du monde d'aujourd'hui travaillé par la science nucléaire...

Il était quelqu'un d'autre : un créateur qui ne fait pas concurrence à la science mais en incarne la poésie puissante, parfois terrible, dans des mythes fascinants ; un créateur qui, aux écoutes d'un monde que les chemins de fer et les paquebots transforment; pressent des aventures où l'homme et la machine vont devenir un couple au destin fabuleux. Il est sur le seuil d'un monde.

D'un monde, non pas de l'univers dans sa totalité. Il n'est pas métaphysicien : ses astronautes n'emportent pas l'âme de Pascal dans leur voyage à travers le champ stellaire; ni sociologue : c'est déraison que de chercher dans *Michel Strogoff* une analyse « cachée » des forces révolutionnaires russes au XIXe siècle. Mais, conteur, romancier-dramaturge, créateur de fictions, il relaie et développe, avec une verve et une santé inépuisables, un génie qu'eut aussi le grand Dumas père. Celui-ci nourrissait son œuvre en la conduisant dans le passé, Jules Verne vibre et crée à l'intersection du présent et de l'avenir.

II

Il naquit à Nantes le 8 février 1828. Son père, Pierre Verne, fils d'un magistrat de Provins, s'était rendu acquéreur en 1825 d'une étude d'avoué et avait épousé en 1827 Sophie Allotte de la Fuÿe, d'une famille nantaise aisée qui comptait des navigateurs et des armateurs. Jules Verne eut un frère : Paul (1829-1897) et trois sœurs : Anna, Mathilde et Marie. A six ans, il prend ses premières leçons de la veuve d'un capitaine au long cours et à huit entre avec son frère au petit séminaire de Saint-Donatien. En 1839, ayant acheté l'engagement d'un mousse, il s'embarque sur un long-courrier en partance pour les Indes. Rattrapé à Paimbœuf par son père il avoue être parti pour rapporter à sa cousine Caroline Tronson un collier de corail. Mais, rudement tancé, il promet : « Je ne voyagerai plus qu'en rêve. »

A la rentrée scolaire de 1844, il est inscrit au lycée de Nantes où il fera sa rhétorique et sa philosophie. Ses baccalauréats passés, et comme son père lui destine sa succession, il commence son droit. Sans cesser d'aimer Caroline, et tout en écrivant ses premières œuvres : des sonnets et une tragédie en vers; un théâtre... de marionnettes refuse la tragédie, que le cercle de famille n'applaudit pas, et dont on ignore tout, même le titre.

Caroline se marie en 1847, au grand désespoir de Jules Verne. Il passe son premier examen de droit à Paris où il ne demeure que le temps nécessaire. L'année suivante, il compose une autre œuvre dramatique, assez libre celle-là, qu'on lit en petit comité au

Cercle de la Cagnotte, à Nantes. Le théâtre l'attire et le théâtre c'est Paris. Il obtient de son père l'autorisation d'aller terminer ses études de droit dans la capitale où il débarque, pour la seconde fois, le 12 novembre 1848. Il n'a pas oublié les dédains de Caroline et écrit à un de ses amis, le musicien Aristide Hignard (qui sera son collaborateur au théâtre) : « ... je pars puisqu'on n'a pas voulu de moi, mais les uns et les autres verront de quel bois était fait ce pauvre jeune homme qu'on appelle Jules Verne. »

A Paris il s'installe, avec un autre jeune Nantais en cours d'études, Édouard Bonamy, dans une maison meublée, rue de l'Ancienne-Comédie. Avide de tout savoir, mais bridé par une pension calculée au plus près du strict nécessaire, il joue au naturel, avec Bonamy, *L'Habit vert* de Musset et Augier : ne possédant à eux deux qu'une tenue de soirée complète, les deux étudiants vont dans le monde alternativement. Avide de tout lire, Jules Verne jeûnera trois jours pour s'acheter le théâtre de Shakespeare...

Il écrit, et naturellement pour le théâtre. Avec d'autant plus de confiance qu'il a fait la connaissance de Dumas père et assisté, au Théâtre-Historique[1] dans la loge même de l'écrivain, à l'une des premières représentations de *La Jeunesse des Mousquetaires* (21 février 1849).

En 1849 il mène de front trois sujets, dont deux semblent venir de Dumas lui-même : *La Conspiration des Poudres, Drame sous la Régence,* et une comédie en vers en un acte : *Les Pailles rompues.* C'est le troisième sujet qui plaît à Dumas : la pièce voit les feux de la rampe au Théâtre-Historique le 12 juin 1850. On la jouera douze fois — et elle sera présentée le 7 novembre au théâtre Graslin à Nantes. Succès d'estime que suit la composition de deux pièces : *Les Savants* et *Qui me rit* qui ne seront pas représentées. Mais le droit n'est pas oublié et Jules Verne passe sa thèse

1. Fondé par Dumas, inauguré le 20 février 1847, le Théâtre-Historique avait été construit sur le boulevard du Temple, à un emplacement qu'on peut aujourd'hui situer approximativement, place de la République, entre les Magasins Réunis et le terre-plein qui leur fait face. Déclaré en faillite le 20 décembre 1850, il sera exploité sous le nom de Théâtre-Lyrique et détruit en 1863, un an après les autres théâtres du boulevard du Crime, en application des plans du préfet Haussmann.

(1850). Selon le vœu de son père il devrait alors s'inscrire au barreau de Nantes ou prendre sa charge d'avoué. Fermement, l'écrivain refuse : la seule carrière qui lui convienne est celle des lettres.

Il ne quitte pas Paris et, pour boucler son budget, doit donner des leçons. Sans cesser d'écrire : en 1852 il publie dans *Le Musée des Familles : Les premiers navires de la marine mexicaine* et *Un Voyage en ballon* qui figurera plus tard dans le volume *Le Docteur Ox* sous le titre *Un drame dans les airs,* deux récits où déjà se devine le futur auteur des *Voyages extraordinaires*. La même année il devient secrétaire d'Edmond Seveste[1] qui en 1851 a installé, dans les murs du Théâtre-Historique, l'Opéra-National, dénommé en avril 1852 et pour dix ans le Théâtre-Lyrique.

En avril 1852, Jules Verne publie dans *Le Musée des Familles* sa première longue nouvelle : *Martin Paz,* récit historique où la rivalité ethnique des Espagnols, des Indiens et des métis au Pérou se mêle à

une intrigue sentimentale. L'écrivain de vingt-quatre ans possède déjà cette ouverture historico-géographique qui fera de lui un des visionnaires de son époque.

Le 20 avril 1853, sur la scène — qu'il connaît bien maintenant — du Théâtre-Lyrique, Jules Verne voit représenter *Le Colin Maillard,* une opérette en un acte dont il a écrit le livret avec Michel Carré et dont son ami Aristide Hignard a composé la musique. Quarante représentations : c'est presque un succès — et la pièce est imprimée chez Michel-Lévy. L'année suivante, peu après la mort de Jules Seveste, il quitte le Théâtre-Lyrique et

1. Celui-ci mourut en février 1852. Son frère cadet Jules lui succéda, mais mourut en 1854 du choléra apporté par les combattants de Crimée.

se met au travail, dans son petit logement du boulevard Bonne-Nouvelle ; il publie la première version de *Maître Zacharius* (1854) puis *Un Hivernage dans les glaces* (1855) sans cesser d'écrire pour le théâtre. En 1856 il fait la connaissance de celle qu'il épousera le 10 janvier 1857 : Honorine-Anne-Hébé Morel, née du Fraysne de Viane, veuve de vingt-six ans, mère de deux fillettes. Jules Verne, grâce aux relations de son beau-père et à un apport de Pierre Verne (50 000 francs), entre à la Bourse de Paris comme associé de l'agent de change Eggly. Il s'installe alors boulevard Montmartre puis rue de Sèvres. L'œuvre de sa vie continue de se nourrir d'immenses lectures et aussi de ses premiers grands voyages (Angleterre et Écosse 1859, Norvège et Scandinavie 1861) sans qu'il renonce pour autant à l'expression dramatique : il donne en 1860, aux Bouffes-Parisiens, dirigés par Offenbach, une opérette mise en musique par Hignard, *M. de Chimpanzé*, et en 1861 au Vaudeville, une comédie écrite en collaboration avec Charles Wallut, *Onze jours de siège*. La même année, le 3 août 1861, naît Michel Verne, qui sera son unique enfant.

1862 : il présente à l'éditeur Hetzel *Cinq semaines en ballon* et signe un contrat qui l'engage pour les vingt années suivantes. Sa vraie carrière va commencer : le roman, qui paraît en décembre 1862, remporte un succès triomphal, en France d'abord puis dans le monde. Jules Verne peut abandonner la Bourse sans inquiétude. Hetzel lui demande en effet une collaboration régulière à un nouveau magazine, le *Magasin d'Éducation et de Récréation*. C'est dans les colonnes de ce journal, et dès le premier numéro (20 mars 1864), que paraîtront *Les Aventures du Capitaine Hatteras*, avant leur publication en volume. La même année verra la sortie en librairie de *Voyage au centre de la Terre* que suivra en 1865 *De la Terre à la Lune* (avec ce sous-titre pour nous savoureux : *Trajet direct en 97 heures 20 minutes*).

C'est le grave *Journal des Débats* qui a publié en feuilleton *De la Terre à la Lune* puis *Autour de la Lune* : le public de Jules Verne, dès l'origine de sa carrière, est double : un public d'adolescents qui fait le succès du *Magasin d'Éducation et de Récréation;* un public d'adultes que le « jeu » scientifique de l'écrivain passionne. Le physicien et astronome Jules Janssen, le mathématicien Joseph Bertrand refont les calculs de Jules Verne — et vérifient, dit-on (il serait sans doute imprudent de ne pas placer ici un point d'interrogation), l'exactitude des courbes, paraboles et hyperboles qui définissent le trajet du boulet-wagon de *De la Terre à la Lune*. Et ceux d'entre les lecteurs du *Journal des Débats* que l'astronomie ne passionne pas sont sensibles à la verve d'un Jules Verne, qui met dans son roman beaucoup de la légèreté aimable d'un vaudevilliste boulevardier... Il n'est pas superflu de noter, à ce moment où s'ouvre pour l'écrivain sa carrière véritable, qu'elle l'éclaire alors d'une lumière de gaieté et de fantaisie proche de celle qui règne et régnera chez ses confrères des théâtres — les Labiche, Meilhac et Halévy, Gondinet et bien d'autres moins connus

Jules Verne, qu'on le considère comme un auteur dramatique (homme de théâtre plutôt) ou comme romancier, appartient au Second Empire d'Offenbach autant qu'au XIXe siècle de la science. Il est parisien (et même Parisien) et cosmopolite; il se plaît dans son époque et avec ses amis, manifestant dans sa vie comme dans ses livres une cordialité généreuse, à peine ironique, qui est, pour le fond, celle-là même des hommes de lettres et de théâtre dont les livres et les répliques ont coloré une part du Second empire. Et il n'est pas douteux que le succès de Jules Verne trouve sa source dans cette bonne humeur railleuse, cette allégresse surveillée autant que dans le foisonnement de son imagination. A dix-sept ans, on le lit et on l'aime comme un guide fraternel, explorateur de contrées inconnues; on peut le retrouver plus tard sous les apparences, à peine désuètes, d'un camarade de cercle disert, d'un conteur inlassable, à l'invention fertile, au jugement rapide, véridique, sagement ironique. Reconnaître ces deux Jules Verne, c'est comprendre une des raisons de sa durable présence. Son succès est populaire, dans ce sens qu'il se nourrit d'une approbation générale, voire d'une manière d'affection dont les racines sont profondes. On l'aime moins gravement que d'autres, sans doute : Balzac, Hugo, Tolstoï, Flaubert, Zola nous tiennent et nous gouvernent. Jules Verne est un compagnon d'une autre race, et sa voix est moins haute mais elle est pleine et juste.

Et surtout, peut-être, elle s'installe dans une durée, dans un monde. Il y a en effet un monde de Jules Verne, extraordinaire et fraternel, ouvert sur l'imaginaire et d'une puissante ressemblance avec le réel. Ce monde il l'explore avec une rigueur inlassable dans la série des *Voyages extraordinaires* que nous venons de voir naître, et qui se poursuivra durant quarante années. Les jalons sont des titres connus : *Les Enfants du capitaine Grant* (1867), *Vingt mille lieües sous les mers* (1869), *Le Tour du monde en quatre-vingts jours* (1873), *L'Ile mystérieuse* (1874), *Michel Strogoff* (1876), *Les Indes Noires* (1877), *Un Capitaine de quinze ans* (1878), *Les Tribulations d'un Chinois en Chine* (1879), *Les Cinq Cents millions de la Bégum* (1879), *Le Rayon vert* (1882), *Kéraban le têtu* (1883), *L'Archipel en feu* (1884), *Mathias Sandorf* (1885), *Robur le Conquérant* (1886), *Deux ans de vacances* (1888), *Le Château des Carpathes* (1892), *L'Ile à hélice* (1895), *Face au drapeau* (1896), *Le superbe Orénoque* (1898), *Un drame en Livonie* (1904), *Maître du Monde* (1904).

On ne peut citer toutes les œuvres ; mais le rapprochement de vingt d'entre elles suffit à évoquer les grands moments d'une réussite quasi continue que l'écrivain, on le sait, avait préparée (sinon prévue) de longue main. Cette préparation explique sinon la fécondité de Jules Verne, du moins une solidité que l'abondance menacera rarement : s'il n'a pas écrit seulement des romans de premier ordre, il n'a rien publié d'indifférent. Il avait une conscience artisanale (on en a la preuve, maintes fois répétée, dans ses lettres) et une dure exigence envers lui-même. Ses années de grande production sont, pour l'essentiel, organisées selon le travail en cours. Voyages, lectures, composition, se succèdent et surtout s'enchaînent.

En 1866, après ses premiers succès, il loua une maison au Crotoy, dans l'estuaire de la Somme, et bientôt acheta son premier bateau baptisé du prénom de son fils : le *Saint-Michel.* C'est une simple chaloupe de pêche, que quelques aménagements rendront propre à la navigation de plaisance ; un lieu de travail aussi ; un instrument de travail et de connaissance concrète : croisières sur la Manche, descente et remontée de Seine, c'est dans ces petits voyages que naissent peu à peu les voyages extraordinaires. Jules Verne ne se contente pas longtemps des fleuves et des côtes. En avril 1867, il part pour les États-Unis avec son frère Paul à bord du *Great Eastern,* grand navire à roues construit pour la pose du câble téléphonique transocéanien. Et au retour il se plonge dans *Vingt mille lieues sous les mers* dont il écrit une grande partie à bord du *Saint-Michel,* qu'il nomme son « cabinet de travail flottant ».

En 1870-1871, Jules Verne est mobilisé comme garde-côte au Crotoy, ce qui ne l'empêche pas d'écrire : quand la maison Hetzel reprendra son activité, il aura quatre livres devant lui. En 1872 il s'installe à Amiens, ville natale et familiale de sa femme. Deux ans plus tard il achètera un hôtel particulier et un vrai yacht : le *Saint-Michel II. Le Tour du monde en quatre-vingts jours* qu'il a porté à la scène avec la collaboration d'Adolphe d'Ennery, remporte un triomphe à la Porte-Saint-Martin (8 novembre 1874) où il sera joué pendant deux ans. Livres, croisières, vie bourgeoise : c'est un équilibre où le travail joue le premier rôle.

Le travail et l'argent : Jules Verne sait fort bien gérer le patrimoine littéraire que représentent ses romans — et leurs « suites ». La période de 1872 à 1886, disent ceux qui furent les témoins de sa vie, fut

l'apogée de sa gloire et de sa fortune.

Au calendrier des romans et des pièces (*Le Docteur Ox*, musique d'Offenbach sur un livret de Philippe Gille et Arnold Mortier, 1877; *Les Enfants du Capitaine Grant*, avec Adolphe d'Ennery, 1878; *Michel Strogoff, id.* 1880; *Voyage à travers l'impossible, id.* 1882; *Mathias Sandorf*, de William Busnach et Georges Maurens, 1887), il faut épingler quelques dates. Le grand bal travesti donné à Amiens en 1877 au cours duquel l'astronaute-photographe Nadar — vieil ami de Jules Verne et modèle de Michel Ardan, auquel il a donné par anagramme son nom — jaillit de l'obus de *De la Terre à la Lune*... L'achat d'un nouveau yacht, le *Saint-Michel III*... La rencontre en 1878 du jeune Aristide Briand, élève au lycée de Nantes [1], ses croisières en Norvège, Irlande, Écosse (1880), dans la mer du Nord et la Baltique (1881), en Méditerranée (1884). Son élection au conseil municipal d'Amiens sur une liste radicale que quelques biographes baptisent abusivement «ultra-rouge» (1889). Il a perdu son père en 1871, sa mère en 1887. Son frère Paul disparaîtra en 1897 [2]. En 1902, il est atteint de la cataracte...

« Ma vie est pleine, aucune place pour l'ennui. C'est à peu près tout ce que je demande », a-t-il écrit dans les années de gloire et de santé.

En 1886-1887, après un drame dont on connaît peu de choses [3] et la vente de son yacht, il renonce à sa vie libre et voyageuse, et jette l'ancre à Amiens où il prend très au sérieux ses fonctions municipales. Le romancier et l'administrateur sont satisfaits l'un de l'autre. « Paris ne me reverra plus », écrit-il en 1892 à l'une de ses sœurs. 1884-1905 : les biographes de Jules Verne le montrent mélancolique, silencieux, et citent ces lignes d'une lettre à son frère (1er août 1894) : « Toute gaieté m'est devenue insup-

---

1. Jules Verne a nommé Briant un des personnages de *Deux ans de vacances*. On a commenté cette ressemblance des noms. Cf. Marcel Moré : *Le très curieux Jules Verne*, Gallimard, 1960.

2. Il avait publié chez Hetzel un livre sur les croisières accomplies avec son frère à bord du *Saint-Michel III : De Rotterdam à Copenhague* (1881).

3. Il fut blessé de deux balles de revolver par un jeune homme qu'on a dit atteint de fièvre cérébrale (?) et qui était, semble-t-il, un de ses neveux.

portable, mon caractère est profondément altéré, et j'ai reçu des coups dont je ne me remettrai jamais. » Mais à cette citation on pourrait en opposer d'autres, sans ombres. Et il est aventureux, pour le moins, de colorer tragiquement les dernières années de Jules Verne. Il travailla jusqu'à ce qu'il ne puisse plus tenir une plume. « Quand je ne travaille pas, je ne me sens plus vivre », dit-il en présence de l'écrivain italien De Amicis. Et il travaille, se passionnant pour les *Aventures d'Arthur Gordon Pym* d'Edgar Poe, l'un des auteurs qu'il admire le plus, depuis cinquante ans. Et il écrit la suite des aventures du héros américain : *Le Sphinx des Glaces*. Il écrira encore dix livres, avant de mourir le 24 mars 1905, dans sa maison d'Amiens.

III

Le premier livre consacré à notre auteur est celui de Charles Lemire : *Jules Verne* (Berger-Levrault 1908). Depuis cette date beaucoup d'ouvrages et d'innombrables articles ont paru en France et à l'étranger. Faute de pouvoir les citer tous, nous renvoyons le lecteur (désireux de mieux connaître Jules Verne) à la biographie minutieuse due à l'une de ses petites-nièces Marguerite Allotte de la Fuÿe : *Jules Verne,* publiée pour la première fois en 1928 (Simm Kra) et rééditée chez Hachette en 1953 et 1966. Signalons en outre l'ouvrage d'André Parménie et C. Bonnier de la Chapelle : *Histoire d'un éditeur et de ses auteurs. P. S. Hetzel.* (Albin Michel, 1953) où l'on peut lire des lettres de Jules Verne. Le *Bulletin de la Société Jules Verne* (treize numéros de novembre 1935 à décembre 1938) contient des études et inédits du plus grand intérêt mais ne se trouve pas dans les grandes bibliothèques. Citons encore le numéro spécial de la revue *Arts et Lettres* (nº 15, 1948. Presses Littéraires, Paris) et le numéro de mai-juin 1955 de la revue mensuelle *Livres de France* (Hachette), consacré à Jules Verne. Enfin la Société Jules Verne a publié en 1956 un ouvrage d'Edmondo Marcucci : *Les Illustrations des voyages extraordinaires de Jules Verne.*

ŒUVRES DE JULES VERNE

Dans Le Livre de Poche :

Michel Strogoff

Le tour du monde en quatre-vingts jours

Les tribulations d'un Chinois en Chine

Les enfants du capitaine Grant *(2 vol.)*

Vingt mille lieues sous les mers

L'île mystérieuse *(2 vol.)*

Les cinq cents millions de la Bégum

De la Terre à la Lune

Autour de la Lune

Cinq semaines en ballon

Voyage au centre de la Terre

Le château des Carpathes

Robur le Conquérant

Aventures du capitaine Hatteras

Nord contre Sud

La Jangada

Le pays des fourrures

Deux ans de vacances

Face au drapeau

Un capitaine de quinze ans

Mathias Sandorf *(2 vol.)*

Kéraban le Têtu

L'Étoile du Sud

Les Indes noires

Hier et demain

La chasse au météore

La maison à vapeur

Hector Servadac

Un drame en Livonie

Le « Chancellor »

Maître du monde

L'École des Robinsons

Le Rayon-Vert

Le Docteur Ox

Le Phare du bout du monde

Le Sphinx des glaces

Une ville flottante

Mistress Branican

L'Archipel en feu

Dans la même série

HECTOR MALOT

Sans famille *(2 vol.)*

IMPRIMÉ EN FRANCE PAR BRODARD ET TAUPIN
Usine de La Flèche (Sarthe).
LIBRAIRIE GÉNÉRALE FRANÇAISE - 6, rue Pierre-Sarrazin - 75006 Paris.

ISBN : 2 - 253 - 00589 - 4 30/2037/7